문학비평과 시대정신

김윤정

지식과교양

머리말

오늘날과 같은 시대에 시를 구하고 의미를 찾는 일이 어떤 가치를 지니는가? 하루가 다르게 지식의 가치가 떨어지고 지성의 권위가 보장되지 않는 이때 시를 쓴다는 일이 과연 어떠한 의미가 있을까. 뿐만 아니라 그러한 시들에 대해 가치평가하고 의미를 부여하는 것은 역시 창조적인 일일까.

창작이나 비평 등 문학전반에 걸쳐 밀려드는 이런 회의의 저변은 무엇보다 이 시대를 이끌어가는 어떤 주도적인 담론이나 조류 같은 것의 상실과 밀접한 관련이 있을 것이다. 가령, 역사의 객관적 필연성이 담보되는 시절에는 문학의 잣대를 그것에 맞추면서 그 미달여부를 측정하면 그만이었다. 어찌 보면 이런 환경에서의 문학 활동이란 집단의 흐름에 보조를 맞추는 것으로써 일정 정도의 정당성을 확보할 수 있는 것이었으리라. 문학의 주체는 주어진 권위에 순응함으로써 자신의 활동의 근거를 마련하는 방편을 취할 수 있었다.

그러나 변화된 환경이 사태를 더욱 복잡하고 곤란하게 만들었다 하더라도 언제까지나 과거를 향수하고 현재를 탓할 수만은 없는 노릇이다. 변화된 국면에 임하여 이의 본질을 통찰하고 미래적 비전을 여는 일 또한 시의 임무이고 지식인의 역할인 것이다. 이런 점에서 시대의 엄청난 변화의 속도에 호응하여 자신을 기투해가며 벌이는 시인들의 치열한 고민들에서 우리는 희망을 느낀다. 모든 것이 미확정적인 시대에 불확실하나마 끊임없이 자기질문을 던지는 시인들이 있기에 비평 또한 계속해서 소통의 출구를 찾아 그 나름의 고민을 거듭해오고 있는 것이 아닐까.

그나마 우리를 위안케 하는 것은 아무리 사회가 무차별적 방향으로 흘러간다고 해도 문학의 면면에 흐르고 있는 정신이랄까 어떤 문예적 원론이라 하는 것은 당연히 존재할 것이라는 점이다. 그것은 인류가 생존하는 한 사라지지 않는 인간의 본질이자 필연적 요구일 것이다. 나는 그러한 정신이나 흐름을 시의 존재 이유라 부르고 싶고, 그것을 시대의 가변성과 무관하게 문학의 본향으로 사유하고자 한다. 그것이 지켜질 때 사회와 대결하는 힘있는 문학, 그리고 시대에 조응하는 새로운 문학도 가능해질 것이라고 나는 믿는다.

이제는 조금 여유를 가지고 사회의 변화가 우리 삶을 구성하는 불변의 조건이라는 점을 인정한다면 우리의 문학적 담론 역시 그 지속적 흐름에 대해 보다 유연하고 창조적인 방식으로 대응해 나갈 수 있을 것이다. 우리 스스로 사회의 변화를 인지하고 있으며 그에 작용하는 통찰적 담론을 마련해 갈 수 있을 때 우리의 문학은 비로소 시대를 향해 자기의 존재성을 드러낼 수 있게 될 것임은 물론이다. 문학의 사회를 향한 항변과 자기조절적인 대안 제시도 이러한 상황 속에서 가능해질 것이다.

　　문학은 사회와의 대화이고, 시인은 그 주체자이며, 비평가는 그러한 대화의 해석자 내지 조절자이다. 진정한 문학의 주제는 이들 사유의 공통분모에서 탄생하는 것이다. 문학은 이러한 의미 생산의 장 한가운데서 창조적이고 의미있는 경로를 만들어낼 것이다. 이러한 모색 속에서 비평이 그 한 축을 올곧게 담당할 수 있기를 바란다. 비평의 기능이 제대로 발휘되지 못할 때 발생하게 되는 기획과 방향의 결핍이 우리가 상상하는 것 이상으로 큰 폐해를 가져올 것임을 알기 때문이다. 우리의 미래를 열기 위해 사회와 작품, 작가와 비평가라는 이들 문학적 주체들이 서로를 마주하며 팽팽한 대결과 화해어린 모색을 해나가기를 꿈꾸어 본다.

2012년 봄이 오는 길목에서
저자 씀

목차

3부 시집론

1부
특집편

문학비평과 시대정신

오늘의 문학적 조건과 미학성의 문제

1. 역사속의 문학

4월의 문예잡지 「기획」들엔 현재 우리 문학의 위치에 대해 다시 한 번 고구하게끔 하는 글들이 다수 실렸다. 『문학과 사회』(2010, 봄)의 '4.19 특집' 평론들을 위시하여 『창작과 비평』(2010, 봄)의 '현정치에 대한 비판'적 담론들, 『시와사람』(2010, 봄)의 '비평론', 『시와시학』(2010, 봄)의 '조태일론', 『서시』(2010, 봄)의 '새로운 시인론' 등은 저마다의 다양성 속에서 공통적으로 흐르는 특정한 기류를 읽을 수 있게 해 준다. 그것은 '문학과 사회' 사이의 오래된 쟁론을 떠올리게 하는 것으로, 새삼 이러한 주제의 현재성 여부에 대해 진지하게 질문토록 하는 계기를 제공해준다.

문학의 대사회적 성격을 논의하는 이들 기획들은, 그간 '시와 정치'를 중심으로 한 활발한 논의가 있던 터라 그 여파에 따른 것일 수도 있겠지만 다른 한편으로는 '4월'이 지니는 시대적 의미망이 여전히 우리 사회에 살아남아 있는 결과라는 짐작도 해 본다. 실제로 올해 50주년을 맞이하는 4·19는 우리 현대사를 이끌어 왔던 원류에 해당된다고 할 수 있다. 4·19가 존재함으로써 우리는 매 시기 역사에의 열정들을 유지할 수 있었고, 결국 이 때문에 우리의 현대사는 10년 단위로 구획되는 뚜렷한 특징들을 보여줄 수 있었다. 1960년대의 지식인들의 민주화 운동, 1970년대의 노동자 및 민중의 각성, 1980년대의 광주민중항쟁을 비롯한 민주화 달성, 1990년대의 가시적 투쟁의 퇴조 및 민주화의 내면화, 2000년대 새로운 밀레니엄의 탄생에 대한 기대 등은 우리의 역사가 급격한 흐름 속에서, 매시기 형태는 다르지만 저변에 삶의 자유와 민주화를 향한 강한 열망으로 쉼 없이 행군해 오고 있음을 말해준다 하겠다. 이는 1990년대 유행으로 번진 '포스트'주의의 '역사에의 종말' 선언에도 불구하고 '있었던' 현실의 역사로서, 인간이 존재하는 한 실재하는 삶의 역동적 전개 양태에 해당한다. 다만 우리의 지성이 흐름의 역사를 읽어내고 그것의 방향을 과연 바람직한 양상으로 이끌어가고 있는가의 문제는 별개의 것으로, 여기에서 진정한 리더쉽이 요구되는 것은 물론이다.

주지하듯 문학적 담론을 통해 대사회적 기능을 운운하는 일이란 '아주 오래된 담론'이자 '80년대식' 사고방식이 되어 버렸다. 급격하게 사회의 패러다임이 바뀌어 버렸고 문화의 성격이 달라졌기 때문이다. 특히 1970년대에 태어나 1990년 전후에 대학을 다녔던 세대는 '진보'의 내포가 손바닥 뒤집히는 것과 다를 바 없는 양가성을 체험하게 된다. 그들이 대학에 입학할 즈음 '진보'란 '정치적 투쟁'을 의미하는 것이었지만 대학을 졸업할 즈음엔 그것이 더 이상 '진보'의 징표가 될 수 없었기 때문이다. 이 시기 '정치'는 어느 시인이 말했듯 긴장을 불러일으키지 않는 것이 되었다. 학생들이 지식인의 사회적 책임보다 '스펙'에 관심을 갖기 시작한 것도 이 시점이다. 이와 때를 같이하여 담론에서 사회학적이거나 정치적인 것들을 읽는 것이 지겨워지기 시작했고, 문학은 문화의 전반적인 가벼움을 지적하며 격렬하게 소외감을 호소했다. 소위 거대 담론 상실의 시대가 온 것이다.

이러한 일련의 과정은 그 동안 문학이 얼마나 정치적인 성격을 띠며 존재했는가를 단적으로 말해주는 동시에 문학이 본래 사회학적 범주와 얼마나 밀접한 성질을 지니는가 또한 암시해준다. 문학은 존재 조건에서부터 대사회적 성격을 지니는 것이다. 문학은 설령 소외를 느끼면서도 사회의 한복판에 존재한다. 그것은 문학이 언어로 이루어져 있고 언어를 통해 사고를 형성한다는 아주 기본적인 성질에 기인한다. 때문에 문학은 입으로는 종언을 말해도 역사의 한가운데서 역사와 함께 흘러가는 존재에 해당한다. 문학이 느끼는 '소외감'은 있어도 '소외'는 될 수 없는 것이 문학이기도 하다. 존재하지 않는 것 같지만 '있고', 멈추어 있는 듯하지만 끝없이 약동하는 역사처럼 문학 또한 그러하다. 문학 역시 인간의 삶이기 때문이다.

그러나 이러한 논증이 문학이 과거와 똑같은 담론을 펼쳐내야 한다는 뜻은 아니다. 역사가 반복되지 않는다면 문학도 그러하지 않겠는가? 역사의 흐름을 겪으면서 그것의 변화를 읽는 안목이 성장해야 하듯 문학 또한 흐름에 무자각적으로 휩쓸리기보다는 자신의 성장을 위한 성숙한 담론의 양식들을 기획해야 한다. 그것은 시대에 민감하면서도 다양한 문학의 양태들을 포괄하는 것이자 유동적이면서도 기본을 잃지 않는 것이어야 할 것이다. 문학은 모든 조건에 대한 보다 자각적인 상태에서 자신의 실천을 기획할 수 있어야 한다. 그러할 때 극대화된 행동력이 도출될 것이며 옹색하거나 편협하지 않은 진정한 리더쉽을 발휘할 수 있을 것이기 때문이다.

2. 성숙한 정치적 문학

『문학과 사회』는 4·19특집을 기획하며 『광장』의 작가 최인훈과의 대담을 수록하고 있다. 같은 대담자 김치수에 의하면 1960년 가을에 출간된 『광장』은 4·19혁명이 가져다 준 자유민주주의에 의해 가능했다는 것이다. 김치수는 4·19가 작가로 하여금 남과 북을 객관적이고 비판적 시선으로 그릴 수 있게 만들었다고 한다. 또한 그는 『광장』이 "이념과 현실의 괴리, 그 속에서의 인간 조건의 부조리" 등을 다룬 것이 진정한 자아성찰에 이르기 위한 과정을 제시한 것이라 보면서 4·19가 보여주었던 자유민주주의의 정신을 어떤 상황에서든 잃지 말아야 한다고 강조하고 있다. 이 대담에서 인상적이었던 점은 김치수의 이와 같은 원칙론을 유쾌하게 수용하면서도 직업인으로서의 '문학자'의 처지를 확고하게 인식하고 있던 최인훈의 태도였다. 최인훈은 그러한 '정신'을 설명하는 모델에 있어서 '문학자'가 "사회과학자나 시사평론가보다는 훨씬 자신 있고 납득할 만한 이론 모델"을 지니고 있다고 전제하고, 이런 관점이 "기준이 있는 훌륭한 예술"이라고 덧붙인다. 예술이 예술적인 것은 '정신'을 지니되 이를 정치와 일원화시키지 않는 데 있는 것이며, 이를 위해서는 예술 스스로 고유하게 지니는 "황금 저울대"가 필요하다는 것이다.

물론 최인훈의 이 발언은 예술과 정치, 문학과 사회 사이의 균형과 조화를 가리키는 지극히 일반론적인 성격의 것이다. 그러나 그것이 단순한 이론이 아니라 역사의 소용돌이를 겪은 주체의 실감에서 비롯된 것이라는 점은 우리로 하여금 이를 관념으로서가 아니라 체험으로 받아들이게 한다. 최인훈은 자신이 경험한 통찰의 내용을 우리에게 고스란히 전달하기 위해 다양한 비유들을 동원하고 있었다. 그는 작가 역시도 여느 분야의 일꾼과 다를 바 없이 자신의 작업을 위한 세밀한 공정의 과정들을 행해야 하는데 이 점이 문학을 예술화하는 근거에 해당한다고 역설한다. 결국 그가 강조한 것은 '문학자'의 '정신'과 함께 '예술가로서 직분'을 외면하지 말라는 점이다. 이런 판단에는 문학은 그것이 심미적 현현이 되었을 때 비로소 문학인 것, 즉 문학은 심미성과 등가인 것이라는 인식이 배어 있다. 반면 문학이 이와 같은 자기규정을 상실했을 때 그것은 이미 문학의 영역을 벗어나는 것이 되는바, 이 때문에 심미성은 문학자의 기본 요건이라는 것이다.

최인훈의 이러한 진술은 우리에게 두 가지 측면에서 안도감을 준다. 하나는 문학의 사회적 책임을 확인하는 데서 오는 것이고 다른 하나는 문학이 그 무엇에도 양도할 수 없는 고유 영역임을 분명히 하는 데서 오는 것이다. 문학가에겐 이 두 가지가 모두 소중하다. 문학이 '자율성'을 외면하는 일은 자신의 '업'을 포기하는 일에 해당하고 그렇다고 '사회'를 외면하는 일은 '좋은 마음', 즉 '양심(良心)'을 포기하는 일에 해당되기 때문이다.

한편 최인훈이 문학의 작업이 '실험실'에서 씨름하는 기초과학자의 그것과 다르지 않다고 말하는 대목에 이르면 '사회성'과 '자율성'의 결합이 선험적으로 주어지는 것이 아니라 실질적인 노동의 과정에 의해, 즉 아이디어를 떠올리고 구성하고 수정하고 효과를 검증하는 여느 물질의 생산 과정과 다름없이 이루어지는 것임을 짐작할 수 있게 된다. 즉 잘된 문학, 좋은 문학은 이 과정이 성실하게 이루어져 결과가 합당하게 나타난 것을 가리킬 터이고 그렇지 않은 문학은 어느 한 과정에서든 무언가 부족했을 때 나타나는 결과일 것이다. 따라서 문제는 작가들의 나름의 고투의 시간일 것이다. 그가 얼마나 '황금비율'에 가까운 성공작을 산출했는가는 작가가 겪은 씨름의 양과 질에 따른 것일 터이다.

최인훈은 자신의 경우 "어느 세월 이후 그것을 하나로 통합하는 통일장의 이론을 구하는 것을 포기했다"고 고백한다. "힘이 부쳐서도 그렇지만 원리적으로 그런 것은 불가능하지 않나"고 반문한다. 형식논리상의 문제와 실제 우주 사이엔 거리가 있다고도 덧붙인다. 그는 사태를 "삼각파도와 같은, 매 촌각마다 올라갔다 내려갔다 하는 파도 위에서 요트가 뒤집어지지 않으려면 자기가 중심을 어떻게 잡아야 되겠느냐 하는 쪽이" 더욱 현실에 맞는 것이라고 귀띔해준다.

최인훈의 이러한 진술에 이르러서는 솔직히 작가와 비평가 사이의 간격을 실감하지 않을 수 없었다. 비평가가 실제로 작품을 생산하는 작가가 아닌 이상 '실험'의 방법이나 절차에 관해서는 문외한일 뿐이고, 그렇다면 비평가의 '황금비율' 운운은 관념에 불과하지 작가에게 큰 도움을 주지는 못한다는 것이다. 비평가는 단지 주문의 방향만을 제시하는 것이요, 그는 생산자도 작가도 아닌 것이다. 다시 말해 그는 철저하게 독자의 입장에 있는 것이다.

그렇다면 비평가가 문학의 영토를 풍요롭게 하기 위해 할 수 있는 일이란 무엇일까? 작가에게 '황금비율'을 잊지 말라고 상기시키며 그가 긴장을 늦추지 않게 감시하는 일일까? 역사와 시대의 흐름 속에서 문학의 지도자적 지위를 잃지 않기 위해 작가에게 일정한 요구를 해대는 일일까? 그것이 아니라면 심미적 감식가가 되어 보다 완성된 예술품을 대면할 때마다 칭송과 예찬을 아끼지 않는 일일까? 보다 책임있는 자세를 위해 역대 이론가들이 그러했듯 사회성과 자율성을 결합시킨 창작의 방법론을 제시하는 일은 어떠한가?

3. 비평의 대사회적 기능

『시와 사람』에서 특집으로 기획한 '2000년대 시비평의 좌표와 미래'에서 하상일은 현금의 비평의 문제로 크게 세 가지를 지적하고 있다. 첫째는 오늘날의 비평이 권력화된 매체에 귀속됨으로써 비평가의 진실된 목소리를 내지 않고 있다는 점이고, 둘째는 비평이 작품에 대한 귀납적 분석 및 해석의 과정을 소홀히 한 채 강단 이론으로써 작품을 연역해내는 재단 비평의 양상을 보여준다는 점이며, 셋째는 오늘의 비평이 현실과의 소통을 상실한 채 문학주의의 테두리 안에 머물러 있다는 점이다. 이를 종합하면 오늘날의 비평은 자신의 고유한 세계를 지키지 못하고 있으며 작품 혹은 세계와도 대화하려 하지 않는다는 참담한 인식에 이르게 된다. 이것이 사실이라면 의심할 여지없이 비평은 있으나마나한 것이 된다. 비평은 문예지의 몇 꼭지를 채우는 구색 갖추기를 위해 있을 뿐 죽어 있는 것이다. 비평은 작가들의 작품을 윤내기 위한 장식품에 불과할 따름이며, 비평가는 매체 혹은 작가에게 종속된 써포터의 지위만을 지닐 뿐이다. 이를 두고 같은 기획면에서 장석주는 다음과 같이 말한다.

오늘의 비평은 거의 죽었다. 비평은 힘이 없다. 비평이 자생적 힘으로 숨을 쉬고 스스로를 살아낼 수 없을 때 비평은 저를 산호호흡기에 기대 연명할 수밖에 없다. 그 대가로 제 주권적 선택과 판단은 저를 고용한 매체에 위임한다. 이른바 오늘의 현실에서 용병비평들이 성행하는 까닭이 거기에 있다.　　(「비평의 권력 혹은 비평의 소멸」, 『시와사람』2010, 봄)

위의 글은 비평가의 자의식을 자극하는 대목이 아닐 수 없다. 생명력과 창조력을 상실한 비평, 첨예한 분석력과 현실에 근거한 가치 판단력을 상실한 비평, 언어예술의 한 장르로서 지녀야 할 울림과 개성을 상실한 비평, 대신 포장과 가식으로 요란한 비평, 규격화된 상투적 담론으로 혁명성을 대신하는 비평, 이러한 비평이 오늘날 비평의 현주소라는 것이다. 이는 오늘의 비평에게 뼈아픈 성찰의 기회를 강제하는 글이다. 동시에 비평이 지녀야 할 덕목과 경계해야 할 악습에 대한 정보도 제시하고 있다.

비평론을 다룬 『시와사람』의 이번 기획은 최근 비평의 소극적 태도를 신랄하게 지적하고 있다는 점에서 주목을 끈다. 오늘날 대부분의 비평이 작품에 대한 분석에 몰두해 있는 것에 비해 볼 때 비평론을 다루고 있는 이들 메타 비평은 신선하기까지 하다. 비평에 대한 비평이 활발히 이루어짐으로써 비평의 진보와 발전이 기대될 수 있으리라. 특히 이들 메타비평에서 거론되고 있는 '적극적 비평', 문학주의의 틀을 넘어선 현실과의 소통을 요구하는 '열린 비평'은 오늘의 비평의 존재 기반에 대해서까지 질문을 확장시키는 것이라는 점에서 주의를 요한다.

그러나 오늘의 비평이 장석주의 표현을 따른다면 '고사직전'에 이르게 된 데에는 이유가 없지 않다. 비평이 현실과의 소통을 차단하고 문학 내적 테두리에 머물게 된 것, 현실에 대한 적극적 가치판단을 유보한 채 작품 자체에 대한 축소된 분석과 해석에 몰두하게 된 것은 시대성을 지닌다. 우리 역사상 비평은 소극적 한계 내에 안주하기보다는 대부분 자신의 목소리를 높이는 데 앞장서 왔다. 비평은 열정적으로 작품 해석을 위한 새로운 이론들을 도입해 왔으며 역사의 매 국면마다 작품을 진두지휘하는 역할을 도맡아왔다. 비평은 문학의 어떤 다른 장르보다 목소리를 드높였다. 이러한 비평이 형세를 달리하게 된 것은 거대담론의 상실에 기인하는 바가 크다. '역사의 종언'이 거론되고 문학의 사회적 기능이 회의되던 시점, 실제로 문학의 위기론이 돌고 문학이 위축되던 때가 바로 이 즈음에 속한다. '포스트'주의가 역사의 실재성을 의심하며 현실의 '텍스트성'을 강도 높게 주장하던 것도 이와 때를 같이 한다. 포스트주의는 역사는 관념에 의한 허구적 구성물이며 현실 또한 관념에 의해 재구성될 수 있는 허약한 것이라는 인식을 내세워 기존의 확고했던 신념체계를 무너뜨리기 시작하였다.

모든 것이 회의되고 확고부동한 것이란 존재하지 않게 된 이 시기에 '매체'는 문학이 디딜 수 있는 가장 현실적이고 분명한 근거로 작용한다. '매체'는 독자와 소통할 수 있는 매개체가 되었다. '매체'는 최소한의 독자를 지닌 최소한의 매개체에 불과했지만 불확실성의 시대에서 최선의 매개체이기도 하였다. 이에 따라 '매체'가 우후죽순처럼 생겨났고 이후 이들 '매체'는 독자와의 소통을 포기하지 않으려 한 문학애호가들의 헌신에 의해 유지될 수 있었다. 변명처럼 들리겠지만 상황이 이러할 때 비평가들의 현실인식과 가치판단이 불투명해지는 것은 필연적일 것이다. 하루가 다르게 변화하는 세계와 분화된 문화체계, 그리고 인터넷을 통한 정보화시스템은 문학을 더욱 섹트화한 것이 사실이다.

비평은 자신의 구획 내에서 최소한의 자기역할에 함몰되어 갔다.

사정이 이러하므로 『시와사람』의 메타비평 기획에 등장한 '적극적 비평', '열린 비평'의 요구는 더욱 반갑고 신선하게 느껴질 수 있었다. 그러나 그러한 비평이 무엇을 향한 것인가, 현실에 대한 어떤 가치판단인가, 미확정성의 시대에 확고한 것이 있다면 무엇인가 등의 질문에 대해서는 이들 메타비평 역시 여전히 속시원한 답을 내려주고 있지는 못하다. 다시 말해 이들 메타비평들은 비평의 '방향'에 대한 주문만을 하고 있을 뿐 오늘의 시대에 '열린 비평'이 무엇이고 어떻게 가능한지에 대해서는 구체적으로 언급하고 있지 않은 것이다. 비평의 '시대와의 소통'에 관한 이야기는 작품의 '황금비율'과 마찬가지로 관념의 차원을 넘어서 있지 않다. 실제로 오늘날 우리는 현실과 전면적으로 만나는 통로를 상실하였다는 시대적 국면에서 벗어나 있지 못하다. 여전히 '현실'이란 요령부득의 희미한 실체로 다가온다. 이때 문학이 주파수를 맞춰야 하는 현실은 무엇인가? 현실은 하나의 본질로 이루어져 있는가?

4. 문학의 '자율성'과 '사회성'의 관계

물론 과거에서처럼 현실이 단선적으로 이해되지는 않을 것이다. 최인훈의 언급처럼 어쩌면 현실은 '삼각파도와 같은, 매 촌각마다 올라갔다 내려갔다 하는 파도'와 다르지 않을 것이다. 현실은 고정된 것이 아니라 예측 불가능 하도록 변화무쌍한 것이라는 사실이다. 이론이나 관념은 현실이 아니므로 우리는 이를 벗어나 더욱 명확하고 옳은 현실 인식을 우선시해야 할 것이다. 이를 위해 인식의 패러다임을 바꾸어야 할

지도 모른다. 이것이 되지 않을 때 우리는 '요트' 위에서 중심을 잃고 '뒤집어져' 버릴 것이기 때문이다.

어떠한 것도 완성된 것은 없다. 진리는 과정의 축적에 의해 만들어지는 것이지 선험적으로 주어지지 않기 때문이다. 여전히 작품에 대한 개별적 비평이 유효하고 개별 작품에 대한 성실한 비평이 문학을 통해 진리를 찾아가는 최선의 방법에 해당될 것이다. 비평은 모든 성실한 작가들의 저마다의 세계를 탐색할 것이고 그 안에서 이루어지는 모든 개별적인 방법론들을 고찰할 것이다. 그 모든 것은 진리의 일부분들이자 우리가 인식해야 하는 현실의 한 부분들일 것이기 때문이다. 이들에 대한 정확한 인식을 바탕으로 일정한 관점에서 가치평가 하기 이전에 이들이 놓인 좌표를 지정해주고자 한다. 이 모든 작품들이 중심을 잃지 않고 있다면 그 자체로 가치 있는 것이다. 그것은 작품이 그가 인식한 현실 위에 확고하게 발 딛고 있음을 의미하기 때문이다. 우리는 이때의 작품들이 창조적 에너지를 발휘하고 있음을 감지할 수 있다. 이들 작품들은 '자율성과 사회성'의 비율이 어떠하든 심미적이고 힘에 넘친다. 이것이 사람의 마음을 움직일 수 있고 현실을 변화시킬 수 있음은 물론이다. 우리가 각 작품들에서 특정한 미학을 찾아내려 하는 것도 이 때문이다.

이에 대한 예를 『서시』(2010, 봄)의 특집 '새로운 지평의 시인들'에서 다루어지고 있는 진은영의 경우를 통해 살펴보자. 송승환은 진은영의 시를 '폭력적인 세계 속에서 시를 쓴다는 것에 대한 성찰'이라는 기본 입지에서 분석하고 있다. 폭력은 인권을 유린하고 사회의 소외자들을 만든다. 진은영은 신문기사에서 접할 수 있는 사회의 부조리한 모습을 시에 담는다. 자본주의에 대한 비판이 등장하고 참혹한 죽음을 당하는 노동자들을 다룬다. 말하자면 그는 현실문제를 적극적으로 그리고 있는 것이다. 동시에 그녀는 이러한 자신의 시작 태도에 대해 성찰한다. 그녀는 "우리는 목숨을 걸고 쓴다지만/ 우리에게/ 아무도 총을 겨누지 않는다/ 그것이 비극이다"고 함으로써 현실에 대항 저항적 시를 쓰는 것의 내포와 외연을 문제 삼고 있다. 내용으로는 정치를 말하고 현실을 부정하지만 그러한 행위가 저항의 외연으로 기능하지 않는 모순을 말하는 것이다. 그녀의 인식을 따라가 보면 현실은 폭력을 행사하고 있으면서도 '시'를 통해 기묘하게 비틀린다는 것을 알 수 있다. 현실의 폭력은 '시'를 통과하면서 오히려 무화된다. 어쩌면 '시'는 현실의 긴장을 이완시키는 완충 장치이자 폭력과 저항의 내포과 외연을 비트는 뫼비우스의 띠로 기능하는 것이다.

오늘의 '시'는 오늘의 우리가 이러한 현실에 살고 있음을 받아들인 위에서 창작되어야 할 것이다. 진은영의 시적 언어는 이처럼 기묘하게 조직되어 있는 현실이 시의 존재 조건임을 통찰한 바탕에서 쓰여진 창조적 생산물이다. 그녀는 결국 시가 현실에 대한 뫼비우스띠적 장치이므로 이를 돌파할 수 있는 길이란 자신의 고유한 언어로 계속하여 시쓰는 것이라고 여긴다. 그리고 이때의 고유의 언어는 송승환에 따르면 현실의 감각과 구별됨으로써 그에 균열을 낼 수 있는 "고유 감각의 창조"와 관련된다. 송승환은 그녀가 '현실세계를 지배하는 보편성과 합리성이 "갈라지는 틈에서 태어나는 감각들"로 시를 쓴다'고 말한다. 그리고 그에 대해 기존의 '전위' 개념과 구별되는 '측위의 감각'이라 명명한다. 측위의 감각은 '폭력적인 현실 세계를 외면하지 않으면서 현실 세계로 수렴되지 않기 위해 일정한 거리와 보폭을 유지하며 나아가는 언어적 긴장'의 감각에 해당된다는 것이다.

진은영은 최근에 있었던 '시와 정치'에 관한 논의에서 중점적으로 다루어지던 시인 가운데 하나다. 그러한 만큼 시의 예술성과 사회성의 코드와 관련된 긴요한 범례를 우리에게 제공해 준다. 이미 살펴보았듯이 그가 인식한 세계는, 특히 그것이 시의 조건이 되는 한 결코 평면의 공간으로 이루어져 있지 않다는 것을 알 수 있다. 이 속에서 시적 진술이 곧바로 현실적 진술이 된다는 생각은 관념에 불과하다. 시와 현실은 균질적인 평면에 나란히 존재하지 않는 것이다. 시가 사회성을 의도하면서도 예술성을 더욱 첨예하게 고민해야 하는 까닭도 여기에 있다. 사회성을 더욱 극대화하기 위해서라도 예술성의 더욱 세련된 진보가 요구된다는 가정도 해볼 수 있다. 즉 세계의 조직이 균질적인 것이 아니라면 예술성과 사회성은 대립하는 개념이기는커녕 상보적 개념이라는 점이다. 이 둘 사이에서 고민하던 진은영은 송승환이 명명했듯 '측위의 감각'이라는 미학성을 구축함으로써 이 둘을 화해시키는 자신만의 방법론을 우리에게 선보인다.

한편 축자적으로 볼 때 사회성의 대립어는 개인성이다. 시에서 상상력은 존재론적인 추구와 사회학적 추구 사이에서 그 성격이 가름된다. 전자가 초월과 구원을 꿈꾸는 수직적 상상 지평을 보여준다면 후자는 참여와 변혁이라는 수평적 상상 지대를 보여준다. 모든 시인들의 세계는 존재론적 추구의 수직축과 공동체 지향의 수평축 사이의 함수관계 가운데 어느 한 지점을 점유한다. 이때 예술성, 즉 자율성의 축은 이들 사이를 관통하는 또 하나의 축에 해당한다. 예술성은 위치 개념이 아니라 양적 개념으로서 저마다의 시인들이 이룬 미학성의 정도를 측정하는 축이 된다. 예술성은 공동체 지향의 사회학적 상상력 속에서나 개인 지향의 존재론적 상상력 사이의 그 모든 좌표의 시들에게 동일하게 요구되는 미학성의 양이다. 말하자면 이 축은 제 3의 벡터축이고 문학을 2차함수가 아니라 '위치+속도(긴장도)'라는 3차함수로 만드는 요인이 된다. 시인들에겐 이 미학성 또한 선택하도록 되어 있다. 요컨대 예술성과 사회성을 대립의 코드로 삼았을 때 최인훈이 고백했듯 '통일장이론'은 구성되지 않는 반면 사회성과의 대립 축을 개인성으로 설정하고 그 가운데 예술성의 축을 가로세운다면 모든 좌표값의 문학작품들은 그 자리에서 자체 발광하는 에너지를 지니게 된다. 즉 예술성과 사회성 사이의 오랜 갈등은 애초에 잘못된 축의 설정으로 인한 것임을 알 수 있다.

따라서 작가가 이 둘 사이의 화해가 어렵다고 말하는 것은 역시 시인 개인의 몫이다. 그것은 주제론적으로 고민할 것이 아니라 방법적으로 고민해야 하는 문제이다. 실험실에서 숱한 관찰과 실험과 시행착오를 거쳐 시인이 달성해야 하는 성과이다. 그리고 그 성과에 대한 평가는 시대와 독자가 공동으로 한다.

오늘날 비평가는 주제를 두고 시의 가치를 평가하지 않는다. 시인이 존재론적 수직지향을 보이든 사회학적 수평지향을 보이든, 또 그것이 편향의 양상을 띠든 그들 사이에 참거짓을, 선악을 논하지 않는다는 것이다. 이 사이에선 어떤 선택도 허용된다. 그러나 예술성에 관한 한 애기가 달라진다. 사실상 예술성이야말로 시인의 윤리성을 판가름하는 척도라 해도 과언이 아니다. 그것은 직업적 성실성을 말해주는 것이자 독자와의 소통을 시도하는 책임있는 자세의 지표에 해당하는 것이기 때문이다. 시인이 혼신의 힘을 기울여 구현한 미학을 통해 독자는 시인의 목소리에 귀 기울이고 비로소 그의 세계에 다가갈 수 있는 것이다.

5. 글을 맺으며

'4월'을 계기로 하여 문학의 시대성 및 사회성에 관한 고찰을 해 보았다. 우리 현대사의 원류인 4·19를 통해 문학의 통시적이고 공시적인 조건을 살펴본 셈이다. 사회문화의 변화한 패러다임과 그에 따라 달라진 문학의 존재조건은 문학작품을 보는 과거적 인식틀을 벗어날 것을 요구한다. 과거적 인식틀이 다분히 이분법적이고 경직된 것이었다면 오늘의 인식틀은 보다 정교하고 유연하며 포용적인 것이 되어야 할 것이다. 물론 과거의 빛나는 부분들을 잃지 않고 보존해가는 일은 당대의 책무에 해당한다. 이들을 종합한 새로이 정립된 인식틀은 문학의 영토를 보다 기름지고 풍요롭게 할 것이며 문학을 보다 제련되고 여유롭게 하는 데 기여할 것이다.

인터넷 시대, 탈주체를 넘어서는 문학의 전략

1. 기획—2000년대의 문학적 성과

2010년 여름호의 계간지 특집들은 새로운 밀레니엄이 시작된 지 10년이 되었다는 사실을 상기하면서 기획되었다. 시대의 획기적 전환점이 될 것이라는 기대와 흥분으로 맞이되었던 2000년대는 10년 단위의 역사 인식 속에서 어느덧 갈무리를 요구하는 시점에 이르렀다. 다수의 계간지들은 그간의 성과와 흐름들을 정리하고 향후 10년의 문학적 경향과 과제를 진단하는 글로 특집을 구성하였다. 인터넷 사용으로 급속도로 변화하는 문화 패러다임과 그것에의 적응을 다룬 『작가세계』(2010, 여름)의 「혼종공간 – 미디어 환경 변화로 본 문학/문화장의 미래」에서부터 21세기의 새로운 주체정립 문제를 제기한 『문학동네』의 「우리는 누구인가」, 『문학사상』(2010년, 7월호)의 「2000년대 한국문학 결산」, 『서시』(2010, 여름)의 「한국현대시의 지평을 넓힌 시인들」 등이 그것이다. 이러한 방식의 기획들은 모두 우리 문단이 방황과 혼란의 와중에서도 모색과 갱신을 통해 시대와 호흡하는 새로운 흐름들을 만들어냈다는 진화론적 시각 위에 서 있음을 알 수 있다. 따라서 이들 기획은 우선 2000년대에 등장했던 문단의 신경향들을 문학사 속에 자리매김하면서 이러한 문단의 신경향들이 비롯된 사회 문화적 맥락과 배경을 객관적이고 비판적인 시각에서 조망하는 작업으로 수렴됨을 알 수 있다.

2000년대의 시단의 변화 가운데 가장 두드러진 점은 이미 2006,7년 즈음에 쟁론화되었던 '미래파' 현상에서 그 일단을 확인할 수 있을 것이다. 통일된 내적 규정 없이 한 평론가에 의해 우연적으로 부여된 '미래파'라는 용어는 그 개념이 엄밀하지 못했던 만큼 논쟁에서 생산적 성과를 내기보단 논쟁을 위한 논쟁 차원에서 끝난 감이 있지만 이는 역으로 말해 우연적으로 발화된 용어가 쟁론을 일으킬 정도로 그 현상이 중요한 시대성을 지니고 있었음을 암시하는 대목이라고 진단해 볼 수 있다. 그것은 시단의 세대논쟁과도 관련되는 것으로서 2000년대에 들어 등장한 일련의 신세대 시인들의 신선하면서도 낯선 시적 문법들을 어떻게 볼 것인가를 질문하는 것이었다.

이때의 신세대들은 1970년대 중후반 이후 출생자들이면서 인터넷이 본격적으로 생활의 중심으로 자리잡기 시작하던 1995년 즈음에 대학 생활을 보냈고 20대인 2000년을 전후에 등단한 시인들, 김경주, 김민정, 송승환, 이영주, 이원, 황강록, 진은영, 박장호, 박후기, 김경인, 김행숙 등등을 가리킨다. 이러한 프로필의 세대들이란 포스트모더니즘이 새로운 문화가 아니라 체질적으로 너무도 익숙하고 자연스러운 문화였으며 정보화시대가 혼란스러운 정보유통구조로서가 아니라 지극히 합리적이고 자유롭게 여겨졌고 환타지가 하나의 사조 정도가 아니라 새로운 인식틀로 기능하는 자들로서, 그 이전세대들에겐 이 모든 문화 현상들이 힘겹게 적응해야 하는 새로운 패러다임들이었다면 이들 세대들에겐 생득적인 생의 조건이자 자연스런 활동의 바탕이었음을 의미한다. 한마디로 디지털 제 1세대라 할 만한 이들이 변화한 시대에 너무도 어울리고 활력적으로 다가왔던 것은 당연한 일일 것이다. 이들은 대체로 호흡의 공통 속도를 지니고 있으며 스타일과 감각의 유사성과 사유와 인식구조의 동일성을 드러낸다. 상상력 또한 인식구조의 변화에 따라 낯설다 못해 기괴하기까지 한 정도에 이른다. 이것은 그들이 어떤 특정한 사조를 겨냥하거나 창출된 유행을 따르거나 서로 합의한 이념이 있어서 그러한 것이 아니다. 그것은 이들이 같은 시대를 살면서 동일한 문화 환경을 흡수한 데서 비롯된 것이다.

이들을 성장시킨 문화 환경의 이질성이 획기적인 것이라는 점은 이들 이전 세대들에겐 너무도 선명하게 이해된다. 포스트모더니즘과 정보화사회라는 패러다임은 문학사를 10년 단위로 대등하게 분절하는 대신 이를 기점으로 그 이전과 그 이후로 양분할 정도로 문화의 지형도를 바꾸어 놓은 것이 사실이다. 그것은 낯선 세계가 아닐 수 없었고 새로운 문화의 조건임을 부정할 수가 없다. '미래파'라는 명칭은 숙고되지 못한 것이지만, 그래서 과거 모더니즘의 한 갈래 정도로 인식되기도 하는 혼란을 일으키지만, 그러나 이것은 새로운 밀레니엄을 여는 전혀 다른 시적 문법이라는 점에서 적절한 명칭일 수 있다. 이들 속에 있는 새로운 상상력, 새로운 인식틀은 비단 포스트모더니즘이라는 새로운 사조를 정립하려 했던 전 세대들의 기법적이고 작위적인 차원에 놓여 있는 것이 아니라 이를 방법적으로 내면화시킨 위에서 기존의 세계와 다른 차원의 세계를 열어놓는 데 바쳐지고 있다. 이 다른 차원의 세계는 향후 미래의 우리가 가장 주요하게 살아가고 만나게 될 세계다. 이들이 충격적이었던 것은 이 때문이었다. 따라서 이들에 대해서는 들뜬 논쟁을 넘어서 차분하고 면밀한 검토가 요구된다. 이들에 대한 탐색이야말로 새로운 시대를 열어가는 경로이자 문(門)이 될 것이기 때문이다.

2. 매체의 변화로 변화된 것들

이제는 그 비중을 말하는 것조차 새삼스러워졌지만 인터넷과 휴대폰 등의 디지털 매체의 존재가 어디까지 발전하고 인간 삶의 어느 부분에까지 영향을 미치는지에 대한 진지한 진단에 대해서는 아직도 우리는 소극적인 것 같다. 생활이 온라인화되어 경제활동 및 정보활동에서 신속함과 편리함을 구가하고 있지만 이에 대해 여전히 우리는 대자화되어 있지 못하다. 이들 새로운 매체의 눈부신 진화의 속도는 현란하기 그지없어 우리는 이에 기술적으로 적응하는 것만으로도 벅차하며 또 만족해하는 것은 아닐까.

「전자책과 출판시장의 변화」(백원근, 『작가세계』, 2010. 여름)에서 백원근이 염려하는 것도 결국 이것이다. 이 글의 필자는 전자책에 대한 관심이 현재 출판계 최대의 화두가 되고 있는데 이것은 출판업종의 생존 자체에 대한 막연한 불안과 위기감의 표현이라 지적하고 있다. 전자책의 채산성을 꼼꼼하게 검토하고 있는 이 글에서 백원근은 전자책은 현재 관심이 고조되고는 있지만 사실상 사업성도 떨어지고 그것이 일반화되기에서 10년 이상이 걸릴 것이라는 전망을 내비치고 있다. 그는 이러한 붐이 일시적 거품일 뿐이라고 덧붙인다.

이 글에서 읽고자 하는 것은 전자책의 전망 여부가 아니다. 다만 전자책에 대한 백원근의 진단을 통해 우리가 IT매체에 어떻게 접근하고 있는지를 엿보고자 하는 것이다. 그의 진단을 보면 우리가 진보하는 IT매체에 관한 한 막연한 심정을 지니고 있을 뿐이라는 사실을 짐작할 수 있다. 우리는 그것의 발달 정도에 즉자적으로 휘둘릴 뿐 이에 대해 주체적이고 대자적으로 접근하는 데엔 사실상 역부족으로 느껴진다. IT 기술의 발달에 따른 대중의 관심과 경제성에 마냥 놀라워하고 있을 때 그것은 어느 순간 생활의 근간에까지 침투하여 우리 삶을 뒤흔들 것인데도 말이다. 그런 점에서 '전자책'에 관한 백원근의 냉철한 진단은 또 한 번의 기술 진보 앞에 갈피없이 혼돈스러워했을 우리에게 시사해 주는 바가 크다.

IT 기술이 가져온 사회문화적 변화에 대해 우리가 더욱 능동적으로, 더욱 면밀하고 치밀한 담론으로 접근해야 한다는 주장은 그것이 오늘날의 (~~~)의 부재 현상의 핵심 원인이 된다는 나름의 판단에서 비롯한다. 소실된, 아련한 기억이 된, 지금은 부재하는 (~~~)이란 무엇이 있는가?

우리는 이 사라진, 공허하게 흔적만 남은, 무기력하기만 한 그 무엇들 (~~~)에 대해 많은 것을 떠올릴 수 있다. 예를 들어 시민주체, 행동하는 지식인, 저항세력, 문학의 정치성, 소통에의 의지, 공동체다운 화합, 인간의 정신성, 리얼리티에 대한 존중 등이 그것이다. 과거 역사시대를 이끌어왔던 이것들은 어느 순간 일거에 사라짐으로써 오늘날 우리들을 커다란 무력감과 상실감에 빠트리고 있다. 변화된 상황에 의한 부재감과 무력함의 혼돈은 이것들을 단지 변화된 시대 탓으로 간주하고 말기에는 그 절망의 정도가 심각하다. 우리는 기술이라는 물질의 힘에 인간의 지엄함을 증명하는 정신의 자리를 내어주고 만 것이다. 요즘 몇

몇 문예지의 특집란에 '정치적 담론'을 호소하는 기획이 눈에 띄는 것
도 이와 같은 사태를 비판적으로 성찰한 때문이라 하겠다.

나는 이들 정신적인 모든 것들이 일거에 사라진 까닭이 IT와 관련이
있다고 본다. 정확히 말하면 일시에 사라진 것들은 우리 사회에서 완
전히 소멸한 것이 아니라 특정 공간 속에 갇혔다고 볼 수 있다. 그것은
물론 가상공간이라는 시뮬라크르의 세계 속이다. IT 매체가 만들어낸
가상공간이 우리 인간들의 행위를 거대한 블랙홀처럼 흡수해들임으로
써 행위는 있지만 그것이 가상적인 것이 되어 버리게 하는 사태를 가
져왔다. 가령 우리의 젊은 세대들은 요즘 사실상 정치적 담론들을 활
발하게 펼쳐내고 있으며 그 어느 시대보다 더 적극적인 참여와 소통을
이루어내고 있다. 이들은 악성댓글을 마다않고 자기주장을 개진하며
집권정부에 대해 극렬한 비판도 아끼지 않는다. 인터넷으로 인해 대화
의 열기는 더욱 뜨겁고 네티즌으로서의 교양 함양에도 무관심하지 않
다. IT는 가히 가장 자유로운 공간으로서 모든 인간을 능동적이고 주체
적으로 활동하게 하는 장이 되어 준다.

그러나 이것은 온라인에서의 활동일 뿐이다. 우리는 온라인에서 글
을 쓰고 온라인에서 대화하고 그 안에서 내가 되고 그 안에서만 자유
롭다. 우리는 점차로 온라인에서 운영되는 시스템의 질서와 정교함에
익숙해있으며 그 안에서의 인간관계와 자유에 편안해 한다. 온라인에
서 임의대로 할 수 있는 삭제와 수정은 내가 고정된 무엇으로 있어야
한다는 강박관념을 해소시킨다. 말 그대로 '인터넷은 우리를 자유케 한
다'. 그것은 절대 권위의 공간이 되어 무소불위의 힘으로 모든 것을 빨
아들이는 것이다.

그리고 모든 것을 흡수한 가상공간은 인간으로 하여금 가상적인 질

서와 시스템의 노예로 전락시킨다. 가상공간에 길들여질수록 인간은 시스템화된 인간이 되고 가상적인 자유에 탐닉하게 된다. 질서화되지 못한 공간에서 인간은 불안하다. 시스템이 부재한 공간에서 불안한 인간은 쉽게 짜증내고 성말라져간다. 인간은 자신의 삶을 더욱 시스템화하려 하고 일사불란하게 관리하려 든다. 그것이 편하게 느껴질 뿐 결코 억압으로 인식되지 않는다. 스스로 기계가 될 것을 명령해도 인간은 그것을 모독으로 여기지 않을 것이다.

또한 시대의 중심이 된 인터넷은 인간 활동이 이루어지는 모든 영역을 가상현실화 해버린다. 인간들의 활동은 자기 영역에만 국한된 하나의 시스템으로 전락하여 다른 영역과의 교류와 소통에서는 단절된다. 인간의 활동은 문화 속으로 기억되지 못한 채 곧이어 삭제되어 버리는 일회성의 운명으로부터 벗어나지 못한다. 이렇게 변한 인간을 두고 홍기빈은 "인간이라는 존재가 실로 하찮은 것이 되어버렸다"고 한탄한다. 그의 "인간 내면에 대한 조종과 지배의 기술이 전대미문의 경지로 발전하여 이제는 인간이 그 쇠사슬에 저항조차 하지 않는 (힘에 눌려 못하는 것이 아니라 원하지 않는) 상태가 되었다"(「인간의 위기와 자치 기획」, 『문학동네』, 2010, 여름)의 지적은 바로 IT기술에 의해 길들여진 시스템화된 인간을 가리키는 것에 다름 아니다.

오늘날 우려의 목소리가 높은 시민의 탈정치화 및 정치적 주체 부재 현상 역시 포스트모더니즘의 한 양상인 동시에 법과 제도 정치를 독점적 시스템으로 운영하는 보수 신자유주의 정권의 독단적이고 전체주의적 태도에 기인한다. 거대한 기계로서 작동되는 사회에서는 모든 시민은 그것의 부속물로 기능하도록 요구되며 이의 효율적 진행을 가로막는 어떤 인자들도 범죄자로 낙인찍힌다. 실용성과 효율성이 최고의 가치로 인식되는 이러한 체제 속에서 시민은 홍철기의 지적대로 "전체가 잠재적인 테러리스트"(「'시민 없는 법치'를 넘어서:갈등의 민주화와 포퓰리즘의 정치화」,『작가세계』, 2010, 여름)로 간주된다. 때문에 시민들은 법과 제도 정치권에 사회기계의 운영권을 양도함으로써 스스로를 형식과 규율에 종속시키고는 자신은 개인화된 탈정치적 영역에서 나름 자유를 구가하며 살아간다.

이처럼 IT는 표면적으로는 인간에게는 자유를, 사회에는 질서를 부여하는 듯하면서도 다른 한 편으로는 이 둘을 분리, 단절시키고 인간을 사회로부터 소외, 기계화하는 '보이지 않는 손'으로 작동한다. 이에 따라 인간은 자신의 소관이 아닌 영역 안에서는 더 이상 결코 꿈을 꾸지 않는다. 이 사이엔 온라인과 오프라인의 간격이 있고 개인과 사회, 탈정치와 정치의 모순이 가로놓여 있다. 사태가 이러하다면 홍기빈의 주장대로 "인간이 자기 스스로의 영혼의 가치와 자유를 산업 문명과 공존시킬 수 있도록, 개인이 아닌 전체 공동체의 관점에서 다시 사회를 복원하는 가운데에 '복합사회에서의 자유'가 가능한 정치경제체제를 건설"(앞의 글)하는 일은 공허한 바램에 그칠 것인가?

3. 디지털 세대의 문학과 '우리'

IT기술이 일으킨 우리 삶의 변화와 관련해서 간과해서 안될 또 하나의 것은 2000년대 등장한 문단에서의 새로운 주체들 또한 이 새로운 매체와 불가분리의 관계 아래 있다는 사실이다. 앞서 말했듯 이때의 신세대 시인군은 시대로부터 길러진 IT세대로서 습속과 감각, 내면과 체질에서부터 디지털적인 인물들이다. 인터넷과 휴대폰을 통해 자아를 형성해온 이들은 진보된 기술이 부여해주었던 속도감에 맞춰 호흡하고 그것이 제공해주었던 정보를 익히며 학습한 세대들이다. 이들에게 새로운 매체가 마련한 공간은 놀이터이자 학습의 장이자 욕망을 구현하는 꿈의 터전이었다.

이와 같이 새로운 매체와 이들 간의 밀착된 관계를 주목해 볼 경우 우리는 디지털 패러다임이 이들의 시적 문법에 고스란히 배어들 것이라는 짐작을 어렵지 않게 할 수 있다. 속도감이 느껴지는 빠른 호흡, 삭제와 번복이 일상화된 중심이탈의 문장, 일관성 없이 방사되는 환각과 환상적 장면들, 그로테스크한 이미지와 기괴한 상상의 세계 등 소위 아방가르드적이고 반서정적인 이들 시의 문법들은 우리에게 해명의 과제를 주기에 충분하였다. 그것은 미학적 전위성을 띠는 이들 시들이 결단코 새로워서가 아니다. 엄밀히 말해 아방가르드 미학은 근대 이후 어느 시기에나 항상 있어왔던 지극히 반복적인 경향이라 할 수 있기 때문이다. 아방가르드 미학은 비단 2000년대에만 처음으로 등장했던 것이 아니라 유성호의 말대로 "문학사에서 상수적常數的인 어떤 것이다"(「2000년대 한국문학 결산」, 『문학사상』, 2010, 7월).

대신 이들 시가 우리에게 의미 있는 몸짓으로 다가왔던 것은 이들의 시대성, 말하자면 이들 시를 생산시키는 발생론적 원리가 시대적 함의를 띠었기 때문이다. 이들의 문법은 단순히 과거의 전위미학이 지녔던 파괴성과 저항성을 핵심으로 하는 것이 아니라 시적 원리 자체가 디지털적이라는 데 의미가 있다. 오히려 이들 문법은 파괴성과 저항성을 내세우기보단 이것을 흡수하고 스스로를 일정한 규범 내로 시스템화하고 있다. 파괴성과 저항성이란 개념이 사회와 관련된 맥락 위에서 권력화된 지배 세력을 겨냥할 때라야 성립되는 말이라면 이들 문법의 파괴성과 저항성은 그 방향이 불분명하다. 설사 지배 정권을 향한 현실 비판적 정치 담론을 다룰 때조차 그것은 언젠가 진은영이 고백하였듯이 비정치적 담론으로 유통될 뿐이다. 이러한 모순은 지금까지 우리가 경험하지 못했던 낯선 것이자 오늘날의 문화 환경적 특수성을 반영하는 것이다. 즉 이러한 모순 자체가 시대적이다. 이들의 존재에 대해 사회와의 소통을 회의하고 문단 권력을 읽기까지 하는 몇몇 시각은 시대와 이들 사이의 결탁에 대한 무의식적인 반감에 기인하는 것일 터이다.

이러한 사정, 표면적으로는 전위적이지만 사회와의 맥락에서 투쟁적이기는커녕 소통조차 의심되는 상황, 젊은 시인들의 공통의 감각으로 생산되므로 시대성을 띤다는 사실이야말로 우리에게 해명의 과제를 부과하는 대목이다. 이들은 문학사에서 어떤 존재로 자리매김될 것인가? 시적 문법이 디지털적이라는 것은 어떠한 정신적 함의를 지니는가? 또한 이들이 명실공히 전위성을 구가하려면 그들이 취해야 할 방법론적 전략과 전술은 무엇인가? 이들이 기존 시 그룹과 일으키는 불협음은 어떻게 해소해야 할 것인가?

우선 유성호는 2000년대 시단을 갈무리하는 자리에서 이들 시그룹을 '아이러니 정신'(앞의 글)의 담지자로 규정하고 서정의 확대라는 관점에서 포용하고자 하고 있음을 알 수 있다. 그는 기존의 서정시의 전통과 문법을 계승하고 있는 중견 시인들이 거대하게 포진하고 있음을 말하면서 이들의 다양하고 진정한 삶에의 탐구가 우리 시의 서정성을 심화시키고 있다고 한 반면, 신세대들의 경향은 '서정'의 외연을 넓히고 확산시키는 데 기여할 것이라고 전망한다. 그리고 여기엔 우리 시가 균열과 갈등을 그리는 비동일성의 미학까지 서정의 원리로 포괄해야 한다는 전제가 놓여 있다고 덧붙인다.

　한편 신세대들의 시적 경향을 집단성보다는 개별성과 다양성의 것으로 평가하면서 이들에 대해 계보화를 하는 것 자체가 불가능하다고 보는 유성호는 신세대들에게 "그들의 사유와 표현이 생의 경험을 집적한 오랜 축적의 원리에 의한 채굴작업이 되어야 한다"고 주문한다. 유성호는 신세대들의 새로운 문법이 다분히 "인공 언어의 도금 작업"에 불과한 혐의를 지니고 있다고 비판하면서 그들이 이를 뛰어넘기를 바라는 것이다. 그러할 때 그들이 우리 시사에 의미있는 시적 궤적으로 그 존재를 새길 수 있으리라 판단에서이다.

　신세대 시인들을 바라보는 유성호의 시각은 이들 시의 언어적이고 형식적 측면의 공통점이 개별 시인들의 세계를 이해하는 데 크게 도움을 줄 수 없다는 데 서 있다. 즉 신세대 시인들의 문법적 특성으로 공유되는 여러 양상들, 기표 유희, 환각과 환상, 그로테스크 이미지, 난해성 등은 각 시인의 정체성을 해명하는 시적 특수성으로 볼 수 없다는 것이다. 실제로 이들 기법들은 지극히 무난하게 포스트모더니즘 기법에 포괄되는 것들이 아닌가. 바꾸어 말하면 유성호는 이러한 측면을 넘어선 경험적 사유의 차원에서 각 개별 시인들의 내면세계를 파악하길 요구하는 것이다. 때문에 이러한 관점을 긍정할 경우 우리는 각 시인들의 작품들을 세심하고 면밀하게 검토하는 작업을 수행해야 한다는 당위 앞에 놓이게 된다.

　그러한 점에서 『서시』(2010, 여름)의 특집 「한국현대시의 지평을 넓힌 시인들」을 눈여겨 볼 수 있을 듯하다. 박후기, 김경주, 최금진, 신영배 등 신세대 시인들의 작가론을 싣고 있는 이 특집에서 우리는 박후기의 언어의 디지털적 문법 속에 비스듬히 놓여 있는 현실 비판적 담론을 만나게 된다. 소재로 '미군기지'를 가져오고 '용산참사'를 다루고 실업자, 철거민 등 소외된 사람들을 말하는 그의 시는 평론가 이민호에 의하면 과거 선배 시인들의 리얼리즘적 전통을 이어받은 것이다. 이민호는 박후기의 시가 이것들을 파토스적으로 다룸으로써 의미의 울림을 만들어내고 재현의 승리를 보여준다고 평가한다(「리얼리즘 궤도 이탈과 깨진 조각」). 그러나 박후기의 시는 이것으로 그치지 않는다는 데 독특성이 있다. 그는 과거 리얼리즘 시와 달리 이들 소재를 개별적이고 '깨진 조각 상태'로 전유하는데 여기에 신진다운 언어가공미학, 디지털적 문법이 개재되는 것이리라. 이러한 박후기의 시에서 이민호는 과거의 단순한 리얼리즘에서 이탈한 새로운 형태와 기능의 리얼리즘을 발견한다. 이는 신세대 작가에 대한 개별적 검토가 시의 언어적 문법을 넘어서 정신사적으로 어떠한 의미망을 구현하는지를 잘 보여주는 예라 보인다.

신세대 그룹의 대표주자로 손꼽히는 김경주의 경우 우리는 그의 재기발랄한 언어구사력과 시적 구성력에서 디지털적 언어 문법의 포화상태를 경험한다. 당연히 포스트모더니즘 기법이 전방위적으로 드러나는데 그의 시에서 이러한 것들은 파괴성과 저항성으로 초점화되는 대신 시적 언어의 측면으로 시스템화되고 그 후 의식과 사유의 다른 차원이 개진되는 상태가 그의 시에 나타난다. 이와 관련하여 비평가 송종원은 그가 존재론적 간극과 소통의 문제에 대해 대결했다고 분석하고 있다. 김경주는 오늘날의 "주체가 처한 근본적 상황"을 잘 이해하고 있으며 "그 근본적 상황 안에 주체들 사이의 소통의 가능조건 또한 포함되어 있음"(「그의 언어에는 "결"이 있어라」)에 주목하고 있다는 판단이다. 송종원이 파악하는 '주체가 처한 근본적 상황'이란 짐작컨대 오늘날의 우리 사회가 당면하고 있는 고립과 단절의 양태를 지시하는 것일 터이다.

여기에는 앞서 고찰하였듯 인터넷이라는 거대한 자유와 대화의 공간이 형성되어 있지만 그것이 On-line에 국한된 가상세계로 머물러 있는 한 대화와 소통, 자유와 화합이란 사실상 허구에 불과하다는 인식이 전제되어 있음을 알 수 있다. 사회 전체가 거대 기계로 시스템화되어 있는 상황에서 주체들의 근본적 상황은 고립과 단절 이상이 아니다. 송종원이 볼 때 김경주의 시가 좋은 까닭은 그가 이러한 '주체'의 문제를 다루고 있기 때문이다. 김경주는 "주체의 결여가 아니라 어긋남"을 다루고 있으며, 때문에 "다른 주체들간의 소통과 공명 가능성"(위의 글)을 모색한다는 것이다. 그리고 김경주의 언어에서 보이는 놀라운 활력이야말로 이 문제를 해결하기 위한 매개에 해당한다고 본다.

신세대 시인들에 대한 이와 같은 개별적 접근은 이들의 문학적 성과를 판별하기 위한 올바른 접근이 무엇인지에 관해 짐작하게 해 준다. 그것은 이들을 묶어내는 공통성과 개성을 동시적으로 파악해야 한다는 것을 의미한다. 공통점이 시적 형식의 기괴성과 난해성에서 보여지듯 문화적 환경에서 비롯된 시대적 성격을 띠는 것이라면 개성은 그것들의 바탕 위에서 형성된 경험적이고 정신적인 것이다. 이들 시인들의 시적 문법의 난해성을 세심하게 솎아내가며 그들의 의식세계에까지 이른다면 우리는 이 속에서 우리의 시대적이고 현실적 문제를 풀어가는 실마리를 얻어낼 수 있을 것이다. 시대성을 띤 시들에 대한 개별적 접근이야말로 오늘날 변화된 문화 지형 안에 숨겨져 있는 모순들과 만나게 해 줄 것이기 때문이다. 또한 이것은 신세대들과 중견 시인들 사이를 가로지르는 존재론적 고민들을 동시적으로 성찰케 함으로써 시사에서의 단절과 세대간의 불협음을 해소하는 데도 기여할 것이다.

　IT기술이 주도한 디지털 패러다임은 우리의 사회 문화적 환경을 근본적으로 뒤바꾸어 버렸다. 이것의 힘은 우리의 생활은 물론이고 의식 구조까지 전일적으로 변화시켰다. 새로운 물질은 우리의 정신에까지도 지배적으로 침투해 들어온 것이다. 이 점에 대해서는 아무리 강조해도 지나치지 않을 것이다. 그러나 환경이 아무리 달라져도 사회의 주체로서 해결해야 하는 인간 문제는 결국 동일한 범주로 구성된다. 존재론적 문제, 사회정치적 관계의 문제, 경제구조의 문제는 인간의 생존을 위해 고민해야 하는 변하지 않는 범주에 해당된다. 이를 담론으로서의 문학이 다루지 않을 경우 사회의 진보를 기대하기가 어렵다는 것은 자명하다. 이를 위해 가장 먼저 선행되어야 할 것은 우리 문학이 놓여 있는 문화적 환경의 시대적 특수성에 대한 파악일 것이다. 이러한 맥락적 고찰이 우선적으로 이루어지지 않은 상태에서의 문화운동이란 무의미하다. 시대를 이끌어가기 위한 전략과 전술은 그 위에서 비로소 산출될 수 있기 때문이다. 시스템화된 사회를 넘어서기 위한 On-line과 Off-line을 가로지르는 실천력, 시스템 관리에 있어 그 누구에게도 양도하지 않는 주체성, 주어진 시스템에 종속되기보단 정합적인 시스템을 창출하려는 창조성, 이것들을 지니고 시대의 문제와 대면하는 것, 그것이 우리의 진정한 주체로서의 얼굴일 것이다.

해체 문학의 혁명성과 관념성의 사이

1. 문학과 현실

분명 문학은 그 무엇에 대한 체험에서 비롯된다. 우리가 겪는 소소한 일상을 비롯해 사회, 정치, 종교 등의 생활상들은 우리에게 시적 소재를 제공하는 주요 기반이다. 작가들은 이들 체험역에 의식과 상상을 교직시키며 실재와 상상, 모방과 창조의 다양한 스펙트럼을 산출한다. 이 속에서 작가는 때로 당대적 현상에 조응하거나 이에 도전하고 전복해가며 문학의 새로운 시대적 흐름들을 만들어가는 것이다. 즉 문학은 시대의 한가운데서 시대와 호흡하고 시대를 이끌어간다. 그런 점에서 문학은 가장 시대적인 것이고 가장 시대적인 것이야말로 문학의 자양분이 되었다.

그렇다면 오늘날의 해체적 문학을 체험과의 관련 속에서 어떻게 말할 수 있으며 이에 대해 우리가 취할 수 있는 대자적 태도는 무엇인가. 이 새로운 문학적 현상들을 지켜보면서 우리는 놀라움과 즐거움을, 우려와 안도의 복합적 감정들을 겪어온 것이 사실이다. 이들은 많은 경우 난독증을 유발하고 독해불가능성을 낳기도 하였다. 그것들은 문자를 따라가면서 의미를 즉시 해독하게 되는 텍스트의 일반적 독해과정을 교란시키고 독자로 하여금 한없이 지면 위를 헤매게 하는 것이다. 독자가 텍스트 위에서 위로 아래로의 종횡무진의 시각운동을 하는 동안 의미의 흐름은 막히고 끊기기를 거듭한다.

텍스트 내에서의 의미의 통합을 부정하고 해체와 지연을 꾀하는, 이 과정에서 의미의 확정을 기하는 적당한 정주 대신 욕망의 충동과 요동을 과시하는 도전적이고 파괴적인 구문들의 제시는 오늘날 해체 문학의 일반적인 현상이라 할 수 있다. 또한 이들은 구문에서의 해체에서 멈추지 않고 현실의 일회성을 조롱하듯 초현실적이고 환상적인 세계를 도발적으로 펼친다. 소위 포스트모더니즘 문화 현상이라 할 수 있을 이들 문학적 현상들은 그러나 이제 어제 오늘에 국한된 경우가 아닌 것이 되었다. 물론 이들 문학들이 보여주는 해체 및 현실 부정의 작업을 통해 우리는 모종의 해방감과 인식의 새로운 차원과 방법들을 습득해나갔다. 이들의 파괴적 운동에 의해 사회의 다양한 영역에서의 권위주의는 점차 기각되었고 억압되었던 비이성들은 서서히 그 모습을 드러내었던 것이다. 지난 1-20여 년에 걸쳐 전개된 이들 새로운 경향의 문학적 현상들은 난해성을 취약점으로 지니면서도 그들이 기반했던 이념적 지향에 맞게 긍정적 효과를 낳았음을 알 수 있다.

그렇다면 오늘날 이들 문학은 충분히 시대적인가? 본래 문학이 당대적 현실을 다룸으로써 시대의 한가운데서 시대와 호흡하고 시대를 이끌어간다고 한다면, 또한 그러는 한에서 시대적이라는 위상을 부여받는다면 오늘의 해체적 문학은 문학의 이와 같은 대전제에 비추어 볼 때 어느 정도로 일치하고 얼마만큼 시대적인가? 우리의 해체적 문학들은 오늘의 어떤 현실을 다루어 나가는 것인가?

2. 해체의 이념

『애지』(2010, 가을)의 기획특집 「기이한 네 얼굴–현대시와 추의 미학」은 오늘날의 새로운 시적 경향을 한 마디로 '추의 미학'이라 명명하면서 이것이 탈근대 미학의 일반적인 예술의 속성이라 진단하고 있다. 탈근대의 미학은 정형, 대칭, 조화, 균형, 질서보다는 기형, 비대칭, 부조화, 불균형, 무질서, 천박 등을 추구한다는 것이다(『애지』, p.31). 필자 이형권은 현대인의 미적 취향이 개성화, 다양화되는 문화 현실 속에서 추의 미학 역시 옹호되어야 한다는 주장과 함께 이의 구체적 양상으로 혼성성, 환상성, 엽기성, 복고성을 제시한다. 이형권 평론가가 제시한 이 네 가지 키워드는 시대를 대표하는 미학의 핵심 기법에 해당하는 것이다. 그리고 패러디, 패스티쉬로 잘 알려져 있는 혼성성에 대해 이형권은 일방적이고 독단적인 기존 가치관에 대한 전복의 의미를 찾고 있다(p.35). 환상성에 대해서도 그는 이를 단지 흥미 위주의 장르 차원을 넘어서서 '모방'과 구별되는 문학적 요소로 자리매김될 수 있으며, 혼성성과 마찬가지로 현실의 다면성에 대응하기 위한 전복적 상상으로 간주될 수 있다고 주장한다(p.35). 그 밖에 엽기성과 복고성에 대해서도 이형권은 이들 모두가 근대미학에 대한 일탈의 의미망에 놓인다고 말하고 있다.

오늘날의 시적 경향에 대한 이형권의 이와 같은 규정은 무엇보다 현대시에 대한 요령 있는 점검이라는 점에서 관심을 끈다. 이는 오늘의 새로운 시들이 보여주는 시적 속성들을 적절히 갈래지어 줌으로써 우리의 현대시가 지니는 성격을 개괄하게 해준다. 또한 현대시에 대한 추의 미학이라는 범주화는 자칫 산발적으로 산출되기 마련인 현대시에 대해 미학적 규범과 위상을 부여해준다는 점에서 유의미하다. 여기에서처럼 오늘의 탈근대시는 추의 미학이라는 명명에 의해 그 속성과 이념성이 규정될 수 있을 것이다.

그러나 추의 미학이 현실과의 함수 관계 속에서 부여된 명칭이라 할지라도 이들 탈근대시들이 진정 현실과의 긴장 속에 놓이는가의 문제는 좀더 진지하게 고구되어야 할 부분이다. 이형권도 지적한 바 있지만 오늘의 새로운 문학들이 단지 새로운 것을 위한 새로움, 매너리즘에 빠진 키치화에 불과한 경우에 대해서는 엄격히 경계해야 할 것이라는 점이다. 과연 '추의 미학'이라는 자의식 아래 과연 이들이 추구하는 전복성은 무엇에 대항한 것이고 그 의도는 어느 정도로 성취되고 있는가?

이 문제를 풀기 위해 몇 가지 역사적 사실들을 검토해 보고자 한자. 먼저 포스트모더니즘의 철학적 모태라 할 수 있는 포스트구조주의가 과거 1968년 프랑스에서의 드골 정권을 향한 학생운동의 결과에서 비롯되었다는 점을 기억해보자. 드골 정권의 실정에 대한 비판세력들의 투쟁은 당시 보수 정권에 큰 타격을 입혔다. 결국 정권 붕괴에까지 이르지는 못하였기 때문에 실패한 혁명이라 명명되었지만 데리다, 푸코, 들뢰즈 등의 당시 지식인들이 직접적 현실 투쟁 대신 텍스트 운동을 통해 권위주의와 절대주의에 도전하였다는 점은 주지의 사실이다.

그러나 이들은 구조주의의 틀에 기대 탈구조주의를 기획했던 만큼 한편으로는 텍스트가 지닌 자율성의 측면과 다른 한편으로 체제 비판이라는 현실성의 측면을 동시적으로 안게 되었다. 체제 비판적 지식인들에 의해 생산되었으므로 탈구조주의는 현실적 혁명성을 지녔지만 텍스트를 통한, 텍스트 내의 해체 운동이었다는 점에서 탈현실성을 지녔던 것이다. 이 양면적 성격 때문에 탈구조주의는 현실 변혁적 기능을 가지면서도 반면 현실을 외면하는 기능 또한 가지게 되었다. 탈구조주의의 영향으로 세계가 기성 권위주의에 대항한 운동으로 들끓었던 것이 현실 변혁적 기능이었다면 탈현실성은 이 운동이 현실과의 긴장감을 상실할 때, 즉 텍스트 내에 국한된 해체로 경화될 때 발생한다.

이러한 사정에 비추어 볼 때 우리나라에서 대략 1990년대부터 서서히 모습을 드러내었던 해체적 경향의 시들은 어떤 의미와 좌표를 점하는가? 이 시기 문단의 큰 세력으로 자리잡게 된 텍스트 해체운동은 어떠한 시대적 함의를 지니는가? 이후 여러 다양한 양상들의 시적 전개 아래 생태주의 및 여성운동, 동양적 상상력이 현실에의 정합성을 지닌 채 꾸준한 자체발전을 이루어나가고 있었다면 그 동안 급기야 미래파라고 명명된 텍스트 해체 운동은 현실과의 긴장을 어떻게 유지하며 전개되어 왔는가?

이 같은 질문은 오늘날의 시들이 과연 어떠한 현실적 체험들을 대상으로 하여 시 생산에 나서는 것이며 이에 따라 과연 그것이 어느 정도로 시대성을 띠는가 하는 앞선 질문과도 맥을 같이하는 것이다. 또한 '추의 미학' 아래 이들이 추구하는 전복성은 무엇이고 그 성과는 어떠한가의 물음과도 같다. 실제로 오늘의 새로운 시들이 현실과 어떠한 관련성을 지니는가에 대한 면밀한 분석과 충실한 고민이 이루어지지 않는다면 이들의 시대성은 의심될 수 있으며 따라서 이들 라인의 진보에 대해서도 확언할 수 없게 된다. 이들의 시적 경향이 파괴를 위한 파괴,

단지 새로움을 위한 새로움에 그친다면 이들의 해체 운동은 현실과 이 반된 채 텍스트에 국한된 유희적 해체가 될 것이다. 요컨대 포스트구조주의에 방법적 틀을 기대고 있으므로 혁명성과 탈현실성 양면성을 지니는 오늘의 탈근대시들은 그것이 현실과의 팽팽한 대결의지를 상실할 때 텍스트 해체의 에너지는 결코 현실에로까지 전이될 수 없을 것이라는 사실이다.

3. 현실과의 정면 대결을 위하여

시인은 그의 전존재를 시에 건다. 가장 순수하고 치열한 삶의 정수를 시인은 시에 투영하기 마련이다. 따라서 시는 영혼의 흔적이며 살아 있는 정신의 점화이다. 언어는 이 세상에서 이러한 정신의 에너지를 견딜 수 있는 흔하지 않는 도구에 해당한다. 즉 시인이 언어를 다루는 일은 자신의 정신과 영혼을 벼리는 작업에 해당한다고 볼 수 있다. 이러하기 때문에 시적 언어는 그것이 시인의 영혼의 밀도를 고도로 함유할 때 독자에게 강한 울림으로 다가온다. 시인이 자신의 존재를 얼마나 어떻게 이입하는가에 따라 시의 질적 가치가 획득된다는 것이다.

이는 시인에게 자신의 존재에 대한 성찰이 어떤 의미를 지니는가를 알 수 있게 해 주는 대목이다. 자신의 존재기반에 대한 예민한 자의식적 각성이 전제될 때라야 언어는 비로소 생생하게 살아 자체로 혼이 되고 정신이 될 것이기 때문이다. 이때의 존재론적 성찰이 좌표값 없이 진공 속에서 이루어지는 것이 아닐진대 현실과 존재가 서로 배치되는 요소가 아님은 물론이다. 오히려 존재는 곧 현실이다. 모든 치열한 존재론은 가장 현실적인 것이다.

이 점이 좋은 시에 대한 일 기준이 될 수 있지 않을까? 좋은 시는 그 어떠한 허위나 권력의 조작에 의해 지지되는 것이 아닌, 시인의 순결하고 고고한 몰입과 정진에 의해 이루어지는 것이라는 점이다. 시인의 자신의 존재론적 기반에 대한 철저한 자의식적 쟁투야말로 훌륭한 시의 조건인바, 이에 필요한 것은 광야와 같은 자유와 고독일 뿐 현실의 권력이나 물질적 풍요가 아닐 터이다. 이와 관련하여 『시와 사람』(2010, 가을)의 기획특집 「동인문학의 허와 실-단독자를 위하여」(김석준)를 의미 있게 읽을 수 있을 듯하다. 이 글에서 김석준은 예술의 본질을 "단독자의 고독한 향연"이자 "영혼에 관한 유일무이에의 열망"이라 전제하고 이러한 "예술의 생래적 운명"과 "담론의 질서" 사이에서의 "동인문학의 위치"에 대해 문제제기하고 있다(p.147). 즉 단독자를 지향하는 예술이란 이미 관행으로 굳어져가는 담론적 질서에 저항하는 것을 본령으로 취하나 오늘날의 집단화된 '동인문학'이란 담론에의 도발을 유도하기는커녕 하나의 문학권력이 되어 문학을 고착된 담론내로 포섭, 경화시킨다는 비판이다. 김석준에 의하면 권력화된 '동인문학'은 사회체계와 연대하여 구조화된 것이므로 이에 포섭된 문학이란 결국 새로운 담론을 창출하지 못한 채 지배 권력에 종속되어 갈 것이라는 점이다(p.150).

이 글에서 김석준이 가리키는 '동인문학'의 범주가 사실 다소 모호하기는 하지만 문맥에 기댄다면 그것을 일정한 권력을 행사하는 매체 전반을 의미한다고 해도 크게 틀리지 않을 것이다. 가령 특정 매체를 중심으로 한 인적네트워크 내에서 기획자와 시인 사이의, 동일한 이념과 담론들 사이에서의 결탁이 이루어진다면 이는 곧 출판 권력에 해당하는 것이자 문단의 섹트화라 할 수 있다. 이를 견제함으로써 김석준은 미래적 시, 담론에 대한 전복적 문학을 의도하고 있다.

> 현존하는 동인문학의 활동은 권력의 대타존재가 아니라, 또 다른 권력이거나 하나의침범할 수 없는 블록이다. …… 이를테면 동인은 문학적 이념의 공감대이자, 인간학적정서가 결합한 그 무엇인 까닭에 진입장벽이 높다. 따라서 그것은 섹터의 아원자이거나새로운 권력적 의식으로 무장한 섹터의 다른 이름이다. …… 헌데 이러한 시대적 조류에도 불구하고 현재 활동 중인 동인들의 면모는 권위에 항거하는 것이 아니라, 권위 밑에가라앉아 작은 단물을 향유하고 있다. 담론의 욕동 혹은 새로운 시 말길에의 욕구. 진짜문제는 새로운 담론이나 시말을 생산해내지 못하는 문학장의 지배권력에 있다(p.150-1).

김석준의 주장은 오늘날 출판 환경 속에서 암묵적으로 이루어지고 있는 문단의 동아리화에 대해 날선 비판을 가하는 것으로서 매체가 시인을 길들이고 이념이 시적 담론을 길들이는 문단계의 잘못된 관행을 예리하게 꼬집고 있다. 문단에서 행해지고 있는 인맥중심의 섹트화가 권력에 대항하고 고착된 담론을 넘어서야 하는 예술의 본질을 망각하게 하고 기성의 담론을 반복적으로 재생산하게 하리라는 것은 쉽게 짐작할 수 있는 일이다. 이 속에서 시인의 저항적 투쟁이란 기대하기 힘들다. 시인은 타자에 의해 요구되는 담론의 기능적 생산자로 전락할 것이며 이러한 시인에게 주어지는 운명은 창조와 생성보다는 고갈과 모방일 뿐이다.

과연 오늘날의 출판 환경처럼 대단히 영세하고 운영자의 자기희생에 의해 존립하는 매체에 관해 권력을 운운하는 것이 가당한 일인가 하

는 점은 다른 문제로 치더라도 시인에 대한 단독자로서의 요구는 예술
의 본질적 측면에서 외면할 수 없는 부분인 것은 사실이다. 시인이 스
스로 고독한 예술에의 길을 견지하지 못할 때 우리가 시인에게 기대할
수 있는 것은 그다지 많지 않다. 시인에게 가하는 이 같은 요구가 오늘
날의 탈근대시에도 그대로 적용됨은 물론이다. 즉 탈근대시의 혁명성
및 전복성은 예술의 본질을 필요조건으로 삼는다. 텍스트가 전복적인
형태를 띤다 할지라도 그것이 예술의 본질을 내포하지 못할 경우 우리
는 그것을 혁명적이라 하지 않는다. 그것은 아류일 뿐이다. 그것은 전
복을 위한 전복이고 새로움을 위한 새로움에 불과할 뿐 그 무엇을 향
한 도전과 항거가 될 수 없기 때문이다. 그것이 무엇이든 그 어떤 허위
와 위선에 의해 오염된 시란 더 이상 혁명의 에너지를 발휘할 수 없는
것이다. 그것은 탈권력이 아닌 권력에 해당한다.

4. 비평의 역능

지금까지의 고찰에 의해 담론의 혁명성이 단지 텍스트의 표면적인 해
체가 아니라 현실과의 대결구도에 의한 것이라면, 동시에 그것이 이를
이끌어내는 탈권력적 예술 정신에 의해 이루어지는 것이라는 점을 수용
한다면 이제 남는 문제는 오늘날의 탈근대적 시들이 이들 조건을 얼마
나 충족시키고 있는가를 묻는 일일 것이다. 즉 이들은 현실과의 긴장을
어느 정도로 철저하게 지탱하고 있는가? 이 문제는 비평가 김남혁이 인
용하듯 "상황에 개입하여 사건을 명명하라"는 바디우의 주장이나(「차연
의 윤리와 사건의 정치」, 『문학과 사회』2010, 가을, p.289), "2000년대의 문학

이 '아포리아를 드러내야 한다'와 '아포리아 속에서 결정해야 한다' 사이
에 놓인다"는 진단(p.291)과도 같은 맥락에 놓이는 것이 아닐까.

> 바디우에 따르면 체제 질서 속에 연루된 자만이 체제의 자리에서 보이
> 지 않는 상황의단독성을 이끌어낼 수 있고, 그 단독성을 명명하는 것이
> 사건이며, 사건을 명명하는 자가 바로 주체이다. 데리다와 마찬가지로 그
> 는 순수한 주체가 없다는 데 동의한다. 하지만 그에게 주체의 출현은 영
> 원히 불가능하지 않다. 주체는 다수적 상황에 개입할 때 단독적으로 등
> 장할 수 있기 때문이다.…… 바디우는 사건에 연루되지 않은 주체는 사
> 건 속에서 진리를 이끌어내지 못한 채 단지 사건을 지식체계의 다양성
> 으로 환원시킨다고 말한다(p.290).

체제가 권력자에 의해 관리되는 고도 시스템사회에서 혁명적 실천이
란 바디우에 의하면 권력의 질서에 포섭되지 않는 '빈존재(vide)', 통일
성을 거부한 채 있는 불안정한 존재들의 상황 내에서의 가치 선언에 의
해 가능하다. 상황 내에서의 빈존재의 현시, 즉 '사건'이라 불리는 그것
은 차이와 다양성으로 상대화된 포스트담론 안에서 보편자의 진리 주
장을 의미한다. 또한 그것은 김남혁이 위의 글에서 밝히듯 '체제 속에
연루되는 일'에 해당하며 법칙과 질서에 의해 고도로 통제되는 사회에
개입하여 이를 돌발적으로 교란시키고 단절시키는 행위를 가리킨다.

김남혁이 포착한 바디우의 '사건론'은 해체가 보편화된 상대주의적 사
회에서의 문학의 윤리 가능성에 관한 논의로 이어진다. 즉 문학은 무엇
을 할 수 있는가 하는 문제다. 문학은 해체의 작업이 추구하듯 권위적
이며 위선적인 것을 끊임없이 부정해야 하는 한편 새로운 가치에 의한

기존 상황의 전복 또한 이루어내야 한다는 것이다. 그러나 오늘의 해체는 결정론적 답을 유보해 나감으로써 질문과 사유를 유발한다는 문학의 본래적 기능에 충실했던 반면 결국 현실결정력을 상실하여 어떠한 위협적 힘도 발휘하지 못하는 상황에 처해있고, 이것이야말로 초기 해체주의의 정신을 놓쳐버린 형국이라 할 수 있다. 이는 정치적 사태에 대해 개입하기 위한 장치로서의 초기 해체와 멀어진 무조건적 해체이자 습관적인 지연에 해당할 뿐, 이 속에 혁명에의 의지와 에너지를 거의 가지고 있지 않다. 결국 산만한 자기 방기와 나른한 유희만 있을 뿐 어디에서도 주체의 모습을 찾을 수 없다. 해체적 사유의 자동화된 사유는 텍스트라는 프레임과 글쓰기라는 제도와 권력화된 문단의 보호 아래 반복적으로 재생산되고 있고, 이렇게 관습화된 해체적 사유는 현실과 체제를 해체하는 대신 아이러니하게도 단독자를 보장하는 예술 정신을 해체하고 있다.

오늘날의 비평이 해체적 문학에 대해 보다 대자화되어야 한다는 요구가 이 지점에서 내려진다. 오늘의 해체적 문학은 초기 해체주의의 정신에 입각하여 '그 무엇에 대항한'이라고 하는 체험영역과 예술정신 두각을 세워내야 할 것이다. 그 점이 이루어지지 않을 때 김남혁이 지적하는 것처럼 "데리다의 해체는 현재의 상황을 봉쇄하려는 지배자들에 의해 잘못 사용될 수 있을"(p.291) 것이다. 또한 "체제는 차연의 논리를 왜곡해서 활용할 줄 앎으로써 더욱 위선적"(p.300)으로 운영될 것이다. 이 모든 것이 오늘날의 탈근대적 미학의 현실적 사태와의 긴장력에 대해 비평적 질문이 유보되었기에 벌어진 사태가 아닐 수 없다. 차연과 해체를 바라보는 시각을 시대에 따라 유연하게 견지하지 못한 비평은 제도화된 차연과 관습화된 해체 아래 새로운 담론 창출이라는 스스로의 역할과 기능을 끊임없이 유보하고 지연시켜 온 결과를 가져왔다.

　오늘날의 비평은 과연 시대가 품고 있는 진정한 기능소들을 판별해내어 시대의 본질을 진단하고 시대가 나아가는 진보의 방향 지점을 찾는 예지력을 발휘할 수 있을까. 비평이 화려한 탈구조주의의 논리에 현혹되어 시대의 본질과 체계에 대해 논리화하는 성실하고 지루한 작업을 방기하는 일은 어떻게 정당화될 수 있는가. 오늘의 비평은 전혀 달라진 체제의 패러다임과 주체들의 전혀 달라진 감각과 사유방식, 그리고 언어감각에 대해 받아들여야 하고 그 위에서의 새로운 시대정신을 모색해야 한다. 이미 차연의 논리와 사유방식이 제도화되었다면 비평은 오히려 이를 보완하고 넘어서는 새로운 논리의 패러다임과 시대정신을 추구해야 한다.

　현실에의 결정이 유보되는 과정에 있다면 이 비어있는 틈을 채워가는 주체들의 노력이 필요할 것인바, 그것은 변화선상에 있는 시대성에 대한 인식과 함께 시대의 공허한 부분을 메워나가려는 통합과 완성에의 의지로 구현될수 있을 것이다. 즉 애초에 차연에 의한 비움의 작업이 시대의 악을 제거해내기 위한 노력이었다면 그 자리는 시대의 선을 위해 남겨진 부분이 아닐 수 없다. 시대의 선이 구해져야 하고 여전히 남아있는 사회악이 부정되어야 할 이유가 여기에 있다. 해체가 텍스트에 국한된 것이 아니라 현실 속에 존재하는 것이라면 그것은 끝없는 지연과 함께 끝없는 개입을 함께 요구한다는 것이다. 이것이 이루어질 때 해체의 본래 이념에 가까이 갈 수 있을 뿐만 아니라 시대는 비로소 강한 역동성을 지닌 채 진보의 동력을 얻을 수 있을 것이다.

시대 인식을 위한 특이성의 기표들

0. 비평의 책무

2010년 계간지 겨울호의 특집들에서는 또 하나의 10년을 마감하는 자리에 선 비평가들의 깊은 통찰이 돋보였다. 2000년대의 시단이 언어 실험 및 탈근대적 미학의 기획들로 분주한 가운데에서도 비평가들은 시대의 흐름 및 사회의 부조리에 대한 날카로운 시선을 놓치지 않고 있었던 것이다. 그들은 오늘날의 시적 경향들이 시대의 반영이자 사회와의 관련 하에 놓인다는 점을 주시하며 오늘날의 시들이 지니는 시대적 함의와 미래적 방향에 대해 통찰코자 하는, 비평가로서의 책임있는 자세를 보여준다. 비평가들의 이러한 날카로운 태도는 매우 고무적인 것인바, 이는 향후 우리의 문단이 혼돈과 방임을 넘어 시대와 사회를 위한 거시적 틀 속에서 각기 의미있는 성과로 자리매김될 것이라는 전망을 우리에게 안겨준다.

사실상 시와 텍스트가 최대의 미학성과 자율성을 추구한다 할지라도 그것은 사회와 시대의 함수관계로부터 비롯된 것이다. 시 텍스트의 성분인 언어 자체가 사회적이고 시대적인 것이며 이를 발화하는 인간 또한 그러하다. 물론 시는 끊임없이 이러한 관계망으로부터 자유롭기를 소망한다. 그리고 시의 이를 위한 치열한 몸부림으로써 시적 언어는 진화한다. 반면 비평가는 이들을 문법화하고 질서화하는 역할을 지게 된다. 그런 면에서 비평가는 보수적이다. 그러나 비평가는 시들을 즉자적으로 분석하고 자체를 논리적으로 해명하는 데 그치지 않고 시들이 놓인 좌표와 맥락을 제시해주어야 하는바, 이것을 가능케 하는 것이 시대와 사회에 대한 통찰이다. 즉 비평가들은 시대의 특이점들을 파악하고 이들의 미래적 전개 경로에 대해 예측하는 일을 담당해야 한다.

이러한 점에서 비평가는 자율성을 지향하는 시적 텍스트와 시대 및 사회와의 함수관계를 파악하는 일에 자신의 날카로운 통찰력을 아낌없이 바쳐야 하거니와, 이는 결코 정태적인 인식에서 가능한 것이 아니라 역동적인 문화의 특징들에 나타난 시대적 징후들을 민감하게 포착할 때라야 비로소 발휘되는 것이리라. 비평가들의 담론은 다름 아닌 여기, 시대와 사회 그리고 시 텍스트를 관계 맺는 함수에 대한 사유와 인식에서 형성되어야 하고, 이 지점에서 각기 비평가들의 개성과 창조성이 드러나야 한다.

1. '광주'의 역사성

2010년 겨울 계간지 『시와 사람』은 "현대시와 광주"를 제목으로 하는 특집을 기획했다. 오늘의 '광주'의 의미 및 문화 현상을 진단하는 기획이었다. 특히 '오늘의 광주의 의미'란 광주가 지니는 역사성으로부터 결코 자유롭지 못한 물음일 것이다. 비평가 전동진은 「밝힐 수―밝혀질 수도―없는 언어 '광주'」라는 글에서 광주가 안고 있는 깊은 상처와 공동체의 황홀성에 대해 말하고 있다. 그는 '광주'가 아직도 선선히 입에 올릴 수 없는 무게의 언어임을 토로한다. 30년이 지난 지금에도, 수십년간 함께 아파했고 정권이 몇 차례나 바뀌었어도, 또 많은 시인들이 '광주'를 노래했고 〈오월시 동인〉들의 노고들이 있었음에도 불구하고 여전히 광주는 아픈 상채기임을 그는 말한다. 때문에 '광주'에 대한 직설어법은 여전히 흔쾌히 이루어지지 않아서 다만 '光州'라거나 '무등산'으로, '금남로'나 '도청'이나 '충장로'나 '영산강(광주천)'(p.141) 정도로 언표할 수 있다는 것이다. '광주'는 자신이 지닌 역사성으로 인해 그 어떤 말로도 무게의 감당을 허용하지 않는다는 것이리라. '광주'에 대해 글을 써보려 했던 사람은 비평가의 이 말을 잘 이해할 수 있을 것이다. '광주'는 실로 어디에서부터 어떻게 접근해야 그 깊이가 모두 헤아려질지 말해주지 않고 있다. 광주는 입을 꾹 다물고 있다. 그가 비로소 말하기 시작하는 날 그는 무슨 말을 어떻게 할까? 그것은 가능할까, 가능하다면 그것은 언제이고 우리가 어찌할 때일까? 비평가는 이를 가리켜 모리스 블랑쇼의 말을 빌어 '말할 수 없는 것에 대해 침묵해야만 한다'는 경구로 풀어낸다.

밝힐 수 없는 공동체. 그것은 무엇을 의미하는가, 그 공동체가 스스로를 드러내지 않는다는 것을 의미하는가, 또는 그 공동체는 자신을 드러나게 하는 어떠한 자백도 있을수 없게끔 존재한다는 것을 의미하는가? 그렇다면 그 이유는 우리가 그 공동체의 존재방식에 대해 말할 때마다,

그 공동체가 빈자리로 존재한다는 것 이외에 어떤 다른 길도 파악할 수
없다고 느끼기 때문인가? 그러므로 침묵했었던 편이 더 나았던 것인가?
모리스 블랑쇼, 『밝힐 수 없는 공동체』(위의 글, p.137 재인용)

비평가는 광주가 '과거와 미래, 현재까지도 통과해 버린 듯한 시선에
포착된' '밝힐 수 없는 공동체'가 아닌가 하고 질문한다. 우리의 시선은
언제고 '광주'를 온전하게 투시하지 못 하였다는 것, 따라서 언어로의
표현 대신 침묵이 있었을 따름이었다는 의미이다. 한편 그는 광주에서
존재했던 '열흘의 공동체'를 그동안 인류가 지구의 역사 동안 구성하고
파괴하기를 반복한 공동체 가운데 '가장 아름다운 공동체'라고 말한
다. 그것은 '근대의 위력과 위악이 동시에 충돌한 지점에서 열린'(p.141)
것으로서 근대성을 향한 부정성과 자기 갱신을 이룬, 그리고 사회 철학
적 근대성의 목표인 '공동의 객체구성'을 가장 황홀하게 이루었다는 점
(p.141)에서 짧은 시간 동안 구현된 근대적 공동체의 극단의 모습이라
는 것이다. 또한 그러한 점에서 그것은 '불가능성의 가능성을 내적으로
거대하게 체험한 시간'이 아닐 수 없었다고 덧붙인다.

나름 '밝힐 수 없는 공동체'의 무게를 감당해가며 언급한 이러한 비
평가의 규정이 '광주'에 관하여 얼마만큼을 이야기해주는지는 명확히
알 수 없다. 여전히 우린 말들이 대상의 주변에서 머뭇거리며 배회하
고 있다는 느낌을 받는다. 여전히 말들은 정작 대상과 맞물리지 못하
고 대상 주위로 미끄러져 가는 듯하다. 어쩌면 우리들 스스로가 언표
는 계속 이어갈지언정 정작 대상을 소환하기는 꺼리는 것일지도 모르
겠다. '광주'는 여전히 치유되지 않는 트라우마인 것이다. 우린 이 상처
를 에둘러 가면서 의미의 확정을 지연시키고 마치 유령처럼 하루하루

를, 한 해 한 해를 자동적으로 연명해가는 것이 아닐까. 우리가 도달해야 하는 의미의 정점은 어디인가, 이는 여전히 우리가 헤매고 탐색해야 하는 이유이기도 하다.

2. 2000년대 '노동시'의 등장

『시적 현실이란 무엇인가Ⅱ』(『계간 서시』, 2010, 겨울)라는 기획에서 비평가 이성혁은 현실의 한 단면으로서 '노동자의 삶'을 포착한다. 1980년대 대거 등장하였지만 지금은 존재역이 쇠퇴한, 그럼에도 여전히 여러 측면의 불평등을 안고 살아야 하는 사회의 한 주체를 조명하고 있는 것이다. 이 속에서 그는 노동시가 경제적으로뿐만 아니라 지적·문화적으로 하위 계급에 속하는 노동자들에게 문화혁명적 기능을 발휘한 매개였음에 주목한다. 노동시는 '지배계급 중심의 이데올로기 시스템에 균열을 내는 사건'(p.26)이었다는 것이다.

오늘날 노동자에 대해 이야기하는 것은 어떤 의미가 있는가? 이미 집단적 계급으로서의 지위와 혁명의 주체로서의 역할을 논하기 힘들어진 오늘날과 같은 중층화된 사회에서 노동자라는 규정은 어떠한 의미로 귀속되는가? 실제로 사회의 구조는 더욱 복잡해졌고 사회 지표들은 더욱 복합화되었으며 사회의 동력은 더욱 다변화되었다. 이와 함께 사회 구성원들의 분포 및 성격들도 단순화될 수 없다. 이러한 상황 속에서 계급주체로서의 '노동자'의 의미의 결속력이 약화되는 것은 사실이다. 또한 작금과 같은 만성적 고실업률사태, 비정규직의 만연화, 자본의 산업적 성격으로부터 투기적 성격으로의 변화 등은 사회의 성격 및 모순에 대해 과거와는 다른 접근을 요구하고 있다. 오늘의 사회에 대한 파악은 보다 중층적이고 섬세한 인식틀로 이루어질 수 있는 것이다. 어쩌면 집단적 규정으로서의 '노동자'라는 명칭 자체가 힘의 세력화, 주체들의 결속이 가능한 거점이라는 측면에서 그리움을 불러일으키는 시대가 되었다고도 할 수 있지 않을까. 오늘과 같은 복잡한 사회 구조 속에서 집단적 결속이란 참으로 용이하지 않은 일이라는 것이다. 단적으로 말하자면 혹자는 한편으로 '노동자'가 되기를 소망한다는 편이 옳을 듯하다. 오늘은 '노동'한다는 것 자체가 특권이 되는 시대이다.

이성혁은 그러나 작금의 사회 성격이 아무리 후기자본주의화되었다 하더라도 '노동자'가 '자본주의가 품을 수밖에 없는 모순의 장 한 가운데에 존재하고 있음'(p.27)을 지적한다. 자본이 투기적 성격을 드러내고 생산구조를 변화시킨 것은 사실이지만 이러한 점들이 사회를 순방향으로 이끌었던 것이 아님은 물론이다. 자본은 성격을 달리하면서 오히려 더욱 깊숙이 사회모순구조를 심화시켰다. 인간은 자본에 의해 과거보다 더욱 피폐해졌고 사회는 더욱 파괴적이 되지 않았는가. 그럴진대 이 모순을 명확히 파악하고 약한고리를 찾아내어 자본의 구조를 전복시킬 누군가를 호명하는 일은 과거보다 더욱 절실할 것이다. 설령 그들이 구체적으로 누구인지는 확정짓지 않더라도 적어도 '노동자'에게 모순의 코드들은 적지 않게 놓여있음을 부정할 수 없다. '노동자'는 사회의 인간 피라미드구조에서 하위 층에 속하기 때문이다. 특히 3D업종의 노동자, 비정규직 노동자들은 여전히 열악한 환경과 저임금으로 사회의 피착취자 역할을 떠안고 있음을 간과할 수 없다.

이러한 관점에서 비평가 이성혁은 '신자유주의의 폐해가 본격적으로 가시화되는 2000년대 중반부터 노동시가 다시 활발하게 자신의 모습을 드러낸'(p.27) 현상을 매우 의미있고 또 필연적인 것으로 진단한다. 그는 '신자유주의 시대의 자본은, 삶에 잠재해 있는 활력과 창의력을 포섭하고 그 삶을 자신의 흐름에 가두면서 잉여가치를 획득하'는 만큼 '그러한 포획에서 상상력을 해방시키고 자유를 획득하고자 하는 예술 자체의 저항적인 성격'(p.27)이 요구된다고 전제하고, 그러한 역할을 하는 것이 오늘날 재등장한 '노동시'라는 것이다. 노동자들은 '가난과 생계 불안으로 더욱 내몰리고' 있으며, 따라서 이들은 '자신의 삶을 포획하는 자본'에 대해 저항하고 자본의 가치화에서 탈주해야 한다는 것이다.

　오늘날의 노동현황과 정치 성격에 대한 이성혁의 진단은 모두가 공감하지 않을 수 없는 부분이다. 그렇다면 오늘의 모순 구조를 전복하고 삶의 문제점을 해결할 수 있는 기획을 우리는 실제로 2000년대의 '노동시'에서 발견할 수 있을까? 오늘의 '노동시'는 과거의 그것과 어떤 차이를 드러내는가? 이성혁은 오늘의 '노동시'는 과거 노동시가 '독점자본과 그 자본을 물리적으로 뒷받침해주고 있는 국가에 항의하고 경고하는 방향으로 흘러갔던 것'에 비해 '삶의 육질적인 차원에서 즉 주체성의 내재적인 형성 차원에서 주로 표현되고 있다'고 말한다. 이에 대한 구체적인 파악은 차치하더래도 이 점은 매우 기대되는 대목이 아닐 수 없다. 새로운 '노동시'가 어떤 역할을 해주는지에 따라 오늘날 사회를 통찰하는 우리의 안목도 매우 성숙할 것이기 때문이다. 큰 관심을 가지고 이 새로운 '노동시'의 전개를 지켜볼 일이다.

3. '유령'이라는 기표

『시와 정신』(2010, 겨울)의 특집 「우리 시대의 시정신」에서 고봉준은 "엘리트들이 세계 정상의 어딘가에서 자신들이 상상한 목적지를 향해 여행을 떠날 때, 가난한 사람들은 범죄와 혼란의 소용돌이에 휘말린다"는 인도의 한 소설가의 말을 인용하여 오늘 우리가 간과하고 있는 사회의 양분화에 대해 환기시키고 있다. 부자와 빈자, 엘리트와 무능력자, 강자와 약자, 이는 어쩌면 오늘날 우리 사회 구조의 가장 단적인 표현이 아닐까 한다. 돈이 돈을 낳는 자본주의의 속성이 수십년간 지속된 이후, 오늘 결국 남은 것은 돈이 있어 힘을 축적할 수 있던 사람들과 돈의 부재로 모든 것으로부터 박탈된 두 부류의 인간들만 앙상하게 남은 것이 아닌가. 이 두 부류 사이를 갈라놓는 '있음/없음'의 변별적 자질, 그리고 이것을 가능케 했던 '돈'. 사실 구조주의가 말하듯 이항대립 중 하나는 어떤 것도 선택될 수 있는 대등한 것이지만 '돈'의 '있음/없음' 사이에 놓인 자질은 결코 대등하지 않다. 그것은 절대적이다. 이 사이엔 결코 쉽게 넘어설 수 없는 '강'이 흐르고 있다. 이것은 운명이기까지 하다. 오늘날의 모든 인간은 이 '강'을 건너기 위해 사투를 벌이고 있다 해도 과언이 아닐 것이다. 우리는 그 '강'을 건너야 비로소 다른 세상에서 살 수 있기 때문이다.

비평가는 이 '강'을 끝내 건너지 못한 사람들의 삶을 '유령'이라는 기표로 명명한다. 비평가는 가난한 사람들의 대다수가 "유령이 될 것이다"(p.16)라고 말하고 있다. '오늘날 가난한 사람들이 유령의 운명에서 벗어날 가능성은 어디에도 없다'라고 그는 말한다.

비평가가 말하는 '유령으로 전락할 운명'이라는 것은 무엇을 의미하는가? 비평가는 이와 관련하여 '오늘날 세계가 원하는 존재 증명의 방식은 생산이 아니라 소비이다'라는 날카로운 인식을 제시한다. 실제로 '소비'는 생계를 이어가는 일은 물론이고 자신의 개성을 발휘하는 것이자 자아를 실현하는 것이다. '소비'를 통해 현대인들은 비로소 집단에 소속하게 되고 문화를 향유하게 된다. 때문에 '현대인들이 소비능력을 상실하는 순간 급속하게 존재의 가치를 잃어간다'(p.17)는 고봉준의 지적은 매우 명쾌한 것이다. 반면 실업으로, 실직으로, 가출로 소비활동이 중단되었을 때 현대인들은 생계의 곤란을 겪는 것은 물론 사회에 편입되지 못한다. 그것은 집단으로부터의 방출이다. 이러할 때 이들은 사회의 그늘 속에서 그림자처럼 살아가야 한다. 비평가는 그러한 삶을 '유령'이라 표현한 것이다. 그는 "2000년대 한국 사회에는 이미 유령이 된 사람들과 조만간 유령이 될 사람들만이 살고 있는 것이다"라고 덧붙인다. 무서운 말이 아닐 수 없는데, 이는 오늘날의 가장 첨예한 실상이 아닐 수 없다. 우리가 목숨을 걸고 '강'을 건너려는 까닭도 말하자면 '유령'같은 삶을 살지 않기 위해서가 아니겠는가.

'유령'이라는 기표를 통해 고봉준은 소위 '시와 정치'의 문제를 해결하기 위한 한 코드를 구하고자 함을 알 수 있다. 그는 '유령'이라는 강력한 이미지가 이처럼 사회의 양극화 현상 및 모순 구조를 드러내주는 선명한 키워드임을 확인한다. '유령'은 오늘의 우리 현실을 단적으로 드러내주는 핵심적 기표인 것이다. 이러한 관점에 설 때 그가 지적하듯 최근의 시에서 '유령'이 자주 출몰하는 것은 지극히 자연스러운 현상에 해당한다. '청년 백수와 이주노동자, 비정규직, 실직자, 실업자, 장애인, 루저, 남루한 노숙인'들은 모두 '어디든 막힘없이 떠돌아' 다니면서도 그 누구에게도 눈길을 받지 못하는 결코 적지 않은 부류에 속하기 때문이다. 이들의 상실된 존재감은 일반인(비유령)들에게는 낯설고 불편하기만 하다. 즉 '유령'은 '죽음이 흘러넘치는 도시적 삶의 비극적 일면을 가리키는'(p.21) 인상적인 상징인 것이다. 고봉준은 오늘날과 같이 '세계의 균열상이 이제 더 이상 자아에 의해 봉합되기 어려운 정도에 이른 후기자본주의'(p.22)의 시대에 '유령'이라는 기표를 통해 현대시가 추구할 수 있는 사회에 대한 안티테제의 한 양상을 실천하고자 한다. 실제로 우리에게 '유령'만큼 사회의 극단적 양극화에 대해 강하게 환기시켜주는 기표는 드물기 때문이다.

우리시의 현황과 감동의 문제

1. "오늘의 한국시가 감동적이지 않다"라는 명제

'우리 시가 감동적이다'라는 명제가 성립되기 위해서는 몇 가지 전제가 필요하다. 이를 위해선 우선 시가 갖춰야 할 규준들이 상정되어 있어야 하고 특정 시들이 이 틀에 들어맞아야 한다. 그러할 때 '시가 감동적이다'라는 말이 성립하게 될 것이다. 그런데 이 규준들은 개개인마다 모두 다를 수 있다. 어떤 사람이 특정 시에 감동받는다고 해서 그 시가 모든 사람에게 감동적일 수는 없는 노릇이다. 감동이란 경험과 의식이 공유됨으로써 대상과의 정서적 전이가 이루어질 때 빚어지는 현상인 까닭에 지극히 주관적일 수 수밖에 없다. 기실 어떤 사람이 특정 대상에 열광한다고 해서 그 현상이 누구에게든 납득될 리는 없다. 감동은 특정 개인의 감정 구조에 의해 발생하는 것이고 시가 의식적 무의식적으로 그 개인이 상정하고 있는 규준에 합치되었기에 가능한 것이다.

그럼에도 불구하고 '한국시가 감동적이지 않다'라는 명제를 단호하게 내릴 수 있는 데에는 현재의 한국시의 경향들에 대해 성찰하려는 의도를 내포하고 있는 것이다. 이는 오늘의 한국시가 사회의 보편적인 가치 규준과 무언가 어긋나 있다는 점을 지적하는 명제이다. 즉 오늘의 한국시가 시로서 지녀야 할 주요 가치들을 외면하고 있다는 점을 언급하는 것이다. 물론 여기에 대해서는 많은 논란의 여지가 있을 수 있다. 혹자는 '모든 좋은 시가 감동적일 필요는 없다'라는 말로 대립할 수도 있겠고, 많은 감동적인 시를 제시함으로써 '이 명제는 거짓이다'를 주장하는 이도 있을 것이다. 더욱이 시를 향한 열정을 지극히 잘 알고 있는 사람들의 경우 이러한 명제 자체가 시인들에 대한 모욕이라고까지도 생각할 것이다. 이러한 반론들은 모두 타당성을 지닌다. 이들 반대 논거들에는 충분한 근거들이 마련될 수 있기 때문이다.

그러나 "한국시가 감동적이지 않다"라는 명제를 거짓이라 하여 버리는 대신 이것의 의미역을 찬찬히 궁리해 간다면 의외로 우리는 오늘날의 시에 관한 적지 않은 진리를 길어올릴 수 있을 듯하다. 이 명제가 참이라고 가정하고 그 안에 깔려있는 대전제와 논거들에 대해 따져보는 과정에서 우리는 어쩌면 오늘날 우리시가 안고 있는 중요한 한계 및 문제점들에 대해 이야기해 볼 수 있을 것이기 때문이다.

2. 한국시의 시적 감동을 위한 대전제들

시에 있어서의 감동의 문제를 풀기 위해 우선 한국시가 걸어온 자취를 따져보는 것이 유효할 듯하다. 우리는 역사를 통해 한국시가 그간 어떠한 역할들을 했었는가에 대해 이미 잘알고 있기에 오늘날의 시에 대해서도 이러한 규준을 하나의 기대치로 부여하는 일은 자연스러울 것이다. 그것은 시의 인식적 기능 및 사회 비판적 기능과 관련된다. 우리는 역사 속에서 우리시가 당대 사회의 성격 및 부조리를 인식하고자 하였고 그에 기반하여 현실을 개혁해나가고자 하는 경향을 보여주었음을 익히 알고 있다. 우리 시사에서 시의 이러한 기능이 매우 핵심적인 지위를 차지하였다는 것은 주지의 사실이다. 이러한 역능의 시는 우리 근현대사에서 한 순간도 배제되지 않았다. 그것은 매 시기의 역사성에 따라 지속적으로 변모 전개되어 왔던 것이다. 이러한 시의 기능은 그 전통이 공고한 까닭에 기실 우리는 거의 무의식적으로 오늘날의 시들을 향해서도 그 기능을 하나의 시적 규준으로서 요구하는 것이 사실이다. 시에 대한 우리의 의식 가운데에는 당대 사회가 어떠하든지, 어떻게 변화하였고 얼마나 복잡하든지 간에 시는 의당 사회의 구조를 인식하고 사회의 문제를 파악하며 이를 타개해 나가기 위한 열정을 보여주어야 한다는 요구가 내재되어 있음을 확인할 수 있다. 이는 그만큼 시가 다른 매체와 달리 인식성을 고유 권한으로 지니고 있으며 그 정신에 있어서 숭고함을 추구한다는 데서 비롯되는 요구에 해당할 것이다. 다시 말해 시는 다른 예술들과 달리 언어를 매개로 한다는 것, 또한 그러하되 언어를 사용하는 다른 매체들, 특히 후기 자본주의 시대를 대표하는 전자매체의 언어와 매우 다른 위치에 그 본령을 두고 있다는 점이다.

이와 달리 우리는 '시가 어떠해야 한다'와 관련된 다른 전제를 또한 상정해 볼 수 있다. 시는 그 무엇에 대해서 굳이 인식할 필요가 없다는 것이 그것이다. 시는 어떤 것으로부터도 자유로울 권리가 있으며 대상에 대한 책무를 지니지 않는다. 현실의 문제를 비판한다거나 이를 해결하려하는 것은 시에 부과된 의무일 수 없다는 관점이 이와 관련된다. 더욱이 언어란 대상을 명명하는 순간 대상과 분리되는 운명을 지니는 까닭에, 즉 기표와 기의는 자의적이며 서로 비껴가고 미끄러지는 관계에 있으므로 시에 인식의 기능을 요구하는 것은 어불성설이라는 주장이다. 이런 인식론 대신에 시는 미학적 기능을 지녀야 한다는 전제가 성립하는 것이다. 시는 예술의 일종이므로 언어에 의한, 언어를 위한, 언어의 축조물을 지향하는 것이 시의 본질적 가치라는 입장이 여기에 놓여 있다. 실제로 우리 시사에서 언어의 자율성을 강조하는 경향 역시 시의 주요 축으로서 존재했었고 이것이 서구적 모더니즘 사조로, 해체시로, 그리고 오늘날 소위 미래파로 이어져 왔다고 볼 수 있다. 이들 시적 경향은 대상보다는 언어 자체를 중시하게 되고 인식적 기능보다는 미학적이고 기교적인 기능을 추구해 왔다. 시의 자율성과 미학성에 기반하는 이러한 경향은 역시 그 시대의 미학적 조건에 따라 양식을 변화시켜왔지만 시에 접근하는 태도에 있어서는 유사한 양상을 보여준다고 말할 수 있다.

우리 시사에서 리얼리즘과 모더니즘, 참여시와 순수시로 대립하여 왔던 이들 전제들 외에 우리가 빼놓을 수 없는 다른 경향 한 가지는 소위 서정시과 그 전통에 관한 것이다. 서정시는 대상과 자아의 융합을 추구하는 동일성 미학의 대표적 장르이다. 그것이 우리 시사에서가장 중요한 축의 하나를 담당하였음은 너무도 분명하다. 그러나 서정시라는 개념은 위에서 언급한 시들과 함께 말하기에는 다소 애매모호한 범주임에는 틀림없다. 관습적으로 보면 서정시는 반리얼리즘시로 규정되거나 반모더니즘시로 규정되곤 하였지만 엄밀히 말해 서정시는 앞의 두 경향들을 포함하는 상위 범주에 위치해 있기 때문이다. 예컨대 리얼리즘도 서정을 추구할 수 있고 모더니즘시 역시 그것을 구현할 수 있다. 이러한 점에서 서정시적 경향을 우리는 대상에 대한 인식적 기능을 인정하되 그 대상을 사회나 혹은 그와 관련된 현실비판적인 것으로 설정하지 않는 시, 대상에 대한 인식을 옹호하되 사회가 아닌 개인에, 외면보다는 내면, 물질적인 것보다는 정신적인 것, 나아가 보이지 않거나 명료하지 않은 세계까지도 인식하고자 하는 시라고 보면 위의 경향들과 구분이 될 듯하다. 다시 말해 서정시적 경향은 인간의 존재론적 지대를 탐색하려 하였고 또한 이 지대를 가능한 확장시키며 전개 발전되었다고 볼 수 있다. 어쩌면 이 경향은 우리시사의 가장 큰 흐름이었다고해도 과언이 아닐 것이다.

범박하나마 경험적인 국면에서 우리가 "오늘의 한국시에는 감동이 없다"라는 결론을 도출하기 위한 대전제가 될 수 있는 명제들을 살펴보았다. 정리하면 우리가 시에 요구할 수 있는 규준들은 첫째, '시는 현실에 대한 비판적 기능을 수행해야 한다', 둘째, '시는 언어미학적 예술성을 추구해야 한다', 셋째, '시는 인간의 존재론적 지대에 대해 탐구해야 한다'이다. 물론 개개인에 따라 다른 다양한 전제들 또한 가능할 것이다. 분명한 것은 앞서도 말했듯 우리는 우리가 시에 대해 설정한 가치 규준에 기대어 시를 정서적으로 전유한다는 점일 터이다.

마찬가지로 우리는 대체로 이 세 가지 규준들에 의해서 시에 대한 가치 평가를 하게 마련이다. 시가 현실에 대해 민감한 촉수를 드리우고 이에 팽팽한 긴장을 드러낸다면 이를 좋은 시로 여기는 이가 있을 터이다. 지난 7, 80년대와 같은 리얼리즘시가 더 이상 주목받지 않는다고 해서 시에 인식과 비판의 기능이 없다고 말할 수는 없다. 우리는 얼마

전 문단의 젊은 시인들 사이에서 시의 정치성에 관한 논의가 뜨겁게 이루어졌었다는 사실을 기억한다.반면 시가 다른 목적성에 종속되는 것에 반대하며 시의 해방과 시적 언어의 진보를 추구하는 경우 이를 시의 가장 가치 있는 규준이라 여길 수도 있다. 이에 따라 언어의 실험성이 최대로 이루어졌다면, 그것의 내용이나 대상 지시성과는 상관없이 독자에게 흥미와 만족을 준다고 평가할 수 있을 것이다. 만일 시에 관한 대전제가 그러하다면 이러한 시들에서 쾌감과 희열을 느끼는 일은 당연히 가능하다. 그것이 설사 난해하여 소통을 외면하고 언어 유희 및 자기 만족적 세계에 탐닉해간다 해도 이런 대전제에 동의한다면 그러한 시는 독자에게 충분히 감동적일 수 있다. 오늘날 소위 미래파에 대한 분분한 의견이 존재하지만 우리가 경계해야 할 것은 그러한 경향 자체가 아니라 시에 대한 철저한 자의식 없이 유행과 문단권력적 마력을 추종하는 허약한 아류시들임은 물론이다.

우리는 끝으로 존재론적 시적 경향에 대해서도 똑같은 얘기를 할 수 있다. 시가 존재의 명명하기 어려운 인간의 내면을 섬세하게 다루어내었을 경우 우리는 놀라움을 금치 못한다. 언어로 붙잡기 힘든 정서의 빛깔을 정확하게 포착해내는 시를 보고 경탄에 빠져보지 않고서 시에 입문하는 경우는 거의 없을 것이다. 시는 정체를 알 수 없는 아련한 대상을 향하여, 인간의 내면에 드리워지는 세계와 자아의 아슬한 겹침의 장면들을 예민하게 인식하고 이를 절묘하게 명명하는 작업 가운데 하나이다. 내면에 새겨지는 세계의 상들을 드러내는 것이기에 이들은 흔히 서정시라 일컬어졌고 자아와 세계 사이의 동일성의 미학이라는 측면에서 이해되었다. 이러한 시들이 가장 보편적인 감동을 줄 수 있는 이유도 이들이 지니고 있는 동일성의 미학 구조 때문이다. 그러나 이들 시 역시 언제나 상투성을 경계해야 하는 과제를 떠안고 있다. 그것이 내면의 새로운 지평을 여는 대신 안이한 소재 및 규범적 인식에 매몰될 때 서정시는 시로서의 긴장을 상실하게 될 것이다. 만일 그것이 이미 고투를 잃은 서정시라면 그것이 제아무리 공통의 경험을 유도하고 제아무리 정서를 겨냥하여 쓰여진 시라 하더라도 독자에게 감동으로 다가오기는 힘들다.

　각각의 세 가지 경향들을 구분하였지만 실재의 시들은 이들의 경향 사이를 가로질러서 서로 혼재되기 마련이다. 당연히 하나의 시 속엔 세 가지 성격들이 일정 정도씩 혼합되어 나타난다고 보는 것이 옳을 것이다. 자본주의를 비판하는 리얼리즘의 시이면서 언어의 형식미가 추구될 수 있으며, 또한 내면에 새겨진 자본주의적 체험들은 실존에 관한 중요한 문제제기로 나타날 수도 있다. 마찬가지로 미래파의 시들에 현실 인식이 거세되어 있다는 관점 역시 편협한 사유라 할 수 있다. 진지한 젊은 시인들의 시들을 면밀히 들여다보면 그 어떤 규정된 문법보다도 이들의 언어에 투쟁적인 현실 인식이 가로 놓여 있음을 발견하게 된다. 어쩌면 이들의 언어 형태 자체가 첨예한 현실 감각일 수도 있을 것이다. 또한 문법의 파괴와 언어의 유희를 보이지만 이 속에서 이 시대를 살아가는 젊은 감성들의 실존적 번민을 읽는 것 역시 낯선 일이 아니다. 요컨대 모든 시들은 각각의 경향들을 각기 정도를 달리하며 가로지르며 공유하는 것이다.

　사정이 이러하다면 우리가 어느 특정한 시의 경향들에 대해 편견을 가지고 접근하는 일이 얼마나 무익한지 알 수 있다. 또한 이들 경향들에 대해 권력을 부여하고 자신의 세계나 스타일을 고려하지 않은 채 맹종하는 일이 얼마나 큰 오류인지도 알 수 있을 것이다. 나아가 이들 경향 사이에 이념의 벽을 세우고 세대 간의 간격을 세우는 일이 얼마나 시의 소통을 가로막는 일인지도 알 수 있을 것이다. 시의 진보는 이들 사이에 존재하는 허위적 장애를 허물고 다원주의를 긍정하는 진정한 포용의 자세를 보일 때 이루어질 수 있을 것이다. 따라서 우리가 고민해야 할 것은 어떤 경향이 옳은가하는 선택의 문제가 아니라 시인의 시가 어떤 양태를 보이는가를 종합적이고 귀납적으로 검토하는 일이고 이 속에서 시인이 얼마나 철저한 자기 인식과 시에 대한 감수성을 구현하고 있는가에 있을 것이다. 그러할 때 우리는 비로소 모든 시에 열린 자세를 취할 수 있을 것이며, 또한 보다 많은 시에서 감동을 얻게 될 것이다. 당연히 우리의 시는 한층 더 풍요로워질 것이다.

3. 감동을 주는 근작시들

어느 일본 기의학자가 생명의 본질을 엔트로피 이론으로 설명하는 것을 읽은 적이 있다. 흔히 무질서, 혼돈으로 알려져 있는 엔트로피는 그의 말에 의하면 '더러움'이다. 인체가 물질과 에너지의 대사를 한 후 발생하는 부산물로서의 더러움이 엔트로피이다. 때문에 인체가 건강해지려면 이 엔트로피를 버려야 한다고 그는 주장한다. 이것을 비우고 또 비워내야 건강이 유지된다는 것이다. 만약 그렇게 하지 않으면 몸 안에 엔트로피가 가득 차게되어 결국 인체는 죽음에 이른다는 이론이다. 그의 이론은 동양의 비움의 철학과 직접적으로 관련되는 것이면서 인체에서의 에너지 운용의 중요성을 손쉽게 말해주고 있음을 알 수 있다.

언어를 다루는 시에도 이를 적용할 수 있을 듯하다. 과잉되고 흘러넘치는 언어는 시의 생명력을 훼손한다. 절제된 언어, 군더더기 없이 다루어지고 있는 언어, 효과적으로 콘트롤되는 언어는 그 자체가 에너지로 기능한다. 그러한 시는 무겁게 처지지 않고 생생하며 우리의 정서를 한 순간에 자극한다. 이는 시적 언어 자체가 하나의 완결된 시스템을 구축하는 것이 것이자 팽팽한 힘으로 살아있는 상태를 가리킨다. 따라서 그것이 산문시이든 혹은 그것이 언어유희의 시이든 시적 정황에 맞게 언어가 잘 컨트롤되고 있다는 것은 독자에게 즉각 인지된다. 시의 훌륭한 호흡이자 좋은 숨결이라고도 할 수 있을 언어의 이와 같은 형식은 그것 자체가 에너지가 되기 때문에 독자에게 바로 영향을 준다는 점이다. 나는 이것이 시적 감동을 일으키기 위한 첫 번째 요인이라 믿는다. 모든 시는 가장 우선적으로 이를 고려해야 하고 뛰어난 시인은 바로 이를 잘 다룰 줄 아는 자라 해도 과언이 아닐 터이다.

그러한 사례들을 다음 몇몇 시인들의 작품을 통해서 확인해보자. 유안진의 시에는 한 치의 군더더기도 허용하지 않는 시인의 철저한 언어 운용 태도가 잘 드러나 있다. 그의 시는 마치 동그란 구슬이 입 안에서 구르는 듯한 느낌을 준다. 더 정확히 말하면 그의 시는 모난 사물을 그녀의 언어로 둥글게 둥글게 다듬는 과정을 재현하는 듯하다. 마치 조각가가 거친 바위덩어리를 가져다가 이를 자신의 세계에 맞추어 모양을 내고 곱게 다듬어가듯이 시인은 그의 언어의 연장을 세심하게 다룬다.

쉬운 걸 굳이 어렵게 말하고
그럴듯한 거짓말로 참말만 하며
당연하지 않다고 의심해보다가

문득문득 묻게 된다

유리벽을 지나다가
니가 나니?
걷다가 흠칫 멈춰 질 때마다
내가 정말 난가?
　　　유안진, 「불타는 말의 기하학」(『시를 사랑하는 사람들』, 2011. 7-8) 부분

이 작품은 짧은 구절이지만 호흡을 다듬는 솜씨가 예사롭지 않음을
알 수 있다. 리듬을 고르는 시인의 세심한 감각은 관념과 철학으로 투
박해질 수 있는 내용을 시적 상태로 이끄는 데 기여한다. 습관과 상투
성에 익숙해져 있는 인식을 회의하고 있는 위 시의 시적 내용은 반복
의 묘를 통해 긴장으로 이끌린다는 것을 알 수 있다. 시는 '쉬운 걸 굳
이 어렵게 말하고', '그럴듯한 거짓말로 참말만 하며' 말로 자신을 포장
하는 데 너무도 익숙한 우리 현대인들의 세태를 의심하고 비판하고 있
다. 시인은 모두가 경험하지만 어느 누구도 문제로 삼지 않는 현대인의
삶의 태도에 대해 문제제기한다. 시인에게 의심의 대상은 모든 것이다.
그것은 심지어 '나'에게로까지 이른다. '나'에 관한 존재론적 질문을 유
도하는 위의 시는 모든 확실하고 분명한 것에 대해 성찰의 추를 드리움
으로써 우리에게 시가 지녀야 할 예민한 인식 기능에 대해 상기시킨다.
시인으로서의 철저한 자의식과 태도를 내비치는 위의 시를 통해 우리
는 시인에 대한 크나큰 신뢰를 확인하게 된다.

언어의 효과적인 운용은 미래파 담론을 구사하는 젊은 시인들의
경우에도 나타난다. 서효인이 시적 언어에서 보여주는 운용의 묘는

충동적이고 유희적인 언어 가운데에도 절제와 긴장이 놓여있음을 말해준다.

> 평화는 전투적으로 지속되었다. 노르망디에서 시베리아를 지나 인천에 닿기까지, 당신은 얌전한 사람이었다. 검독수리가 보이면 아무 참호에 기어들어가 둥글게 몸을 말았다.포탄이 떨어지는 반동에 당신은 순한 사람이었다. 늘 10분 정도는 늦게 도착했고, 의무병은 가장 멀리에 있었다. 지혈하는 법을 스스로 깨우치며 적혈구의 생김처럼 당신은 현명한 사람이었다. 전투는 강물처럼 이어진다. 통신병은 터지지 않는 전화를 들고 울상이고, 기다리는 팩스는 오지 않는다. 교각을 폭파하며, 다리를 지나던 사람을 헤아리는 당신은 정확한 사람이다. 굉음에 움츠러드는 사지를 애써 달래며 수통에 물을 채우는 당신은 배운 사람이다. 금연건물에서 모르핀을 허벅지에 찌르는 당신은 인내심 강한 사람이다. 허벅지 안쪽을 훔쳐보며 군가를 부르는 당신은 멋진 사람이다. 노래책을 뒤지며 모든 일을 망각하는 당신은 유머러스한 사람이다. 불침번처럼 불면증에 시달리는 당신은 사람이다. 명령을 기다리며 전쟁의 뒤를 두려워하는 당신은 사람이었다. 백 년이 지나 당신의 평화는 인간적으로, 계속될 것이다. 당신이, 사람이라면.
>
> 서효인, 「백년 동안의 세계대전」(『현대시』, 2011. 9) 전문

우리의 현실이 안고 있는 부조리를 생생한 실감으로 전달하고 있는 위의 시는 세계에 대한 신랄한 비판의식을 견지하고 있다. 우리는 이 시를 두고 '백년 동안의 세계대전'이라는 제목처럼 지구촌에 끊이지 않는 전쟁 상황을 떠올릴 수도 있겠고 현대사회의 치열한 경쟁적 행태에

대한 알레고리로 읽을 수도 있겠다. 전시 상황에 대한 묘사를 통해 시는 주체가 놓인 불안하고 부조리한 순간을 잘 전달하고 있음을 알 수 있다. 즉 이 작품은 시의 인식적 기능과 비판적 기능을 충분히 수행하고 있다고 말할 수 있겠다. 그러나 이 시의 진정한 매력은 시인의 언어 구사력에 있을 듯하다. 반복되는 "당신은 ~한 사람이었다"는 진술들은 시적 어조를 이끌어가는 주된 요소에 해당한다. 그것들은 시의 흐름에 있어서의 속도와 무게를 조절해주는 주된 장치로 기능한다. 마치 후렴구처럼 이어지는 이들 어사는 전쟁의 긴박감과 무거움을 전복시키는 데 주효한 인식적 기능을 한다. 이들 어사들에 의해 사태의 아이러니가 비판되고 폭로된다. 그리고 거듭되는 반복을 거친 뒤 결국 독자는 인간을 위한 인간다운 상태가 무엇인가에 관한 인식으로 도달하게 된다는 것을 알 수 있다. 시인의 언어의 절묘한 운용은 현실을 효과적으로 고발함과 동시에 그것이 진정으로 현실 인식적 기능을 발휘할 수 있도록 하는 데 기여하고 있는 것이다. 시를 통해 우리는 현실비판이 단지 억압적인 사태를 환기시키는 데서 그치는 것이 아니라 실질적인 인식의 전환을 유도하고 각성에까지 이를 수 있도록 해야 하는 것임을 확인하게 된다. 시인은 자신 특유의 언어구사력을 통해 이러한 기능을 충실히 해내고 있는 것이다. 이는 시인의 뜨겁고도 차가운, 활기에 차면서도 균형을 잃지 않는 언어 사용과 관련되는 것이다.

메타포의 활용을 통해 충실한 서정성을 구현하는 사례 역시 시의 진정한 맛을 보여준다. 우리는 다음의 시에서 세계에 관한 시인의 인식과 그가 구사하는 언어의 부드러움이 시에서 어떻게 조화롭고 아름답게 어우러지고 있음을 보게 된다.

닳은 구두 뒤축을 갈기 위해
구둣방에 갔는데, 늙은 수선공이
뒤축 대신 사과나무를 심어놓았다.
걸음 걸을 때마다
사과꽃 하는 소리가 흘러나왔다.

비음산 옆구리의 산골짜기가 고향이라던 늙은 수선공은
4월이 되면 늑골 깊은 곳에서 사과꽃이 핀다고 했다.
그러니까 늑골 깊은 곳은, 이제
돌아갈 수도 없는 옛집 마당.
늙은 수선공은, 이 도시 거리를
천진한 웃음이 사과꽃 향기로 퍼지는 마당으로 만들려는 것이 분명하다.
그렇지 않다며, 뒤축 대신 사과나무를
구두에 심어놓는 불가해한 기술을 보여줄 리 없다.

배한봉, 「늙은 구두 수선공의 기술」(『시현실』, 2011 여름) 부분

　동화적 설정으로 자신의 유토피아적 비전을 그리고 있는 위의 시에서 시를 이끌어가고 있는 핵심 어휘를 지적한다면 단연 '사과꽃'이다. 시에서 '사과꽃'은 사실 오감의 자극을 겨냥해 도입된 시어이다. 그것은 먼저 시각적 이미지로 환기되며 나아가 소리로, 향기로 그 이미지의 영역을 넓혀간다. 그리고 결국 '사과꽃'은 시 전체의 의미를 유도하고 시 전체의 분위기를 형성하는 강력한 거점으로 작용함을 알 수 있다. '사과꽃'이 환기하고 있는 이미지는 매우 강렬한 것이다. 그것은 화사함과 사각거리는 느낌과 달콤하고 부드러운 향기와 아름답고 행복한 공간으

로 기억된다. '사과꽃'은 황폐하고 삭막한 도시 공간과 대비되는 서정적 유토피아 공간을 형상화한다고 할 수 있다.

시인이 구현하고 있는 언어 미학적 형식은 매우 탄탄하다. 우리는 시를 통해 진정으로 '사과꽃'이 점차로 피어나는 과정을 체험하는 듯한 착각에 빠진다. 그리고 피어나는 '사과꽃'이 향기를 발산하기 시작하고 점점 더 강해지는 향기와 자태가 천지를 아름다움으로 가득한 장소로 만드는 듯한 경험을 하게 된다. 우리는 시인에게서 언어를 통해 세계를 축조해가는 빼어난 감각을 만나게 되는 것이다. 실제로 시인은 '사과꽃'이 핀 공간을 '성전'으로, 구두 뒤굽 대신 '사과나무'를 박아넣은 '늙은 수선공'을 '성전'을 세우는 사제로 표현하고 있다.

이러한 상황 설정은 물론 현실적인 것과 하등 상관없다. 그러나 그 것은 우리의 소망과 꿈과, 그리고 인간의 행복한 느낌들을 잘 끌어내어 이를 형상화하고 있는 것이다. 이는 행복에의 우리의 보편적인 비전과 공감대를 형성하는 것인 셈이다. 더욱이 시인이 구사하는 언어 창조력 은 독창적이고 고유하다. 우리가 이 시에서 즉각적인 감동을 받는 이유 가 여기에 있다.

살펴본 바에서도 알 수 있듯이 이들 시들은 그 속에 우리가 흔히 시에 요구하고 기대하는 바의 여러 전제들을 복합적으로 지니고 있다. 이들은 시의 형식과 내용에 있어서, 언어와 세계에 있어서 총체적인 조화와 균형을 취하고 있다는 것을 알 수 있다.

탈근대의 기획을 넘어서는 감각의 언어

1. 해체를 넘어서서

　인간의 인식이 진리나 세계의 본질을 규명할 수 있다고 하는 관념을 부정하면서 기의와의 고리를 끊은 기표의 유희, 환유적 미끄러짐의 언어를 전면화시켰던 탈근대적 시들의 공과는 무엇일까? 고도 자본주의의 물리적 속력, 혹은 컴퓨터로 대표되는 전자시스템의 속도를 반영하듯 숨가쁜 충동의 에너지에 노출되어 있는 미래파 시들의 앞날은 어찌 될 것인가? 새로운 세기가 시작된 지도 벌써 10여년의 시간이 흐른 지금 아방가르드로서의 역할을 충분히 감당하였던 이들 시에 대해 이제 우리는 보다 성찰적인 태도를 보여야 할 듯하다. 몇몇 개성 강한 시인들에 의해 시작된 이들 시의 경향이 이미 하나의 문법으로 자리잡고 많은 아류들을 낳았으며 새로운 시적 스타일을 계발함에 있어 그 진보의 속도가 현저히 떨어지고 있는 이때에 시대를 대표하였던 작품들의 경향에 대해 반성적으로 접근하는 작업은 필연적으로 요구된다.

애초에 탈근대의 기획이 선험적이고 권위적인 담론에 대해 비판함으로써, 우리의 의식을 억압하고 생의 에너지를 가두어두려는 가장된 진리에 대해 부정함으로써 이루어졌던 점을 감안할 때 해체시들이 보여주었던 양상들은, 설령 그들 시가 소통에의 거부의 포즈를 취하였다하더라도, 충분히 납득될 수 있는 것이었다. 해체시들이 제시했던 기표의 유희는 탈구조의 기획답게 권위와 체계를 조롱하고, 또 억압으로 작용하던 거대담론들 역시 공중분해시킬 수 있었다. 탈근대의 기획은 진리연하는 담론들의 불완전성과 허구성, 권위와 억압성을 스스로 고안해 낸 장치와 방법론을 통해 효과적으로 폭로하고 해체하였던 것이다. 특히 그들이 고안한 해체의 방법론들이 너무도 치밀하고 논리적이어서 당대의 많은 지식인들을 매료시켰던 것이 사실이다.

그러나 우리가 탈근대의 기획에 한껏 몰입되어 있던 동안 우리는 매우 중요한 것을 잊고 있었다. 우리가 미끄러지는 언어의 성질에 동의하고 위악적으로 기표의 유희를 산출해내는 중에, 우리는 자동적으로 언어라고 하는 체제 내부에 안주하게 되었다는 사실을 깨달을 수 있다. 탈근대의 기획에 대한 실천이 언어를 통해, 기표를 매개로 이루어지는 동안 그것은 우리의 에너지를 집중시키는 거점이 되었다는 것이다. 실제로 라캉이 무의식은 언어로 되어 있으며 무의식의 에너지는 소멸하지 않고 비어있는 기표로 무한히 양산된다고 했던 것처럼 시적 주체의 모든 에너지는 기표에 집중된 채 표출되었던 것이다. 결과적으로 기표는 주체의 에너지를 확장시키는 통로가 되었던 것이 아니라 일종의 감옥으로 작용하게 되었다. 탈근대의 기획은 결국 우리를 보다 치밀한 하나의 체계와 논리 속에 가두었다는 것을 알 수 있다. 기표의 유희 속에서 우리는 스스로가 의미를 상실한 채 떠도는 기표가 되었으며 오로지 기표와 대화하는 가상의 존재가 되었다. 마치 전자매체를 통해 우리가 늘 접하는 가상공간처럼 탈근대의 우리는 현실로부터 유리된 가상현실의 존재로 되어가고 있던 것이다.

탈근대에 관한 이와 같은 성찰을 염두에 둘 때 우리가 새로운 시대의 기획을 위해 시에게 기대할 것은 무엇인가? 굳이 진보가 보수가 되고 보수가 진보가 된다는 시대의 역동성을 거론하지 않더라도 아방가르드가 더 이상 전위가 될 수 없는 시점이라면 우리는 또 다른 측면에서의 진보를 모색해야 할 터이다. 그리고 그것은 우리가 지금 처해있는 질곡에 천착할 때 비로소 주어질 것이다.

2. 감각의 생기, 시적 언어의 현실화

세계가 지닌 이성적 질서를 해체하려고 하면 할수록, 세계에 내재되어 있는 부조리를 파괴하려 하면 할수록 더욱 공고하게 언어의 감옥 속에 갇혀버리게 되는 이 아이러니는 물론 탈구조주의가 배태되었던 논리적 토대에서 비롯한다. 즉 탈구조주의자들이 의도했던 해체의 방법적 장치들이 구조주의라는 언어이론으로부터 유추된 것이기 때문이다. 이를 가리켜 구조주의는 탈구조주의의 발생 가능성을 자체 내에 포지했다고 말하는 것일 터인데, 이러한 전개, 곧 구조주의와 탈구조주의의 이론적 친연성은 오늘날의 해체시들이 놓여 있는 현실적 기반에 대해 상기케 해준다. 그것은 해체시는, 그것이 현실에의 부정과 부조리에의 문제 제기를 통해 출현했다 하더라도, 기존의 체제 내적 언어들과 마찬가지로 언어라는 시스템 안에 놓이게 되는 운명을 지녔다는 점이다. 해체시는 처음 출현 당시 기존 언어에의 변혁이라는 혁명성을 지니고 우리의 의식을 충격했으나, 시간이 지남에 따라 그 충격의 에너지가 미약해지면서부터는 물론 다른 형태이지만 다시 언어의 체제 안으로 흡수되어가는 형국을 보여주는 것이리라.

우리에게 생생한 감각, 살아있는 육체성, 언어의 물질성이 요구되는 것도 이 지점에서이다. 실재하는 세계에 섬세하게 다가가 존재의 현상을 포착하고 사물을 존재 그대로 담아내는 일, 세계의 물활성에 천착하여 이를 시인의 내면의 언어로 표현함으로써 자아가 세계의 일부이며 세계가 자아 속에 있는 순간을 구하는 일은 언어의 감옥 속에 갇힌 관념의 자아를 현실의 한가운데로 끌어내는 계기가 된다. 즉 시적 상황은 현대의 자아를 가상현실이라는 열려있으면서도 유폐된 공간, 매혹적이면서도 위험한 공간으로부터 탈출케 하여 총천연색으로 살아 숨쉬는 현실적 공간으로 인도할 것이라는 점이다.

더러는 설익어 질벅한 피가 밴

군침 도는 연한 육질

뜯고 뜯은

빈껍데기

흰 뼈 위에 앉는다

쇄골과 척추

이미 뿌리 내린 정강이와 상두박골

버려진 싱싱한 뼈들 위에 앉는다

아직 마르지 않은 살기등등한

쌓인 뼈들 위에 앉는다

울퉁불퉁 막힌 혈전으로

퍼렇게 죽어가는 모세혈관이며

탐욕스런 뱀들의 혓바닥

내 천수千手의 음모陰毛들이

버려진 뼈들 구석구석

땅속 깊이 뿌리박는다

박청룡, 「뼈의 윤리」 전문 (『현대시』 2012. 1월호)

한 설치미술가의 작품으로부터 받은 영감에 의해 씌었다는 위의 시에서 우리는 회색으로 굳어가는 사물이 생생한 감각을 지닌 생명체로 전환되는 상상의 과정을 경험한다. '빈껍데기 뼈' 위로 피가 돌도 살이 돋아 살아있는 무엇으로 변화되는 상상적 추이를 위 시는 섬세하고도 '살벌하게' 묘사하고 있는 것이다. 시인은 '뼈'라는 경직된 죽음의 물상에 '질벅한 피가 밴/ 군침 도는 연한 육질'의, '모세혈관이며 탐욕스런 뱀들의 혓바닥/ 천수千手의 음모陰毛들'의 옷을 입힌다. 피와 살을 입히는 시인의 뜨거운 상상력에 의해 '뼈'는 '살기등등한 뼈'로, '아직 마르지 않은 뼈'로 되살아나고 있다.

Marina Abramovic이라는 슬로바키아 여류 작가의 작품을 보면서 시인은 어떤 체험을 한 것일까? 무엇이 그의 상상력을 이처럼 '서슬 퍼렇게' 만들었을까? 날 것처럼 싱싱하고 역할 정도로 그로테스크한 표현들이 말하고자 하는 것은 무엇일까? 그것을 경직된 틀 안에 갇혀 생인지 죽음인지도 구분되지 않을 만큼 무감각하게 살아가는 현대인들의 감각을 되살리기 위한 것으로 해석할 수는 없을까? '뼈'에 숨을 불어넣은 시인의 상상력은 가상공간에 익숙해져 어느 것이 현실이고 가상인

지, 어느 것이 진실이고 거짓인지, 또 살아있음이고 죽어있음인지 분간
하지 못한 채 살고 있는 현대인들을 향해 생의 생생한 감각을 전달하
고자 하는 것이 아닐까 한다. 생을 불러일으키려 하는 시인의 뜨거운
열정이 우리의 호흡도 뜨겁게 만들고 있다.

칼끝으로 노란색을 찍어 마구마구 짓이긴다

들판에다 산에다 하늘에다 노란색을 미친 듯이 들이붓는다

노란색이 소용돌이치는 고흐의 밀밭에는 이따금 까마귀 떼가 껌껌한
기억처럼 돌아오고

햇볕도 들지 않는 화실의 말라비틀어진 노가리보다 더 가난한 K, 깨어
진 유리창 같은의식을 따라, 빙글빙글 도는 태양 아래 유월의 보리밭을
그리고 있다

불안한 태양으로부터 종소리는 노랗게 번져 내려오고, 겁먹은 당나귀
같이 자신이 그린 보리밭 사이로 천천히 들어간다 머리를 길게 늘어뜨리
고 보리밭 위에 제물인양 드러눕는다

최서림, 「밀짚모자를 쓴 남자」 부분 (『시현실』 2011. 겨울호)

고흐의 작품을 바라보는 사람은 삶이 지치고 무기력해질 때 고흐가
얼마나 강렬하게 우리의 생의 감각을 고양시키는지 알 것이다. 끝도 없
이 펼쳐지는 벌판, 그것을 가로지르는 까만 까마귀떼, 캔버스가 뚫어지

도록 이겨놓은 노란색 질감은 그 자체로 삶의 강한 에너지이다. 그 안엔 어둠과 빛이 교차하고 있고 고요함과 생동감이 공존한다. 고흐의 작품은 죽음 위해 피어있는 환한 생기이다. 위의 시는 고흐의 작품이 주는 이 섬세하고 미묘한 감각을 있는 그대로 포착하고 있음을 알 수 있다. 아니 위의 시는 고흐의 내면에서 들끓었던 생의 욕망까지도 모두 담아내고자 한다. 화폭에 담기기 이전의 예술가의 예민한 감수성까지 그려내고 있는 위의 시는 그래서 '칼끝'처럼 날카롭다. 시에는 '노란색을 마구 짓이기는', '노란색을 미친 듯이 들이붓는' 강한 이미지가 두드러지는 것이다.

고흐의 작품을 통해 시인이 끌어내고자 했던 것, 우리에게 전하고자 했던 것은 마찬가지로 생을 일으키는 생생한 감각이 아니었을까? 그것은 '껌껌한 기억'처럼 밀폐된 공간으로부터 우리를 끌어내어 생의 에너지로 가득찬 환한 공간으로 나아가게 하려는 것이 아닐까. 시에 나타나 있는 '햇볕도 돌지 않는 화실의 말라비틀어진 노가리보다 더 가난한 K, 깨어진 유리창 같은 의식'의 자아는 삶의 감각을 상실한 채 갇혀 있는 유폐된 자아, 현실의 감각을 상실한 관념의 자아이자 현대의 가상화된 자아를 암시한다. 시인은 이러한 자아들에게 '빙글빙글 도는 태양 아래 유월의 보리밭'을 보여주고자 한다. 그는 이러한 자아들이 '보리밭 사이로 천천히 들어가'기를, '보리밭 위에 제물인양 드러눕'기를 주문한다. 시인이 꾀하는 것이란 우리의 에너지를 잠식해 들어가는 무감각의 견고하고 두꺼운 외피에 날카로운 칼날을 대어 이를 뜯어내고자 한 것이라 짐작해 본다. 그것은 생인지 죽음인지 불분명한 현대인의 의식의 상태에 균열을 일으켜 환하게 빛나는 생의 감각을 회복시키려는 것이라 할 수 있다. 이러한 감각이야말로 우리의 삶에 대한 기준이자 현실 인식에 대한 근거이기 때문이다.

　내 생애는 활자에 중독된 세월이었다

　누구든 넘어서고 나면 문맹이 그리워지는 시간도 있다
　참혹하여라, 나는 삼천 권의 활자를 읽어버렸다

　서리까마귀 편편이 북쪽 하늘을 날 때
　누군들 울음 남기고 사라지는 기러기 사랑 한 번
　해보고 싶지 않은 사람 있으랴
　　　　　　　　　(중략)

　구름은 활자로는 심어지지 않는 잎 넓은 나무
　바람의 연원을 찾고 싶어 등성이를 오르면
　활자 바깥에 무한이 있음을 선홍 놀이 가르치고

　맹목으로도 무한을 만질 수 있는 날이 그리우면
　한 번도 행간에 들지 않은 처녀 말을 찾아 헤맸다
　　　　　　이기철, 「활자 생애」 부분, (『시와 표현』 2011. 겨울호)

　'삼천 권의 활자를 읽은' 노숙한 시인의 한탄을 접하면서 우리는 관념의 세계를 빠져나오기 위해 악마 메피스토펠레스에게 영혼을 걸고 거래를 했던 파우스트 박사를 떠올리게 된다. 관념의 세계란 끊임없이 참과 거짓을 논하지만 진실로 참과 거짓이 분별되지 않는 세계, 모든 것을 다 아는 것처럼 여겨지지만 정작 아무런 힘도 발휘할 수 없는 세계이다. 관념의 세계에 빠져 있을 때 모든 역사가 그 안에서 이루어지는 듯하지만 실제로 그것은 편협하기 그지없는 세계의 일부에 불과하다. 이러한 관념의 세계는 자아를 가두고 생의 에너지를 끝없이 잠식해 들어간다. 질적 가치 없이 양적으로만 환산될 뿐인 관념의 세계에 대해 화자는 '활자에 중독된 세월'이었다고, '참혹하였다'고 말한다. 여기에서 우리는 한없는 지적 유희가 결국 '삼천권'이라는 개념으로만 남게 되는 허망한 상황에 화자가 처해있음을 짐작할 수 있다. '활자'로 상징되듯 현실로부터 유리된 관념이 얼마나 앙상하게 죽어 있는 세계인지 우리는 이 시를 통해 알 수 있다.

무성한 관념의 세계가 자아를 '중독'될 만큼 맹목으로 만드는 현상 앞에서 시적 화자는 감옥과 같은 억압을 느낀다. 색깔의 분별이 없는 무채색의 지대, 울음도 웃음도 그리움도 사랑도 없는 무감정의 지대, 생멸을 반복하는 자연으로부터 멀리 유리된 지대에서 화자는 비명을 지른다. 그는 생명을 향한 욕망을 찾아 '활자 바깥'으로 탈출하고 싶어한다. '활자 바깥'의 세계는 '활자로는' 만들어질 수 없는 물질의 세계이자 '무한'이 펼쳐지는 드넓은 세계이다. 관념을 휴지조각처럼 가볍게 만들어 버리는 '활자 바깥'의 세계는 우리의 삶이 펼쳐지는 진정한 세계이자 무게와 밀도를 지니는 실재의 세계이다. 관념의 끝에서 환멸을 체험한 자아는 필연적으로 생생한 삶의 감각을 추구하게 된다.

관념의 세계를 거쳐 현실의 세계로 회귀한 자에게 시적 언어는 그 어느 것보다도 높은 가치를 지니리라. 그것은 관성적인 언어, 유희적인 언어를 가로지르고 현실에 발디디는 언어, 생생한 감각의 언어가 될 것이다. 시인이 '한 번도 행간에 들지 않은 처녀 말을 찾아 헤매'는 것도 이와 관련된다. 그가 찾는 '처녀 말'은 관념의 맥락에 놓이지 않는 순수한 언어이자, 생의 느낌이 담기는 날 것의 언어를 의미할 것이다. 이러한 언어야말로 관념의 세계에 갇힌 자아를 끌어낼 수 있는 구원의 동아줄에 해당된다.

> 지리산하고도 쌍계사 앞, 개울의 보폭은 재재발라라 귀기울이면 빗소리, 작은 고기가큰 고기에게 잡아 먹히듯 비야 광폭한 개울물에게 몸과 마음을 떠넘기면서도 비야, 지느러미 파닥거리는 비야 수면에 닿을 때만큼은 눈시울 붉어졌었구나 사선을 긋는 빗줄기또한 잇몸 부비는지 나뭇잎들 합수 지점을 漸漬하는 중이더라 비의 지문마다 소리가 있구나 화석이 되려는 빗방울 따로 있구나 (중략) 봄의 빗줄기가 가늘어지면서 끝내 향기로웠구나 푸른 물 풋잠 마중하며 물방울 되는 너와 내가 있으니
>
> 송재학, 「빗소리 되기」 부분 (『현대시』 2012. 1월호)

이토록 치밀하게 감각적인 시적 언어를 구사하기 위해 시인이 밟아온 과정은 어떤 것일까? 시인의 언어는 호흡이 보여주는 속도감이나 에너지의 측면에서 매우 시대적이다. 여기에서 시대적이라 하면 오늘날의 탈근대가 유지하고 있는 시적 언어의 보폭과 거의 일치함을 가리킨다. 정통 서정시가 시의 소재로 자연을 취하는 것이 규범처럼 되어 있음을 볼 때, 또한 정통 서정시의 시적 호흡이 회감을 통해 이루어지듯 자연의 흐름에 가까운 느림의 속도로 이루어짐을 볼 때 위의 시는 정통 서정시와 겹치면서도 겹치지 않는다. 그의 세계는 서정시에서 흔히 말하는 자연이라는 근원적 세계에 닿아있으되 다른 경로의 감각과 호흡으로 이에 다가가 있음을 알 수 있다.

이를 우리는 어떻게 설명해야 하는가? 위의 시는 일반적인 자연과의 동화나 융합과는 다른 양상의 만남을 보여주고 있다. 그것을 부딪힘이라고 해야 하나? 시의 자연은 정서적인 일치라기보다 감각적인 부딪힘으로 형상화되고 있다. 시적 자아에게 자연은 부드러운 관조의 대상이 아니고 팔딱팔딱 살아있는 날 것에 해당한다. 자연은 생생하게 살아있는 감각의 주체로서 소리로 향기로 몸짓으로, 온 몸의 감각으로 자신의 존재성을 드러낸다. 마치 숨죽인 채 죽은 듯이 있는 어떤 것도 조롱한다는 듯한 '재잘거림'을 위 시의 자연은 우리에게 보내준다. 위 시에 나타난 감각의 자연은 살아있음의 느낌, 즉 생기 그대로이다.

특히 위의 시에 보이는 호흡의 속도감은 언어적 유희에 탐닉되어 있는 탈근대적 시의 호흡에 대응한다는 점에서 시사하는 바가 크다. 시인이 보여주는 감각의 세계는 탈근대의 세계로부터 방금 빠져나온 듯한 신선함을 느끼게 한다. 우리는 위의 시에서 유희적 언어의 틀로부터 온 힘으로 탈출해온 듯한 생동감을 체험하는 것이다. 시인은 자연의 생기를 통해 관념 세계를 벗어나는 경로를 이미 알고 있었던 것일까? '내'가 '물방울이 되'고, '빗소리가 되'는 것도 자연이 이끄는 생생함의 힘에 기인하는 것이리라.

3. 성숙한 시의 살아있음

혁명에의 의지를 지니고 경직된 체제에 대항하고자 했다는 점에서 전위성을 인정받은 우리의 탈근대의 시들이 또 다른 하나의 굳어진 체제로 되어가고 있다는 점에 주목하는 일은 비단 한두 명의 문제의식에서 비롯되는 것은 아닐 것이다. 생에 대한 깊은 통찰과 현실에 대한 치열한 대결의식이 날카롭게, 서슬 퍼렇게 존재하지 않는 한 시의 아방가르드적 양상은 단지 하나의 자동화된 기술에 해당할 뿐이다. 우리의 성숙한 시인들이 보여주는 시적 실험들은 우리 시의 전개 과정이 결코 단선적이지 않음을, 우리의 시적 수준이 결코 단순하지 않음을 말해준다.

시가 인류의 역사와 더불어 존재하면서 그 속에서 면면히 그 본질을 유지해 왔음은 시대와 시의 상관성을 말해준다. 시대의 새로운 국면에서 우리는 언제나 시에서 아이디어를 얻었고 시를 통해 삶의 활로를 마련해 왔던 것이다. 그 속에서 일관되게 시가 경계해 왔던 것은 생을 억압하고 물화시키는 모든 것이었으리라.

시대의 인식을 위한 기능적 코드

1. 자본주의의 기능소 및 인식소

편집증과 분열증의 용어는 오늘날 단순히 정신분석학에서의 정신질환적 의미로 사용되는 것이 아니라 일종의 코드로 이해된다. 전자가 끝없이 반복되는 집적과 환원을 가리킨다면 후자는 이에 대한 부정으로서 계속적인 해체와 가로지르기를 의미한다. 전자에 대해 전제적이고 독재적 양태를 읽어낸다면 후자에 대해서는 수평적 확산과 양적 증식 및 창조성을 읽어낸다. 때문에 편집증을 사태에 대한 적분적 접근으로, 분열증을 미분적 접근으로 해석하기도 한다. 코드로 사용되는 이들 개념은 인식의 형태, 인간형, 사회 문화적 양상 등의 오늘의 다양한 사태들의 이해에 직접적으로 적용된다.

편집증과 분열증의 의미를 이와 같이 정신분석학적 개념의 최소한의 기능소만을 추출한 채 인간학의, 문학의, 사회학의, 정치학의 다른 층위로 가로질러 방사시킨 이는 들뢰즈다. 들뢰즈는 외디푸스 콤플렉스로 인간의 다양한 정신병의 원인을 환원시키고 나아가 사회 문화적 양태를 '아버지'로 상징되는 권력 중심의 기제로 이해하는 프로이트를 비판하면서 외디푸스 모델이 지니는, 또한 양산하는 억압적 기제를 붕괴시키고자 하였다. 이에 따라 편집증은 외디푸스 기제와 같은 권력 집중적 억압체제의 코드가 되었고 반면 분열증은 이를 균열시켜 중심화된 권력을 해체하고 경계를 넘어서는 생산과 창조의 코드가 되었다. 들뢰즈에 의해 오늘날 문학 및 문화에서 사용되는 schizophrenia(분열증)는 전혀 다른 맥락의 의미를 부여받게 된 것이다. 실제로 들뢰즈는 『앙띠 오이디푸스』에서 정신분열증을 구조화된 중심을 횡단하며 탈주하는 에너지의 창조적 실천과 관련시킴으로써 용어 사용에 있어서의 매우 전도된 형태를 우리에게 보여주고 있다. 여기에서 들뢰즈는 schizophrenia가 내포하는 에너지의 팽창적 성질을 제시함으로써 이것이 지닌 생산성과 창조성에 확고한 가치 평가를 하고 있음을 알 수 있다.

그러나 한편으로 『앙띠 오이디푸스』가 '자본주의'에 대한 분석을 위해 쓰여졌음에 주목할 필요가 있다. 즉 이 저서에서 선보이고 있는 schizophrenia는 단순히 창조적 에너지의 의미라는 추상적 차원에서 이해되는 것이 아니라 자본주의라는 정치경제체제를 이해하는 하나의 지표가 되고 있다는 점이다. 들뢰즈에 따르면 자본주의는 과거의 친족체계, 계급구조, 종교, 관습, 민속 등등의 전통적 코드들을 전복시키고 '탈속령화'시키는 성격을 띠며 자본주의의 권력은 중심화 되어 있다기보다 "생산관계들의 복잡화된 그물망" 속에서 탈중심화되어 있다.[1] 욕망이라는 코드에 의해 유지되는 자본주의는 끊임없이 욕망의 흐름을 해방시켜야 하는데 이것이 존재하는 경계들을 탈규준화하는 기제가 된다는 것이다.[2] 이 점에서 자본주의는 과거의 전제군주제와 다른 생산의 진행 메카니즘을 보이는바, 과거의 전제군주제가 정해진 규준 내로 모든 자원과 조직을 답습하고 흡수하는 paranoia(편집중)적 양상을 보인다면 자본주의는 잉여가치를 끌어내기 위해 이들을 붕괴시키고 탈규준화하는 흐름을 낳는다고 한다. 들뢰즈는 자본주의가 새로운 이윤 창출을 위해 제한 없이 모든 요소를 탈규준의 흐름으로 기투하는 이 과정에서 schizophrenia적 양상을 만날 수 있다고 말한다. 자본주의의 유지를 위해 욕망은 지속적으로 생산되어야 하고 이 욕망은 예측가능한 일정한 방향성 없이 체제의 영토 한가운데로 흘러야 한다. 욕망의 흐름에 의한 끝없는 탈규준화를 생산의 메카니즘으로 삼는 까닭에 자본주의는 창조적이고 혁신적이다. 다시 말해 들뢰즈의 schizophrenia 개념은 자본주의라는 정치경제체제의 속성을 규명하는 데 적용되는 용어이기도 하다는 것을 알 수 있다.

물론 들뢰즈는 자본주의가 욕망의 schizophrenia적 흐름에 의해 잉여가치를 창출하지만 이는 진행의 과정이자 방법일 뿐 자본주의가 궁극적인 초코드에 의해 재규준화된다[3]는 점을 놓치지 않고 있다. 자본

---

1 로널드 보드, 이정우 역,『들뢰즈와 가타리』, 새길, 1995, pp.143-5.』

2 질 들뢰즈, 최명관 역,『앙띠 오이디푸스』, 민음사, 1997, p.57.

3 위의 책, p.365. 들뢰즈는 자본주의가 탈규준화의 경계로 향하는 경향이 있다고 하면서 schizophrenia가 자본주의의 산물이라고까지 말하고 있다. 그러나 들뢰즈는 궁극에 탈규준화한 흐름들을 자본과 권력이라는 공리계에 복속시키는 자본주의를 schizophrenia의 상대적 극한이라고 본 반면 정신분열증은 이러한 공리계를 더욱 뚫고 밀고 나가 모든 규준을 교란시킨다는 점에서 절대적 극한이라고 말한다. 들뢰즈는 멈추지 않는 탈규준화, 극단적 반공리계를 기준으로 자본주의와 정신분열증을 구분하고 있다. 들뢰즈가 권하는 자본주의에 저항하는 방법도 정신분열증이라는 절대적 극한의 경로를 가는 일이다.

주의에서는 모든 과정들이 단 하나의, 자본이라고 하는 절대코드로 복속되기 위해 존재한다는 것이다. 즉 자본주의는 주어진 모든 경계와 체제를 무너뜨리는 힘의 실현 과정을 보여줌으로써 창조적인 에너지의 흐름을 펼쳐놓지만 그것은 결과적으로 자본으로 귀결되어 자본의 코드를 증식시키는 데 이바지한다는 것이다. 이 모든 과정은 자본에 수렴될 때만 유의미하고 또한 자본에 수렴되는 데 한해서 창출되므로 자본은 초권력에 해당한다. 그러나 자본주의의 한계와 실체를 폭로한다고 해도 여전히 들뢰즈의 관점에서 창조성과 생산성, 혁신성의 의미로 가치평가되는 schizophrenia가 난삽하고 무질서한 자본주의를 직접적으로 설명하는 용어가 된다는 것은 다소 당황스럽지 않을 수 없다. 들뢰즈의 관점에서 자본주의는 기존의 어떤 체제에 비교될 수 없을 정도로 폭발적으로 팽창하는 에너지의 결절임을 확인하게 되기 때문이다.

자본주의에 접근하는 들뢰즈의 이와 같은 접근은 자본주의에 대한 편견이나 적대감을 넘어서서 자본주의의 속성을 보다 객관적으로 응시할 것을 요구한다. 더욱이 자본주의가 인간 저변의 성질에 기반하여 전개되어 왔던 점에 주목한다면 자본주의에 대한 이해는 이러한 '욕망의 흐름'이라는 코드를 매개로 이루어져야 할 것이다. 이는 '욕망'이 자본주의의 상품화와 퇴폐화를 조장했다는 상식적이고 표면적인 관점에서가 아니라 '욕망의 흐름'을 형성하는 기제 전체에 대한 측면에서 자본주의를 인식할 것을 요구한다. '욕망의 흐름'은 어떻게 이루어지며 그것을 일으키는 요인은 무엇인가? '욕망의 흐름'은 자본주의 메카니즘과 이를 구성하는 인식소 내지 기능소에 관한 정보를 제공해 줄 것인가? 이에 대한 파악이 혹 우리에게 자본주의를 넘어설 수 있는 매개 지점을 찾는 일에 도움을 줄 것인가?

푸코는 들뢰즈를 가리켜 "언젠가 20세기는 들뢰즈의 세기로 기억될 것"이라는 다소 과장된 찬사를 붙인 바 있다. 이러한 언급이 어떤 맥락에서 부여된 것인지는 알 수 없지만 적어도 들뢰즈가 단순히 정신분석학 내지 철학사 내에 국한된 기능적 지식인이 아니라 이를 바탕으로 하여 자본주의 및 문명의 본질을 통찰한 자라 한다면 푸코의 말을 영 허언으로 들을 수는 없을 것이다. 들뢰즈의 언술 속에서 시대의 핵심을 인식하고 여기에서 미래로 향한 문을 열기 위한 열쇠를 찾는 일은 가능할까?

'schizophrenia' 이외 들뢰즈가 말한 '욕망의 흐름'을 이해하기 위한 또 하나의 핵심적인 요소는 '기관없는 신체'다. 정신분열증 환자의 심리적 경험을 토대로 그의 이론적 모델을 기획할 수 있었던 들뢰즈는 '기관없는 신체'를 유기적이고 통일적인 신체와 구별시키고 있다.[4] 정상인에게 지각되는 신체란 통일적이고 전체적이며 부분들의 각 기관을 통해 조직적이고 단일한 유기체를 이룬 것에 해당한다면 분열증 환자들에게는 신체가 마치 부분들로 조각난 상태에서 분리되거나 비대해지고 억압적이거나 확장되는 듯하다. 이들에게 신체는 전체에 연결되지 않는 부분들이 독립적이고 독자적으로 스스로 강도를 달리하며 운동하는 것으로 지각된다. 그것들은 분자적인 차원에서 미세하게 진동하며 순간순간 자신들의 특질을 형성한다는 것을 알 수 있다. 때문에 그것들은 질료처럼 여겨지기도 하고 욕망 자체로 여겨지기도 하며 내가 아닌 낯선 타자로 느껴지기도 한다. '나' 혹은 '신체' 전체로부터 분리된 부분의 이것은 때로 나를 압박하기도 하고 충동하기도 하며 흩어놓기도 하

---

4 로널드 보그, 앞의 책, p.149.

고 긴장시키기도 한다. 그것들은 순간순간의 특징적인 강도로 이리저리 유연하게 휩쓸리거나 때로 일순간에 단절되는 운동 그 자체의 양상이다. 이러한 점에서 기관없는 신체는 에너지 및 모든 욕망이 등록되는 표면이자 모든 흐름과 생산 및 운동이 형성되는 통로이다. 때문에 들뢰즈는 '자본'을 곧 자본가의, 자본가라는 존재의 '기관없는 신체'라 본다[5]는 것을 알 수 있다.

기관없는 신체의 이러한 속성을 보면 들뢰즈가 이를 가리켜 왜 유물론적 정신의학[6]이라 했는지 짐작할 수 있게 된다. 들뢰즈는 욕망의 흐름을 단지 심리적 차원에서 말한 것이 아니라 물리적이고 질료적인 차원에서 묘사하고 있는 것이다. 특히 이를 '자본'과 관련시킨다는 점에서 '욕망'은 들뢰즈에 의해 인간과 경제를 하나로 결합시키는 매개가 된다. 들뢰즈의 통찰대로 '모든 성욕은 경제와 관련되어 있다[7]는 점이다. 즉 자본주의는 인간 외적인 실체가 아니라 인간 내부에 연결되어 있고 인간 내부에서 솟구치는 것이 아닐 수 없다. 그것은 인간 욕망에 뿌리를 두고 있을 뿐만 아니라 인간 욕망의 형상을 취하고 있다. 인간은 자본주의와 하나다. 그렇다면 '기관없는 신체'의 특성을 지닌 '자본'에 의해 만들어지는 사회는 어떤 모습일까? 자본의 운동은 우리에게 어떠한 모습의 자본주의를 안겨주었는가? 상상컨대 그것은 어쩌면 욕망의 무질서하고 무차별적인 돌기들을 하나로 끌어안은 거대한 괴물의 형상이 아닐까. 하나의 거대한 몸통에 울퉁불퉁한 욕구의 돌기들과 선들을 수도 없이 지니고 있으면서 이들 사이에 이접과 연접, 단절과 흐름을 종

---

5 위의 책, p.27.
6 질 들뢰즈, 앞의 책, p.43.
7 위의 책, p.28.

횡무진으로 그리고 있는 괴물상이 자본주의가 아닐까?

들뢰즈는 기관없는 신체들의 극단화된 schizophrenia적 흐름을 리좀(rhizome)이라는 망상조직[8]의 상으로 언급한 바 있다. 자신의 어떤 지점에서도 다른 지점과 연결접속되며 여러 차원들의 내재적이고 이질적인 소통과 확장을 이루는 리좀상은 자본주의 내의 욕망처럼 자유롭게 떠다니는 에너지의 운동과정을 드러낸다. 또한 그 욕망은 프로이드가 말한바 리비도에 의한 무의식처럼 혼돈의 구조에 해당한다. 이들에는 처음도 끝도 없으며, 주체와 대상도, 중심과 주변도 없다. 리좀은 다른 새로운 욕망을 생산하는 일과 관련되는 것이자 무의식의 생산 그 자체라 할 수 있다.[9] 체계적인 계보나 구조를 지니지 않은 이러한 리좀상에 대해 묘사하면서 들뢰즈는 나무와 같은 조직을 지닌 '수염뿌리'상과 구별하고 있는바, 특히 이 수염뿌리는 리좀과 유사하지만 확고한 위계질서에 의해 조직되어 있다는 점에서 자본주의와 연관된다.[10] '수염뿌리'상이 나무 가지처럼 서열화와 위계화로 귀결된다면 리좀상은 덩이줄기와 같은 형상을 띠고 있어 위계화가 불가능하다. 즉 전자가 초코드 초권력에 복속되는 편집중적인 것이라면 후자는 초코드 초권력을 무화시켜버린 분열중적인 것이다. 이 둘은 모두 욕망에 의한 생산성을 드러내지만 그 중 자본주의는 인간의 해방이 아닌 인간의 계층화와 구속에 기여할 뿐이라는 메시지가 여기에 담겨 있다.

'욕망의 흐름'이라는 코드를 통해 인간의 미시적 차원과 정치경제

---

8 '뿌리줄기'라는 의미의 rhizome은 나무 구조가 가지고 있는 계보적인 특성과 달리 탈중심화되고 무질서한 형태의 그물망을 가리킨다. 위계적이고 조직적인 구조를 지니고 있지 않은 리좀은 신경체계처럼 복잡한 다양체를 구성하여 여러 차원을 이루는 선들에 이리저리 접속한다. 질 들뢰즈, 김재인 역, 『천개의 고원』, p.21.

9 위의 책, p.41.

10 위의 책, pp.17-8.

의 거시적 차원의 양상을 동시에 명명한다는 점에서 들뢰즈의 개념들은 오늘의 시대를 이해하는 효율적 키워드를 제공한다. 특히 분열증(schizophrenia)이라는 개념은 자본주의와 들뢰즈적 유토피아를 구분하는 핵심 개념이 된다는 점에서도 주목된다. 들뢰즈는 schizophrenia의 중단없는 횡단이 곧 자본주의에 대한 저항이자 초월이고 자본주의의 붕괴의 초석이 된다고 말하고 있기 때문이다. 그야말로 schizophrenia의 극단적 추구는 인간을 어떠한 틀이나 체계에도 구속하지 않는 운동력에 해당하며 어떠한 형태의 편집증도 해체시킬 수 있는 기제라 할 수 있다. 뿐만 아니라 이는 주어진 모든 체계들을 횡단하면서 이외 n~n+1...의 여러 차원으로 그 운동력을 무한히 연장시킬 수 있다. 마치 새로운 영토를 찾아 떠나는 유목민처럼 schizophrenia는 삶의 노마드적 다양체를 구성하는 데 기여한다는 것이다.

여기에서 들뢰즈의 개념들의 중요성을 거듭 환기할 수 있다. 그가 제시한 코드들은 이미 존재하는 자본주의라는 체제의 속성을 이해하는 계기가 되는 동시에 이를 초극하는 매개이기도 하다는 점에서 그러하다. 들뢰즈의 코드들은 비단 들뢰즈 자신의 유토피아를 꿈꾸기 위한 도구에 불과한 것이 아니라 자본주의를 가로질러 나가기 위한 실질적인 경로에 해당한다. 자본주의라는 메카니즘은 들뢰즈가 말했던 '기관없는 신체의 욕망의 흐름'에 그 본질적 지표를 두기 때문이다. 이는 '기관없는 신체의 욕망의 흐름'이라는 것이 우리 삶을 구성하는 기능소이자 우리 삶에 대한 통찰을 가능케 하는 인식소라는 것을 의미한다. 자본주의를 살아가는 현대의 우리에겐 이미 자본주의를 성립시켰던 인자가 핵처럼 내재되어 있는 것이고 따라서 이를 횡단코자 하는 우리라면 역시 이 핵을 인식해야 한다는 것이다. 다시 말해 '기관없는 신체의 욕망의 흐름'이라는 코드는 우리의 현재와 미래를 이어주며 현재로부터 미래로의 뒤집기를 실현시키는 매개이자 약한 고리가 된다. 이것이 곧 우리 시대를 미래로 열게 해주는 열쇠가 될 수 있는 셈이다.

2. 현대시의 새로운 언어 및 코드

들뢰즈의 개념을 수용했건 수용하지 않았건 간에 오늘날의 현대시의 성격은 많은 부분 들뢰즈적이라 판단된다. 현대시가 보여주고 있는 언어의 해체적 양상, 유동적인 감각화 현상은 통일적인 의식과 유기적인 구성에 대비되는 시의 충동적이고 분열적인 사태라 할 수 있다. 의미의 구현이나 소통의 완성보다는 충동의 순간적인 운동에 내맡긴 채 이어짐과 끊어짐, 연접과 이접을 반복하는 현대시의 문법은 '기관없는 신체의 욕망의 흐름'과 같은 양상이다. 이는 기호의 유희적 연쇄라기보다 기표와 기의 사이의 만남 또는 단절이 불규칙적이고 단속적으로 진행되는 기호의 분절적 양태라 할 수 있는바, 여기엔 의도적인 해체와 파괴 대신에 부분으로 절단된 기관이 자체적으로 운동하듯 연동의 연속적 흐름이 나타난다. 리듬과 흐름, 동시적인 분리와 단절은 오늘날 현대시의 특징이 기호의 해체보다는 기호의 분절에 가깝다는 인상이다.

> 기침으로 기도하며 아침을 바꿔 놓았는데도
> 수학 공식처럼 근엄한 사람 앞에서 하고 싶은 말은 모두 숨어
> 숫자들은 제멋대로 커가고
> 하느님은 내 안에서 발만 씻어.

간밤 내내 읽었던 화투패만이 눈앞을 아른거리는데
"세상 밖으로 나다니나 봐요?"
수학 공식의 눈이 물음표로 가득한
그 순간
심장 속 새 한 마리가 몸부림을 쳐.

길을 잃지 않고 나에게 오는 이는 없어.
거리를 떠돌다가 캄캄한 화장실에 갇혀 본 적 있어?
가까스로
나는 수학 공식을 바라보며
"당신의 판단력은 엉덩이에서 나오나요. 나는 아직 만행 중에 있는 돌
　멩이에요."라는 말을 삼키는데

전기철, 「해고된 자의 변명」(『현대시』, 2010.12) 부분

위의 시의 언어는 기표가 미끄러지며 기의와의 결합을 지연시키는
해체적 양상을 나타내지는 않는다. 처음 포스트모더니즘 시들이 생산
될 때처럼 충동적인 에너지가 요동치면서 기의가 확정되지 않은 채 기
표의 연쇄로 치닫던 양태와는 달리 위의 시는 기표의 의미가 존재하며
통사 구조 역시 해체되어 있지도 않다. 통일된 의식의 구성에는 미치지
못하지만 의미 자체가 파괴되어 있다고 볼 수는 없다. 그러나 여전히
전체적인 사유는 보이고 있지 않으며 논리적이거나 체계적인 구성도 없
다. 의미들은 있으되 무질서하고 비논리적이며 충동과 우연에 의해 시
가 이루어진다. 시에서 각 문장들은 의미와 사유의 부분적 전체들이
다. 즉 시에서 독립적 단위를 이루고 있는 각 문장들은 부분인 동시에

전체이며 전체인 동시에 부분이다. 각각은 의미의 연관이나 논리를 떠난 채 그 자체로 홀로 존재하며 그 자체로 의미의 완결을 이루는 것이다. 각각의 문장들은 주변의 그것들과 논리적 연관성 아래 있지 않다. 그러면서도 각 문장들은 끊임없이 연결되거나 단절되다가도 다시 솟아올라 이어진다. 하나의 단위가 되어 있는 각 문장들은 순간순간 흐름과 단절을 계속해가며 의미를 맺거나 흩뜨린다. 각 단위들은 체계적인 선조적 구성을 보이는 대신 나타났다 사라지고 다시 중간에서 튀어올랐다가 또다시 사라지기를 반복하는 것이다.

들뢰즈가 말했던 주체와 대상의 구분이 없는 상태, 처음과 끝이 없이 중간과 중간으로 이어지는 사태가 위의 시에서 펼쳐진다. 즉 시의 각 단위들은 '기관없는 신체들'이 되어 욕망의 흐름들을 낳고 있는 형국이다. 부분들의 독립과 전체성의 해체가 이를 통해 이루어진다. 실제로 위의 시에서 각 문장 단위의 해독은 가능하지만 전체적인 의미를 구성하는 일은 무의미하며 대신 각 단위들의 운동성에 주목하는 일이 생산적임을 알 수 있다. 이러한 양상은 기호가 해체되어 있지 않다는 점에서 과거의 해체시와 구별되며 그럼에도 의식의 통일성을 구하기는 힘들다는 점에서 기호의 해체 대신 분절화라 명명하는 것이 적절할 듯하다. 문장 단위의 의미 구성은 가능하되 의식의 전체적 통일성 구성에는 무관심한 이러한 유형의 현대시는 어렵지 않게 만날 수 있다. 기호의 해체는 아니되 충동에 의해 시가 이끌어지며 부분적 단위 중심의 연접과 이접이 나타나는 유동적이고 연동적인 시들은 현대시의 주된 유형이라 해도 틀리지 않을 것이다.

이 외에 시에 나타나 있는 인식의 방법 자체가 통일적 사유에서 비롯되기보다 부분화된 신체를 통해 기형적으로 이루어지는 경우를 만날 수 있다. 유기적 통일성을 상실한 채 부분으로 절단된 신체의 부위가 때로 비대해지고 확장하거나 때로 축소되면서 인식을 형성하는 토대로 기능하는 경우가 그것이다.

> 배고픈 귀가 무럭무럭 커진다
> 너무 깊어 바닥이 보이지 않는
> 늘 제 속을 감추고 사는 밤
>
> 새파란 나뭇잎 같은 귀들이 팔락인다
> 하늘에서 떼어내 구석방에 넣어두었던 별들이 정충처럼 반짝이고
> 마음을 몇 번씩 갈아 끼우며 여기까지 오는 동안
> 귀는 허기진 동굴이다
>
> 어두워질 때를 기다려 밤의 가슴속에서 야광봉을 꺼낸다
> 나는 저렇게 단단하고 오래 견딘 꽃봉오리를 본 적이 없다
> 작정한 듯 귀는 점점 부풀고
> > 홍일표, 「콘서트」(『시를 사랑하는 사람들』, 2010. 11-12) 부분

안정된 통사 구조 안에 의미의 통일성이 구축되어 있는 듯하지만 실상 위의 시에서 읽을 수 있는 인식의 기능소는 매우 특수하다. 위의 시에서 확인할 수 있듯 시인이 보여주고 있는 인식방법은 일반적인 근대적이고 이성적인 사유에서처럼 일정한 초점 아래 대상을 보고 이해하고 전유하는 형태로 나타나 있지 않다. 근대의 주체가 행하는 일반적 사유 형태가 대상과의 합리적 거리 하에 대상을 묘사하고 파악하며 이

를 바탕으로 통일적이고 완성된 구조를 지향하는 것이라면 위의 시에
서 인식의 주체와 대상은 구분되지 않는다. 더욱이 인식의 바탕은 합리
적 거리 아래 있는 시각적 대상물도 아니다. 대신 위의 시에서 인식과
사유를 이끌어 가는 것이 있다면 그것은 '귀'이다. 그것도 전체 유기물
의 일부분으로서의 '귀'이거나 통일적 사유의 계기가 되는 '귀'가 아니
라 부분이자 전체이며 독립적으로 살아있는 듯한 질료로서의 '귀'이다.
위의 시에 그려져 있듯 '귀'는 '무럭무럭 커지'는가 하면 '팔락이'고 '작
정한 듯 부풀'기도 한다. 즉 '귀'는 마치 홀로 살아있는 듯 자체적으로
생명성을 영위해 나간다. 이것은 자체적으로 대상을 빨아들이는가 하
며 대상과 멀어지고 스스로 비대해지고 부푸는가 하면 공허해지고 이
지러지기도 한다. 그것은 대상과의 밀착 하에서 자신의 모습을 결정하
고 형성해 나간다. '귀'는 대상과 연접되는 통로이자 지점으로서 연접의
순간 대상과 구분되지도 분화되지도 않는다. '귀'는 미세하게 전해지는
충동의 흐름 속에서 자신의 모습을 형성gorks다. '귀'의 이와 같은 성
질은 신체의 한 부분이 유기체의 조직으로 느껴지는 것이 아니라 육체
가 기관없이 존재하는 것과 같은 schizophrenia적 상황을 연상시킨다.
schizophrenia의 그것처럼 '귀'는 한 부분으로 분리되어 비대함과 억
눌림과 팽창과 공허 등을 연동적으로 경험한다는 것을 알 수 있다. 즉
'귀'의 이러함은 기관없는 신체가 따르는 유동적 흐름을 그대로 반영하
는바, 이러한 사태야말로 현대시가 보여주는 새로운 인식의 형태에 해
당된다.

　현대시에서 만날 수 있는 이들 양상은 시대에서 비롯된 자연발생적
인 것일 터이다. 그 요인 및 기작을 세심히 밝히는 것은 다른 논의를
요구하는 대목일 것이나 다만 이들이 시대에 의한 자연발생적인 것이

라면 이는 언어와 토대 사이의 상관성을 암시하는 것이다. 가령 언어 또한 자본주의라는 메카니즘과의 관련성 속에서 그 속성과 형태를 유지하게 된다는 사실이다. 들뢰즈가 제시했듯 자본주의가 분자화된 욕망 및 그것의 흐름에 주요 지표를 기대고 있다면 언어의 분절화 및 인식 코드의 미시화는 토대에 의한 필연적 산물이 아닐 수 없다. 그리고 이 모든 차원들에는 '기관없는 신체의 욕망의 흐름'이라는 코드가 내장되어 있다. 언어, 정치경제, 신체, 무의식, 나아가 의식 모두 그러하다. 자본주의가 확대되고 증식됨에 따라 이 모든 체제들은 보다 더 공고하고 보다 더 치밀하게 이 코드에 의해 증식되고 확대재생산 될 것이다. 자본주의가 그 체제를 더욱 오래 지속할수록 더욱 뿌리깊게 코드화될 이것은 따라서 언제나 우리에게 실천의 방향성을 선택케 할 것이다. 자본주의의 초권력에 복속할 것인가 그것이 아니라면 이를 횡단하여 또 다른 새로운 영토를 개척할 것인가 하는 양 방향 사이에서의 갈등이 그것이다. 우리가 철저하게 반권력적이어야 할 이유가 여기에 있다. 우리는 체질부터 이미 자본주의에 의해 배태된 존재이기 때문이다.

광주 지역을 대상으로 한 시의 서정화의 의미

　어느 특정 지역을 시로 표현한다는 것은 어떤 의미가 있는 것일까. 우리 현대 시사를 일별해보면, 지역마다의 공간과 정서를 시로 형상화한 예를 많이 볼 수 있다. 그 대표적인 경우가 정지용의 「향수」이다. 뿐만 아니라 한반도 구석구석을 다니면서 그 지역마다 드러나는 언어와 문화를 자신의 작품 속에 부지런히 담아낸 백석의 경우도 있다. 물론 이런 사례들이 근대에 들어서서 눈에 띄게 많아진 현상은 아니다. 이전의 시가에서도 이런 일들은 많이 있어 왔다. 가령, 송강 정철의 작품이 그러하다. 「관동별곡」에 나오는 여러 지명들이 그러한데, 이렇듯 작품 속에 지역이 들어와 존재론적인 의미역을 만들어낸 것은 꽤나 오랜 역사를 갖고 있었던 것이다.

　긴 역사적 전통을 갖고 있는 지역의 작품화현상은 근대시가 형성된 이후부터 좀더 심화된 느낌을 받는다. 위에서 언급한 시인 이외에도 많은 시인들이 자기 주변 지역의 모습들을 시에 담아내었다. 영변지역의 방언과 그 지역의 지명을 시로 활용한 소월의 경우가 그러하고 애국시인으로 불리던 파인 김동환의 경우도 그러하다. 또 출신 지역의 사투리를 시의 정서와 절묘하게 결합시킨 김영랑이나 박목월의 경우도 이런 범주에 묶어서 이야기할 수 있을 것이다. 이렇게 본다면, 시와 지역의 관계는 서로 분리할 수 없는 쌍생아처럼 묶여있었던 것이라 해도 과언이 아닐 정도로 매우 밀접한 관계를 갖고 있다고 하겠다.

시와 지역, 혹은 지명이 결합하게 되면, 그렇지 않았을 때보다 몇 가지 다른 정서를 독자에게 환기해주는 특징을 갖고 있다. 우선, 방언이나 지명과 같은 것들이 시에 들어감으로써 지역색이 형성되는데, 이런 정서들은 독자들로 하여금 정감어린 감각을 불러일으키게 한다. 특히 그것이 고향일 경우에는 더욱 친근한 맛을 느끼게 해준다. 두 번째는 안정감이다. 흔히 근대의 불안으로부터 얻어지는 정서의 혼란은 이를 다스릴 규준이 필요한바, 고향은 이에 꼭 맞는 정서로 기능해 왔다. 이는 오장환, 정지용, 박용철 등의 사례에서 얼마든지 찾아볼 수 있다. 세 번째는 여기서 얻어지는 영원성의 감각이다. 근대가 일시성과 순간성을 특징으로 하고 있다면, 고향의 정서는 변하지 않는 것, 곧 영원성의 감각을 그 특징으로 한다. 근대시가 형성된 이후 많은 시인들이 근대를 초극하기 위한 방법적 의장으로 고향의 정서를 이끌어 들인 것은 이와 무관하지 않다.

이렇게 한 지역이 시로 표현된다는 것은 다의적 의미를 갖고 있다. 지금 이야기하고자 하는 광주의 서정화 맥락도 앞의 고향의 정서들, 지역의 정서들과 크게 벗어나지 않는다. 광주 역시 그러한 서정의 샘들과 밀접히 연결되어 있는 까닭이다. 그러나 이런 동질성 내지 유사성에도 불구하고 이 지역은 약간의 예외성을 갖고 있다. 특히 '5월의 광주'라는 담론에서 알 수 있는 것처럼, 이곳은 지난 현대사들의 굴곡과 알게 모르게 연결되어 있는 것이다.

광주라는 지역의 정서가 현대사의 회오리로부터 자유롭지 못한 것은 지난 80년의 특수한 상황에서만 기인하는 것은 아니다. 그 뿌리는 좀 더 앞으로 거슬러 올라간다. 그러한 서정화 양상들은 다음 몇 가지 단계를 거치게 되는데, 이를 대략 다음 세 가지 단계로 나누어서 살펴보기로 하자.

1. 정신의 혼돈과 우주의 질서 혹은 원리로서의 광주

한국 현대시사에서 광주가 보다 분명한 모습을 띠고 시에 등장한 것은 서정주에 의해서이다. 1956년 간행된 『서정주시선』의 첫머리에 실린 「무등을 보며」가 바로 그것이다. '무등산'하면 광주가 연상되고, 광주하면 '무등산'이 연상될 정도로 무등이라는 말은 광주지역을 대표하는 말이다. 서정주의 「무등을 보며」는 아마도 광주를 서정화한 작품을 손꼽을 때 거의 첫머리에 놓이는 작품에 해당될 것이다.

가난이야 한낱 남루(襤褸)에 지나지 않는다./저 눈부신 햇빛 속에 갈매빛의 등성이를 드러내고 서 있는/여름 산 같은/우리들의 타고난 살결 타고난 마음씨까지야 다 가릴 수 있으랴.//청산(靑山)이 그 무릎 아래 지란(芝蘭)을 기르듯/우리는 우리 새끼들을 기를 수밖에 없다./목숨이 가다가다 농울쳐 휘어드는//오후의 때가 오거든/내외들이여 그대들도/더러는 앉고/더러는 차라리 그 곁에 누워라//지어미는 지애비를 물끄러미 우러러보고/지애비는 지어미의 이마라도 짚어라//어느 가시덤불

쑥구렁에 누일지라도/우리는 늘 옥돌같이 호젓이 묻혔다고 생각할 일이요/청태(靑苔)라도 자욱이 끼일 일인 것이다//

서정주, 「무등을 보며」 전문

서정주가 이 작품을 쓴 시기는 대략 한국전쟁 직후이다. 그는 전쟁 중에 제주도에 있었던 것으로 알려져 있거니와 이 전쟁으로 말미암아 거의 정신분열증에 가까울 정도로 충격을 받았다고 한다. 한편 그의 이런 충격과 좌절은 서구적 감수성과 동양적 정서와의 갈등 속에서 자신의 시적 활로를 모색하던 시기와 맞물리면서 더욱 확대되었다. 이런 시대적 혼돈과 갈등 속에서 자신의 눈에 들어온 것이 바로 무등산이었다. 즉 무등산이란 시인 자신의 정신적 외상과 그 대안적 모색 속에서 획득된 정서적 상관물이었다.

시인이 무등산을 통해서 얻은 인식은 우선 통합의 정신이었고, 우주의 질서 혹은 원리라는 다소 포괄적인 것이었다. 전쟁으로 인한 상흔과 그로부터 얻어진 "가난이란 한갓 남루"일 뿐이며, "어느 가시덤불 쑥구렁에 누일지라도 늘 옥돌같이 호젓이 묻혔다고 생각하는" 달관의 정신이야말로 시인이 전쟁이라는 극한 상황을 벗어나는 지름길로 생각했던 것이다.

따라서 「무등을 보며」에서 알 수 있는 '무등'이라는 것의 의미, 혹은 광주라는 것의 의미는 어떤 보편적 진리와 닿아있는 다소 형이상학적인 것에 가깝다는 점이다. 그것은 막연히 우주의 이법 내지는 섭리의 차원에 놓여 있다는 뜻이 된다. 이런 사유 방식은 서정주가 이 시기에 행했던 다른 대상의 서정화 방식과도 크게 다르지 않다. 잘 알려진 대로 서정주는 근대의 제반 모순과 갈등을 영원성의 담론으로 승화시켜

내려 했다. 자시의 시속에 담아낸 신라의 세계가 그러했고, 자연의 영원한 섭리가 그러했다. 「상리과원」이나 「선덕여왕의 말씀」은 그 연장선에 놓여 있는 세계이다. 따라서 무등산 역시 「상리과원」의 범신론적인 자연의 질서나 「선덕여왕의 말씀」에서 간취되는 신라의 지혜 차원에 놓이는 것이라 할 수 있다. "청산(靑山)이 그 무릎 아래 지란(芝蘭)을 기르듯/우리는 우리 새끼들을 기를 수밖에 없는" 겸허한 자세야말로 그러한 교훈들과 연장선에 놓여 있는 것이기 때문이다.

그러나 「무등을 보며」가 자연의 연장선에 놓여 있는 것이며, 어떤 특수한 의미, 광주라는 지역의 고유한 의미를 읽어낼 수 없는 추상적인 것이라 해도, 이 시에서 표방된 '무등'의 의미를 범상히 넘겨버릴 수 없는 정서의 색채가 느껴지는 것 또한 사실이다. 왜 그러할까. 실상 시인이 무등산을 시의 소재로 가져온 의도는 지극히 평범한 것이었다. 자신이 펼쳐온 사유의 혼란과 불안을 우주의 원리나 이법으로 승화시키고자 했기 때문이다. 그러나 시인의 이런 의도에도 불구하고 이 작품이 가지고 있는 의미는 다른 곳에서 찾을 수 있을 것이다. 먼 뒷날의 이야기이긴 하지만, 이는 한국 현대사가 진행되어온 파행적 국면들과 결부시켜 보면 더욱 그러하다.

우선, 이 시에서 드러나는 지역과 사회의 함수관계 표명이다. 이 작품은 시인의 의도가 어떠했건 간에 전쟁이라는 사회적 함의와 밀접한 관련을 맺고 있다. 전쟁에서 얻어진 사회적 혼란이나 정신적 황폐감이 고스란히 얹힘으로써 무등은 사회적 맥락 속에 편입되어버리고 만 것이다. 또한 이런 무등산의 사회적 의미화는 이후 펼쳐진 한국 현대사의 파행에 비춰볼 때, 매우 중의적인 것으로 다가온다. 두 번째는 이런 단순치 않은 사회적 의미화들이 이른바 지역색이나 정치색과 연결되면서 핍박이라는 상징적 모델로 굳어졌다는 점이다. 그리고 마지막 세 번째는 시의 지역화가 정서의 함양과 같은 단순한 센티멘탈의 정서와는 거리를 둘 수 있다는 단초적 사례를 보여준 계기가 되었다는 점이다.

2. 원초적 그리움과 미래적 전망

한 지역의 지명을 담은 시가 그 지역의 지역적 특색과 문화를 온전히 반영해내는 것은 쉬운 일이 아니다. 실상 한반도라는 좁은 지역에서 각 지역마다 갖는 문화적 고유성이나 개성적 특성을 파악해내는 것은 더더욱 쉬운 일이 아니다. 지역마다의 차별성이란 것이 거의 존재하지 않을 뿐더러 설령 존재한다고 하더라도 그것을 작품 속에 구현해내는 것은 어려운 일이기 때문이다. 이는 지난 세기의 한국 현대시사의 흐름을 보아도 대번에 알 수 있는 일이다. 어느 어느 곳의 정서란 것이 거의 존재하지 않거나 설혹 존재하더라도 타 지역과 차별되는 의미성이란 거의 종이 한장 차이로 거의 차별되지 않기 때문이다.

서정주의 「무등을 보며」 이후 형성되기 시작한 광주 지역의 서정화 작업도 그 연장선에서 논의될 수 있는 문제인데, 그러나 이 지역의 특수성은 단지 이곳 자연의 수려한 경관이라든가, 그 지역만의 고유한 문화성의 국면에만 한정되지 않았다는 점에서 찾아진다. 한국 현대사가 파행적으로 진행되면 진행될수록, 이 지역의 서정화 작업은 좀더 특별한 사회적 색채를 띠면서 우리의 전면에 나타나게 된다.

콧대가 높지 않고 키가 크지 않아도/자존심이 강한 산이다./기차를 타
고 내려가다 보면/그냥 밋밋하게 뻗어 있는 능선이,/너무 넉넉한 팔로
광주를 그 품에 안고 있어/내 가슴을 뛰게 하지 않느냐,/기쁨에 말이
없고,/슬픔과 노여움에도 쉽게 저를 드러내지 않아,/길게 돌아누워 등
을 돌리기만 하는 산./태어나면서 이미 위대한 죽음이었던 산./무슨
가슴 큰 역사를 그 안에 담고 있어/저리도 무겁고 깊게 잠겨 있느냐,/
저 산이 입을 열어 말할 날이/이제 이를 것이고,/저 산이 몸을 일으켜
나아갈 날이/이제 또한 가까이 오지 않았느냐,/저 산에는/항상 어디
한구석 비어 있는 곳이 있어,/내 서울을 떠나기만 하면/그곳이 나를
반가이 맞아줄 것만 같다/

이성부, 「무등산」 전문

　　광주지역을 중심으로 한 서정화 작업은 경제개발 시대를 맞이하여
점점 분명한 현실적 정향성을 갖기 시작한다. 개발 독재가 시작되면서
도시화 정책, 특정 지역의 산업화 정책 등이 정치적 이해관계와 맞물리
면서 이 지역은 이곳만의 독특한 정서를 형성하게 되는 것이다. '전라
도'와 '백제', '무등산' 등등의 의미가 교호되고 혼성화되면서, 이 지역은
척박한 현실의 상징으로 수면위로 떠오르기 시작한 것이다. 이 시기 이
들 지역을 대상으로 한 조태일, 이성부의 시들이 이와 관련될 터인데,
이때부터 광주는 억압과 슬픔, 노여움의 정서 등으로 분명한 자기얼굴
을 갖기 시작한다.
　　이성부의 「무등산」은 근대화라는 그런 시대적 맥락과 분리하기 어려
운 작품이다. 이 작품은 크게 세가지 층위로 구성되어 있다. 핍박과 억
압이라는 사회의 부정적 정서들 속에서 침묵하는, 혹은 감싸안는 무등

산의 모습과, 또 그러한 내적 인내가 언젠가는 위대한 함성으로 다시 태어날 것이라는 기대가 그러하고, 그러한 길항관계 속에서 시적 자아가 느끼는 고향에 대한 향수가 그러하다. 이러한 층위들은 매우 이질적이면서도 또한 매우 동질적이라는 특징을 갖고 있다. 이 시에서 광주는 우선 핍박의 상징이다. 그러나 그러한 핍박의 아픔을 무등산은 넉넉한 품으로 끌어안는다. 그런데 이런 시적 발상은 서정주의 「무등을 보며」와 별반 다를 것이 없어 보인다. 무등은 자연의 한 부분이면서 현실의 고뇌와 아픔을 우주의 이법이나 질서로 승화시켜주는 매개이기 때문이다.

다른 하나는 역사적 전망이다. "저 산이 몸을 일으켜 나아갈 날이/ 이제 또한 가까이 오지 않았느냐"라는 대목에서 알 수 있는 것처럼, 무등은 단지 아픔을 감내하는 수동적 자세가 아니라 미래에의 낙관적 전망과 이를 추동해나갈 강력한 에네르기를 보유한 힘의 실체로도 구현된다. 이런 모양새는 핍박의 상징인 광주를 끌어앉는 모습과는 매우 상반되는 것이다. 그리고 세 번째는 정서적 함양과 동일시로서의 무등의 의미이다. 이는 서정주가 서정화한 '무등산'의 형이상학적 의미와 동일한 영역에서 읽어낼 수 있는 부분이다. 무등산이란 어느 특정의 지역성을 넘어서서 인간이라면 흔히 가질 수 있는 영역, 즉 고향이라는 보편의 영역에서 감각되기 때문이다. 이 경우 무등산이 인간의 고향, 혹은 시인의 고향이라는 영역에서 의미화될 때, 그것은 그것만의 고유성을 상실한다.

이성부의 「무등산」은 사회에 대한 좌절과 역사적 전망을 표현하기도 했고, 고향이라는 원초적 정서를 표현하기도 했다. 이 시는 보다 분명하게 자기 얼굴을 갖고 나타났다는 점에서는 서정주의 「무등을 보며」

와 구별되기도 하지만, 고향이라는 보편의 영역들을 의미화한 점에서
는 이와 거의 동일한 차원에 놓이는 작품이다.

3. 억압의 상징-무등산 혹은 광주

광주 지역을 대상으로 한 시의 서정화 작업은 1980년대의 소위 광
주항쟁을 거치면서 이전과는 매우 차별화되는 양상으로 의미화된다.
60-70년대부터 선명하게 자기 얼굴을 갖기 시작한 광주의 모습들은 80
년대를 거치면서 거의 완벽한 모습을 띠게 된다. 이제 이 지역의 모습
들은 하나의 관념으로 굳어지면서 여타의 가능성이나 정서의 복합성
과는 무관한 고정된 틀을 갖게 된다. 여러 다양한 감수성들이 어우러
지면서 정서의 아름다운 꽃들을 피어낼 수 있는 보편의 광주는 사라지
고 매우 협소한 광주의 모습만이 우리 앞에 다가오기 때문이다.억압과
굴종의 역사, 수난과 질곡의 역사, 모순과 혼돈의 역사라는 어두운 말
들로 남게 된 이 지역은 이제 더 이상 여러 정서적 가능성과 다양성들
을 인정하지 않게 된 것이다.

어느 특정 지역이 의미의 다양성으로 전개해 나갈 수 있는 가능성이
차단된 채 하나의 단순화된 끈으로 얽매여진다는 것은 대단히 불행한
일이 아닐 수 없다. 그럼에도 그러한 불행한 모습들은 우리 현대사에서
하나의 현실로 구현되었고, 그것이 원억압이 되어 지금껏 우리의 사유
속에서 떠나지 않고 자리잡고 있다. 한국 현대시사에서 어느 특정 지역
에 대한 담론이 형성되고 그것이 하나의 고정된 수사적 장치로 클리쉐
된 사례는 광주 말고는 거의 찾아보기 어렵다. 특히나 여러 시인들의

글을 통해서, 또한 시대를 달리해가면서 하나의 지역만이 동일지향성의 담론으로 언표화되고 의미화될 수 있다는 것은 그만큼 시대의 외상이 깊었다는 증거가 아닐 수가 없는 것이다.

이제 광주를 비롯한 무등산의 아름다운 모습들은 시대의 피해자이며, 억압의 상징이 되었다. 적어도 앞으로 몇 년, 아니 몇 십 년은 더 그렇게 이러한 모습으로 이해될 것 같다. 그 아픔이, 그 시린 역사가 완전히 풀리고 해원이 될 때까지 말이다.

> 이 엄청난 사실을/어찌 내가 말할 수 있느냐/仁者는 樂山한다 하여/나를 賢者로 비유하고/눈도 없고 귀도 없는/더더구나 입도 없는 두리뭉수리 나에게/무등산은 알고 있다 말하지만/이 엄청난 사실을/어찌 내가 말할 수 있느냐//(중략)//무등산은 알고 있다고/하늘은 알고 있다고/제발 제발 인간의 역사를/인간이 아닌 다른 것에 미루지 말라//(중략)//사람들아, 사람들아,/왜 말을 못하느냐/왜 그날의 잘못된 역사를 바로잡지 못하느냐/잘리운 성삼문의 혀로 말하라/피투성이 된 사마천의 남근으로 말하라/목이 잘리운 요한의 모가지로 말하라//
>
> 문병란, 「무등산의 말 1」 부분

이 작품은 광주항쟁을 겪은 지 얼마 되지 않은 때에 쓰여진 시이다. 모든 것이 막히고 언로가 폐쇄된 형국에서 "이 엄청난 사실"을 "말할 수 있는" 것만으로도 시대의 임무를 완수한 것이라 믿어지는 시대의 암울함이 절절하게 노래된 작품이다. 이제 이 지역은 지배적 이데올로기에서 강요되는 지역 대립의 역사를 벗어나 한반도 보편의 문제로 부각되게 된다. 이런 맥락에서 보면 광주는 또다시 자신만의 고유한 특색이나 얼굴을 잊는 과거 회귀를 하게 된다. 서정주의 「무등을 보며」가 한국의 보편사에서 의미화된 것처럼, 문병란의 인용시에서도 광주는 한반도 전체의 역사에서 의미화되기 때문이다. 그러나 어떤 층위에서 운위되었든지 간에 중요한 것은 광주의 모습들이란 이제 시대의 역능을 떠나서 설명될 수 없다는 것이며, 그것은 곧 우리 시대의 대표적 표상이었다는 사실이다.

어느 특정 지역이 지속적으로 의미화된다는 것은 매우 이례적인 일일 뿐만 아니라 세계적으로 그 유례를 찾아보기 어려운 일이다. 한국 현대사의 어두운 질곡을 따라 어느 특정 지역이나 계층이 억압받아 온 것은 사실이며, 광주지역은 그런 역사의 표상으로 받아들여졌다. 우연의 일치인지 몰라도 대한민국 정부수립 이후 이 지역에 대한 서정화 작업은 사회적인 음역과 알게 모르게 연결되어 왔다. 그러한 음역들은 현대사의 파편화된 흐름에 따라 더욱 강화되는 양상을 보여왔으며, 정서적 개방성들은 역으로 퇴색해버리는 결과를 가져왔다. 즉 그 서정의 샘들은 정서나 의미의 다양한 층들을 인정하지 않고 하나의 단일한 사회적 영역들로 가득 채워오게 된 것이다. 광주 지역을 대상으로 한 시의 서정화의 의미는 그 단선화된 사회적 의미역 속에 놓여 있는 현재 진행형의 문제라 할 수 있다.

이항대립 시대의 민중의 주체화

1. 1970년대 사회와 문학

1970년대는 산업화와 그에 따른 사회·정치구조 급변의 역사였다. 근대화가 본격적인 궤도에 진입하여 가시적인 성과를 낳기 시작하였던 시점이었고, 따라서 사회의 구성원들은 경제 개발의 기대 효과에 맹목적인 들림 현상을 나타내었다. 정권은 지속적인 이데올로기 공세로 사회를 단일하게 주도해나가 급기야 '유신체제'라는 가공할 전제적 정치형태를 선포하게 된다. 이에 국민들은 폭압의 공포와 풍요의 꿈이라는 심리적 양면성을 지닌 채 끝을 알 수 없는 인내의 터널에 자신을 내맡기게 된다. 사태를 긍정하든 부정하든 모든 국민들이 성장 드라이브로 사회를 몰아갔던 강력한 카리스마로부터 자유로울 수 없었다. 권력이 군사, 경제, 사회, 정치 전 영역을 장악하며 구성원들을 압도함에 따라 국민들은 숨죽인 채 자신의 개인적 꿈과 자유를 막강한 힘에 양도해 나갔다.

　사회에 대한 강력한 통제를 바탕으로 독재적 주도권을 행사해나갔던 권력은 그러나 모든 구성원들을 평등한 터전으로 이끌지는 못하였다. 격변의 소용돌이가 거세게 일던 가운데 사회는 점차적으로 구조화되어 갔지만 그것은 허점과 모순을 지닌 채 이루어졌다. 전체 국민을 희생으로 하여 정부가 기업체에 부여했던 특혜의 결과는 전체 국민에게 배분되기는커녕 기업소유자의 몫으로만 귀속되었다. 철저하게 사적 소유 원칙이 관철된 것이다. 기업가는 부조리한 농촌 정책에 의해 양산된 막대한 노동인력들을 무차별적으로 이용하여 이윤을 극대화할 수 있었다. 자본가가 탄생한 것이다. 그것도 단시일에 의한 독점 자본가였다. 정권의 일방적 특례에 의해 기형적으로 형성된 독점 자본가는 괴물처럼 사회의 양분을 독식하며 사회의 전체 구성원들을 소외시켰다.

　당시 권력과 자본으로부터 소외된 대다수 국민들의 생활은 처참할 지경이었다. 농촌이 뿌리 뽑히기 시작한 것도 이 시점이고 도시빈민이 급속도로 증가한 것도 이때이다. 도시로 몰려든 이농민들은 '달동네'라 일컬어지는 빈민촌에서 열악한 주거 생활을 해야 했다. 또한 이들은 살인적 작업 환경 속의 노동자가 되거나 날품팔이로 도시를 전전해야 했다. 그러나 권력욕에 취해 있던 정권은 이들의 삶을 돌아보지 못하였다. 사회의 전체 국민들이 힘으로부터 버림받은 시점이 이 시기이다.

　이러한 부조리한 사회를 위한 구원의 움직임은 지식인으로부터 시작된다. 지식인들은 구조화되어 갔던 사회를 인식하였고 이 속에서 철저한 이항의 대립이 이루어지고 있음을 보았다. 사회가 양분되어 갔으며 그 분리가 사회를 구성하는 틀이 되어갔음을, 그리고 그 가운데 사회의 바탕이 되고 근간이 되는 대다수 민중의 삶이 처절하게 유린되어 가고 있음을 목도한다. 이 시기 지식인들은 그 무엇보다도 사회의 구조적 모순에 대한 이해와 통찰을 위해 열정을 바쳤다. 오류에 가득찬 사회 구조, 그 속에서 파괴되는 민중의 삶은 지식인들을 끝없이 고통으로 몰아갔다. 지식인들은 사회의 부조리를 온몸으로 감당하며 악에 휩싸인 권력의 힘에 맞섰다. 이미 60년대 4.19로 그 혁명적 힘을 경험한 지식인들은 사회의 민주주의화를 위해 감연히 일어설 수 있었다. 지식인들은 오도된 정치 세력에 목숨을 바쳐 저항했으며 소외된 민중들을 당당한 사회의 세력으로 주체화시키는 데 주력하였다.

이 시기 문학은 이와 같은 사회의 흐름에서 비껴서 있지 않았다. 오히려 문학은 이와 같은 사회적 양상의 한가운데 있었다. 비평은 '민족 문학론'으로 대표되는 사회 참여적 담론 활동을 펼쳐나갔고 시와 소설은 농민과 노동자를 비롯한 소외된 민중의 삶을 사실적으로 그려나갔다. 비로소 민중들의 생활상이 작품화되기 시작하여 민중들의 목소리가 사회에 발화될 수 있었다. 문학은 소외된 채 침묵하고 있는 민중들을 차례로 호명함으로써 민중들이 사회의 약한 피지배자가 아니라 사회의 구조를 지탱하는 당당한 축으로서 지배자와 동등한 세력에 해당됨을 깨우쳐 나갔다. 문학의 사회 참여를 통해 민중들은 자신의 존재에 대해 점차 각성하기 시작하였고 이를 바탕으로 새로운 구조의 사회에 대해 전망할 수 있게 되었다. 문학으로 인해 민중들이 계몽될 수 있었던 것이다.

2. 사회의 구조적 인식과 민중들에 대한 호명

구조화된 사회는 그 속에 안과 밖, 선택과 배제, 지배와 피지배의 이항대립을 양산한다. 60년대부터 공고하게 진행된 산업화 도시화로 인해 우리 사회는 서구와 비서구, 도시와 농촌, 부유함과 가난, 근대와 전근대 사이의 이분법적 가치를 형성해 나갔고 이 중 전자의 것들은 후자의 것들을 배제시켜 가면서 자기의 자리를 선택적으로 구축하였다. 후자는 사회의 가치로부터 밀려난 후진적인 것이었으며 전자를 취득하지 못한 이들은 낙오자로 낙인찍혔다. 흑백논리로 인한 천박한 졸속 근대화가 이루어진 것이다. 이때 지식인들은 사회의 권력에 투항하여 관료화될 수 있었지만 양심적 지식인은 대신 민중의 편에 섬으로써 민중과 함께 하는 길을 선택하였다. 지식인들은 부패하고 타락한 권력이 사회의 악을 양산하고 민중을 고통의 나락으로 몰아가고 있음을 비판하였다. 이러한 지식인을 대표하는 인물로 우리는 가장 먼저 김지하를 꼽을 수 있거니와 김지하는 1970년에 담시 「五賊」을 발표함으로써 사회의 권력 구조를 고발하는 한편 웅크린 민중의 존재를 드러내는 데 앞장섰다.

> 시를 쓰되 좀스럽게 쓰지말고 똑 이렇게 쓰랏다.
> 내 어쩌다 붓끝이 험한 죄로 칠전에 끌려가
> 볼기를 맞은지도 하도 오래라 삭신이 근질근질
> 방정맞은 조동아리 손목댕이 오물오물 수물수물
> 뭐든 자꾸 쓰고 싶어 견딜 수가 없으니, 에라 모르겠다
> 볼기가 확확 불이 나게 맞을 때는 맞더라도

내 별별 이상한 도둑이야길 하나 쓰겄다.

(중략)

예가 바로 재벌, 국회의원, 고급공무원, 장성, 장차관이라 이름하는,

간뗑이 부어 남산만 하고 목질기기 동탁배꼽 같은

천하흉폭 오적의 소굴이렷다.

사람마다 뱃속이 오장육보로 되었으되

이놈들의 배안에는 큰 황소불알만한 도둑보가 곁붙어 오장칠보,

본시 한 왕초에게 도둑질을 배웠으나 재조는 각각이라

밤낮없이 도둑질만 일삼으니 그 재조 또한 신기에 이르렀것다.

「오적」 부분

　

　「오적」은 1970년 5월 『사상계』에 발표되어 필화사건을 일으킨 김지하의 대표작이다. 「오적」을 계기로 사상계가 폐간되고 김지하는 구속되는 등 험난한 사태를 겪게 된다. 이후 지속적으로 사회 비판시를 써 정권과 대치한 김지하가 1974년 민청학련 사건으로 사형선고를 받게 되었던 것도 유명한 사실이다. 이 시기 김지하는 신랄한 풍자를 통해 권력에 저항하는 한편 지식인들의 사회 참여를 이끌어내었다. 역시 풍자시라 할 수 있는 「오적」에서 김지하는 과거 일제에 국가를 팔아먹은 을사오적에 빗대어 당대 권력층의 부패상을 비판한다. 온갖 특혜로 자본을 끌어들여 이권을 챙긴 재벌, 입으로는 개혁을 외치면서 부정선거, 부정축재를 일삼는 국회의원, 권위주의의 길들여져 청탁과 비리에 물든 고급공무원, 젊은 군인들을 폭압으로 착취하는 장성들, 청렴결백 외치지만 퇴폐와 외국 병에 빠져있는 장성들, 이들은 모두 부패한 권력과 야합하여 자신의 잇속을 차리고 민중을 피폐하게 한 장본인에 해당되

는바, 김지하는 이들의 타락한 모습을 사실적으로 고발함으로써 사회가 기형적 모습으로 일그러져 있음을 극명하게 드러내었다.

더욱이 김지하는 「오적」에서 이야기시라는 시의 새로운 형식을 개척하여 민중시의 대중화에도 기여하게 된다.「오적」은 판소리라는 전통적 장르에서 경험할 수 있던 해학의 목소리와 당대 민중의 존재를 함께 떠올리게 함으로써 민중이 역사 속에서 면면히 존재해 왔던 세력이자 당대 권력층에 대적할 수 있는 당당한 목소리를 지니고 있는 자임을 보여주었다. 다시 말해「오적」은 시적 화자와 등장인물 사이의 대립적 관계 설정으로 두 세력의 실재 및 둘 사이의 지위 전복을 암시하는 효과를 나타내었던 것이다. 특히 이야기시 형식은 당시 현실상을 폭로함에 있어 객관성을 부여해주는 장치에 해당되었으므로 「오적」의 사회·정치시로서의 성격을 확고히 하는 데 기여하게 된다. 「오적」을 통해 정권은 사회 비판 세력의 거대한 실체를 감지할 수 있었으며 민중은 정권이 지닌 구조적 문제점을 통렬히 인식할 수 있었다.

이외에도 김지하는 「앵적가」(1971), 「蜚語」(1972) 등의 풍자적 담시를 통해 '폭군'과 '백성' 사이의 상극의 관계가 사회를 폭력과 혼란으로 몰아간다는 점을 역설함으로써 민중들로 하여금 사회에 대해 구조적으로 인식하도록 유도하고 나아가 이들의 정치적 세력화를 꾀하고 있음을 알 수 있다. 실제로 김지하의 선동적 정치시는 지식인들과 민중이 사회를 정치적 대결구도로 파악하도록 함에 따라 정권을 압박하는 거점으로 작용하였다.

김지하가 주로 지식인의 존재적 입장에서 사회의 모순 구조에 대해 폭로하고, 사회 구성원의 의식 각성과 정권에 대한 정치적 압박을 이루는 데 주력하였다면 신경림은 70년대 터전을 상실해 가는 농촌 현실

속에서 소외되고 분노하는 농민의 입장을 대변하는 데 초점을 두고 시
를 썼다.

징이 울린다 막이 내렸다

오동나무 전등이 매어달린 가설무대

구경꾼이 돌아가고 난 텅 빈 운동장

우리는 분이 얼룩진 얼굴로

학교 앞 소줏집에 몰려 술을 마신다

답답하고 고달프게 사는 것이 원통하다

꽹가리를 앞장세워 장거리로 나서면

따라붙어 악을 쓰는 건 조무래기들뿐

처녀애들은 기름집 담벽에 붙어 서서

철없이 킬킬대는구나

보름달은 밝아 어떤 녀석은

꺽정이처럼 울부짖고 또 어떤 녀석은

서림이처럼 해해대지만 이까짓

산구석에 처박혀 발버둥친들 무엇하랴

비료값도 안 나오는 농사 따위야

아예 여편네에게나 맡겨두고

쇠전을 거쳐 도수장 앞에 와 돌 때

우리는 점점 신명이 난다

한 다리를 들고 날라리를 불거나

고갯짓을 하고 어깨를 흔들거나

「농무」 전문

1974년 발표된 『농무』의 표제시인 「농무」는 현실에 대한 날선 비판의 목소리보다는 부드럽고 따스한 음색이 배어있지만 당시 농촌이 겪어야 했던 소외감과 농민들의 울분과 비애는 그 무엇보다 선명하게 드러나고 있다. 시적 화자는 폐막 후 모두가 돌아가 버린 쓸쓸함 속에서 '답답하고 고달프게 사는 것이 원통하다'고 호소하는데, 이때의 쓸쓸함은 단지 공연 후의 감상이 아니라 이농에 의해 텅 비어 버린 농촌의 현실에 기인하는 것이다. 화자는 사람을 모으러 꽹과리를 쳐대 보았자 '조무래기'나 '처녀애들'만이 농촌을 지키고 있다고 한탄한다. 농민들은 '울부짖으며' '산구석에 처박혀 발버둥치는' 일이 한갓 도로에 불과하다는 인식을 공유하고 있다.

신경림이 그려내고 있는 이 시의 화자는 물론 주관적 개인이 아니라 1970년대 농촌 현실을 단적으로 보여주는 전형적 인물에 해당한다. 화자는 모두가 도시로 떠나버려 붕괴하기 시작한 농촌의 참상을 정서적으로 표현하고 있음을 알 수 있다. 농촌은 더 이상 생존의 터전이 될 수 없다는 것, 농사를 지어도 인건비는커녕 '비료값'도 안 나오는 현실은 삶의 포기를 강요하는 것이다. 신경림은 정서적 표현이라는 우회적 방법을 통해 당대 현실의 사태를 사실적으로 인식시켰다는 점에서 문제적 시인으로 자리매김 되고 있다.

신경림이 시화하고 있는 농민의 소외는 물론 일시적이거나 우연적인 현상이 아니라 당시 박정권에 의한 산업화, 도시화 시책에 따른 것이었다. 정부는 산업화를 위한 안정적 노동력 확보를 위해 저임금, 저곡가 정책을 시행하였던바, 이는 농민에 가해진 직격탄이었다. 도시 중심의 산업화 정책 아래서 농민은 빚을 떠안은 채 도시로 몰려들 수밖에 없었다. 그리고 이들은 도시의 빈민가에서 거대한 산업예비군으로 전락하게 된다. 이들로 인해 저임금 정책은 더욱더 공고해질 수 있었고 임금노동자들은 극한의 노동환경일지라도 이를 감내해야 했다. 정권이 추진했던 도시화 산업화는 이처럼 조직적이고 구조적으로 지지되었던 것이다. 1970년대의 신경림은 도시와 농촌이라는 역시 이분법적 구도 속에서 희생적 기반이 되고 있던 농촌에 주목하고 현실주의적 시를 통해 농민의 목소리를 실감있게 담아내는 데 주력함으로써 농민들의 대자적 현실 인식에 기여하였다. 농촌에 대한 사실주의적 시들을 통해 농민들은 자신들의 소외와 울분이 모순된 사회 구조로 인한 필연적인 것이며 자신들의 근원적 생명력을 통해 이를 극복해 나가야 함을 인식할 수 있었다.

한편 신경림이 농촌 현실을 바탕으로 농민들의 입장을 반영하는 데 주력하였다면 정작 산업화의 일꾼으로 사회의 근대화를 이룩해 냈던 노동자들의 목소리는 1978년이 되어서야 발화될 수 있었다. 이를 본격적으로 담아내며 노동시의 가능성을 보여준, 그리고 이후 80년대의 폭발적인 노동시 창작의 모태를 제공한 시인은 시집『저문 강에 삽을 씻고』를 낸 정희성이다.

> 흐르는 것이 물뿐이랴
> 우리가 저와 같아서
> 강변에 나가 삽을 씻으며
> 거기 슬픔도 퍼다 버린다
> 일이 끝나 저물어
> 스스로 깊어가는 강을 보며
> 쭈그려 앉아 담배나 피우고

나는 돌아갈 뿐이다

삽자루에 맡긴 한 생애가

이렇게 저물고, 저물어서

샛강바닥에 썩은 물에

달이 뜨는구나

우리가 저와 같아서

흐르는 물에 삽을 씻고

먹을 것 없는 사람들의 마을로

다시 어두워 돌아가야 한다

「저문 강에 삽을 씻고」 전문

「새벽이 오기까지는」, 「쇠를 치면서」등과 함께 노동자들의 삶의 모습을 구체적으로 담아내고 있는 위의 시는 정희성의 현실주의적 시작 경향을 대표하고 있다. 시에서 정희성은 일용직 노동자의 고단한 일상과 그로 인한 서글픔을 애잔한 목소리로 조용하게 전하고 있다. 시인 자신은 일류대출신의 엘리트이자 지식인이지만 노동자 화자를 통해 이들의 구체적 삶에 다가서려 한 점에서 작품 발표 당시 관심과 주목을 받았던 정희성은 뚜렷한 역사의식이야말로 시 창작의 근간이 됨을 실천적으로 보여준 작가이다. 그는 노동자가 당대 사회의 주축이 되고 있음에도 불구하고 사회적으로 정당한 대우를 받지 못하는 모순된 현실을 노동자의 슬픔과 울분의 감정으로 표출했던 것이다. 정희성에 의해 비로소 '삽' 하나에 의지하여 살아가는 날품팔이꾼의 한숨과 탄광촌에서 남편을 잃은 노동자 아내의 설움(「석탄」)과 '펄펄 끓는 쇳물에 팔을 먹힌' 대장장이의 아픔(「쇠를 치면서」)과 월남전에 오빠를 잃고 식모살

이를 하는 '분이'의 한맺힌 울먹임(「어머니, 그 사슴은 어찌 되었을까요」)은 사회에 그 음성을 들려줄 수 있었다. 정희성은 설움과 고통에 짓눌려 온전히 제 목소리를 내지 못하던 당시 노동자들의 대변자가 되어 노동자들의 삶과 감정을 사실적으로 제시하였다.

노동자들을 화자로 설정하여 그들의 삶 역시 문학적으로 조명되어야 한다는 인식은 그러나 결코 쉽게 이루어질 수 있는 것은 아니었다. 그것은 노동자가 '아무것도 가지지 못한' 사회의 소외 계층에 해당되었기 때문이다. 도시의 구석진 곳에서 굴종과 인내를 감내하며 살아가야 했던 이들에게 삶은 부끄럽고 감추어야 하는 것이었다. 묵묵히 고통을 감수하는 것이야말로 소외된 자들의 역할이라 여겨졌으므로 이들은 자신의 정당한 권리도 떳떳하게 말할 수 없었다. 말 그대로 당시 노동자들은 사회의 희생양들이었고 사회로부터 강요된 핍박을 운명으로 받아들여야 했다.

그러나 1970년대는 더 이상 이러한 부조리한 현실이 옳은 것이 아님을 말하기 시작한다. 그것은 1970년 근로기준법 준수를 외치며 분신한 전태일에게서 처음으로 비롯된 것이었다. 전태일의 분신은 산업화의 주체면서도 당당히 생존권조차 요구할 수 없던 당시 비인간적 현실에 대한 항거였다. 전태일의 분신을 계기로 이후 노동자들이 단합된 투쟁으로 노동조건의 개선과 임금인상을 요구하기 시작한 것은 주지의 사실이다. 전태일의 분신 사건으로 정부의 강도 높은 성장 정책 아래에서 일방적으로 희생당해야 했던 노동자들의 존재가 사회에 알려지기 시작하였고 이로부터 노동자들은 부조리한 현실에 순응해야 하는 것이 아니라 치열하게 맞서 싸워야 하는 것임을 깨닫게 된다. 노동자들이 모순된 사회 구조의 피해자인 동시에 사회 구조를 지탱하는 중요한 한 축임을 인식하게 된 것이다.

정희성의 노동시는 이와 같은 1970년대의 역사 속에 놓여 있던 것으로서 노동자들에게 근대화의 주체로서의 목소리와 정체성을 부여한 것에 해당한다. 노동시의 등장으로 노동자들은 자신의 삶의 모습을 객관화시켜 볼 수 있었고 이를 통해 스스로의 위상과 사회의 모순 구조를 확연히 알 수 있었다. 또한 이것은 노동자들에게 자신들의 권한이 정권에 의해 주어지는 것이 아니라 목숨을 건 투쟁에 의해서 비로소 쟁취될 수 있다는 것이라는 점도 알게 해 주었다. 즉 1970년대의 노동시는 이후 노동 운동의 조직적 전개의 필요성과 당위성을 깨닫게 해 준 계기가 된 것이다.

3. 마무리하며

1970년대 계몽주의는 1960년대부터 이루어진 근대화 산업화 정책의 가시적 성과가 사회의 구조적 모순을 양산하면서 이루어지는 것을 인식하는 일로부터 시작되었다. 성장과 발전의 혼란 속에서 나타났던 '빈익빈 부익부' 현상은 자본주의의 모순 구조를 극명하게 보여주는 것이었으므로 이에 대한 본질적 인식이야말로 사회 정의를 위한 첫걸음에 해당되었다. 1970년대 지식인들이 이에 대해 외면하지 않은 것은 지극히 당연한 일이다. 물론 유신체제라는 전제정치 하에서 지식인들의 정의를 위한 투쟁은 목숨을 바쳐 이루어내야 하는 것이었다. 사회의 모순 구조의 직접적 피해자였던 당시의 민중들은 지식인들의 투쟁에 힘입어 자신의 정체성에 대해 깨닫기 시작하였고 이후 당당하게 역사의 주체로 우뚝 서게 된다.

민중들의 주체화는 이항대립의 체계로 구조화되어 있던 사회 속에서 피지배계급의 정치 세력화를 의미하는 것이었다. 민중들은 스스로 자신을 지키지 않는다면 지배자의 핍박 아래 짓눌리고 삶을 저당 잡혀야 한다는 사실을 현실로써 체험한다. 소외하는 자와 소외당하는 자, 권력을 누리는 자와 권력에 의해 억압받는 자 사이의 힘의 대결이 불가피하다는 인식이 이루어진 것이다. 이러한 각성은 민중이 더 이상 모순 구조의 희생자가 아니라 모순 구조의 개혁자로 나서야 한다는 사실로도 이어진다. 즉 1970년대 민중의 각성은 이후 1980년대 민중 운동의 체계화, 조직화를 위한 예고가 되었다.

2부
시작품론

문학비평과 시대정신

만남의 상대성 원리에 의한 혼돈과 유쾌

—박일의 시

우리의 삶을 구성하는 것은 무엇일까? 하루도 어김없이 반복되는 판에 박은 일상, 예외를 허용하지 않는 정해진 관계, 약간의 꿈과 미래에 대한 기대, 소소한 즐거움이나 외로움 등등, 그다지 다르게 이어지지 않는 하루하루를 들여다보면 삶의 구성에는 딱히 특별한 요소가 필요 없는 듯하다. 현재의 삶은 항상 과거에서 비롯된 필연적인 것이고 현재 역시 필연적인 미래에 대한 버릴 수 없는 원인이다. 지루하달까 나른하게 보이는 이 새로울 것도 없는 생의 구성, 그러나 이것이야말로 우리가 혼신의 힘을 기울여 만들고자 하는 운명의 내용이자 형식이다. 우리는 정해진 관계의 틀 안에서 괴로워하면서도 이 틀에 균열이 가지 않게 하려 또한 애를 쓰지 않는가. 여러 다양한 가능성들을 염두에 두며 고투하지만 생의 구성 성분 및 구조는 대체로 정해져 있다. 운명의 절대성이다. 박일 시인은 「손금」에서 "찬찬히 손바닥 강물을 봐 물살을 봐 그리고 손을 한 번 꽉 쥐어봐"라고 말했다. 이 부분을 어렵게 해석하고 싶지 않다. 누구나 그렇듯 일반적으로 '손금'에서 운명의 지도를 읽곤 하기 때문이다. 시인은 자신의 정체성을 확인하기 위해서라도 어떤 정해진 것에 대한 주의와 집중이 필요함을 역설하는 것이라고 말이다.

그러나 정해진 것, 운명적인 것을 과도히 존중한다 할지라도 실상 우리의 삶은 그렇게 단순하거나 순탄하게 이루어지지 않는 것 또한 사실이다. 생이란 의도하지 않았는데도 이러저러하게 얽히고 원하지 않아도 여기저기로 휩쓸리게 마련이다. 미처 가눌 겨를도 없이 불가항력적으로 빨려 들어가기도 한다. 때로 내가 아닌 내가 되어 있기도 하고 타인의 담론, 낯선 표정으로 서 있기도 하다. 무엇이 나를 이렇게 만드는가? 곳곳에 박혀 있는 우연한 관계들이 그것일 터이다. 그것들은 가벼운 것 같지만 의외로 강력한 에너지로 소용돌이친다. 이 우연이 생을 질질 끌고 다니지 않기를 바란다. 박일 시인은 이 우연의 상대성을 '그물'로써 형상화하고 있다.

우리들 손엔 그물이 들려져 있어 그물엔 나름의 법칙이 있지

통과해야 할 것들은 가두질 않지
세 갈래 강줄기를 따라 헤엄치는 수많은 일상
이다 잡으려 하면 강바닥은 깊어지고 물살은 거칠어져
수면 밖으로 고개 내미는 큼직한 것만 잡아

「손금」 부분

시인의 이와 같은 '그물론'은 '어젯밤' 있었던 '여자의 비명' 소리에서 비롯된 것이다. '혼자 사는 옆집 여자의 비명'과 '통곡' 소리에 한 밤 내

내 마음이 쓰이던 자신의 모습을 돌아보며 시적 화자는 순간 겪었던 불안과 쓸쓸함을 '그물론'으로 풀어내고 있다. 시인에 의하면 '그물'은 모두가 손에 지닌 채 인연을 만들어가는 원리이자 도구에 해당한다. 인간은 자신의 손에 들려 있는 '그물'을 가지고 관계들을 만들어 가는 법이라는 것이다. '몇 번 걸려든 월척'은 중요한 인연으로서 인생의 굳건한 동반자라든가 협력자가 되는 것이리라. 그에 비하면 '옆집 여자'는 '그물 낚기'에 실패한 사람이다. 그녀의 외로움이 그것을 말해준다. 대신 그녀는 주변의 별 상관없는 타자들을 무차별적으로 끌어들이는 사람, 시인의 표현대로라면 '정작 놓쳐도 좋을 잔챙이들'을 낚는 사람이다. 시인은 그녀의 그물이 '너무 촘촘했다'고, 따라서 '그물의 법칙'을 따르지 않았다고 말한다.

타인의 불행을 염려하고 함께 나누려는 마음이야 어찌 그릇된 것일까. 하지만 '그녀'가 일으키는 우연한 만남의 소용돌이치는 힘은 '나'를 편안하게 하지 않는다. '나'를 부대끼게 하고 전전긍긍하게 한다. 또한 '잔챙이'의 인연을 지닌 '내'가 '그녀'를 위해 해줄 수 있는 일도 딱히 없다. 그렇다면 우연이 일으키는 만남의 상대성으로부터 자유롭고자 하는 마음이 편협하고 이기적인 것일까?

그러나 관계에 있어서 상대성의 원리를 지니는 것은 '그녀'뿐만은 아니다. '나'도 그러하다. '나' 또한 타자에게 상대적 존재로서, 그 때문에 고독과 소외를 경험하기도 하고 이로부터 벗어나기 위해 타인에게 촘촘한 '그물'을 던지고자 궁리하기도 한다. 「달리는 것들의 속은 부드럽다」에서 들려주는 시인의 고백을 들어보자.

무릇 사십대란

생의 건초더미 속에서 살아가는 일

모래사장을 달리는 것도

천둥번개 속으로 뛰어드는 것도

안장을 벗어놓고 한 포기의 풀을 뜯는 것도

서녘하늘로 귀가하는 새떼를 지켜보는 것도

늙어가는 갈기의 의미를 알아가는 것이다

「달리는 것들의 속은 부드럽다」 부분

같은 사십대 친구 '영관이'가 "영농자금을 대출 받아야겠다고 하"니 또 다른 친구 '종윤이'는 "이미 발굽이 닳은 우리들이/ 대출을 신청할 때는/ 혀끝을 부드럽게 해야 한다"고 조언해준다. 시에서 화자를 포함한 세 친구들은 '뜀박질하는 말들'로 형상화되어 있다. 쉽게 짐작할 수 있듯 이때의 '말들'은 초원을 멋지게 달리는 눈부신 존재들로 지시되어 있지 않다. 설령 '말들'이 그러한 존재라 할지라도 '말들'의 이러한 존재성을 타인이 액면 그대로 받아주지는 않는 것이 현실이다. 타자에게 눈부신 것은 이들의 존재성이 아니라 '환금가능성' 및 '자금보유성'이다. '돈'의 가치로 운영되는 현실에서 '말들'의 '뜀박질'은 결코 자유로운 질주가 아니라 끝없는 굴레에 불과하다. 인용된 구절은 이러한 정황에서 느끼게 되는 쓸쓸함의 고백적 표현이다. 결국 우리 모두는 타인에게 상대적인 존재일 뿐이라는 것, 때문에 외로움과 서글픔은 어쩌면 생의 곳곳에서 마주치게 되는, 피할 수 없는 파편 같은 것일 터이다.

이들 시를 살펴보면 인간을 보는 박일 시인의 시선이 어떠한 성격의 것인지 조금씩 느껴진다. 시인은 인간들의 사이사이를 세심하고도 차근하게 들여다보고 있다. 그의 시선에 의하면 누구라 할 것 없이 공정하게 인식되고 객관적으로 제시된다. 그는 결코 자신의 주관적 감정이나 욕망에 쏠리는 법 없이 사태의 여러 측면들을 조리있게 구성한다. 이러한 그의 시선이 인간들의 관계 사이를 누비면서 그 안에 흐르는 만남의 원리, 그 이합집산의 과정을 담담하게 그려내고 있는 것이다. 그리고 그 시선에 의하면 인간들은 대체로 외롭고 쓸쓸하다. 인간의 존재성이란 타자들과의 어우러짐 속에서 따뜻하고 화해로운 그것이 아니라 소외감과 고독으로 점철되어 있는 것임을 알 수 있다. 「각이도, 그 후」역시 이러한 시인의 인식을 단적으로 보여주고 있다.

각이도라는 외딴 섬에 다녀왔습니다
쉰 넘은 홀아비 집엔 인기척보다 먼저
담배 연기가 손님을 맞았습니다
견우라는 개는 짖는 법을 잊어버렸고
풀과 조개들은 일제히 뭍을 바라보고 있었습니다
해풍은 깎아지른 절벽을 넘어
안방까지 들어와 홀아비를 어루만지다 갔습니다

내가 떠나올 때 아무도 손짓 없던 이유를
뭍으로 발을 떼면서야 알았습니다
나 몰래 파도가 뭍까지 동행을 하고 돌아갔습니다
홀아비 견우 풀과 조개의 뒷모습이 파문처럼 일었고
내가 그들을 떠나면서 그들은 육지와 더욱 멀어졌습니다
언젠가 그들도 섬을 떠날 것이라 생각하니

　　남겨진다는 것은

　　바다의 중심으로 떠밀리는 것

　　　　　　　　　　「각이도, 그 후」 부분

　　이는 사람들의 발길이 끊긴 외딴 섬의 풍경을 묘사하고 있는 시이다. 시인은 사람 구경조차 힘든 궁벽함을 '짖는 법을 잊어버린 개'와 '일제히 뭍을 바라보는 풀과 조개'로 표현하고 있다. '섬'은 마치 버려진 존재의 외로움의 표상처럼 그 모습을 선명하게 드리우고 있다. 이 섬을 묘사하면서 시인은 예의 그의 특징적인 시선으로 감싼다. 그것은 존재를 드러냄에 있어서의 관계성 및 상대성에 대한 인식의 표현으로서, 시인은 존재와 존재가 만나고 헤어지는 순간을 자기중심으로써가 아니라 그림의 전체 폭으로 담아낸다. "내가 그들을 떠나면서 그들은 육지와 더욱 멀어졌다"는 부분이나 "남겨진다는 것은/ 바다의 중심으로 떠밀리는 것"과 같은 표현이 이를 잘 말해준다. 즉 시인은 '나'에게만 초점을 두는 일반적 서술 대신 '나'와 그 이외의 존재를 동시에 초점화하거니와 이는 존재들의 사이를 읽어내는 시인 특유의 세심하고 공정한 시선에 해당한다. 물론 시에서 '섬'의 존재들은 그들의 외로움 때문에 화자에의 강한 지향성을 보인다는 것을 알 수 있다. 그러나 그뿐 그들의 지향성이 시적 자아와의 전체 관계를 변화시키는 것은 아니다. 이들 존재들은 그저 서로 겹쳤다가 분리되는 상대성의 사태에서 벗어나지 않는바 시인은 이를 차분하고도 담담하게 그려내고 있다. 시인의 시선을 따르면 그 어떤 존재도 상대성의 원리로부터 예외가 되지 않는다. 이합집산의 과정을 거친 후 존재들은 각자의 자리로 돌아가 또다시 자신들의 삶을 따르게 될 것이다.

이러한 과정들은 다소 쓸쓸한 시선을 말해준다. 그러나 시인의 눈빛에 항상 인간의 존재 조건에 대한 비애서린 그늘만 잠겨 있는 것은 아니다. 존재와 존재의 우연한 만남이되 그것이 서로에게 깊이 뒤섞여 아름다운 인연으로 승화되는 일도 종종 있기 때문이다.「환한 죽음」은 그와 같은 만남에 대한 시인의 유쾌하고 즐거운 상상을 담고 있는 시이다.

하나의 목숨이 진다는 것은
새로운 탄생을 불러오는 것
막 태어난 우물가 햇쑥 눈 비비며 경배하고
시멘트 바닥 핏자국은 산다화로 흐드러졌는데

칼질하던 노인이 핏덩이며 내장부스러기를 거둬
감나무 아래에 고이 묻어주자
가지에 걸린 노을이 선지처럼 번졌는데

다음 날 결혼할 신랑각시에게서 태어날 아이가
훗날 굳게 자란 감나무에
그네를 띄우고 자란다면
돼지의 자식이기도 한 것인지라
목 잘린 돼지는 감나무 쪽을 향하여
환하게 웃고만 있었는데

「환한 죽음」 부분

위의 시는 시적 화자에 의하면 중국 여행 중 돼지를 잡는 풍경을 본 후 적은 것임을 알 수 있다. 시에서 시인은 돼지의 멱을 따고 배를 가르는 모습을 비교적 선명하게 그리고 있다. 물론 별로 즐거울 수 없는 풍경이다. 그러나 시인은 이를 일반적으로 인간이 느끼는 시선으로 잡지 않는다. 시인은 통념을 가볍게 부정하고 경쾌한 배음으로 이 포악한 장면을 포착한다. 시인은 이를 인용된 부분처럼 '새로운 탄생'에 대한 기대로 전환시킨 것이다. '시멘트 바닥 핏자국'은 시인의 상상력에 의해 '산다화'가 되고 '가지에 걸린 노을'이 된다. 시인은 심지어 죽은 돼지고기를 먹은 신랑각시의 아이가 돼지가 묻힌 감나무에 매인 그네를 타고 논다면 아이는 돼지의 자식이기도 하다고까지 말한다. 그야말로 죽은 돼지의 새로운 탄생이자 관점의 전환이다.

타자의 생명의 앗음을 주저없이 '새로운 탄생'이라 말하는 이러한 발상의 인간중심적 전환에 대해 과연 우리는 속없이 유쾌할 수 있을까? 일상적으로 일어나는 사태에 대한 무리없는 반전이라 여기며 별 거리낌 없이 지나칠 것인가? 짐작건대 시인은 이와 같은 수다한 질문을 여러 번 가로질러갔을 것이다. 그렇지 않았다면 시는 잔인함과 억측으로 거칠게 다가왔을 것이기 때문이다. 그러나 시는 그의 시가 늘 그렇듯이 잔잔하고 평화롭다. 그리고 그 속에서 조용히 피어나는 진실에 대한 긍정을 확인할 수 있다. 이것이 그의 시가 이끌고 가는 의미와 방법일 것인데, 이를 시인은 그의 상대주의적 시선으로 가능케 한 것으로 보인다. 지금까지 보여준 관계에 관한 시인의 상대성의 인식은 타자와 나의 것을 모두 드러내고 뒤섞어 마침내 온전하고 균형잡힌 상태로 귀결시키기 때문이다. 흩어질 것은 흩어지고 만날 것은 만나게 되는 사태의 추이는 시인의 관점에 의하면 자연스럽게 이루어지는 것이지 누가 무엇을 강하게 바란다고 되는 것이 아니다. 이로써 우연과 운명이 가름되기도 하는바, 이를 '돼지'의 경우에 적용한다면 '돼지'의 죽음이 감나무 아래서 꽃이 되고 가지가 되고 아이의 즐거움이 되었을 때 이를 두고 '돼지'와 '아이'의 인연이라 해도 딱히 부정할 수 없는 노릇이 아닌가. 이를 테면 시인의 과감한 발상에 대해 거듭 의심하고 질문하였지만 결국 받아들일 수밖에 없는 긍정에 도달하였음을 알 수 있다. 사태를 여러 중심된 시각에서 공정하게 제시하는 시인의 시선에 의해 상대주의적 관계는 부인할 수 없는 즐거움과 유쾌함에도 이른다는 사실을 확인하게 된 것이다.

시인의 시선과 그의 어조를 따르다보면 관계들을 이어가는 가느다란 선들이 이리저리 엉켰다 풀어지는 듯한 느낌을 받는다. 보이지 않는 끈들이 겹치다가 이내 스르르 분리되는 듯한 상상이 그것이다. 이 끈들의 겹침이 만남을 만들 것인데, 시인은 이러한 사태의 과정을 한 눈에 보고 있듯 억지를 부리지 않는다. 그것들은 인연에 의해 만남과 헤어짐이 결정될 것이기 때문이다. 때로 혼돈스런 뒤엉킴이 있을 것이나 이들은 대체로 고요히 수습될 것이다. 그 또한 우연 아니면 인연일 것이기 때문이다.

미시적 시간성에 의한 일상의 변화와 사건

—이성주의 시

일견 추상적으로 여겨지지만 시간은 삶의 견고한 형식이다. 시간은 우리의 일상을 만들고 사건을 만든다. 시간은 우리를 언제나 단단히 에워싼 채 우리를 이리저리로 이끌고 간다. 이러한 시간으로부터 우리는 단 한 순간도 벗어날 수 없으며 그와의 공고한 결탁을 순순히 받아들여야 한다. 시간은 '나'의 모습이자 '나'의 움직임이고 '나'의 감정이다. '나'는 시간의 양태에 의해 유쾌하거나 쓸쓸하고 행복하거나 고독하다. 또 즐겁거나 나른하고 편안하거나 불안하다. 시간은 공기와도 같다. 따라서 그것은 우리의 호흡과 함께 존재하는 것이기도 하다. 시간이 '나'를 빚어내는 형식이 되는 이유이다.

때문에 시간에 영혼이 있다고 상상해도 틀리지 않을 것이다. 시간은 살아있어 인간을 주도해가는 것이다. 이러한 시간이 기계적으로 분절되어 있다고 말할 수 있을까? 인간이 만든 시계는 말 그대로 편의상 만들어 놓은 것일 뿐 시간의 제멋대로의 몸짓을 담아낼 수 없다. 인간이 시간을 지배하고 있다는 생각은 착각에 불과하다. 우리는 시간이 언제 생겨났는지도, 어디로 어떻게 가고 있는지도 모르지 않는가? 시간은 이리저리 휘어져 우리의 몸을 감쌌다가 깊숙이 박히거나 날렵하게 날아간다. 이러한 시간은 때로는 우리를 부드럽게 어루만지다가도 때로 폭군처럼 내동댕이친다. 시간의 횡포다.

이성주의 시는 마치 진공상태의 상상력처럼 고요하고 나른하다. 그의 시는 일상보다도 더 사소한 일상을 다루되 이 속의 일상을 사건보다도 더 크게 다룬다. 의식이 미처 각인시키지 못하는 그 일상성들은 그러나 주체적이고 능동적으로 다가와 '나'를 뜻밖의 국면으로 몰아간다. 이들 앞에서 '나'는 더 이상 주체도 뭣도 아니다. '나'의 소외이자 고독이다. 그것들에게 '내'가 생의 주인이라고 말하는 것은 무의미하다. 불행히도 이러한 사태는 수시로 불쑥불쑥 그 얼굴을 내민다. 참으로 곤란한 일이 아닐 수 없다. 이성주의 시들은 이때의 낯선 감각들에 대한 소묘이다.

사내의 정수리가 훤하다
십오도 기울기로 방아를 찧듯
고개 끄덕끄덕
레이온 여름 잠바의 구겨짐처럼
사내가 지나온 시간처럼
구두의 앞머리도 구겨지고 해어졌다
잠을 자면서 부르르 몸을 떤다
한 사내의 묵직한 생을 받치고 있는
의자가 삐걱거린다, 버스가 흔들릴 때마다

의자는 끅끅 묵은 트림을 뱉는다

단단한 쇠와 질긴 나일론으로 감싼

생의 경계에 의자의 유문 있다

잠에 취한 남자, 헤어짐에 지친 여자,

의자도 조금씩 닳아 해어지며

트림을 뱉어내는 거다

낡은 의자의 반질거리는 손잡이를 꽉 잡는다

며칠째 소식 없는 월경처럼

생은 어느 지점에서 뚝 끊긴다

날짜를 세어 이유를 묻지만 해답 없는 삶

구멍난 의자의 비닐 커버처럼

정수리가 훤한 사내처럼

지금 낡고 구겨진 버스 안,

모두가 말이 없다

트림을 하는 의자에게서 쉰 쇳내가 난다

「의자」 전문

    무겁고 지친 오후 덜컹거리는 비포장도로 위의 낡은 버스, 텅 빈 차 안에 구겨져 있는 사내와 그를 떠받치고 있는 의자를 묘사하고 있는 시이다. 쉽게 확인할 수 있듯이 지극히 평범한 소재들에 해당한다. 누구든 흔히 보았던 장면, 너무도 익숙한 풍경이어서 기억의 갈피 속에 담아 놓지도 않는 그러한 소재이다. 이들을 두고 대체로 의식은 정지하고 상상력은 공허해지기 마련이다. 그저 집단적으로 나른해지는 환경이 아닐 수 없다. 그러나 의식과 상상력이 소거되는 상황이기 때문일까? 이 지점이야말로 은폐되었던 비밀처럼 시간의 광포함이 활개를 치며 모습을 드러내는 때일는지 모른다. 온전한 주체가 되어 제멋대로의 활동을 늘어놓는 시간의 모습이 '사내의 정수리'에, '구겨지고 해어진 구두'에, '삐걱거리는 의자'에, '구멍난 의자의 비닐 커버'에 박히는 때가 그것이다. 시간은 이들 사물을 휘감으면서 이들의 신산스러웠던 정보들을 낱낱이 풀어낸다. 시간은 멋대로 사물들에 내재되어 있던 노쇠한 기억들을 모조리 드러낸다. 시간의 난폭한 풀어헤침 앞에 사물들은 속수무책으로 자신들의 초라한 과거들을 노출시켜야 한다. 이를 보면 시에서 주인공은 결코 사물들이 아니라는 것을 알 수 있다. 시의 주인공은 사물들을 이러저러하게 만지고 빚어내는 시간, 영혼을 지닌 채 운동하는 시간인 것이다.

언제나 보이던 주목할 것도 없는 일상보다 더 사소한 것들에게서 그 무엇보다 더욱 복합적이고 중층적인 사태들을 펼쳐내는 것, 이것이 이성주 시인의 섬세함이자 상상력의 특징일 것이다. 이때 시간은 이들 사물의 복합성과 중층성을 드러내는 가장 적합한 도구가 된다. 시간은 사물의 과거와 현재에 관한 정보를 속속들이 저장하고 있는 파일이자 프로그램이다. 따라서 시간은 사물의 운명을 결정짓고 미래를 만든다. 시인이 "며칠째 소식없는 월경처럼/ 생은 어느 지점에서 뚝 끊긴다"라고 말하는 것, "날짜를 세어 이유를 묻지만 해답 없는 삶"이라 하는 것은 모두 시간이 사물의 운명을 쥐고 있다는 것을 지시하는 것이다. 요컨대 생의 주체는 사물이 아니라 시간인 셈이다. 시간이 얼마나 노련하고 음험한 실체인가는 「어느 날 낯선」에도 잘 나타나 있다.

당신이라고, 입을 달싹거린다

당, 신 자음과 모음,

당신에 대한 데이터가 되돌아온다

두 번, 세 번 반복하다보면

당신의 뜻도 생김도 냄새도 잊혀진다

그게 뭐야?

당, 신이란 낯선 단어를 만난다

이름을 부르면 떠오르는 얼굴

너, 너, 너라고 자꾸만 입술을 달싹거리는 동안

너도 낯설고

나도 낯설다

「어느 날 낯선」 부분

시에서 '당신'을 반복하여 말할수록 '당신'의 정체를 흐릿하게 만들어 놓고야 마는 주체는 다름 아닌 시간이다. 시에 의하면 반복과 더불어 '당신의 뜻, 생김, 냄새'는 기억에서 소멸되고 급기야 '당신'은 낯선 존재가 된다. 어떤 상황인가? 여기엔 '당, 신'을 읊조리는 '반복'이 끼어든다. 당연히 시간의 개입이 있었고 이 시간성이 '당신'을 길게 늘어뜨리고 옅게 만들었으며 결국 소거시켰다. 물론 '당, 신'이라는 '자음과 모음' 사이에 끼어드는 시간은 미세한 시간성일 것이다. 그러나 그 밀도에 있어서는 작다고 말할 수 없다. 그것은 '너'와 '나'의 정체성과 기억을 해체할 정도의 파괴력을 지닌다. 말하자면 위의 시는 미시적 시간성에 관한 이성주 시인의 섬세한 묘사에 해당한다.

미시적 시간성이라 할지라도 그러나 그것의 위력은 거시적 차원의 그것과 다르지 않다. 어느 순간 벌어지는 사태, 돌연 전환된 국면은 시간성에 있어서 미시성이나 거시성이나 차이가 없다. 그 모든 것은 단절이고 급작스러움이고 사건이다. 다만 미시적 시간성 안에서 우리는 그것을 사태의 전환이자 반전이라고 깨닫지 못할 뿐이리라. 「공동묘지」는 미시적 시간성이 일으키는 변화를 진실로 변화로 인식하도록 하기 위한 시인의 충격기법에 해당한다.

수요일은 재활용 수거의 날
나한테 너는 이제 아웃
얼마나 오랫동안 괴롭혔는지
온 몸이 닳고 닳아
관심 밖으로 벗어난
유행에서 빗겨간
낡은 추억들
너무 쉽게 버리는 건 아닌가
화요일 밤부터 북적북적
수요일 자정을 너머까지
차곡차곡 순서대로 눕힌다
지문이 남아있는
비늘이 묻어있는
쓰다 만 사람의 흔적까지
버려진 것들의 묘지
발인은 목요일 오전
단번에 쓸려나가고 텅빈

　　　수요일이면 줄줄이 입관하고

「공동묘지」 전문

　위의 시는 재활용 수거일에 맞춰 쓰던 물건을 정리하고 버리는 작업을 행하는 화자의 모습을 그리고 있다. 쓰던 물건들에 담겨 있을 추억을 떠올리고 이들을 가지런히 개키는 화자의 손길이 섬세하고 단정하다. 그 섬세함으로 사실 더 이상 쓸모없는 쓰레기들을 추리는 데에도 다소의 머뭇거림이 필요하고 피로하기도 하다. 지극히 일상적인 일들이므로 주저함이나 망설임이 끼어들 여지가 없을 터인데 시적 화자의 감각은 다르다. 그는 이 작업을 심지어 '장례절차'로 묘사하고 있다. 이에 대한 요령 있는 해석은 어떤 것일까?

　이러한 시인의 기법에서 먼저 서두에서 언급했듯 일상보다 더 일상적인 것의 사건화를 떠올릴 수 있을 것이다. 시인은 지극히 사소하고 일상적인 것을 다루되 특유의 섬세함으로 이를 사건보다 더 큰 사건으로 만드는 기술을 발휘하고 있다. 물론 여기에는 일상적인 것을 에워싸는 나른하고 공허한 시간에 대한 예민한 상상력이 작용하고 있을 것이다. 그러나 더욱 정확하게 말하자면 이는 미시적 시간성을 있는 그대로 인식하여 포착하는 시인 고유의 미세한 감각에 의한 것이라 할 수 있다. 시간을 미시적으로 파악하는 시인에게 '쓰던 물건'은 '너무도 오랫동안' 엉겨왔던 '닳고 닳은 몸'에 해당한다. 그것은 '관심'과 애정이 더할 수 없이 축적되어 금세라도 붕괴되어 버리기라도 할 듯한 밀도를 축적하고 있는 것이다. 그것은 '쓰던 사람'의 '지문'이자 '비늘'이고 '흔적'이다. 넘치는 시간이다. 사태가 이러하므로 이를 내장하고 있는 '쓰던 물건' '버리기'는 자연스럽게도 '사건'이 된다. 그것은 '아웃'이라 선언될 만한 것이고 '입관'과 '발인'의 절차에 비유되기조차 한다. 미시적 시간성에 의하면 이는 축적과 팽창으로부터 붕괴에 이르는 당연한 과정인 것이다. 다시 말해 미시적 시간성은 일상이 사건이 되는 것을 가능케 할 뿐만 아니라 일상속의 변화가 진실로 변화임을 깨닫게 해주는 기제라 할 수 있다. 일상의 변화에는 그것이 일상적인 것이든 갑작스런 것이든 헤아릴 수 없는 시간성이 스미고 축적되어 있다는 것, 이것이 시간에 대한 미시적 감각인 것이다. 그런데 실은 이러한 시간성이야말로 하루하루 '나'를 지치게 하고 축나게 하는 것이 아닐까.

밤새 잠을 설치며 몸을 뒤척이다
끙끙 앓는 소리 들었다
하루 종일 맘대로 부린 내 몸에서 나는 소리일까
왼쪽에서 오른쪽으로 몸을 돌리고
오른쪽에서 왼쪽으로 몸을 돌린다
내 몸보다 한 박자 더 먼저 혹은 늦게
끙끙, 앓는 소리

「바닥」 부분

위의 시 역시 너무도 평범한 일상에서 소재를 취하고 있다. 하루의 일과로 지친 잠자기 직전의 몸에 대한 묘사이기 때문이다. 그러나 시인은 여느 시에서의 기법대로 이러한 일상들에 평범하지 않은 감각으로 접근하고 있다. 이는 특히 '왼쪽에서 오른쪽으로 몸을 돌리고/ 오른쪽에서 왼쪽으로 몸을 돌린다'에서 대번에 알 수 있다. 여기에는 이미 시인 특유의 미세한 시간성이 침투되어 있는 것이다. 이 무의미할 것 같은 구절은 이성주 시인의 경우 그의 시간성을 말해주는 직접적 자료에 해당한다. 미시적 시간성이 그것이다. 이러한 감각에 의한 것이기에 그의 '몸'은 '한 박자' 상관으로 '끙끙, 앓는 소리'를 낸다. '끙끙, 앓는 소리'는 '몸'이 말해주는 시간성이다. 또한 그것은 하루에 걸쳐 자신을 휘감아대고 몰아쳐댔던 일상의 시간성이 지닌 파괴력에 해당한다. 미시적 시간성은 이렇다 할 잣대가 없다 할지라도 스미어 쌓여서는 균열과 붕괴를 일으키기에 충분한 것이기 때문이다. 이러한 시간성이 있기에 내 몸은 설사 '하는 일 없이'도 피곤하다.

이성주 시인의 시는 시인 특유의 뚜렷한 개성에 의해 쓰여진 것임을 말해준다. 그는 평범함 속에서 독특한 상상력을 빚어내고 있다. 그 상상력이란 미세할 정도의 섬세한 감각에 의해 이루어지는 것이다. 이를 포착하는 일이란 어쩌면 매우 고단한 일에 속할 것이다. 시인은 그의 이러한 개성과 기법에 의해 우리에게 시간에 관한 차원 다른 인식을 제공하고 있다. 미시적 시간성이 그것이다. 이를 통해 시인은 일상과 사건, 지속과 변화를 역동적으로 교차시키고 있음을 알 수 있다.

절대자를 향한 이성적인, 너무도 이성적인 경로
―박찬일의 시

박찬일 시인의 최근 시집 『하느님과 함께 고릴라와 함께 삼손과 데릴라와 함께 나타샤와 함께』는 "침을 발라, 구멍을 뚫고, 보니까/ 하늘 바깥에/ 하늘이 있는 또 하나의 세계가 있었다"(「나비를 보는 고통」)라는 말로 시작된다. 언제나 실재성을 추구하는 시인의 시작 태도가 그러하듯 이 또한 경험적이고 구체적인 표현으로 되어 있어 선언처럼 들리는 말이다. 끝없는 회의와 성찰을 통해 관념을 빚어내고 이 안에 자신의 실존을 그대로 녹여내기 때문에 박찬일 시인의 말은 부정할 수 없는 진리처럼 다가온다. 이 때문인지 아주 단순하고 조촐한 것처럼 보일지라도 그의 시에서 느껴지는 밀도는 매우 강렬하다.

때로 그의 시의 조촐함이 소통을 방해할 수도 있겠다. 사유과정의 흔적을 모두 지우고 순도높게 남은 결정(結晶)만으로 시를 구성하기 때문이다. 독자는 무늬도 오점도 없이 투명한 구(球) 같은 그의 시를 대하면서 무게감으로만 존재하는 그것과의 간격 앞에 망연자실할 수도 있을 것이다. 그에게 다가가는 길은 어느 것인가? 가령 「내가 하느님이다」
를 떠올려 보자.

하느님이 나만의 하느님이 아니다

질투한다
하루종일 하느님을 붙잡고 있다

내가 하느님이다.
「내가 하느님이다」 전문

간략히 제시되어 있지만 커다란 갈등과 번민으로 고통받는 시적 자
아의 모습을 상상케 하는 시이다. 절대자 앞에서 불완전한 인간으로서
겪게 되는 왜소함과 초라함, 갈증과 좌절이 시행들 사이에서 묻어난다.
시인은, 절대자는 그 보편성으로 인간들 모두를 용인하지만 그것이 인
간들 사이의 화해와 합의를 보장하는 것은 아니기 때문에 개별자는 고
독하다는 인식을 보여주고 있다. 사실 인간들 사이에 화해가 이루어지
고 보편성이 회복되어 있다면 누가 절실하게 절대자의 손길을 구할까?
고독으로 인해 절대자를 향하지만 그러나 절대자는 인간을 더욱 고독
하게 한다.

신과 인간의 관계엔 언제나 해소하기 힘든 모순과 딜레마가 놓여 있
다. 어쩌면 그 이름에서부터 인간과 신은 자신의 위치와 한계가 결정되
어 있는 존재가 아닐까. 신과 인간은 서로의 성질을 조건으로 하여 존
립하는 것이라는 점이다. 인간은 유한성으로 신의 절대성을 보증하고

신은 자신의 완전함으로 인간의 한계를 보증하는 식이 그것이다. 결국 인간과 신 사이의 건널 수 없는 간극이 있는 것이고 이 간격에 대해 불만스러워하지 않고 용인할 경우에 한해 신과 인간의 공존이 가능한 것이 아닐까.

문제는 마지막 시행에서 보이는 비약이다. "내가 하느님이다"라는 단정적인 선언은 신과 자아 사이의 모순을 해소하기 위한 어떠한 사유의 궤적도 보여주고 있지 않은 채 제시되고 있어 독자를 당황스럽게 한다. 이것을 어떻게 해석해야 하는가? 보편성과 개별성 사이의 간극으로 질투라는 고통스런 감정으로 괴로워하던 자아에게 신과의 합일이 어떻게 일거에 이루어질 수 있는가? 단지 "하루종일 하느님을 붙잡고 있었다"는 사실이 이 모순과 간극을 해소할 수 있는 이유가 될까? 그렇다면 그것은 공허한 관념일 뿐 실재가 아니지 않는가?

적어도 시인은 이 딜레마를 붙들고 '하루종일' 씨름하는 과정에서 경험했던 사유의 궤적을 보여주어야 했다. 딜레마의 올들을 결결이 풀어내고 자신의 욕망이 정확히 무엇인지를 드러내며 그것이 어떻게 실현될 수 있는 것인지 궁리하는 모습을 보여주었어야 했다. 이리저리 몸이 부대끼는 괴로움으로 겪어냈던 그 과정들을 시적 언어로 조명함으로써 독자와의 사유의 공유지대를 만들고 이를 통해 보편성을 위한 합의를 이끌어내도록 했어야 한다. 그러나 그는 그렇게 하지 않았다.

이때눈여겨보아야 할 점은 그의 이와 같은 과정 생략의 시작 태도가 '신'에 관한 언술에서 두드러진다는 사실이다. 앞에서 언급한 시집 가운데 "전출 신고도 안 하시고 하느님이 이사 가셨다"(「하늘이 이사 가셨다」), "나의 하느님이 여자라고 생각한다/ 여자를 앞서가는 것이 하느님을 앞서가는 것이다"(「여자 하느님」), "하느님은 계신 것만은 아니다/ 계시나마나인 것만은 아니다"(「검은 태양」) 등의 진술들이 그러한 특징을 드러내는 것들이다. 논리적 해명이라든가 사유과정에 대한 설명 없이 제시된 이들 단언들은 신에 관한 시인의 고유한 직관적 표현으로서 논의를 불허하는 배타성까지 엿보이게 한다. 결과만이 제시되었지만 '신'에 대한 치열한 사유가 없이 발화되지 않는 언술이기도 하다. 때문에 시인의 과정 생략, 논의 불허의 태도 속엔 마치 '하느님은 나만의 하느님이다' 하는 듯한, 그 누구에게도 침해될 수 없는 신에 관한 절대적 믿음이 느껴지는 것이 사실이다.

그러나 이것은 일종의 역설이다. 자신만의 철저한 번민을 통해 보편적 하느님을 개별적이고 특수한 하느님으로 탄생시켰기 때문이다. 배타적 믿음만으로 아스라한 하느님을 나만의 하느님으로 만들었기 때문이다. 신앙의 경지가 아닐 수 없는데 그럼에도 이를 논리적으로 따져본다면 결국 "하루종일 하느님을 붙잡고 있다"가 "내가 하느님이다"로의 비약을 이룬 근거가 된다 할 수 있다. 신에 관한 독단에 가까운 궁리는 결과적으로 '나'와 '하느님'을 일치시킴으로써 절대적이면서도 상대적인 하느님을 탄생시키는 실천에 해당되었던 셈이다. 따라서 "내가 하느님이다"는 격렬하고 당돌한 선언은 허언이 아니라 '신'을 상대로 치열한 대결을 치른 자아의 구체적 노동에 대한 실질적 대가라고 해도 틀리지 않다. 그는 누구의 눈치도 보지 않고 이러한 작업을 행하였고 이에 따라 까마득히 먼 존재로서의 하느님은 나와 교감하고 대화하는 개별화된 보편자, 나의 목소리에 귀기울이는 특별한 하느님이 될 수 있었다.

신에 관한 독단적 언술을 구축한 이러한 작업은 시인에게 신이 어떠한 의미를 지니는지 암시해준다. 시인에게 절대자를 향한 믿음은 누구에게도 양도할 수 없는 자아 내면의 핵과 같은 것이었다. 즉 절대자는 자아의 중심에 있으면서 자신의 존재 정립을 위한 기반이 된다. 이 때 엄밀히 말해 신의 실재여부는 중요하지 않다. 중요한 것은 절대자라는 존재의 상정이고 절대자와의 관계성이다. 그만큼 절대자는 자아를 위해 필수불가결한 대상이라는 것인데, 이 때문에 시인은 신에 관한 한 논란을 배제하는 독단적 언술을 펼쳤던 것이 아닐까. 「플로티누스, 육체를 경멸한」 또한 이러한 관점에서 살펴볼 수 있을 것이다. 이 시에는 역시 절대와의 관련성 속에서 자신의 정체성을 구축해갔던 한 개별자에 대한 단상이 적혀 있기 때문이다.

> 약을 거부하고 부르짖고 부르짖으니
> 모든 것이 부르짖고 부르짖지 않았을까
> 최상급의 대가, 육체를 경멸한.
> 육체만큼 아픈 적이 있었는가
> 만회하지 못하는 플로티노스
> 미치지 않으면 떠나기 힘드리
> 미쳐서 떠날 줄 모른 플로티노스
> 돌아오는 길 찾지 못하리
> 　　　　　「플로티누스, 육체를 경멸한」 부분

플로티누스는 잘 알려져 있듯 신플라톤주의의 대표적 철학자이다. 플라톤이 이데아의 초월성을 강조하여 신적 영혼과 육체, 이성과 물질을 이분법적으로 분리시켰다면 플로티누스는 이 사이에 인간의 영혼을 위치시키고 이데아로부터 인간의 영혼이, 인간의 영혼으로부터 감각계가 '유출(emanation)'된다고 함으로써 신의 초월과 내재라는 통합적이고 변증법적 관점을 제시하였다. 플로티누스는 인간은 자신의 영혼을 정화시켜 상위 본질과 일치시킬 수 있으며 궁극적으로 이데아(nous)를 넘어서 있는 일자(oneness), 즉 절대자와도 일체가 될 수 있다고 하였다. 요컨데 일자(一者)는 초월적 지위만으로 존재하는 것이 아니라, 하위 심급인 감각계로의 유출 및 인간의 신성을 향한 도약에 의해 합일 가능한 내재성을 띨 수 있다는 관점이다.

신과 인간 사이의 분리보다 일치와 통합을 말했던 플로티누스의 사상은 "내가 하느님이다"라고 선언했던 시인의 목소리와 겹쳐진다. 그것은 절대자를 중심 속에 지켜내고 자기 안에 머물게 한 시인의 실천과 궤를 같이하는 것이다. 시인에 의해 특수화된 신은 만물 속에 다양한 모습으로 현현하여 일중다(一中多), 다중일(多中一)의 관계를 만드는 내재적 신이라 할 수 있는 것이다.

신성을 통한 절대자와의 합일이라는 관점에서 보았을 때 화자에게 플로티누스는 '최상급의 대가'로 생각된다. 플로티누스야말로 초월을 향한 거듭나기, 신성을 향한 도약을 거쳐 궁극의 절대자에 도달하고자 했던 인물이었기 때문이다. 시인은 플로티누스의 절대를 향한 치열한 도정이 거의 사투(死鬪)에 가까웠음을 묘사한다. 그리고 이와 함께 육체성이라는 인간의 조건이 극복하기 힘든 비중으로 압박해 온다는 사실을 환기시킨다. 플로티누스에게 육체성이란 신성을 위해 거부하고 경멸해야 하는 것이었지만 그럴수록 그것은 인간의 정신을 조롱하고 잠식하려 드는 음험한 실체가 아니었을까 하는 점이다. 이러한 플로티누스를 두고 시인은 '만회하지 못하'고 '미쳐버린', 그리하여 결국 '돌아오는 길을 찾지 못한' 분열된 존재로 그리고 있다. 인간은 신성으로써 유한성을 극복코자 하나 인간의 조건은 그를 쉽게 초월하도록 하지 않는 굴레로 작용한다는 것이다. 여전히 인간은 물질과 영혼, 육체와 정신 사이의 모순으로 끝없이 분열되고 찢기는 존재다.

그렇다면 육체와 영혼 사이의 불화는 어느 정도일까? 육체성의 조건 아래서 영원성은 얼마만큼 추구될 수 있을까?「一字 관에 갇힌 一字 자세」는 인간을 분열시키는 이 두 가지 조건의 실체를 확인하기 위한 알레고리적 장치에 해당한다.

머리가 긴 여성이 관에 눕는다, 흑단의 머리

호기심을 잃지 않은, 영원한 죽음을 잃지 않은

머리털 한 올 한 올, 오일이 찰랑찰랑하다

관에서 빛을 뿜는 영원한 욕정

누운 자세가 가장 욕정답다

'一字 관에 갇힌 一字 자세가 욕정답다'

절정이 누워있을 때라고 一字 방이 속삭인다

한 발짝도 나갈 수 없을 때라고 一字 이부자리가 가리킨다

一字 방에 갇힌 흑발의 여성:들어오세요,

들어오세요, 이루지 못하는 것이 영원한 것,

영원히 들어오라고, 영원히 들어오라고,

이루어지지 않는 것이 영원하다 한다

천장에 '이루어지지 않는 것이 영원하다'가 박힌다

영원을 잊지 않는다, 天井이.

「一字 관에 갇힌 一字 자세」 전문

위의 시에서 '죽음'의 상황이 설정된 까닭은 '죽음'을 통해 인간의 육체성을 소거하기 위해서이다. 즉 관에 놓인 시신은 생명의 부재가 인간의 조건을 어떻게 상쇄시키는가를 논하기 위해 등장한 소재다. 죽음은 육체성의 소멸을 의미하므로 논리적으로 볼 때 죽음의 상태란 결국 영원성에의 도달을 위한 직접적 요건이 된다. 죽음은 육체로부터의 해방이자 영혼의 순수 현현을 위한 계기가 되는 것이다.

그러나 위의 시에서 전개되는 사태는 이러한 우리의 상식을 뒤엎는다. 죽음은 육체성을 소거시키지도 못하며 영혼이라 해서 일자(一者)에 가까운 순결한 것도 아니다. 생명의 부재가 육체와 영혼 사이의 갈등을 해결하고, 죽음을 통해 인간이 영원한 안식에 이를 것이라는 생각은 망상임이 드러난다. 생명 또는 죽음은 육체와 영혼의 갈등 조건이 아니며, 때문에 생명 및 죽음 여하에 상관없이 육체성과 절대성 사이의 모순과 갈등은 여전히 지속된다. 즉 죽음을 통한 육체성의 소멸이 절대적 일자(一者)와의 합일을 가져오는 일은 없다. 대신 죽음은 인간을 '일자(一字)'로 만들 뿐이고 영혼 또한 순결성을 회복하는 대신 여전히 추악한 욕망에 사로잡힌 것으로서 묘사되고 있다. 오히려 영혼은 이루어지지 못한 욕망이야말로 '영원히' 지속되어야 할 욕망임을 음험하게 속삭인다.

사태의 이와 같은 확인은 우리의 고정된 인식의 지형을 뒤흔든다. 살아있음이란 육체성의 구현이고 이 점이 절대자를 향한 고양에 장애물이 된다는 이분법적 관념은 잘못된 것이다. 사태는 좀 더 복잡하다. 대립되는 것은 육체와 영혼이 아니라 추악함과 순결함, 부패와 정화, 욕망과 무욕, 탁함과 맑음 등의 마음의 상태가 아닐까. 인간의 절대로의 도약을 가로막는 것은 영혼에 대립하는 육체가 아니라 영혼과 육체 모두를 부패하게 하고 이를 파멸에 이르게 하는 탐욕과 이기심의 부패하고 추악한 면면들이라는 사실이다. 오히려 영혼과 육체는 대립하는 것이 아니라 한 편으로서 서로 분리되어 있는 것이 아니라 하나로 통합되어 있는 것이다. 때문에 인간이 경계해야 할 점은 육체가 아니라 파멸로 치닫는 육체성이고 인간이 추구해야 하는 것은 영혼이 아니라 절대에 다가가는 영혼이 된다. 이는 육체는 경멸의 대상이 아니라 생명의 충만을 위한 가꿈의 대상이 되어야 할 것이고 영혼 또한 숭상의 대상이 아니라 역시 고양을 위한 다스림의 대상이 되어야 함을 의미한다. 이것이 이루어지지 않을 경우 죽음이 영혼의 일자성(一者性)을 보증하리라는 것은 착각에 해당되는 것이다.

위의 시에서 시간(屍姦)을 연상시키는 시인의 도발적 상황 구성은 우리의 고정관념을 깨뜨리기 위한 방법적 장치에 해당된다. 시인은 '죽음'이라는 리트머스지를 통해 인간 조건으로서의 육체와 영혼에 관한 실험을 효과적으로 이루어낸다. 그리고 시인의 과감한 시도에 의해 육체와 영혼에 관한 오래되고 고질적인 대립구도는 통렬하게 해체됨을 알 수 있다.

그렇다면 무조건적 육체성 비하, 무조건적 정신성 추구가 아니라면, 절대적 일자(一者)를 향한 도정은 어떻게 이루어질 수 있는가? 육체성과 정신성이 아니라면 절대적 일자의 초월성과 내재성의 통합, 보편자와 개별자의 조화를 이루기 위해 우리가 염두에 두며 재구성해야 하는 인간 조건들이란 과연 무엇인가? 이를 찾기 위해 시인은 다시 일상으로 돌아간다.

조금만 조심하고 양보하면 계단에서도 웃을 수 있습니다(아현역)

이번 열차: 당고개 행(산본역)
열차가 전역을 출발하였습니다

이번 열차: 당고개
열차가 들어오고 있습니다

이번 열차: 당고개
열차가 도착하고 있습니다
열차가 도착하였습니다
질서있게 승차하여 주시기 바랍니다
출입문이 닫힐 때는 무리하게
승차하지 마시고 다음 열차를 이용하여
주시기 바랍니다

열차가 방금 출발하였습니다
다음 열차를 이용해주시기 바랍니다.

「문학경기장(역)」 전문

　지하철역 승강장에서 흔히 들을 수 있는 방송멘트가 전문을 차지하고 있는 위의 시는 낯설기 그지없다. 위의 시를 가리켜 시의 외연을 넓히기 위한 포스트모더니즘의 전략적 시작행위로 분류할 것인가? 그러나 시의 첫 행에 주목하면 의미 해석을 위한 요령을 구할 수 있다. "조금만 조심하고 양보하면 계단에서도 웃을 수 있습니다”에서의 ‘계단’을 하느님에로 이르는 ‘야곱의 사다리’ 정도로 이해하면 그러하다. ‘계단’이 지상으로부터 천상으로, 물질과 인간으로부터 천사와 하느님이 있는 곳으로 향해 있는 성서에서의 그 사다리라면 위의 시는 인간에게 주어진 조건을 어떻게 감당해야 하는지를 말해주는 것으로 볼 수 있다.

　실제로 북적대는 지하철역에서 열차진행 상황을 일러주는 방송멘트를 들어본 독자라면 그것이 혼잡과 피로의 한복판에서 질서와 위안을 주는 목소리일 수 있음을 기억해낼 수 있을 것이다. 그 목소리는 번잡스러움으로 뒤엉킨 무리들에게 행동의 방향과 지침을 제공한다. 열차가 곧 도착하리라는 생각은 지치고 무거운 발걸음에 잠시 가벼운 생기를 준다. 이러한 점을 떠올린다면 여기에서 시인이 아수라장과 같은 인간 세계에 울리는 구원의 목소리를 연상하는 일도 지나친 억측은 아닐 것이다. 신의 구원의 목소리란 결국 지하철역의 방송멘트와 상황 구조를 공유하는 것이 아닐까?

　절대를 향한 계단이 어떤 질료로 이루어지는가를 고민하며 일상으로 돌아온 시인에게 지하철의 멘트는 아무런 저항없이 다가온다. 무심한 상태에 놓인 시인에게 그것은 마치 진리의 깨달음처럼 경쾌하게 울리지 않았을까. 방송멘트는 계단에 오를 때의 방법적 태도에 대해서도 언급해준다. “조심하고 양보하기”, “질서있게 승차하기”, “무리하게 타지 않기” “열차를 놓쳤을 경우엔 다음 열차 이용하기” 등이 그것이다. 이 흔하디흔한, 상투적이고 기계적인 언술 속에서 시인은 진리값을 얻는다. 시인은 여기에서 자기 앞에 놓여진 ‘야곱의 사다리’를 오르는 방법적 중요성에 대해 생각한다. 가령 영혼을 위해 ‘육체를 경멸하는 플로티누스’ 식의 금욕주의적 태도는 오히려 정신을 ‘미치게 하’고 ‘돌아오는 길을 찾지 못하'게 하는 극단적 방법에 속한다. 영혼의 고양을 위해 육체를 비하하는 일 등속은 오류이다. 필요한 것은 억압과 금기가 아니라 절제와 중용인 셈이다. '조심하고 양보하는 일', '무리하지 않는 일', '집착하지 않는 일' 등이 여기에 해당된다.

절대자와의 관계성을 도모하고 서구 정신사의 오랜 이분법을 해체한 시인은 여기에서 동양적 지혜와 만나게 된다. 절제와 중용이라는 지극히 오래된 동양의 지혜는 시인에게 이성적인, 너무도 이성적인 울림으로 다가온다. 시인은 절대자를 향한 실존 구축하기 한가운데에서 동양적 지혜를 방법적으로 채택한다. 이때 시인에게 전경화되어 다가오는 이미지가 있거니와 그것은 지극한 평화를 느끼게 하는 '온화한 미소'다.

서양 아이와 눈이 마주쳤다
머리가 금발, 노란 원피스
사람들이 지나가는 중이었다
공항 대합실
온화한 미소를 짓고 있었다
오른쪽 배 아래쪽에 각인됐던 새벽녘
통증 때문일까
위 내시경 전문의가 위 상단에 보이는
폴립을 떼 내지 못했다
400미터 트랙을 달린지 2년이 넘었다
배 위에서 손 흔드는 사람들
돌아올 수 없는 길을 떠난 다음 날,
잎사귀들이 은빛 햇살을 받아 반짝인다

서먹서먹하지 않다

병아리가 온화한 미소를 짓고 다가왔다

가야할까 말아야할까,

이미 소관이 아닌 줄 알면서.

「공항대합실」 전문

넘쳐나는 인파로 무질서한 장소에서 문득 마주친 '온화한 미소'는 발걸음을 멈추게 한다. 그것은 그 이외의 사태들을 순식간에 모두 후경화하고 시적 자아의 시선을 고정시킨다. '온화한 미소'는 번잡한 시간을 정지시킬 듯이 평온하다. 그 안에서 이루어지는 시적 자아의 자유로운 사유는 몸 구석의 통증에 대해서까지 이른다. '온화한 미소'는 일거에 시적 자아를 자유케 하는 해방구를 형성시키는 것이다. 그리고 그것은 낯선 이들조차 융화시키는 힘을 발휘한다. 화자가 '서먹서먹하지 않다'고 말하는 것도 이 때문이다.

'온화한 미소'가 자아에게 자유롭게 운위할 수 있는 해방구로 기능할 수 있었던 것은 그것이 여백을 품고 있었기 때문일 것이다. 그 안엔 독한 자기주장도 강렬한 욕망도 성마른 집착도 들어서 있지 않다. 그것은 타인을 향한 배려와 양보의 시선이고 혼잡을 다스리는 시선이며 무리하거나 집착하지 않는 비워냄의 시선이다. 절제와 중용을 절대에 이르기 위한 방법적 태도로 정한 시인에게 '온화한 미소'는 그러한 방법의 구체적 현현체로 다가왔을 것이다. '온화한 미소'는 절제와 중용의 실천태이자 그것의 실재적 이미지였던 것이다. 그리고 그것은 지금까지 절대성을 실존의 중심 조건으로 설정하고 이를 지상에서의 삶과 일치시키려는 시인의 고투의 과정에서 만난 마지막 안식의 이미지가 아니었을까.

절대성의 지고함에 순응하면서도 이를 결코 선험적으로 부과된 것
으로 받아들이지 않았던 시인은 아주 오랜 시간 동안을 우직하게 이
문제와 대결해 온 듯하다. 그에게 자아는 언제나 절대와의 긴장 관계
속에서 의미를 부여받았다. 자아와 절대, 지상과 천상의 양 축은 그 어
느 것도 시인에게는 외면할 수 없는 필연적 조건이었다. 시인은 이 두
축 사이의 대결 구도를 끝까지 밀고나갔고 그렇게 함으로써 결국 우리
에게 초월과 내재에 관한 하나의 논리정합적 방법론을 제시해 주었음
을 알 수 있다.

감각, 세계의 존재內화를 위한 디지털 코드

—홍일표의 시

감각의 세대들이 포착하는 오늘의 사태들은 쏜살처럼 빠르거나 슬로우비디오처럼 느리다. 새로울 것도 없이 반복되는 익숙한 일상들 혹은 자신의 전체를 빨아들이는 충격이나 호기심, 그 앞에서 감각세대들은 매우 익숙하게 사태를 처리한다. 눈앞에 벌어지는 사태를 일순간에 압축시켜 인식한 후 기억의 목록에서 삭제해 버리거나 아니면 순차적으로 자신을 기입하고 몰입해간다. 눈에서 귀의 감각으로, 감각에서 정보로, 정보에서 감정으로, 감정에서 영혼으로……. 정보는 감각의 끝에서 선택적으로 수용되어 결국 존재내로 새겨진다. 유용한 정보 앞에 몰입된 자아는 한껏 부풀어오르고 충만해진다.

그러나 미처 처리되지 않는 사태 앞에서, 그것을 선택하거나 삭제할 수도 없는 아연함에 직면했을 때 사태는 자아를 압도한다. 소리는 지직거리는 소음이 되어 정보로 처리되지 못하고 불쾌감과 혼돈으로 넘쳐든다. 급작스럽게 팽창하는 부피와 끈적거리는 밀도의 사태는 그것을 밀쳐내려고 버둥거리는 자아의 노력을 무색하게 한다. 그것은 불가항력적으로 자아를 밀고 들어오는 어둡고 무거운 힘이다. 이같은 스트레스 상황은 자아에게 슬로우비디어처럼 나른하게 전개된다.

오늘날 대상을 인식하고 전유하는 방식은 우리가 미처 이해하기도 전에 이처럼 미세해졌다. 전일적 운영체제에 의해 일사불란하게 진행되는 사태가 있는가 하면 이에 어긋나 삐걱거리는 사태가 펼쳐진다. 대체로 오늘날의 우리의 인식체계는 이러한 틀 속에서 이루어진다. 새로울 것 없는 익숙한 사태가 자연스러운 일상이 된다고 한다면 기대치의 운영체제를 벗어나는 어떤 것들은 자아를 뒤흔든다.

홍일표의 시들을 이해하는 것은 제일 먼저 그의 감각이 지닌 지극한 예민함의 정도를 파악하는 일이 될 것이다. 그는 무엇을 보고 그것을 어떻게 전유하는가? 그가 인식의 대상으로 삼는 것은 무엇이고 그것을 인식하게 하는 것은 무엇인가? 이 너무도 특별할 것도 없는 질문을 그러나 그에게 던지지 않고서는 그의 시의 특별함에 대해 깨닫지 못하게 된다. 가령 "배고픈 귀가 무럭무럭 커진다", "새파란 나뭇잎 같은 귀들이 팔락인다", "작정한 듯 귀는 점점 부풀고", "순하게 잠든 귓전에 양떼가 몰려와 여린 이파리를 뜯어 먹는다", "간지러운 귀가 웃는다"(「콘서트」)에서의 분화된, 그리고 홀로 독립적으로 살아있는 듯한 '귀'의 양태들은 비단 '살바도르 달리'의 초현실주의적 이미지로 단정되기 이전에 이미 대단히 민감하고 유연하다. 그것은 모든 감각의 촉수가 그리로 집중된 것처럼 밀도높을 뿐 아니라 그 무엇도 제어할 수 없을 만큼의 자생력으로 자신의 존립을 과시한다. 즉 '귀'는 자아를 대신하여 대상을 인식하고 그에 대한 정보를 처리하며 이를 기각할 것인지 흡수할 것인지를 결정하는 기관이 된다. 이러한 역할을 함으로써 '귀'는 더할 수 없는 예민함을 획득하고 자아의 영혼까지도 빚어내는 위상을 부여받는다. 이 감각기관의 판단과 선택에 의해 영혼은 부풀려지거나 빈약해진다. 영혼은 쾌감으로 충만해지거나 불쾌감으로 일그러진다. 가히 영혼이 감각에 의해 운위되는 사태라 할 수 있는바, 이것이 오늘날의 시대를 특징짓는 인식체제라 한다면 너무 섣부른가.

배고픈 귀가 무럭무럭 커진다
너무 깊어 바닥이 보이지 않는
늘 제 속을 감추고 사는 밤

새파란 나뭇잎 같은 귀들이 팔락인다
하늘에서 떼어내 구석방에 넣어두었던 별들이 정충처럼 반짝이고
마음을 몇 번씩 갈아끼우며 여기까지 오는 동안
귀는 허기진 동굴이다

「콘서트」 중에서

　그에게 감각기관이 영혼을 운위하는 기관으로 기능한다는 사실은 '귀'가 곧 세계와 존재를 매개해준다는 점에서 알 수 있다. '귀'는 '너무 깊어 바닥이 보이지 않는 밤'을 후경으로 하여 꿈틀거리는 동시에 '마음을 몇 번씩 갈아끼우는' 동안 '허기지'기도 한다. '귀'는 세계인 '밤'과 존재인 '마음'을 양면으로 취하면서 자신의 양태를 들쭉날쭉으로 모양 잡는다. 자체적으로 운동하며 살아있는 '귀'는 홀로 고립되어 존재하는 것이 아니라 '밤'과 '마음'의 사태에 따라 생생하고도 유연하게 반응하

는 것이다. '밤'이 '깊고 비밀스러울수록' '귀'는 그 촉수를 더욱 날카롭게 키운다. 또 '마음'이 부대낄수록 '귀'는 지친다. '귀'는 세계와 대면하는 자아의 입구이자 세계를 내면화시켜 영혼으로 흡수하는 통로이다. 때문에 '귀'는 외부적 사태 및 내부적 조건에 의해 때로는 비대해지고 때로는 허해진다. '귀'가 전유하는 사태에 따라 그것은 부풀어 오르기도 하고 협착하기도 한다. 이러한 '귀'의 양태가 곧 자아의 상태를 결정한다.

'귀'의 이와 같은 예민함 및 자아결정력을 지닌 성질은 「지구의 방」에서 '눈'으로 전이된다.

> 잠시 나를 품고 있던 껍질을 벗고 돌아보면
> 거짓말을 모르는 본능처럼 환하게 배고픈 방
>
> 방충망에 풍뎅이가 달라붙어 네모난 허공을 입안에 넣고 굴려본다
> 빈 방을 읽고 있는 풍뎅이 뒤에 내가 있지만
> 참선 중인 노스님처럼 허공과 나를 슬쩍 바꿔치기 한 것은 아닌지
>
> 세상 밖에서 보면 빈 방은 들어갈 수도 나갈 수도 없는
> 꽉 찬 방
> 그리하여 풍뎅이는 건널 수 있는 강을 건너지 않은 것
>
> 허공을 촘촘히 조각내어 바람에 후하고 날려버린 것
>
> 「지구의 방」 중에서

위의 시에서 시 전체를 이끌어가고 있는 행위는 단연 '보는 일'이다. 마치 시간조차 흐르지 않는 듯한 고요한 장면을 정밀하게 그려나가고 있는 위의 시에서 우리는 전면화된 '눈'의 감각을 경험한다. '방충망의 풍뎅이', 방충망의 그 '촘촘한 틈새들', '바람', '허공', 심지어 '눈이 없어도 잘 보이는', 즉 보이지 않는 지대까지를 '눈'은 묘사하고 있다. 극도로 민감한 '눈'에 의해 사태가 전유되고 있음을 알 수 있는데, 특히 '나를 품고 있던 껍질을 벗고 돌아온' '눈'은 온전히 자아를 조명하게 된다. 그 시선에 의해 자아는 '빈 방'이라는 것, '거짓말을 모르는 본능처럼 환하게 배고픈 방'이라는 것, '세상 밖에서 보면 들어갈 수도 나갈 수도 없는 꽉 찬 방'이라는 것, '안도 밖도 아닌 아득한 저쪽'이라는 것을 고스란히 드러낸다. 이는 있는 그대로의 자아, 영혼의 모습이 아닐 수 없다. 세계를 바라보았던 정밀한 눈은 바로 그 감각의 강도로 영혼까지도 읽어낸다. 그리고 그의 맑고 깊은 '눈'에 의해 영혼은 '거짓말을 모르는' '환한', '꽉 찬' 그것이 된다.

 '풍뎅이'에 '눈'의 기능을 이입시킨 시인은 '풍뎅이가 건널 수 있는 강을 건너지 않은' 이유로 '꽉 찬 방'을 드는데, 이는 '꽉 찬 방'이 영혼의 충만함과 관련됨을 암시하는 것이 아닐까. 물론 영혼의 충만함은 시에서도 진술되듯 세상과 그리 화해롭지는 못하다. '꽉 찬 방'은 '세상 밖에서 보면 들어갈 수도 나갈 수도 없는' 딜레마에 처하기 쉽기 때문이다. 이는 충만한 영혼의 역설에 해당한다. 영혼과 밀착한 눈은 세상을 향하기보다 내면으로 정향된다는 것이다. 완전한 영혼에게 세상은 부족하고 결점투성이 아니겠는가. 시인에 의하면 여기에서 취할 수 있는 '눈'의 선택이란 결핍의 세상에 곧바로 자신을 던지는 것이 아니다. 그것은 '허공을 촘촘히 조각내어 바람에 후하고 날려버리는 것', 즉 자신의 영혼을 가볍게 하는 일이다. 적당히 조각내고 적당히 비워내 함량과 밀도를 조절한 후라야 세상과의 적당한 대면이 이루어지는 법일진대 이것이 곧 세상으로 날아갈 '풍뎅이'의 선택에 해당된다 할 수 있다.

감각으로 세상을 인식하고 전유한다는 상식에 속하리만큼 당연한 일이 인식체제 상의 시대성을 띤다고 말한 까닭은 감각의 정도에 기인한다. 대상을 대면하고 처리하는 감각의 정밀성과 강도, 질과 양은 세계와 존재를 강렬하게 밀착시키고 존재를 유폐되는 자아가 아니라 세계내의 자아가 되게 한다. 다시 말해 감각이 단순히 고립되는 감각이 아니라 인식으로, 내면과 영혼으로 그 통로를 깊게 할 때 감각은 기계적 상태를 벗어나 생생하게 살아 조형력을 지니는 것이 된다. 그것은 영혼을 조형하고 세계를 창조하며 나아가 삶을 창조한다. 시 「낙법」은 바로 이와 같은 감각의 조형력에 관한 묘사로 읽을 수 있다.

새끼줄에서 뱀이 나오는 것을 보는 사람은
벼랑 앞에 선 사람이다
밤을 압축파일로 만들어 벼랑 아래 던져버리는 사람이다
어금니가 흔들린다고 하늘에서 낮달을 뽑아버리는 사람이다

뱀이 새끼줄 속으로 들어가 사라지는 대낮
너는 해와 멱살잡이라도 해야 한다
새끼줄은 목이 마르고
호랑이 몸에서 빠져나온 호랑나비는 가볍게 철책을 넘어선다

새끼줄에서 슬금슬금 뱀 한 마리 기어나온다

저것이 벼랑을 견디는 모진 방법이라는 것을 아는지
달맞이꽃도 잠시 눈을 감고 저녁의 이마를 쓰다듬는다

「낙법」 중에서

지금까지의 고찰에 따르면 '새끼줄에서 뱀이 나오는' 상상력의 유연성이란 '새끼줄'과 '뱀'의 유사성에 따른 단지 자연스런 연상의 차원에 놓이는 것이 아니다. 그것은 감각의 질과 양에 관계된다. '새끼줄'을 향한 '눈'의 집요한 초점화에 의해 '뱀'의 탄생이 가능해진, 일종의 감각의 조형력의 관점에서 볼 수 있다. '새끼줄에서 뱀이 나오는 것을' '보는' 자를 가리켜 '벼랑 앞에 선 사람'이라 규정하는 일은 이 점을 더욱 분명히 한다. 그것은 단순한 상상력이 아니라 삶의 태도에 관한 명시이다. '벼랑 앞에 선 사람', '밤을 압축파일로 만들어 벼랑 앞에 던져버리는 사람', '어금니가 흔들린다고 하늘에서 낮달을 뽑아버리는 사람' 등의 계속되는 언술은 모두 이와 같은 삶의 태도를 지시한다. 그리고 여기에는 외적 상황이나 내적 조건에 굴하지 않고 사태를 자기주도적으로 이끌어 가는 자아의 확고한 삶의 방식이 암시되어 있다. 세계와의 날선 투쟁을 감행하는 자아에게 세계는 그저 있는 그대로의 세계가 아니라 과감히 조리되고 처리되는 대상이 된다. 세계는 자아와 더욱 밀착된 채 자아에 의해 조형되고 생성되는 것이다.

감각을 버리어내고 그에 의해 세계와 대면하는 자아, 감각의 밀도를 고양시키고 그것의 집중력으로 세계를 전유하는 자아에게 세계는 결코 관념에 놓이지 않는다. 세계는 주어지는 대로의 습관이나 관습으로 다가오는 대신 매순간 생생하게 일렁이는 살아있는 실체로 다가올 터이다. 이러한 세계는 결코 추상화된 상태의 그것이 아니다. 그것은 새

로울 것도 혼란스러울 것도 없이 일상적이고 일사불란한 체제로 다가
오기보다는 언제나 선택과 창조를 요구하는 미정형의 그것이며 이는
매우 구체적인 것이다. 그리고 이처럼 확정이 유보된 세계 앞에서 자아
는 끝도 없이 판단하고 결정해야 하는 혼돈의 소용돌이에 처하게 된
다. 자아는 기계처럼 안정적인 존재가 되지 못하고 언제나 +,-의 파도를
넘나드는 감정의 부침을 겪게 되는 것이다. 시인이 이처럼 감각을 통해
세계와의 밀착된 관계를 펼치는 자아를 두고 '벼랑 앞에 선 사람'이라
말한 이유도 여기에 있다. 이러한 자아에게 세계는 항상 파도타기처럼
위태로운 것이자 언제나 인내와 부대낌을 요구하는 힘겨운 것이리라.
이는 "개가 개의 꿈에서 빠져나오는 동안/ 파도의 자세를 이해하는 것
은 힘들고 위험한 일"(「이면의 무늬」)이라는 시인의 진술을 떠올리게도
한다. 「이면의 무늬」에서, 그리고 「나는 수평선이 불안하다」에서 시인
은 자아-감각-세계로 이루어지는 인식체제의 불가피성과 그것이 주는
시련에 대해 그리고 있다.

　　　나는 드라이아이스 같은 너의 노래를 들으며
　　　여기는 최소한 거기가 아닌 곳이라고 중얼거리지만
　　　여전히 촛불은 미완의 음악
　　　따뜻하게 응고된 슬픔을 어루만지며 조용히 견디는 것
　　　「이면의 무늬」중에서

　　　외줄 타듯 밟고 가는 수평선은 한순간 모든 걸 삼킨다

　　　파도의 목을 반듯하게 베고 간 칼

수평선은 바다의 입을 꿰맨 바느질 자국이다
나란히 어깨 걸고 걸어가는 수평선의 나른한 오후를 조심해야 한다

사내 스피커에서 긴 수평선이 지루하게 풀려나올 때

빌딩 안에 머리 없는 사람이 돌아다닌다는 소문이 떠돌기도 한다
「나는 수평선이 불안하다」 중에서

　　감각을 매개로 한 생생한 세계와의 대면에서 세계에의 판단이 유보되고 지연되는 만큼 자아에게 안식이 쉽게 주어지지 않을 것임은 자명하다. 자아에겐 어느 한 곳에 정주하지 못하는 한없는 떠돌이의 삶이 부여될 따름이다. 허용되는 것이 있다면 "따뜻하게 응고된 슬픔을 어루만지며 조용히 견디는 것" 정도일까.

　　자아-감각-세계로 이어지는 인식의 구도 속에서의 긴장을 시인은 '칼을 숨긴 수평선'으로 묘사한다. 매시각 생생한 구체성으로 다가오는 세계란 자아에게 어느 한 순간도 방심할 수 없는 거대하고 낯선 대상으로 인식될 것이다. 자아의 감각이 날카로울수록 세계도 더욱 서슬 퍼렇게 날을 세우는 것이 아니겠는가. 그것을 칼과 칼의 싸움이라고 말할 수는 없을까. 때로 자아의 칼은 세계를 능숙하게 처리하고 조련하지만 항상 상대의 칼을 피해 이를 제압한다고 말할 수 없다. 때로 음험한 세계는 '파도의 목을 반듯하게 베'기도 할 것이다. 특히 '나른한 오후' 마음을 흩고 방심한 사이 세계는 그 거대한 실체의 무게로 압도해 올 것이다. 불행히도 '긴 수평선이 지루하게 풀려나온'다면 그것은 매우 길고긴, 출구가 보이지 않는 질곡의 나날들, 연속되는 참담함의 시간들

이 될 것이다. 그야말로 나의 감각의 칼이 대상을 미처 처리하지 못한 채 아뜩해 있을 때, 거대하게 피어오르는 아우라 앞에서 아연 말을 잃고 현기증을 느끼는, 영원의 시간처럼 느리게 '물을 먹는' 듯한 사태가 그것이다. 그것은 눈앞에 벌어지는 사태를 일순간에 압축시켜 삭제해 버리거나 기억하는 등의 능숙한 처리가 불가능한 상태, 급작스러운 부피와 밀도 앞에 압도당한 채 이를 밀쳐내지 못하는 불가항력의 상태를 가리킨다. 세계가 '수평선' 속에 항상 감추고 있는 이 음험한 칼의 실체, 그 앞에서 '나는 불안하다'. 자아-감각-세계의 구도가 존재하는 한 나의 불안은 항상적이다. 더욱이 "빌딩 안에 머리 없는 사람이 돌아다닌다는 소문"은 나의 불안을 더욱 가중시킨다.

날선 감각을 통해 세계에 대면하고 감각에 의해 세계를 존재내로 기입하는 일련의 과정은 자아와 세계의 대결구도를 늘 팽팽하게 한다. 거대한 아우라로 밀려드는 세계 앞에 자아가 할 수 있는 일이란 이를 자아내로 흡수할 수 있는 상태로 조작하는 일이다. 미세하게 이루어질 이러한 작업은 오늘날 우리의 인식체제가 그러하듯 디지털적이다. 자아가 감각의 끝으로 이를 재빠르게 하지 않을 때 세계는 자아를 잠식할 것이다. 세계에 대한 자아의 패배다. 이 팽팽한 대결 아래 자아는 스스로 불안과도, 세계를 전유하는 자신의 감각코드와도 싸워야 하는 과제를 안게 된다.

신화적 세계 안의 '숨은 신神'
─오세영의 시

오세영 시인은 1968년에 등단한 이래 근 40년에 이르는 문필 활동을 해오면서 십수 권의 시집과 문학 이론서, 그리고 평론집들을 발간하였다. 강단에서는 꼼꼼하고 세심한 교수로서, 강단 밖에서는 시인으로서 쉼 없이 자기 세계를 개척해온 오세영은 오롯이 우리 시대를 대표하는 시인이자 학자라 할 수 있다. 그는 특정 그룹에 참여하게 될 때 받게 되는 집단의 비호를 단연 거부하였을 뿐만 아니라 시단의 유행으로부터도 한 발 비껴섬으로써,'오세영'이라는 개성적이고 독창적인 영토를 형성하게 된다. 또한 그것은 스스로에 기대어 사는 이가 비로소 확보할 수 있게 되는 독립된 영역이자 여유 가득한 넓고 큰 세계라 할 것이다. 수십 년에 걸쳐 흔들림 없는 장인 정신을 발휘해 온 오세영은 그 영토의 주인으로서 우리에게 가멸진 양식을 제공한다.

많은 양적 축적을 이루고 있는 탓에 오세영 시인의 시를 단지 몇 가지 경향으로 갈래 잡는 일은 힘들다. 또한 언제나 '작고 구체적인' 담론을 형성하고 있는 그의 시는 시에 접근하는 우리의 일반적인 방식을 돌이켜보게 한다. 이는 그가 한 편의 시를 통해 특정하고 거창한 사상을 담아내려 하지 않는 것과 관련된다. 보통 일가를 이룬 시인이 자신의 세계관을 전달하기 위해 말의 교묘한 기법과 짜임을 이용하고 또 다설(多說)로 나아가는 경향이 있다면, 오세영은 많은 이야기를 하려고 조급해하지 않으며 지극히 간략하고 압축된 시를 쓴다. 그는 그저 눈에 보이는 사물을 통해 자신의 직관을 끌어내어 이를 가장 범례적인 시적 장치에 담는다. 따라서 그의 시는 꾸밈이 없이 담백하고 소탈하다. 그의 시는 거창한 언어를 사용하지도 않으며 고도의 사유를 뽐내려 하지도 않는 것이다.

그렇다고 해서 이것이 그의 시적 사유가 협소하거나 단순하다는 것을 의미하는 것은 아니다. 만일 그가 눈에 보이는 사물에의 관심으로 그것을 묘사하는 데에서 그쳤다면 그의 시는 더욱 아름다워질 수 있었을 것이다. 또한 그가 현대사상의 세례를 받아들였더라면 그의 시는 더욱 세련되고 현대적일 수 있었을 것이다. 그러나 그는 이러한 길을 가는 대신 단번에 가장 궁극적이고 보편적인 세계를 지시한다. 그것도 가장 구체적인 사물에의 천착과 소박한 언어를 통해서 그리한다. 사물은 그의 시선을 받아 그 구체성과 일회성의 껍질을 벗고 궁극적인 진리로 추상화된다. 그에겐 현대의 사상조차도 일회적인 그 무엇이 되어 진리의 범주로부터 추방되고 마는 것이다.

여기에서 궁극의 진리란 우주적인 이치에 닿아있는 것, 곧 우주를 창조한 신의 세계관을 일컫는 것으로서, 오세영은 이 세상에 흩어져 있는 사물들에게서 이러한 진리를 끌어내어 시적 목소리로 들려주고 있다. 바로 이 점이 '작고 구체적'인 담론의, 즉 소탈하기 그지없는 그의 시를 언제나 그 안에 신화가 깃들이는 요인이 되게 한다. 요컨대 그의 시는 비의(祕意)로 가득차 있다고 할 수 있다. 사정이 이러한 까닭에 그의 시 한 부분 부분으로 시인의 규모를 짐작하는 것은 매우 어렵다 하겠다. 그의 시 하나하나는 우주의 비의를 담아내지만 그 방식 자체가 너무도 소탈하고 평범한 까닭에 대체로 우리는 그 시편들의 무게를 놓치고 말기 때문이다. 반면 그의 시편들을 종합하여 그 일관성을 통찰할 때 비로소 우리는 그의 확고한 위치를 확인할 수 있게 된다. 그가 위치한 세계는 곧 그가 시론에서도 한결같이 주장하는 성스러움의 세계이자 신화의 영역이다. 이때의 신화란 그러나 궁극적이므로 추상적이고 고정불변하는 신들의 이야기가 아니라 시시각각으로 변화하는 우주의 움직임에 촉수를 두고 있다. 시인은 우주를 운용하는 신의 몸짓을 포착하여 우리에게 제시한다. 따라서 그의 세계 안에서 신은 숨어 있으되 살아 있는 존재다. 우리는 그의 시를 통해 신이 보이지 않는 곳에서 언제나 살아 숨 쉬며 우주를 이끌어 가고 있음을 깨닫게 된다. 바로 이 점이 그의 상상력의 스케일이자 또한 광활함이기도 할 것이다.

홍적기洪積期를 지났다
충적기沖積期를 지났다.
지금 통과한 지점은 간빙하기間氷河期,
차창 밖으로는
멀리 은하계가 보인다.
언뜻 스치는 카시오페아 좌座
쉬지 않고 묻지 않고
숨가쁘게 달려가는 그 곳은 어디일까.

드디어

노후된 엔진에서 배출되는

시커먼 배기가스.

　　　　　　「화산火山」 전문

　시인이 지금 바라보고 있는 것은 제목에서 말하고 있듯 '화산'이다. '화산'이라는 제목을 접했을 때 우리는 어렵지 않게 '화산'이 시적 상상력을 자극할 수 있는 대상이라는 생각도 하게 된다. 그러나 시의 본문만으로 시의 지시 대상이 '화산'이라는 것을 짐작하기는 쉬운 일이 아니다. '홍적기', '충적기' 등 지구의 연대기를 말할 때라든가 '은하계'에 대해 언급할 때, 우리는 대체로 상상력의 초점을 잡지 못하고 우왕좌왕하는 편이기 때문이다. 반면 연이어 제시되는 시의 제목과 '노후된 엔진에서 배출되는/ 시커먼 배기가스'에 이르면 사정은 달라진다. 그것은 너무도 명백한 '화산'에 대한 묘사이자 '화산'에 대한 탁월한 의미화이다.

　'노후된 엔진에서 배출되는/ 시커먼 배기가스'가 '화산'에 대한 예리한 의미화가 되는 것은 무엇 때문일까? 그것은 '화산'에 대한 그와 같은 은유로써 곧바로 지구의 연대기적 상태에 대한 지시가 이루어졌기 때문일 것이다. 지구는 지금 '노후화'되었다는 것, 따라서 '화산'의 폭발은 '시커먼 배기가스'로밖에 보이지 않는다는 점이다. '화산'은 결국 지구의 나이와 병든 정도를 암시하는 매개가 된다. 이에 대한 납득이 이루어진다면 왜 시인이 '홍적기', '충적기'와 같은 연대기를 읊었는지 대번에 알 수 있게 된다. 그리고 우리는 지금이 '간빙하기間氷河期'라고 단정짓는 시인의 진술 태도에 다시 한 번 놀라게 된다.

이쯤 되면 시인의 상상력의 지점이 어디에 놓여있는지도 짐작하게 된다. 그것은 단순히 '화산'에 대한 묘사 등에 대한 초점화로 이루어져 있지 않고, '지구'의 운행에 대한 예지 넘치는 안목과 관련된다. 즉 '지구'는 절대무변의 공간이 아니라 '은하계'의 일부에 불과하다는 것, 지금까지 '쉬지 않고' '숨가쁘게 달려'왔다는 것, 또 '묻지 않고' 어디론가 '달려가고' 있다는 것 등이 그의 상상력을 형성하는 것이다. 시인은 지구를 자동차로 비유하여 그것의 속도 및 위치를 생동감 있게 그려내거니와 이는 그의 상상력이 지닌 거대함과 현실성을 반영하는 것이라 할 수 있다.

그대들의 평형감각은 분명
우리와 다르다.
비스듬히 기운 채 팽이처럼 뱅뱅 돌고
팔로 걷고
두발로 하늘을 딛어
분란에 빠진 이 지구를 머리로 지려한다.
무슨 이유일까
혹자는 지구 온난화로 지축이 흔들려서 그렇다 하고
혹자는 농약 먹은 쥐들처럼
환경 호르몬이 축적된 몸 때문에 그렇다 하고
혹자는
무차별한 상업광고에 덜렁 혼이 빠져
그렇다 하더라만
그대와 나 비록 느끼는 평형은 같지 않다고 하나
어찌 생각인들 다르겠느냐.

너희들의 굿판이 다만

죽어가는 지구의 혼령을 다시 부르는

제식祭式이기를 바랄 뿐이다.

「비 보이즈」 전문

　신세대를 이해하기란 쉬운 일이 아니다. 신세대들의 감각이나 몸짓, 그들의 의식이나 행위는 기이하고 색다른 문법 위에 놓여 있기 때문이다. 환갑을 훌쩍 넘긴 시인의 경우도 신세대들에 대한 감수성이 이와 다르지 않을 것이다. '농약 먹은 쥐들'이라든가 '덜렁 혼이 빠졌'다는 세간의 언급들은 신세대들의 행위와 몸짓에 대한 낯설음의 표현이다.

　그러나 시인은 이를 매우 다른 각도에서 보고 있다. 시인은 그들의 몸짓의 세목들을 포착하여 전혀 다른 해석을 내리고 있는 것이다. 그것은 특히 '비스듬히 기운 채 팽이처럼 뱅뱅 돌고'라든가 '팔로 걷고/두발로 하늘을 딛어' 등의 묘사에서 읽을 수 있는데, 이는 단지 '비 보이즈'들의 춤동작의 차원에서 그려지는 것이 아니고 모두 '지구'를 감당하는 스케일 큰 행위로 제시되는 것이다. 즉 '비 보이즈'들은 지구의 지축을 다르게 받아들이고 있으며 또 지구를 짊어지고 있는 존재들로 묘사된다. 세대가 다른 만큼 그들이 인식하는 세계도 다를 것이고 따라서 그러한 세계를 살아가는 방식에서도 차이가 날 것이라는 것이 시인의 전언인 셈이다.

　신세대들에 대한 시인의 이같은 접근은 물론 표면적으로 새로운 세대에 대한 포용력을 발휘하는 것에 해당되어 그 자체로 의미를 지닌다. 그러나 '비 보이즈'들의 춤사위를 잡아내는 시인의 앵글은 이러한 표면적 의미보다 더 깊은 곳에 닿아있다. 그것은 곧 '지구'의 운명에 대한 예지자적 시선을 담아내고 있는 데에서 비롯된다. 시인에 의하면 '지구'는 지금 '온난화'니 '오염'이니 정신적 '타락'으로 '분란에 빠져' 있을 뿐 아니라 그 '혼'이 '죽어가고' 있는 심각한 지경에 있다. 사실 지구의 운명에 대한 이러한 고민은 결코 새로운 이야기가 아니다. 그러나 그것을 관념 외의 차원에서 진지하게 고민하는 이가 얼마나 될까. 이 점에 비추어 볼 때 신세대들의 동작을 '굿판'으로 보고, 그것이 '죽어가는 지구의 혼령을 다시 부르는/ 제식祭式이기를 바라'는 시인의 마음은 예지자叡智者다운 상상력을 유감없이 드러내는 심오한 정신성을 담고 있다.

한 생애 삶에 있어 교육은

커다란 재산

상품인들 크게 다를 바 없다.

학교에서 갈고 습득한 지식이

미래를 결정하나니

그 노력을 인정해 학위를 준다.

브랜드.

그 브랜드의 가치로

좋은 배필을 얻고

턱 없이 출세의 가도를 달리지만

비록 알려진 제품이 아니라 해서

어찌 성능마저 나쁘다 하겠는가.

명품名品에 눈이 어두운 사회에선 그 만큼

짝퉁도 많다.

「브랜드」 전문

‘지구’의 운명을 예지자적 시선으로 염려하는 것은 결국 현대 문명에 대한 경계이자 고발에 해당될 것이다. 이러한 관점에 서면 위의 「브랜드」 역시 우리 사회가 안고 있는 허위와 부조리를 향해 경종을 울리는 고발적이고 비판적인 시라는 점에서 앞의 시들과 동일한 맥락에 놓인다고 하겠다. 시인은 ‘교육’과 ‘지식’, 그리고 ‘학위’마저 상품이 되고 브랜드화 되는 사회의 단면을 지적하며 그러한 사회가 지니는 허점과 어두움을 드러낸다. 브랜드를 지닌 자는 곧 사회의 ‘명품’으로 인정되어 ‘턱 없이’ 안락한 삶을 누리지만, 브랜드 가치가 없는 ‘학위’를 지닌 자는 결코 인정받지 못한다는 것이다. 이들은 당연히 편안한 삶도 보장받지 못하게 된다. 이러한 세태는 기호가 가치를 대신하게 되는 후기 산업사회의 성질을 단적으로 보여준다.

우리 사회의 너무도 당연시 되는 질서를 ‘브랜드’ 내지 ‘명품’이라는 기호에 빗대어 담아내는 시인의 솜씨는 무척 예리하다. ‘브랜드’를 내세우는 자본주의적 교환 구조가 물물교환 시장에만 적용되는 것이 아니라 ‘지식’ 및 ‘교육’ 사회에도 그대로 적용되고 있음을 확인하는 일은 새삼스러울 것도 없지만, 예사로이 넘길 일도 아니다. 시인의 시선은 이러한 점에서 참신하고 소중하다 할 것이다. 누구라도 범상히 여길 일들을, 기발하지 않으면 언급조차 하지 않으려는 일들을 시인은 성숙한 시선으로 그 경중을 다시 물어 누구든 납득할 수 있는 비유 구조로 재구성해내기 때문이다. 여기에서 그가 내세우는 은유는 결코 어렵거나 복잡하지 않으며 오히려 단순하고 쉽다. 그러나 이러한 방식 속에 담기는 의미의 무게는 헤아리기 힘들다. 그 무게는 사회 전체를 누비는 부정적 요소들, 악惡의 실체들을 담아낸다는 점으로 가늠할 수 있지 않을까.

아직도 술이 덜 깬 채 일어나

잠옷 바람으로 양치질을 하는 동안

마당 앞 마른 포풀러 가지에 앉은 까치 한 마리

욕실 창문 틈새로 빠꼼이 날 들여다 보더니

조반을 끝내고 서재에 들어 무심코

원고지를 집어 들자

살풋 뜰에 내려 또 나를 힐끗

훔쳐보고 있다.

어젯 밤 귀가할 때

까악깍 깍깍

전신주에 앉아서 노려보던 그 까치

필시 네가

파파라치임이 분명하구나

어느 나라 세자빈世子嬪은 너의 추격으로

교통사고를 당해 죽었다는데

까치야 네 진정

누구에게 날 고발할 작정이냐

신神이더냐, 인간이더냐

아니라면

내 자신에게더냐.

「파파라치」 전문

　‘파파라치’는 유명인들을 찾아다니며 사진을 찍는 이들을 일컫는다. 시에서도 언급된 것처럼 불쑥불쑥 카메라를 들이대는 파파라치들은 성가신 존재에 틀림없고 해당 인물을 쉽사리 불행으로 몰고 갈 수도 있을 만큼 위험한 존재들이다. 위의 시는 까치와 파파라치의 등식에서부터 시작된다. ‘술이 덜 깬 채 일어난’ 시적 화자에게 ‘욕실 창문 틈새로 빠끔이 들여다 보’는 ‘까치’가 예사롭게 여겨지지 않은 것이다. ‘어젯밤 귀가할 때’ ‘전신주에 앉아서 노려보던’ ‘까치’는 아침부터 줄곧 ‘나’의 일거수일투족을 들여다본다. 아니 시인의 표현대로라면 ‘훔쳐본다’. 화자에게 ‘까치’는 무심한 자연의 존재도 아니고 범상한 동물도 아니다. 그것은 ‘나’를 ‘들여다보고’ ‘훔쳐보고’ ‘노려보던’ 유정물이며 ‘나’와 깊이 연루될 존재다. ‘까치’는 곧 고발자로서의 의미를 획득한다. 물론 ‘파파라치’처럼 ‘까치’가 죄지은 자를 아는 것이 아닌 만큼 시적 화자가 어떠한 죄의식을 갖고 있는 것은 아니다. ‘까치’의 추격과 고발은 말 그대로 이유 없는 것이자 따라서 합리화될 수 없는 성격을 지닌다.

　그러나 분명 ‘까치’는 화자를 보고 있고 화자는 ‘까치’의 시선을 의식하는데, 합리화되지 않는 이러한 시선이야말로 화자에겐 복잡한 심정을 불러일으킨다. 화자가 죄의식을 갖든 갖지 않든 그것은 ‘까치’가 ‘고발자’인 점에서 비롯되는 것일 터이다. “까치야 네 진정/ 누구에게 날 고발할 작정이냐”는 부르짖음은 화자의 편치 않은 심경을 보여준다.

　문제는 ‘까치’의 ‘고발’을 받는 이가 누구인가에 있을 것이다. 그 대상이 ‘신’인지 ‘인간’인지, ‘자신’인지에 따라 ‘까치’의 존재 위상이 틀려지기 때문이다. 만일 ‘내 자신’이라면 ‘까치’는 ‘화자’에게 귀속된 내적 자아이자 화자의 분신에 해당되는 것으로서 화자로 하여금 자기 반성을 유도하는 존재가 된다. 한편 고발 받는 이가 ‘인간’이라면 ‘까치’는 유명인을 아무런 이유없이 따라붙어 비밀을 캐려드는 파파라치 그 이상도 이하도 아니게 된다. 그것은 하릴없이 가십거리를 제공하는 소일자消日者에 해당한다. 그러나 '까치'가 '신'을 향해 무언가를 고발한다면 사정은 달라진다. 만일 '까치'의 행위가 '신'을 염두에 둔 것이라면 '까치'는 곧 '신'적 세계에 속하는 존재로서 인간 세계를 주시하고 조정하는 매개체에 속하기 때문이다. '신'은 전면에 나서지 않되 그 매개인 '까치'를 통해 인간과 연결되어 있다. 따라서 '신'의 세계는 보이지도 않고 명백히 인간에게 의식되지 않지만 엄연히 인간에게 힘을 행사할 수 있는 영역을 차지하는 것이 된다.

> 까치 한 마리
> 미루나무 높은 가지 끝에 앉아
> 새파랗게 얼어붙은 겨울 하늘을
> 엿보고 있다.
> 은산철벽銀山鐵壁,
> 어떻게 깨트리고 오를 것인가.
> 문 열어라, 하늘아.
> 바위도 벼락 맞아 깨진 틈새에서만
> 난초 꽃 대궁을 밀어 올린다.
> 문 열어라, 하늘아.
> 「은산철벽銀山鐵壁」 전문

　'까치'가 '신'적 세계에 속한다면 그 '신'의 세계란 대체로 무엇을 가리키는 것일까. 시인은 위의 시 「은산철벽」을 통해 우리에게 '신'적 세계의 인상 깊은 상징을 제공하고 있다. 그것은 곧 절대의 의미를 간직한다는 점에서의 '하늘'이다. 시인의 묘사에 의하면 '하늘'은 '깨트리고 올라야 할, '새파랗게 얼어붙은', 말 그대로의 '은산'이자 '철벽'이다. 그것은 누구도 함부로 넘나들 수 없는 난공불락의 장소이자 비루함으로 가득 찬 인간 세상으로부터 전적으로 단절되어 있는 세계이다. 그것은 인간의 비속함에 흔들리지 않으며 그에 대해 문을 닫고 등을 돌리고 있다. 그러한 만큼 '하늘'은 완전한 의미이자 절대적인 생명의 힘이다. '바위도 벼락 맞아 깨진 틈새에서만/ 난초 꽃 대궁을 밀어 올린다' 함은 바로 '하늘'의 절대적 순결과 완전한 생명의 힘을 암시하고 있는 것에 다름 아니다. '하늘'이 보내는 '벼락'이 없을 시엔, '벼락'으로 인한 '틈'이 없을 시엔 청초한 '난초'는 피어나지 않는다는 것이다.

'하늘'이 그러하다면 '하늘'과 '인간'을 연결시켜 주는 역할을 할 이는 단연 '새'다. '새'는 누추한 인간 세상에서도 살지만 그로부터 날아올라 '높은 가지 끝'에 오를 수 있는 존재이기 때문이다. 그것은 지상과 천상을 오고갈 수 있는 유일한 생명체라 할 수 있다. 물론 '하늘'은 그의 절대적 세계를 쉽게 열어 보이지 않을 것이다. 그러나 '하늘'의 절대성이 지상에 내리지 않는다면 인간의 세계에는 희망이 없지 않은가. '까치'의 "문 열어라, 하늘아"의 외침이 필요한 것도 이 때문이다.

　　얼릴 수만 있다면
　　불은 아마도 꽃이 될 것이다.
　　끓어오르는 불길을
　　싸늘하게 얼리는 튜립,
　　불은 가슴으로 사랑하지만

얼음은 눈빛으로 사랑한다.

어찌할거나

슬프도록 화려한 이 봄날에

나는 열병에 걸렸어라.

추위에 떨면서도 닳아오르는

내 투명한 이성理性,

꽃은 결코 꺾어서는 안되는 까닭에

눈빛으로 사랑해야 한다.

밤새 열병으로 맑아진

내 시선 앞에

싸늘하게 타오르는 한 떨기 튜립.

「사랑의 방식」 전문

'새'의 매개가 아니라면, 혹은 '하늘'의 일방적인 일침인 '벼락'이 아니라면, 인간은 '신'의 절대 영역을 체험할 수 없는 것일까? 인간 세상이 안고 있는 문명적 모순과 부조리를 읽어내는 것은 어떠한가? 인간에 의해 파멸지경에 처하게 된 지구의 운명을 염려하는 것은 어떠한가? 인간이 지닌 '악惡'의 무게를 올곧게 드러내어 그것을 감당하며 괴로워하는 것은 어떠한가? 혹은 인용 시와 같은 '사랑의 방식'을 꿈꾸는 것은 어떨까? '끓어오르는 불길을/ 싸늘하게 얼리는' '꽃'과 같은 방식, '밤새 열병으로 맑아진' '내 투명한 이성理性'으로, 즉 '눈빛으로 사랑'하는 방식이 바로 그것일 것이다. 이는 언제나 견뎌야 하는 쉽지 않은 '사랑의 방식'일지도 모른다.

그러나 이러한 모든 일들이야말로 오세영 시인이 그의 시를 통해 실천한 구체적 행위들이다. 이들은 모두 절대의 의미망 속에 놓인다. 그의 꾸밈없는 질박質朴한 시들은 멋스럽거나 화려하지 않되 그 바탕에 절대에의 지향이 가로놓여 있다. 시인은 바로 그 지점에서 세상을 보고 세상에 대해 말한다. '하늘'에 있지 않지만 '하늘'의 목소리를 전하려는 의지가 오세영의 시이고 또한 오세영 시인의 위상인 것이다.

이러한 관점에 서면 그의 시의 외형과 내면의 모순을 이해할 수 있을 듯하다. 오세영은 시적 외형의 단순함 속에 내면에서 시적 세계의 광활한 지대를 그리고 있었다. 또한 그 지대는 오로지 시인의 절대를 향한 치열한 의지에 의해서만 영역을 존립해갈 수 있는 것이었다. 신에 관한 이야기를 직접적으로 하고 있지는 않지만 그의 시가 언제나 순결하고 고귀한 울림으로 다가오는 까닭도 실은 이 점에서 구할 수 있지 않을까 생각된다.

사유의 놀이 속에 갇힌 의미의 유희
―심보선의 시

의미가 확정되지 않는 상태를 사람들은 기호들의 미끄러짐이나 연쇄로 설명하고, 그것을 현대인들이 직면한 가장 큰 특징으로 설명한 바 있다. 의미가 정해지지 않는다는 것, 그리하여 그 모호한 의미들이 현대 사회의 복합성과 상동관계를 유지하고 있다는 것이다. 하나의 기표에 여러 기의들의 다양한 흐름들이 산재해 있다는 이 발견이야말로 현대성을 설명해주는 가장 좋은 사례로 받아들여졌다. 그만큼 현대 사회란 하나의 정점으로 수렴시키기 어려운 여러 실타래들로 얽혀져 있다고 보는 것이다.

현대 사회의 특성을 이렇게 규정해 놓고, 그러한 현대성이 가장 잘 발현된 경우로 대부분의 문학가들은 이상을 그 예로 들고 있다. 그의 문학작품들이 하나의 중심을 지향하거나 어떤 의미화로 수렴되지 않는 기호놀이의 세계로 구성되어 있다는 측면에서 보면, 이는 어느 정도 맞는 이야기이다.

기호 속에서 의미를 떼어내고, 이를 허공 속에 날려 보내는 모더니티의 탈의미화 전략은 그 이후 끊임없이 시도되어 온 모더니즘의 시적 방법이었다. 즉 현대성을 설명하는 바로미터로 의미의 해체 전략만큼 좋은 수단도 없었던 것이다. 의미의 끈끈한 끈을 나뭇가지의 예민한 끝에서 잘라낸 김춘수가 그러했고, 의미론적 연속성을 연계해주는 통사론적 관계망을 과감하게 해체한 오규원의 날 이미지 역시 이와 밀접한 상관관계를 맺고 있다. 뿐만 아니라 대상을 사상한 채, 시의 기호를 만들었던 이승훈의 비대상시도 이러한 계보와 맥이 닿아 있다. 시의 의장과 사물의 인식 방법에 있어서 약간의 편차가 있긴 하지만 이들이 보여준 시적 방법은 언어로부터 의미의 농축을 벗겨내려 한 점에 있어서는 동일한 경우였다. 이들의 시적 의장들은 하나의 계보학이라 불러도 좋을 만큼 매우 유사한 특성을 갖고 있었던 것이다. 이들에게 확정할 수 없다는 의미, 중심이야말로 현대성을 이해하고 해석하는 좋은 매개였다.

하나의 중심이나 개념화를 거부하고 있는 심보선의 시들 역시 이들 시인들의 계보와 크게 다르지 않다. 그는 자신을 규정하거나 말하지 않으며, 또한 상대방의 입장이나 담론에 대해서도 언표화하지 않는다. 서정적 자아가 존재하기에 상대방이 존재하는 것도 아니고, 또 내가 사유하기에 상대방의 사유도 있다는 방식으로 말하지도 않는다. 그리고 나와 타자는 동일한 존재이거나 똑같이 사유할 수 있다는 평범한 수평관계를 말하지도 않는다. 내가 확정되지 않기에 타인도 확정되지 않을 뿐이고, 그럼으로써 이 세상의 모든 사물이나 개념들 또한 규정되어 있지 않다. 이를 의미의 불확정성이라고 불러도 좋고, 중심의 해체라는 모더니티 전략으로 불러도 좋다. 그의 시에서 하나의 의미나 중심을 읽어내는 것, 혹은 하나의 규정화된 담론을 읽어내는 것은 거의 불가능하기 때문이다.

그의 시에서 드러나는 그러한 의미의 비연속적인 흐름들을 두고 30년대의 이상이나 김춘수의 무의미 전략과 유사한 것이라 해도 별반 이상할 것은 없을 것이다. 심보선의 담론들이 하나의 중심으로 귀결되지 않고 계속 산종되어 나가는 까닭이다. 그는 자신의 작품들에서 의미를 계속 쫓아갈 뿐 그 구경에는 이르지 않는다. 의미를 찾아가는 힘들은 너무 강력해서 언어의 끝에 이르기까지 쭉 뻗어나 있다. 그러나 그 힘이 아무리 강한 것이라 해도 그의 해체전략은 이상의 경우나 해체시 일반에서 흔히 볼 수 있는 그런 시적 의장과는 거리가 멀다. 시인은 의미의 끝에 닿을 듯 말 듯 하는 기호 놀이에 집착하지도 않을 뿐더러 하나의 기표 속에 다양한 기의의 추들을 매달고 있지도 않다. 그는 건전한 통사론을 바탕으로 의미를 충실히 생산하는 매우 예외적인 경우를 보여주고 있을 뿐이다. 기호를 생산할 능력을 잃지 않았을 뿐만 아니라 생산된 기호를 바탕으로 자신의 의식을 이끌어가기조차 하는 것이다. 이런 면면들에 이르게 되면, 시인은 은유와 환유를 적절히 만들어내는 평범한 서정시인처럼 보일 뿐이다.

그렇다면, 마치 새로운 서정을 표방한 듯이 보이는 시인의 시적 전략과 그 속에서 드러나는 의미의 비연속적인 흐름들은 어떤 상관관계를 갖고 있는 것이며, 그 상호 모순은 어떤 식으로 드러나는 것일까. 심보선의 시들이 의미의 충실한 생산자라는 점에 대해서 하등 이의를 제기할 필요는 없어 보인다. 그러나 그는 의미를 생산하기는 하되 그가 생산한 의미들은 하나의 중심으로 끌어들이지 않는 특이한 국면을 갖고 있다. 시인이 생산한 의미들은 자아에게 곧바로 연결되지도 않고 타인에게 바로 꽂히지도 않는다. 또한 그의 언어들은 신과 같은 절대자를

부르지도 않으며, 우주의 이법과 같은 자연의 질서에 손짓하지도 않는
다. 그의 언어들은 뻗어나가되 그 방향이 따로 정해져 있지 않는 것이
다. 「새」가 말하고자 하는 것도 이것인데, 이 작품에서 시인의 언어는
발언되어 있긴 하지만, 그 최종 목적지는 없다.

> 우리는 사랑을 나눈다.
> 무엇을 원하는지도 모른 채.
> 아주 밝거나 아주 어두운 대기에 둘러싸인 채.
>
> 우리가 사랑을 나눌 때,
> 달빛을 받아 은회색으로 반짝이는 네 귀에 대고 나는 속삭인다.
> 너는 지금 무엇을 두려워하는가.
> 너는 지금 무슨 생각에 빠져 있는가.

작품 「새」의 모두이다. 서정적 자아와 그 상대자는 서로 사랑을 나눈
다. 태초의 사랑이었다는 말처럼, 사랑이란 무엇이고, 그것이 인간에게
미치는 기능적 효과란 무엇일까. 우선, 사랑이란 원초적 감수성의 영역
에 속하는, 가장 근원적인 것이기에 그 목표가 가장 뚜렷한 인간의 감
각작용 가운데 하나이다. 따라서 사랑만큼 선이 분명한 흐름도 없을 것
이다. 그런데 이 작품은 그 뚜렷한 사랑의 실체는 분명한 모습을 보이
지 않은 채 모호하게 감각화되어 나타날 뿐이다. "우리는 사랑을 나누"
기는 하지만 "무엇을 원하는지도 모르는" 상태로 놓여있기 때문이다.
뿐만 아니라 그러한 사랑은 "어두운 대기에 둘러싸인 채" 있거나 "달빛
을 받아 은회색"으로 변한 배경을 그 아우라로 깔고 있다. 모호하고 애

매한 환경이 사랑이라는 뚜렷한 선을 침범하여 흐릿하게 만들고 있는 것이다.

　서정적 자아는 그 모호한 사랑을 규정화하기 위하여 "사랑해. 나는 너에게 연달아 세 번 고백할 수도 있다"고 말한다. 하지만 상대방은 "깔깔깔. 그때 웃음소리들은 낙석처럼 너의 표정으로부터 굴러 떨어질 수도 있다."는 응답을 줄 뿐이다. 그는 의미화된 중심을 만들어가려고 "사랑해"를 말한다. 이 담론은 상대방을 부르고 자기화하려는 정언명령에 가까운 말이다. 그러나 그가 애타게 부르는 사랑의 대상은 그 애원의 목소리를 "깔깔깔" 웃음으로 가볍게 넘겨버린다. 대화는 겉돌고, 중심은 없으며, 나와 너의 사랑은 초점을 잃고 흐를 뿐이다. 그런데 이러한 유희는 상대방에게만 그 책임이 있는 것이 아니다. 그 실질적 책임은 서정적 자아 자신에게 있다. 그는 자아를 규정할 수도 없고, 따라서 자신의 담론에 대해서도 책임을 지는 존재가 아니다. 가령, "나는 너에게 연달아 세 번 고백할 수도 있다"에서 보듯 그의 사랑의 담론 역시 확정적인 것이 아니기 때문이다.

　이러한 사랑의 결과가 어디로 귀결될 것인가는 뻔하지 않을까. 오랜 모색의 끝에 얻어진 결론이란 또다른 공허의 메아리를 부르는 것은 아닐까.

　　사랑이 끝나면, 끝나면 너의 손은 흠뻑 젖을 것이다.

　　방금 태어나 한 줌의 영혼도 깃들지 않은 아기의 살결처럼.

　　나는 너의 손을 움켜잡는다. 나는 느낀다.

　　너의 손이 내 손 안에서 조금씩 야위어가는 것을.

　　마치 우리가 한 번도 키우지 않았던 그 자그마한 새처럼.

너는 날아갈 것이다.

날아가지 마.

너는 날아갈 것이다.

서정적 자아가 더듬어 들어간 사랑이란 근원적인 것이기에 뚜렷한 선과 의미론적 국면을 갖는 것이 사실이다. 시인은 메마른 땅에 한 줄기 커다란 강물을 만들려고 땅을 파서 물이 흐를 수 있는 공간을 만들려 했다. 의도는 성공했고, 강물은 힘차게 흘렀다. "서로의 영혼을 동그란 돌처럼 가지고 놀" 수 있는 자기만족의 상태에 도달했기 때문이다. 그러나 그것은 목적이 아니었고, 궁극의 지점도 아니었다. 그 결과 시적 자아는 또 다른 회의에 빠져들어갈 수밖에 없다는 인식에 이르고 만다. 동그란 영혼의 돌을 갖기 이전에 이미 시적 자아의 내부에서는 "진저리처지는 영혼"의 흔적이 남겨져 있기 때문이다.

시인은 사유의 고뇌를 멈추지 않는다. 확정되지 않는 것에 대해 그는 끊임없이 규정하려들지만, 그럴수록 그것은 저 멀리 도망가 버린다. 그는 기호의 놀이를 하는 것이 아니라 사유의 놀이 속에 빠져 있는 것이다. 하나의 사유 끝에 매달린 또 다른 것들에 대해서 그는 계속 붙잡으려 하지만 궁극의 의미는 계속 도망간다. 그 사유들은 자신의 손 끝에 닿을 듯하면서도 닿지 않는 것이다. 그것들은 끊임없이 퉁겨져 나가기 때문에 그러한데, "사랑이 끝나면, 끝나면" "너의 손은 흠뻑 젖을 것이다"에서 보듯 끝나지 않은 사유의 고뇌가 또다시 시작되는 것도 이 지점에서이다. 분명한 의미를 갖는다는 것이 이처럼 고통스런 사유임을 '손에 젖은 땀'이 잘 말해주고 있는 것이 아닌가.

사유의 미끄러짐이라는 시인의 관점에서 볼 때, 실상 "사랑이 끝나면"이라는 말도 어불성설일 것이다. 사랑의 진정한 의미를 찾아가는 서정적 자아의 모색이 실상은 과정 중에 있는 것이기에, 그리고 그것이 궁극적으로는 완성에 이른 적이 없는 것이기에 "사랑이 끝나면"이란 말도 성립할 수 없기 때문이다. 그래서 가정적인 상황으로 처리한 것으로 보이는데, 어떻든 그 사유의 끝에 도달한 모양새가 "방금 태어나 한 줌의 영혼도 깃들지 않은 아기의 살결"이란 인식은 매우 의미깊은 것이라 할 수 있다. 사유의 여로구조에서 분명한 선을 갖는다는 것이야말로 아기의 살결처럼 순백한 것이기 때문이다.

그러나 그것이 어떠한 것이든 간에 시인의 의식의 정점은 어떤 궁극적 지점에 있는 것이 아니다. 사랑이 끝난 것처럼 사유되긴 하지만, 사유에 대한 시인의 여행은 계속된다. 그래서 "아기의 살결" 같은 너의 손을 다시 움켜잡는 것이다. 그리고는 "너의 손이 내 손 안에서 조금씩 야위어가는 것을" 계속 느끼기도 한다. 사유의 고투 끝에 얻어진 땀을 뒤로 한 채 서정적 자아는 계속 상대방에 대한 사랑을, 존재를 느끼고 싶어 하는 것이다. 그러나 시인은 느끼고 감각하고 싶어 하지만 상대방에게는 감각되지 않는다. 감각하고 싶기에, 그리하여 영원히 곁에 두고 싶은 까닭에 계속 잡으려 하지만 상대방은 잡히지 않기 때문이다.

결국 그는 '새'가 되어 서정적 자아 곁을 떠나버린다. 여기서 새는 비상의 이미지라는 통상의 의미를 뛰어넘는다. 무한한 창공을 날아가는 희망의 전달자도 아니고 또 욱일승천하는 상승의 이미지도 아니다. 그것은 중심으로 향하고자 하는, 사유를 확정하고자 하는, 그리고 의미를 만들어내려는 하는 시인의 자의식으로부터 자유로운 새가 된다. 그것은 붙잡히거나 의미를 전달하는 존재가 아니다. 그럼에도 서정적 자아는 "날아가지마" 하는 최후의 담론을 허공 속에 날려 보낸다. 하지만, 그 새는 앞으로 계속 "날아갈 것이다". 서정적 자아는 이 대목에 이르러 "너는 날아갈 것이다"며 매우 확신에 찬 결론에 이르게 된다. 그러나 이렇게 확정적으로 말할 수 있다는 것 역시 그의 사유가 어떤 궁극에 이르렀다는 것과는 거리가 멀다. 새란 단지 멀리 날아갈 존재일 뿐이라는 것, 즉 기의들의 흐름 속에 끊임없이 유동하는 상징적 존재라는 사실을 말할 뿐이다.

나는 즐긴다
장례식장의 커피처럼 무겁고 은은한 의문들을:
누군가를 정성들여 쓰다듬을 때
그 누군가의 입장이 되어본다면 서글플까
언제나 누군가를 환영할 준비가 된 고독은 가짜 고독일까
(중략)
누군가 서랍을 열어 그 안의 물건을 꺼내면
서랍은 토하는 기분이 들까
내가 하나의 사물이라면 누가 나의 내면을 들여다 봐 줄까
층계를 오를 때마다 왜 층계를 먹고 싶은 생각이 들까
숨이 차오를 때마다 왜 숨을 멎고 싶은 생각이 들까
오늘이 왔다
내일이 올까
바람이 분다
바람이여 광포해져라
하면 바람은 아니어도 누군가 광포해질까
말하자면 혁명은 아니어도

혁명적인 어떤 일들이 일어날까

또 어떤 의문들이 남았을까

어떤 의문들이 이 세계를 장례식장의 커피처럼

무겁고 은은하게 변화시킬 수 있을까

또 어떤 의문들이 남았기에

아이들의 붉은 입술은 아직도 어리둥절하고 끝없이 옹알댈까

「의문들」 부분

어떤 궁극의 지점에 이를 수 없다는 자아의 상태란 무엇일까. 또 그 것에 도달할 수 없다는 심리가 행할 수 있는 일이란 무엇일까. 「의문 들」은 이 물음에 대해 몇 가지 시사점을 던져 주는 시이다. 심판이나 선고를 내리기 전에 흔히 하는 과정 가운데 하나가 심리절차이다. 가 령 어떠어떠한 일이 벌어졌고, 어떤 관점에서 행해졌는가 하는 물음 등 이 바로 그것이다. 이럴 경우 흔히 상대론적 관점에 서게 된다. 이는 절 대적 관점이 가져올 수 있는 오류를 최대한 줄일 수 있다는 점에서 매 우 유효한 추론방법이라 할 수 있다. 그러나 인용시는 양비론이나 상대 방의 처지를 이해하는 태도와 같은 그런 구태의연한 방식과는 차이를 보인다. 가령, 타산지석이나 반면교사와 같은 교훈적 인유방식과는 무 관한 것이다. 여기서 상호간의 교류나 입장의 교차는 초점화되지 않는 사유의 결과에서 오는 것이다. 가령, "누군가 서랍을 열어 그 안의 물건 을 꺼내면/서랍은 토하는 기분이 들까"의 경우가 그러하다. 이는 이런 사례라면 어떠하고, 저런 경우라면 어떠할까와 같은 어떤 결론을 예비 하고 있지는 않다는 뜻이다. 시인은 다만 이러한 회의와 사유의 과정 속에서 계속 의문들을 만들어 갈 뿐이다. 그 의문의 끝에서 기다리는

정확한 답이란 없다. "또 어떤 의문들이 남았기에"가 아니라 그가 사유하는 의문들은 끊임없이 수면 위로 떠오를 것이고, 그는 그 부유물을 계속 건져서 자기화할 것이기 때문이다. 그는 이 작품의 서두에서 전제한 것처럼 "장례식장의 커피처럼 무겁고 은은한 의문들을" "나는 즐길" 것이다.

시인은 사유의 산책자이다. 대상이 감각적으로 다가올 때마다 그는 사유의 끈을 깊이 늘어뜨려 왔다. 이런 우연의 수법들은 30년대 모더니스트들의 것과 매우 다른 경우이다. 이들모더니스트들이 우연히 다가오는 사물들을 감각화하는 데 주력했다면, 심보선은 의식을 감각화했다. 그는 우연히 마주한 대상이나 사유를 자신의 인식을 풀어나가는 실타래로 받아들였다. 그리고 이러한 그의 사유의 여행들은 어떤 뚜렷한 결론이나 의미론적 국면으로 종결되는 것이 아니다. 이런 비종결성들이 그로 하여금 미래에 대한 부정이나 신념의 부정으로 연결시키는 것은 자연스러워 보인다.

> ① 모든 방황은 무익했으며
> 모든 여행은 무가치했다
> 파도의 음계는 어느 바다인들 다르지 않았고
> 구름의 울음은 어느 그림자도 흔들지 못했다
> (중략)
> 잠든 너를 바라보며
> 나는 지금 인간의 침묵에서
> 벌레의 침묵 쪽으로 조금씩 나아간다
> 멸망에 관한 한 그것이 가장

바람직한 미래라는 것을 믿어 의심치 않기에

「변신의 시간」 부분

②정오까지 태양을 하늘의 가장 높은 곳에 올려놓기. 당신 영혼의 아
침은 가장 높은 곳에 무엇을 올려놓으셨나요? 오늘은 새벽부터 비
가 내립니다. 때때로 비는 성부 성자 성신의 이름으로 내린다고 믿
습니다. 잎사귀들은 믿음이 약한 순서대로 떨어지지요. 그러나 믿
는 자에게도 파국은 온다는 것, 그것을 명심해야 합니다. 당신에게
도 그러했듯이 말입니다. 저 역시 당신처럼 신을 믿습니다. 불가능
한 일에 대해 묵상하는 것이 저의 취미랍니다. 이제 제가 왜 당신에
게 편지를 쓰고 있는 지 아시겠습니까?

「어느 여류작가에게 보내는 편지」 부분

①은 완결할 수 없는 의식의 흐름이 무엇인지를 잘 보여주는 시이다.
그가 행한 사유들이란 "무익했으며", "모든 여행" 또한 "무가치한 것"이
었기 때문이다. 그러나 실상은 이런 판단에 이른 것 또한 대단히 쓸모
없는 일이 아닐 수 없다. 그는 사유의 흐름 속에 놓여 있는 자일 뿐 어
떤 구체적인 모양새로 현현되는 존재이거나 의미를 만들어가는 자가
아니기 때문이다. 어떻든 현재를 과정 중에 있는 것으로 보고 있고, 또
자신의 사유의 끝이 진행 중에 있는 것이기에 시인 앞에 놓여진 미래
란 방향성이 없을 수밖에 없다.

②는 가상의 존재에게 편지 형식으로 쓴 시이다. 의미를 만들어가는
사유의 흐름 속에 놓인 자가 어떤 중심에 대해 이야기하는 것은 대단
히 어려운 일일 터이다. 이 작품에서 말하는 신이란 분명한 선을 갖고

있는 중심이다. 또 모든 의미화의 끝에 서 있는 존재이기도 하다. 그런데 편지를 수신하는 주체인 여류작가는 '신'을 열심히 믿다가 '죽었다'. 여기서 죽었다는 것은 자연의 섭리라든가 법칙을 말하려고 하는 것이 아니다. 신을 믿는다는 것, 그것은 최소한도의 생존 가치나마 보장시켜주는, 매우 소박한 차원의 인식이다. 그러나 그런 믿음조차도 사유의 끊임없는 운동 속에서는 절대화될 수 없다는 것을 이 작품은 말해주고 있다.

심보선은 사유의 놀이를 하고 있다. 그는 유희를 즐기고 있을지언정 어떤 뚜렷한 결론에 이르지도 않으며 또 목표에 도달하지도 않는다. 기호의 놀이가 아니라 사유의 놀이를 하고 있을 뿐이다. 확정할 수 없는 것에 대해 끊임없이 시도되고 있는 시인의 이러한 놀이들은 모더니스트들의 기호놀이와 하등 다를 것이 없다. 중심에 이를 수 없다는 그러한 절망감들은 그러나 기호 자체의 세계에 갇혀 거기서 머물지 않는 특색을 보이고 있다. 그는 의미의 충실한 생산자인데, 이런 면들은 이전의 모더니스트들과 매우 다른 점이다. 그는 기호를 생산하긴 하되, 그러나 그 기호 속에 안주하지는 않는다. 시인은 그가 만든 기호의 울타리 속에서 부유하고 거기서 사유의 더듬이를 들이댄다. 그 더듬이가 어디로 향할지는 아무도 모른다. 다만 확실한 것은 그것이 거듭거듭 길게 뻗쳐나갈 것이라는 사실뿐이다.

닫힌 회로에서의 출구 내기

김현신이 그리고 있는 상상력의 궤적들은 복합적이다. 그녀의 시의 터치들은 때로 미시적이고 때로 거시적이기도 하며, 때로 명료하기도 하지만 대부분 무의식의 지대에서 헤매는 듯 혼돈스럽기 때문이다. 그녀의 시는 추상화 속에서의 면들이 무질서하게 주름을 이루고 있는 듯하면서도 때로 형태가 뚜렷한 구체적 사물들로 등장하기도 한다. 가령 그녀의 시는 마치 명료한 사물이 전면화되다가도 그 옆에 나란히 비대하게 울렁거리는 추상적 물체가 전면화되는 형국, 그리고 그것들이 이어져 있다가도 끊어지고 무관한 듯하다가도 서로를 물고 있는 듯한 모습이다.

추상적 터지와 구체적 명명, 미시적 상상력과 거시적 상상력이 동시에 교직하고 있는 그녀 시의 전체적 의미 구조는 무엇일까? 무엇이 그녀로 하여금 치열하게 무의식을 누비게 하는 동시에 그것을 조망하는 냉철한 시선을 지니게 하였을까?

미시적 세계에서 그녀가 보여주는 상상력은 우리가 쉽게 가늠할 수 규칙성을 벗어난다. 또한 우리는 그 무질서함에 대해 단순히 초현실주의의 기법이나 포스트모더니즘의 규범을 대입하기도 힘들다. 아마도 그것은 그녀가 미시적 세계에 놓여 있는 무질서한 세계에 대해 최대한 가능한 언어로 명명코자 하는 노력 때문일 듯하다. 혼돈스런 이미지에 대한 명명의 노력, 그것은 어쩌면 단순히 초현실의 세계에 대한 상상이 아니라 존재하는 것에 대한 인식의 노력이 아닐까? 말 그대로 알기 힘든 미시적 세계에 대한 감각과 인식의 노력이 그녀 시의 한 특징을 이루고 있는 것이다. 그녀가 표현하고 있는 '음표'에 대한 현상학은 바로 이러한 미시적 세계를 사실적으로 묘사하는 매개이자 도구에 해당한다.

나는 두께를 알 수 없는 음을 듣는다
사막으로부터 사막의 음계는 들려오지 않았다 파열음도 없었다
나무 밑에선 음표들이 쓰러지고 울퉁불퉁한 악보가 굴림체로 굴러간다

음계의 음들이 부딪친다
부딪칠 때마다 관절이 삐걱인다
시커멓게 멍든 음표들이 빙빙 돈다
버둥대는 박자들이 내 살갗을 긁어댄다

「화성학」 부분

그녀의 시에서 '음표'는 어떠한 운동이나 흐름을 이끄는 단자라 할 수 있다. '음표'들은 음악 속의 음처럼 리듬이라는 선형적 흐름을 유도하는 동시에 자체적으로 부풀려졌다가 가벼워지는 밀도의 변화를 내

포한다. 가령 그것들은 두꺼워졌다가 얇아지고 팽창했다가 홀쭉해진
다. 그것들은 독립적으로 에너지를 지니면서 자체적으로 운동한다. 그
것들은 마치 살아있는 생명체와 같다. 때문에 특정 '음표'들을 중심으
로 에너지들이 휩쓸렸다가 빠지고 뭉쳐졌다가 흩어진다. 이러한 '음표'
들의 성질을 두고 시인은 '두께를 알 수 없다'고 말한다. 시인은 '음표'
가 '부딪치고', '삐걱이고' '멍들고', '빙빙 돌고', '버둥대고', '떠돈다'고 말
한다.

'음표'의 살아있음에 대한 이러한 상세하고 구체적인, 그리고 특수한
묘사는 우리의 무의식의 지대에서 떠돌고 있는 에너지에 대한 명명이
라 할 수 있다. 그것은 우리가 그 흐름을 분명하게 포착하지 못하는 무
의식적 힘들에 대한 인식의 표현이다.

'음표'는 그녀의 다른 시에서도 반복적으로 등장하는 이미지이다. 이
때 그것은 밀폐된 무의식의 지대에 한정된 채 막연히 떠돌고 있는 무기
력한 단자로만 묘사되고 있지 않다. '음표'는 '나'의 내부에만 갇혀있는
것이 아니라 그것을 뚫고 나오려 몸부림치는 운동력, 내부의 '나'를 벗
어나려는 특정한 방향성의 에너지이기도 한 것이다.

왜 나에겐 골목들이 많았을까
유난히 구불거리는 골목을 지날 때마다
골목과 나 사이엔 음표들이 경적을 울리며 떠 다녔어요
난 분해되는 먼지들과 이 골목의 몰락을 기다리며
늘 지루한 꿈을 꾸어 왔지요

「기억하라는 것」 부분

시인은 '골목'을 '내 발목을 묶었던', '객차 번호' 같은 것으로 말하고 있다. 시인에게 '골목'은 '나'를 옭아매는 질곡들을 의미한다고 보인다. 그것은 시인의 내면에 존재하는 어둡고 구겨진 그늘들, 그녀의 삶을 형성해왔던 굴곡진 경험들을 의미한다. '골목'은 순탄치 않은 삶이 반영된 내면의 상처들이다. 때문에 '유난히 구불거리는 골목을 지날 때'에는 이러한 경험과 상처에 대한 내면의 몸부림이 존재하게 된다. 그러한 몸부림이 곧 '음표'들의 운동으로 나타나거니와, 시인은 그것을 '골목과 나 사이엔 음표들이 경적을 울리며 떠 다녔'다고 표현하고 있다. 말하자면 '음표'는 그늘진 질곡을 벗어나기 위한, 곧 '골목의 몰락을 기다리는' 내면의 치열한 몸짓이라 할 수 있다.

'음표'의 움직임은 사투에 가까울 정도로 치열하지만, 그러나 쉽게 짐작할 수 있듯이 그것은 그렇게 세지 못하다. 아니 '음표'의 힘이 작다기보다 '골목'의 견고함이 너무도 질기고 강하다고 할까? 질긴 '골목'은 쉽게 무너지지 않는다. 제 아무리 벗어나고자 발버둥쳐도 우리는 우리의 삶을 이루고 있는 질곡으로부터 쉽게 벗어날 수 없다. 시인이 탈출에의 시도를 가리켜 '늘 지루한 꿈을 꾸어 왔지요'라고 말하는 것도 그 때문이다. 무수한 질곡으로 뒤엉켜 있는 삶은 벗어나기 힘든 인간의 운명을 암시한다. 인간의 운명은 굴곡진 질곡이다. 그것은 닫힌 회로인 것이다. 이러한 삶을 두고 시인은 '나를 가두는 도넛 같은 거'(「눈물을 빌려드립니다」)라고 표현하고 있다. 출구 없이 봉쇄된 채 입과 꼬리가 서로 맞물려 있는 암담한 구조, 제 아무리 탈출코자 달려도 결국 제자리로 돌아오게 되는 절망적인 상태가 시인이 인식하고 있는 삶의 구조이다.

이러한 구조 속에서 인간이 할 수 있는 일은 무엇일까? 시인의 시편들에 나타난 상상력의 초점은 많은 경우 이 지점에 놓여있다. 인간의 운명이 지니고 있는 폐쇄 회로에서 벗어나기, 여기에 출구를 만들기가 그녀의 시가 추구하는 방향이라 할 수 있는 것이다. '음표' 역시 결국 인간의 운명이라는 거시적 삶의 형태와 맞물린 것으로 이를 넘어서기 위한 미시적 차원의 운동 에너지였음을 알 수 있거니와, 우리는 시인의 시에서 '게임'이라는 이미지를 통해 이와 같은 시인의 인식을 다시 확인할 수 있다.

나를 분실하는 프로그램은 비밀번호도 없어요
그저 생각이 번식하고 있을 뿐이랍니다
어떤 사람은 죽기직전 표정을 연습해요,
도도한 웃음을 연습하기도 하지요
붉은 드레스를 입은 장신구가 겹쳐와요

브레이크 샷으로 공들이 흩어지면 난, 너를 만나기로 약속해요
다시 태어나는 세포소리가 들려요
결국 너 아닌, 나의 바깥이 되는 게임이랍니다

「이건, 나의 바깥게임이에요」 부분

출구를 향해, '골목의 몰락'을 위해 '음표'가 비대해졌다가 가벼워지는 운동을 반복하듯이 우리는 위의 시를 통해 '생각'이 무한히 '번식하고' 있음을 알 수 있다. 그러나 '생각'은 무엇에 대한 탈출구가 아니라 암담한 닫힌 구조의 재생산이자 복제로 묘사되고 있다. '생각'을 통해 우리는 삶의 다른 차원으로 상승하는 것이 아니라 현재 '나'의 운명을 동일하게 반복하는 것이다. 말하자면 '생각'은 '세포'들의 사멸과 생산의 단

순하고 무한한 반복 활동으로 볼 수 있다. 이것은 운명의 굴레를 끊기에는 너무도 무력한 인간의 에너지를 상징한다. 다른 한편 '번식하는 생각'은 인간이 자신의 운명을 극복하기 위해 얼마나 치열한 투쟁을 벌이는지 말해주는 것이기도 하다. 그것은 인간이 기울이는 과도한 에너지에 해당한다.

　이러한 활동의 이유는 명백하다. 앞서 살폈던 '골목'으로부터 벗어나기 위한 것, 질곡이 되어 옭아매는 인생의 굴레로부터 벗어나기 위한 것, 운명이라는 자신의 폐쇄회로로부터 탈출하기 위한 것이다. 시인이 보여주고 있는 '음표'나 '생각'은 물론 그다지 낙관적인 성질을 담고 있지는 않다. 그러나 그것이 인간이 기울일 수 있는 최대한의 에너지의 양과 질을 반영하는 것 또한 사실이다. 이는 절망 속에서 인간이 할 수 있는 일을 암시한다. 말하자면 이 속에서 우리는 그것이 아무리 미시적이고 모호하고 무질서하고 무기력할지라도, 그것이 거시적 지대에서 아무런 유효한 성과로 나타나지 않을지라도 우리가 할 수 있고, 또 해야 하는 것들을 짐작할 수 있게 된다. 그리고 그것은 곧 '나의 바깥'을 향한 '게임'과 다르지 않은 것이다.

1. 실존과 영혼을 보는 관점-김경인의 시

밀려드는 압박감과 정리되지 않는 주변들, 켜켜이 쌓일 뿐 소거되지 않는 그러한 것들 한가운데에서 할 바를 찾지 못해 허우적대는 모습은 비단 특정한 개인의 경험은 아닐 것이다. 거듭되는 불쾌가 해소의 출구를 찾지 못한 채 부풀어 오를 때, 증가하는 온도가 더 이상 통제되지 않을 때 인간이 할 수 있는 긍정적 행동들은 별로 없다. 기껏 행한 행동들은 또다시 불쾌를 낳고 자신을 둘러싸는 공기는 더욱더 끈적거릴 뿐이다. 이 속에서 인간이 할 수 있는 선택은 고작 파괴적으로 되거나 내면속에서 침묵하는 일일 것이다. 이때 인간은 공동체와 단절된 채 극도로 개인화된, 혹은 반사회적인 행동들을 하게 된다.

이러한 상태에 대한 통찰은 현대의 비극적 단면인가, 통시대적인 실존의 문제인가? 우리가 구할 수 있는 갈증 해소를 위한 답은 있는가?

김경인은 점증하는 억압의 질량감에 대해 탁월하게 묘사하고 있거니와, 우리는 이를 통해 인간이 내릴 수 있는 선택적 행동들을 가늠하게 된다. 그녀의 시를 통해 우리는 그녀가 보는 세계의 단면이 무엇인지, 그 색채와 온도와 무게감이 어떠한지, 그리고 그 속에서 그녀가 그려내는 상상력의 궤적이 어떠한 성격의 것인지 읽을 수 있게 된다.

> 이층으로 가기로 했어. 무엇을 먼저 버려야 하지? 작아진 옷, 그림책, 목이 달아난 인형과 술래잡기 놀이. 아, 골목을 돌아 숨어든 햇빛 따위. 오호, 버릴 것투성이군.
>
> (중략)
>
> 이 많은 짐들을 어쩌라고. 입속의 낱말들이 메밀 베갯속 알갱이처럼 터진다면. 다 말한 것 맞니? 이층은 영영 멀었구나. 계단 중간에서 짐이 쏟아졌다. 짐 속에서 꾸깃해진 엄마가 고장 난 용수철처럼 튀어 오르고. 이런이런! 아직도 버릴 것투성이군.
>
> 무엇일까, 이층이란? 답이 없는 수수께끼란. 도장을 꾹 찍어 완성되는 처방이란. 마른 인형, 찢어진 수첩과 낡은 베개, 항아리 속의 짓무른 자두. 이 구질구질한 것들이란. 새로 생기는 내 방이란. 새 의자와 새 옷과, 그렇지. 머릿속에 새로운 시트를 깔고.

「이사」 부분

'이사'가 새로운 삶의 시작을 위해 우리가 일상에서 구할 수 있는 손쉽고도 산뜻한 방편이 됨은 물론이다. 시에서 시적 자아가 펼치는 '이사'에 대한 규정은 '새 것'과 관련된다. '새로 생기는 내 방', '새 의자, 새

옷, 새로운 시트’ 등이 그것이다. ‘이사’는 과거의 찌꺼기들, 낡은 것들, 무거운 것들, 훼손된 것들을 모두 ‘버릴 수 있는’ 기회가 된다. 그 동안 ‘나’를 압박했던 주변들과 단절된다는 점에서 ‘이사’는 자아가 취할 수 있는 적극적 선택 가운데 하나라 할 수 있다.

그러나 시인의 세계에서 그것은 그리 단순할 수 없다. 그것은 ‘버려야 할 것들’ 가운데에는 사실 ‘삶의 모든 것’이 포함되어 있기 때문이다. 그 속엔 유년의 추억이나 자연의 ‘햇빛’등도 있다. 버려야 할 것들 가운데엔 나의 모든 부분들이 담겨 있으며, 때문에 버려지는 것들은 ‘나를 뚫고 올라올 것 같다. ‘친구’는 그러한 과거의 나에게서 ‘아직 베껴야 할 게 남았다며’ ‘새 곳’으로 오지 않은 채 그대로 남아있다. ‘지하에서’는 여전히 과거의 ‘왁자지껄한 소리가 솟구’치며 그것이 ‘나’의 부분임을 주장한다. 결국 ‘새 것’이라는 시인의 해결책에서 결국 우리가 발견할 수 있는 모습이란 ‘답이 없는 수수께끼’라는 여전히 미해결의 상태뿐인 셈이다.

바꾸어 말하면 여전히 짓눌리는 압박 가운데에서도 무엇을 도려내거나 버릴 수 없는 상태야말로 인간이 처한 실존의 리얼리티가 아닐까 하는 점이다. 그 무엇도 산뜻하게 해소시키거나 선명하게 재규정할 수 없는 것이 인간의 모습이자 진실일 터이다. 우리는 부풀어 올랐다가 일순간 꺼지고 또다시 가열되었다가 가라앉는 무질서하고 불규칙적인 운동의 가운데에서 들썩거리는 채 살아갈 것이다. 이 속에서는 사실상 ‘나’가 무엇인지를 규정하는 일도, 어디부터 어디까지가 ‘나’이고 ‘나가 아닌가를 헤아리는 일도 불가능하다. 시 「영혼의 사생활」은 인간을 둘러싼 주변의 조건과 조응하는 인간의 모습이 곧 인간의 솔직한 모습이자 ‘영혼의 사생활’에 해당됨을 말하고 있다.

오늘은 많은 것을 가진다/ 네가 나를 의심해서/ 손가락은 다섯 개 혹은 여섯 개/ 아니면 열 두 개의 지느러미/ 움켜쥘 게 너무 많아서/ 여름은 빠르게 흘러가지/ 너는 나를 거듭 의심하고/ 끈적끈적한 알에서 물렁한 눈이 돋고/(중략)/ 하지만 나는 물고기로서/ 뚱뚱한 물고기의 소화기관으로서./ 안녕,/ 안녕, 손을 흔들며 자라나는 이파리들처럼/ 오늘은 너무 많은 것을 가진다/ 새로 돋는 이빨처럼/ 많은 것이 태어나서 오늘은 간지럽고/ 손가락은 비밀을 가장하여 쑥쑥 자란다/ 기억할 게 많아서 밤이/ 불쑥 문을 두드리고 나의 사전에는/ 내가 빠져 있다

「영혼의 사생활」 부분

규정적이거나 투명한 것도 없이 하루하루가, 매순간순간이 불규칙성과 임의성으로 점철되는 것이야말로 실존의 상태이자 영혼의 리얼리티임을 시는 생생하게 묘사하고 있다. '너'의 시각에 의해 엿가락처럼 늘었다 줄었다하는 '나'의 실존은 그것이 '물고기'이든, '물고기의 소화기관'이든 무분별적이다. '나'는 때로 물체가 되었다가 개체가 되기고 하고 때론 기관에 불과한 존재가 되기도 하다. '나'의 손가락은 '다섯 개 혹은 여섯 개 아니면 열 두 개의 지느러미'가 되기도 한다. '오늘'은 '움켜쥘 게 많'고, 어떤 날은 '간지럽고' 어떤 날은 '기억할 게 많'은 까닭에 '나'란, '나'의 기관들이란 아메바처럼 운동한다. 이 속에서 '나의 본질'을 주장하는 일이 가능할까? 시인은 '나의 사전에는 내가 빠져 있다'고 말하거니와 이것이야말로 인간에 대한 사실적인 표현이자 가장 사적인 영혼의 모습이라 할 수 있다.

김경인의 시는 인간의 실존과 영혼의 실재에 대한 세밀한 묘사이다. 그녀의 시를 통해 우리는 우리가 흔히 갖는 사유의 단선성과 대상에

대한 획일적 인식 태도를 반성하게 된다. 인간의 문제에서 해결책이란 그다지 손쉽거나 선명하게 부여되지 않는다는 점을, 우리가 인식하는 대상이 눈에 보이는 것처럼 분명하거나 단순한 것이 아님을 시인은 유연한 상상력과 세밀한 감각으로 보여주고 있다.

2. 서정적 힘의 실재-최석균의 시

시가 서정성을 지향하는 것이 현대의 부조리함과 인간 조건의 복합성에 대한 외면에서 비롯된다는 주장은 시에 대한 총체적 인식을 보여주는 것이 아니다. 한 편의 시가 불가불 현대의 비극적이고 분열적 단면을 담아냄으로써 세계에 대한 예민한 시각을 보장받는 것은 아니라는 것이다. 시의 서정성과 감각성은 시적 표현의 한 양태일 뿐 세계 인식에 대한 정도의 기준은 될 수 없다. 따라서 서정성에 대한 이해는 현대성에 대한 대립의 관점에서가 아니라 그가 보인 서정성이 어떤 내용을 어떠한 밀도로 구현하고 있는가의 관점에서 이루어져야 할 것이다. 우리는 최석균이 추구하는 서정성에서 안정되면서도 치열한, 낯설지 않으면서도 개성적인 면모들을 본다. 그것은 세계와 유리된 채 고정화된 서정성이 아니라 비극적이고 복합적인 현대 속에서 뒤틀리거나 비틀거리지 않고 균형을 구하려는 살아있는 에너지에 해당한다.

> 이삿짐 늘고/ 마침맞게 비가 왔다/ 한 발자국이 한 세기만큼 길었다//
>
> 암운 드리우듯 다가오는 그림자/ 혹성같이 내리찍는 발길/ 자주 흐름
> 이 끊겼다//

더듬더듬 한평생/ 쳇바퀴 속에 닳아가는 까만 점//

아버지 아들 나/ 잠시 가던 길 멈추면/ 다가올 일식 늦춰질까

「개미의 눈」 전문

시적인 안정된 비유로 그려지고 있지만 시에는 세계에 대한 비극적 인식이 내재되어 있다. '한 발자국이 한 세기만큼 길었다'라든가 '발길 자주 흐름이 끊겼다'와 같은 무난하고 안정된 묘사에서 우리는 비극성의 깊은 무게와 세계에 대한 예민한 인식을 느낄 수 있다. 시에는 직접적인 토로와 현란한 묘사로 이루어있지는 않되 세계가 안고 있는 부정성과 불안정성이 아프게 묻어 있다. 인상적인 것은 화자가 '아버지 아들 나'라는 세대의 통합을 통해 세계와 맞서려고 한다는 점이다. 화자는 '아버지 아들 나 잠시 가던 길 멈추면 다가올 일식 늦춰질까' 함으로써 세대의 통합과 현대적 속도의 지연을, 현대가 가져올 비극을 관련시키고 있음을 알 수 있다. 즉 시인은 세대간의 화합과 소통이야말로 암운을 드리우고 있는 현대성에 대한 대결의 코드가 됨을 말하고 있는 것이다.

그러나 세대간의 통합이 현대의 비극성을 견제하는 방안이 된다는 시각은 현대성의 무게와 밀도에 비할 때 소박하다. 그것이 과연 현대의 광포함에 맞설 수 있는 힘이 될 것인가? 서정성 일반과 관련되기도 하는 이러한 질문을 염두에 둔 듯 시인은 시제를 「개미의 눈」으로 정하고 있다. 그것은 시인이 추구하는 서정성의 거점이 현대성에 대비해 볼 때 미미함을 말하는 것이리라. 그러나 동시에 인간이 취할 수 있는 가능한 방안이자 인간이 집중력을 발휘해야 하는 부분임 또한 말하고 있다. 다시 말해 시인은 주저없이 서정성을 추구하거니와 그것은 인간의

행동력에 관한 최선의 관점에서 최대한의 정도로 요구되고 있음을 알 수 있다. 예를 들어 「개구리가 사는 집」, 「그늘 속에 있다」에 등장하는 '고향'이나 '가족', '자연' 등은 서정성의 지점들을 치열하게 복원시키는 모습의 표현들이라 할 수 있다.

> 햇살이 가파르게 내리꽂히자/ 나무의 혀들이 햇살을 받아 얇은 자리에/ 태양의 문자 같은 그늘이 차곡차곡 쌓여갔다/ 속이 훤하던 산은 서서히 속을 감추고/ 점점 그늘이 넘쳐 물처럼 흐르기 시작했다/ 나무들은 자기만의 옹달샘을 파고/ 태양의 언어들을 쓸어 담아 흔들고 있다/ 태고 적 음표들 흥건한 웅덩이/ 물고기 한 마리 뒤죽박죽 태양의 말을 걸러내느라/ 아가미로 거친 숨을 몰아쉬고 있다

「그늘 속에 있다」 부분

단순히 인간에 의해 향유되고 대상화되는 자연이 아니라 자연에서 벌어지는 현장의 모습들을 생생하게 담고 있는 이 묘사의 시가 어떤 의미가 있을까? 시는 인간이 만끽하는 자연에 의한 정서 자체에 초점을 두기보다 자연이 전개하고 있는 드라마틱한 생동을 그리고 있거니와 이는 자연이 머금고 있는 생명의 에너지를 충분히 드러내고 있는 것이 아닐까? 자연에서 이루어지는 생명의 전개야말로 대자연의 그것으로서 가장 거대한 존재의 가장 거대한 순환을, 따라서 가장 커다란 에너지의 흐름을 담아내고 있는 것이 아닐 수 없다. 그것은 태양을 포함하는 것이며 하늘과 땅 전체를 범위로 하고 있는 것이다. 자연에서 이루어지는 생동과 순환은 인간의 시각에 따르듯 결코 피상적으로 이루어지는 것이 아님을 시는 어필하고 있다. 시는 "햇살이 가파르게 내리꽂히자/

나무의 혀들이 햇살을 받아 핥"는다고 말한다. "태고 적 음표들 흥건한 웅덩이/ 물고기 한 마리 뒤죽박죽 태양의 말을 걸러내느라/아가미로 거친 숨을 몰아쉬고 있다"고 말한다. 이를 보면 어느 한 존재, 한 부분도 미미하게 이루어지지 않고 있음을 알 수 있다. 자연이 보이는 역동성은 최대한의 생명력으로부터 비롯되는 것이다. 즉 시인의 시를 따라가다 보면 자연의 생명력이 결코 현대성의 파괴력에 비해 뒤떨어지지 않는다는 점을 깨닫게 된다. 자연의 생동감에서 현대의 비극성을 넘어서는 거점을 찾을 수 있게 되는 것이다.

결과적으로 우리는 최석균 시인의 시를 통해 시에서 이루어진 묘사가 서정적 정서의 표출이 아니라 가능한 서정성에 대한 증명에 해당됨을 알게 된다. 즉 우리는 자연이 어떻게 서정성의 대상이 될 수 있는지에 대한 증거를 시에서 발견하게 된다. 시에 의하면 자연은 결코 수동적이고 미미한 존재가 아니라 하늘과 대지와 태양을 아우르는 거대한 에너지의 소유자이며 따라서 현대의 광포함에 의해 맞설 수 있는 힘을 지닌 것이다. 그러한 에너지를 지닌 자연은 따라서 서정의 지점이 될 수 있는 것이며 오늘날의 분열된 인간 심성을 치유하고 달래줄 수 있는 것이리라.

인식의 경계와 인간의 조건

—박지혜, 김원경의 시

인간이 인식할 수 있는 세계는 어디까지일까? 인간의 감각이 닿을 수 있는 범위는, 인간의 의식이 미칠 수 있는 거리는 경계가 있는가? 매우 미세한 감각에서부터 가장 과감한 상상에 이르기까지 인간은 주어진 경계를 지우고자 과도한 노력을 기울여왔다. 어쩌면 자신의 한계도 넘어서는 무모한 그 노력은 때로 광적인 몸부림으로, 때로는 미미한 흔적으로 표출되곤 하였다. 그것들은 시나 노래와 같은 예술적 표현으로 나타나기도 했고 규정되기 힘든 행위로 나타나기도 했다. 그러나 분명한 것은 그것이 납득되는 표현이든 그렇지 않든 간에 그러한 노력들이 있었기 때문에 문명이 발달해왔고, 그러한 노력들로 인해 앞으로 우리의 문명은 더욱더 진화될 것이라는 점이다. 다시 말해 문명의 진화는 우리가 이미 인식할 수 있는 세계의 한계를 넘어설 때에라야 비로소 이루어질 수 있다.

1. 환영의 세계를 향한 모험-박지혜의 시

　박지혜의 시에 나타나 있는 상상력의 첫 번째 특징은 전도성에서 찾을 수 있을 듯하다. 주어진 규칙과 인간 중심의 관점을 뒤집는 데에서 우선적으로 그녀 시의 신선함을 느낄 수 있다. 가령 "트럭이 지나간다. 트럭이 언덕을 데려간다"라든가 "개미 두 마리가 지나간다. 개미 두 마리가 들판을 펼쳐놓는다"(「마리가 지나간다」)와 같은 표현은 행위와 인식의 초점을 인간의 시선으로부터 타자의 시선으로, 정적인 공간감각으로부터 동적인 공간감각으로 이동시킴으로써 신선함과 역동성을 부여한다.

　그러나 이처럼 주어진 앵글을 달리하는 데서 오는 의외성은 그녀의 상상력에 있어서 극히 일부분에 속한다. 시인은 이와 같은 외외적 발랄함과 역동적 상상의 힘을 바탕으로 우리가 알지 못하는 세계로의 상상의 모험을 시도하기 때문이다. 가령 "검은 나비 두 마리가 지나간다. 검은 나비 두 마리의 모습은 존재한 적 없는 시간 같다"와 같은 구절은 일순간에 우리를 아득한 환상의 공간으로 안내한다. 시인은 우리를 "마치 사랑처럼. 언젠가 보았던 아름다운 페이지처럼"이 환기하듯 신기루같이 아련한 환상의 공간으로 데려가는 것이다. 그것은 말 그대로 있던 것과 없는 것, 납득가능한 것과 불가해한 것이 혼재하는 일루젼의 세계에 걸쳐져 있다.

　환영과 같은 뿌연 세계에 발 디디고자 하는 시인의 시도는 매우 과감하다. 그녀는 기꺼이 "아무것도 아닌 아름다움에 미쳐간다. 없는 아름다움. 없는 아름다움에 홀려" "여기까지" 온다. 그녀는 '이곳과 저곳'을 지나고 또한 '이곳과 저곳'을 지우면서 성큼성큼 '그곳으로' 간다. 우리는 '그곳'이 무엇인가 명료하게 알지 못한다. 다만 그녀의 전언대로 있음과 없음, 가능한 것과 불가능한 것, 이해할 수 있는 것과 알지 못하는 것 사이에 있는 희미한 세계에 주목할 뿐이고, 그곳이 시인이 당도하고자 하는 세계임을 잘 이해하고 있다. 그와 관련하여 시인은 "무기력한 햇빛은 황량한 세계와 나를 이어주는 통로다"라고 말하고 있거니와 우리는 여기에서 '황량한 세계'라는, '나'의 끝에서 이어지는 세계, '무기력한' 듯 아련한 이미지의 세계, 시인의 표현에 따르면 '망설이면서' '가지게' 되는 '심연'의 세계를 짐작하게 된다.

인식으로 포착하기에는 너무도 불명료한 일루전의 세계에 도달하는 길은 험난하다. 시인은 '마리'라는 캐릭터를 통해 그곳에 이르는 경로의 난삽함을 "마리가 백지로 향한다. 마리가 지운다. 마리가 지운 문장을 본다. 마리가 마리를 옮긴다" 내지는 "마리가 지나간다. 숟가락 숟가락 눈사람 눈사람 아직도 두 번씩 발음했다. 해가 지나간다. 해가 떨어진다. 달이 지나간다. 달의 눈이 멀어간다"(「마리가 지나간다」)와 같은 혼란스럽고 모호한 문장으로 표현하고 있다.

'황량한' 세계, 인식의 경계를 넘어서는 일루전의 세계에 대한 시인의 생각은 마치 '변신 인형'(「변신 인형」)의 '사람이 되고'자 하는 열망과 닮아 있는 것일까? '변신 인형'이 느끼는 '사람'의 세계란 낯설음, 불명료함, 바깥의 세계, 심연과 같은 깊고도 어두운 세계에 다름 아니기 때문이다. '거울'을 쳐다보며, '사람'의 흔적을 흉내내며 '사람'의 세계에 닿고자 하는 '변신인형'의 몸짓은 일루전의 세계를 들여다보고자 하는 '마리'의 욕망과 포개진다. 실제로 '변신인형'에게 "사람의 향기는 알 수 없는 느낌으로 다가오"므로 그는 "나는 알 수 없는 것만 믿는다고 속삭"인다.

'변신인형'에게 '사람'의 세계는 '눈부심'으로 다가온다. 그곳에 다가가고자 하는 '변신인형'이 "보이지 않는 너"를 향해 "사랑한다고 사랑한다고"(「변신 인형」) 되뇌이는 이유도 여기에 있다. 박지혜의 시에 등장하는 캐릭터들은 또 다른 타자의 세계를 뜨겁게 갈망한다. 그리고 이 타자의 세계란 화자들에게 온전하지도 투명하지도 않은 채 불안하고 모호한 세계, '희미하고도 은밀한' 세계, '멀고도 먼, 어떤 거리, 어떤 울림'(「마리가 지나간다」)의 세계이다.

박지혜 시인의 시에 등장하는 캐릭터들이 이토록 타자의 세계를 향해 열망하는 이유는 무엇일까? 이들은 왜 그토록 불명료하고 모호한 세계에 매혹당하는 것일까? 이들은 경계에 선 채 왜 그토록 과감한 기투를 해야 하는 것일까?

「변신 인형」의 화자는 그 이유가 '영혼'과 관련된다고 암시한다. 화자는 "영혼은 배회하는 자의 것"이라고, "영혼을 얻기 위해 거리로 나선다"고 말하거니와, 이는 타자의 세계를 향한 인물들의 갈망과 방황을 잘 표현하고 있는 것이다. 그리고 그것이 있음과 없음, 가해성과 불가해성, 눈부심과 어둠의 사이에 존재하는 하나의 세계라면 시인의 상상력대로 우리는 그것을 '어지러운 어제 같은 엉킨 곡선'(「변신 인형」)으로 묘사해보는 것이 어떨까? 그곳은 환상처럼 있는 듯 없는 듯한 세계이자 일루전처럼 뿌옇고 모호한 세계이다. 또한 그곳은 끝없이 반복되는 시간과 공간을 지닌 채 때로 타자들을 무한히 끌어당기거나 때로 타자들을 무한히 방출하는 그러한 곳이기도 할 것이다. 그곳은 심연과 같은 하나의 거대한 세계이다. 때문에 충분히 매혹적으로 자신의 존재감을 드러내지만 결코 그곳에 이르기 위한 단순 명쾌한 통로를 마련해 두고 있지 않다. 무거운 구球와 같은 세계, 그것은 타자들로 하여금 끝없는 갈망을 태우도록 할 것이다. 또한 그것은 타자로 하여금 "생각 속으로 들어가며 생각을 하”게 할 것이다. 그것은 “영원의 시간”이고 그것은 “사이사이 빛으로 가득하거나 말들이 고여 갈”(「변신 인형」) 것이다.

2. 인간의 굴레에 관한 비관적 관점–김원경의 시

인식 너머의 세계를 향한 모험을 감행함으로써 인간에게 주어진 한계와 문명의 경계를 지우는 일이 창조적 시인들의 몫에 해당한다는 전제에서 볼 때 김원경 시인이 보여주는 ‘인간의 굴레’는 인간이 창조성을 발휘하며 사는 일이 얼마나 어려운 일인가에 대한 리얼한 묘사라 할 수 있다. 시인은 인간을 둘러싼 환경과 규칙들이 얼마나 공고하게 인간을 억압하고 있으며, 따라서 그것으로 인해 인간이 꿈꿀 수 있는 세계가 얼마나 협소한가를 고통에 가득 찬 어조로 풀어내고 있다. 이는 어찌보면 앞서 살펴본 박지혜 시인의 세계와 동전의 양면을 이룬다고 할 수 있다.

박지혜 시인이 말하듯 ‘영혼’으로 이어져 있는 세계가 모험과 환영으로 점철된, 심연의 통로를 거쳐야 하는 험난한 것이라면 이 점은 김원경 시인이 통찰하듯 우리에게 주어진 현실 자체가 그만큼 조악하다는 것을 말해주기 때문이다. 즉 인간을 둘러싸고 있는 현실 세계가 억압적이고 조야한 만큼 그에 비례하여 인간은 영혼을 찾기 위한 불투명하고 혼돈스러운 시도와 방황을 거듭해야 한다는 것을 의미한다. 김원경 시인은 영혼으로 향하는 인간의 길을 가로막고, 인간의 굴레를 넘어서기 위한 상상력을 방해하는 우리의 현실을 신랄하고도 명쾌한 비유로 풀어내고 있다.

　　가장 위험한 비극은 항상 옆집에서 일어난다

　　옆집 아이가 취직하고 옆집 아저씨가 승진을 하는 일
　　흐르는 물이 水路 안을 벗어나지 못하듯
　　짐승이 다른 짐승의 냄새를 맡으면서 길을 찾고 있다
　　그것이 인간을 자꾸만 짐승이게 하는 일

「패키지여행」 부분

　　'비극'이라는 극단적인 말로 표현하고 있듯 인간의 삶을 향한 시인의 관점은 절망적인 그것이다. 시인의 시선에서 인간을 위한 희망의 조짐은 거의 보이지 않는다. 특히 우리가 흔히 성공적인 삶이라고 동경하는 '취직과 승진'이 '비극'의 조건이라는 관점은 우리의 삶을 탈출할 수 없는 막다른 골목으로 묘사하는 것에 다르지 않다. 시인은 성공을 향해 달려가는 인간의 삶을 '수로 안을 벗어나지 못하는 흐르는 물'로 표현하고 있다. 시인의 관점에 따르면, 인간은 발전과 변화를 꿈꾸지만 그의 삶이란 끝끝내 '굴레'에 다름 아니라는 것을 잘 알게 된다. 인간이 아무리 다른 삶을 추구할지라도 굴레 속의 인간은 결국 '단 한가지의 음식만을 가리킬' 뿐, '어떤 예견된 흐름'으로부터 결코 벗어나지 못한다는 것이다. '패키지여행'은 시인이 가리키는 이와 같은 인생에 대한 직접적인 비유어가 된다. 시인에 따르면 "내 생의 행보도 패키지여행의 어떤 한 루트라는/ 혹은 살아있었다는 기념촬영을 하고 서서히 식어가는 별"(「패키지여행」)에 해당된다.

　　인간의 굴레에 대해 시인이 체감하는 고통은 매우 강한 것임을 알 수 있다. 이에 대해 시인은 '패키지여행'이라는 냉소적인 표현 외에도

'밀봉된 자루'라는 암담한 비유를 구사한다. 시인의 어조는 일관되게
비극적이다.

> 밀봉된 자루 안에서 발버둥치는 순간마다
> 시시각각 변신하는
> 개의 형식처럼
>
> 나는 숨 쉬고 있다
>
> (중략)
>
> 아직 아물지 않은 시간의 아가리를 벌리다
> 머나먼 잠속으로 잊혀진다 해도
> 수세기가 흘러도 영원히 사라지지 않을
> 소리의 화석이 될 것이다
>
> 　　　　　　　　　　　「소리의 화석」 부분

위의 시는 시인이 바라보는 인간의 조건이 얼마나 어둡고 절망적인
것인가를 잘 보여주고 있다. 인간의 생명은 '밀봉된 자루 안에서 발버
둥치는 개의 형식'과 같다고 시인은 말한다. 물론 인간은 끊임없는 변
신과 변화를 추구하지만 그것은 결국 '밀봉된 자루 안에서의 발버둥'이
라고 시인은 힘주어 규정한다. 이러한 인식은 대단히 공고하고 비관적
인 것이다. 이는 인간의 노력들이 인간의 조건이라는 틀에서 한 치도
벗어날 수 없음을 주장하는 것에 해당한다. '소리의 화석'은 인간이 갇

힌 채 벗어날 수 없는 견고한 굴레를 의미한다.

이와 같은 견고한 조건에 압박당한 채 살아가는 인간에게 시인의 눈에서 볼 때 가장 선명한 탈출의 이미지는 '날짜변경선을 통과하는 비행기'(「날짜변경선을 통과하는 비행기」)이다. 그것은 시인의 상상력에서 인간으로 하여금 잠시 굴레로부터 벗어나게 하는 '공터'와 같은 것이다. 그것은 정해진 규칙과 견고한 규율에 역행하고 이를 무화시키는, 역시 강력하고 분명한 무기에 해당한다. 게다가 이는 합법적으로 이루어지는 저항기제라 할 수 있다. 시인이 이로부터 강한 쾌감을 얻는 이유도 여기에 있다.

> 날짜변경선을 지나가고 있는 비행기를 상상하면
> 갑자기 몸 밖에서 몸 안이 수증기처럼 빠져나온다
> 구름이 길을 잃고 머리위로 촛농처럼 떨어진다
> 「날짜변경선을 통과하는 비행기」 부분

합법적이고 강력하게 규율을 넘나드는 비행기가 주는 해방감은 마치 '갑자기' '몸'이 사라지는 느낌과 흡사할 정도로 강렬한 것이다. 위 시의 표현대로 그것은 '몸 밖에서 몸 안이 수증기처럼 빠져나오는' 듯한 느낌이다. 또한 '구름이 길을 잃고 머리위로 촛농처럼 떨어지'는 느낌이다. 견고한 것이 연기처럼 흩어져 버리고 '구름'이 '촛농'처럼 '흐르는' 이미지는 억압적이었던 굴레가 소멸해버리는 소망에 대한 환영과 같은 비유이다. 그것이 불가능한 것에 비례하여 소망은 강해지는 것이고 또한 그것이 공고한 만큼 이를 무화시키는 방법 역시 환영적인 것이리라.

그러나 시인의 세계관 안에서 인간 조건의 무화에 대한 확신과 믿음은 그리 크게 작용하지 않는다. 그것은 하나의 단편적인 상상에 해당할 뿐이고 막연한 소망에 속할 뿐이다. 시인의 경우는 이로부터 벗어나기 위한 광기어린 고투보다는 오히려 그 이면에 놓인 고통어린 조건을 조명하는 일이 더욱 절실했던 일로 판단된다. 시인의 어조가 어둡게 이어져 있는 이유도 여기에 있다.

인간의 존재론적 지대에 대한 해명

─김산, 이은규, 김승일의 시

시인으로서 갖는 재능 가운데 하나는 인간이 처한 모호하고 희미한 존재론적 지대를 하나의 차원으로 확정짓고 이것의 성질을 명확한 질서로 구체화하는 데 있을 것이다. 시인은 인간을 둘러싼 겹겹의 층위의 복잡성 가운데 의미있는 조건을 추출하여 이를 명명하고 시인의 존재론적 성격으로 드러낸다. 시인의 이러한 작업은 세계 속에 무방비로 피투되어 있는 존재의 자리를 밝혀줌으로써 인간이 처한 본질적인 좌표를 인식케 하는 동시에 이를 바탕으로 세계의 길을 열어가는 길잡이가 된다. 이러한 시인의 업무가 이루어지지 않을 때 인간이 모호하고 난삽한 세계 속에서 무의미하고 어두운 일상의 동작들을 되풀이할 것임은 자명하다. 존재가 나아가야 할 밝은 길은 세상 밑에 도사리고 있는 세계의 음험한 더미들에 대한 자각적인 이해 위에서 비로소 펼쳐질 수 있거니와 이것이야말로 인간을 둘러싼 본질적인 조건의 해명이 아닐까 한다. 시인의 열정어린 몸부림은 그의 행위가 인간의 밝은 길을 밝혀주는 것에 기여한다는 점에서 위안과 보상을 받을 것이다.

1. 거대시공의 가로지르기–김산의 시

김산의 시는 발랄한 상상력이 돋보이는 경우이다. 동화 같은 선명함이 시를 상쾌하고 산뜻하게 한다. 그의 어조는 '명랑'하고 가볍다. 재기 가득한 어조와 개성있는 표현은 독자를 즐겁게 한다.

시인의 이러한 시적 표현이 담아내고자 하는 것은 인간을 둘러싼 광대한 배경이다. 「우주적 명랑함」과 「은하야 사랑해」, 「지문의 시차」가 모두 그것을 말해준다. 앞의 두 시가 공간의 거대함을 그리고 있다면, 「지문의 시차」는 시간의 광활함을 틀에 담고 있다. 말하자면 그의 시들은 시간과 공간의 광대무변함을 시적 그림의 배경으로 담아내고, 그것이 인간의 존재조건임을 좌표화하고 있는 것이다. 시인의 발랄한 상상력은 이러한 거대한 바탕을 가로질러가기 위한 방편에 해당한다. 시인은 시간과 공간이 지니는 길고도 넓은 무한성의 늪을 민첩하고 요령있게 건너가고 있다.

> 일각고래 한 마리가 구름 위로 긴 뿔을 꽂습니다 뿔은 무럭무럭 자라고 뿔은 아무렇게나 사색하고 뿔은 키득키득 대기를 통과합니다. 뿔은 기어코 휘어지고 갈라지고 재생됩니다
>
> 행성과 행성 사이로 무중력순환열차가 뿔을 따라 당신을 실어 나릅니다. 당신의 분홍당신의 보라 당신의 초록이 모여 데구르르 수다를 떱니다
>
> 「우주적 명랑함」 부분

첫 연에서부터 보여지는 예사롭지 않은 상상의 규모는 이후 연들에서 곧바로 우주적 공간으로 시야를 이동시킨다. '행성과 행성 사이', '초성과 초성'의 언표는 시인이 규정하는 상상적 공간의 영역을 명시적으로 보여준다. 중요한 것은 그의 상상의 공간이 가리키는 실체가 '당신'이라는 점에 있다. 시인의 우주적 '상상의 공간'은 내포와 외연 모두 당신을 지칭한다. '당신'은 '초성과 초성'으로 완성되는 '천체'이자 '행성과 행성 사이로' 운동하는 존재다. '당신'은 우주적 '전체'인 것이다.

'당신'이라는 호칭에서, '당신'을 '전체이고 천체'라고 명명하는 데서 시적 화자인 '나'에게 '당신'이 각별하다는 점이 잘 드러난다. '당신'은 '동상', 즉 '나'의 우상이라 할 만한 인물로서 '당신'의 존재 지점, 규모, 사랑 모든 것이 '나'의 관심거리가 된다.

'당신'이 '나'에게 이러한 존재로 자리매김될 수 있었던 까닭은 무엇일까? 그것은 우선 '뿔' 때문이다. '일각고래의 뿔'을 '당신'이 가지고 있었기 때문인데, 그 '당신'에게의 '뿔'이란 공상적 의미를 뛰어넘는 데서 그 의미를 부여받는다. 시인의 시적 창작력은 '뿔'을 '이빨'로 환원시키거니와, 이로써 '일각고래의 뿔'이 지닌 자칫 공허할 수 있는 상징성을 현실적 자장을 지닌 의미체로 전환시키고 있다. '깨물고 으깨고 짓이기며 괴로워했던 이빨'로서의 '뿔'이란 삶의 고투를 고스란히 형상화하고 있기 때문이다.

존재를 규정짓는 거대규모의 상상력, 신선한 감각, 그리고 공상의 실재화는 김산의 시를 탄탄하게 이끌어주는 요소들이다. 「은하야 사랑해」를 수놓는 각 구절들 또한 이와 같은 시인의 창작방법에 의해 시적 효과를 충분히 발휘한다. 각 행을 이루는 구절들의 독립적 의미들, 그 사이에 놓인 상상 공간의 거리, 스타카토를 연주하는 듯한 리듬감은 단절과 연속을 반복하면서 각각의 진술들을 마치 밤하늘의 별들처럼 제각기 빛나게 한다. 각각의 시행들은 모두 한 자리에서 저마다의 존재감으로 발광發光함으로써 거대한 '은하銀河'를 연상시키는 것이다. 따라서 '…이것은 호외', '…탄생별에 대한 예우', '…최후의 고백' 등등에서 의미의 연관이나 상상력의 논리성을 찾는 일은 무의미하다. 이들은 제 각자로 존재하면서 독자적 의미영역을 굳게 확보하고 있기 때문이다. 따라서 이들 각각의 존재들이 벌려놓고 있는 상상력의 간극에 벅차하며 놀라워한다면, 그리고 이 안에서 거침없이 분사되고 있는 빛에너지를 느낀다면, 김산의 시적 스타일에 조금은 다가가 있는 것이라 할 수 있다.

특히 시인의 「지문의 시차」는 우리를 그의 시적 문법에 좀 더 익숙하게 해주는 작품이다. 이 시에서도 마찬가지로 우리는 예의 거대한 규모의 상상력을 만나게 된다. '은하의 천공으로 날아다니는 당신의 지문', '사람을 사랑이라 바꿔부르던 전생의 기억', '북극곰이 북극 자체였던 옛날이야기', '태초의 방' 등의 언표들은 시간과 공간의 양축에서 전개되는 신선한 상상력들이다. 우리는 이들의 언표들 사이의 논리적 연결감의 부재, 매개없는 단절과 이어짐에서 김산의 시 창작법의 일단을 확인한다. 나아가 이들 상상력의 시공간 좌표들 사이에서는 유독 감각적인 것, 가령 '바람'의 시원스런 느낌이라든가 '물'의 고요한 느낌 등속을 떠올리게 된다. 시에서 만나게 되는 이때의 '바람'과 '물'이란 결국 '당신과 악수를 할 때', '당신의 지문'으로 인해 비롯되는 '너와 나'의 인연의 조건에 다름 아니다. 요컨대 공상과도 같은 규모 큰 상상력, 감각의 신선감, 이것을 현실 속의 실재성 속으로 굳히는 일련의 과정을 통해 우리는 시인의 독자적 문법을 확인하거니와 이는 그 모호하고 불확실한 인간의 존재성에 대한 하나의 규정의 방식이 된다는 것을 알 수 있다.

2. 지상에서의 우울한 행복-이은규의 시

이은규의 목소리는 '습하다'. 우울한 어조, 무채색의 이미지, 비관적인 상상력이 그의 시를 압도하고 있다. 단조로 기다랗게 이어지는 호흡에는 어둠이 배어있다. 그의 시에서 낙관과 희망의 전언을 찾아내는 일이란 쉽지 않다. 모종의 전환을 기대하는 독자의 기다림에는 아랑곳하지 않는 듯 시인은 조금의 흐트러짐도 두지 않고 비관의 자세로 일관한다.

그러나 이은규의 시에서 문제가 되는 것은 이와 같은 비극적 상상력 자체가 아니다. 비극적 상상력은 시인에게 이미 깊이 내재화되어 있기 때문이다. 그것은 시인에겐 이미 피부처럼 자연스러운 것이다. 우리의 관심을 끄는 것은 시인의 상상력의 성격이 왜 이토록 견고하게 고정되었을까에 있다.

> 나는 이스라엘 여인이 아니어서
> 잿더미에 앉아 옷을 찢으며 울 수도 없는데
> 참회의 절기를 뜻하는 색은 보랏빛이라지
> 어떤 祭儀가 그 아득한 대기를
> 이다만 슬프지 않다고 강요할 수 있을까
>
> 신이
> 죄의 처음을 유한에 대한 망각에서 찾는다면,
> 나는 오늘부터 큰 죄를 짓겠다
> 비오는 날
> 젖은 재의 옷을 빌려 입고
>
> 「비 오기 전 새들의 낮은 비행법으로」 부분

위의 시에 등장하는 '새'는 시인의 세계인식을 가장 단적으로 응집시켜 놓은 대상이다. '새'는 '눈물'을 머금고 '낮게 나는' 존재로 '잿빛' 때문에 '한 줌의 재가 된 몸'과 중첩되는 이미지를 지닌다. '새'는 슬픔을 안은 채 이승을 떠도는 존재를 상기시킨다. 위 시에서 시적 화자는 지인의 죽음 앞에서의 슬픔과 회한을 말하고 있다. 죽은 이를 위한 '제의'는 아무런 위로도 되지 않는다고 호소한다. 죽음은 '대기' 전체를 '아득하'게 내리누른다고 화자는 전한다.

슬픔의 순간을 담아내고 있는 위의 시가 단지 일시적인 절망을 넘어 더욱 내재적인 암울함으로 다가오는 까닭은 시 가운데 종교적 코드가 가로놓여 있기 때문이다. 즉 '잿더미에 앉아 옷을 찢으며 우는 이스라엘 여인'에서 환기되는 예수의 죽음이 지금 이 순간의 죽음과 병치되면서 현재의 절망을 더욱 견고하게 고정시킨다. 예수는 인간의 근원적인 '죄'를 인식시키는 이미지인 까닭에 여기에서 '죽음'은 단순히 일회적인 감정의 차원에서가 아니라 인간의 근본적 한계로서 의미 규정된다. 즉, 예수 이미지와의 중첩으로 인해 시에서의 '죽음'의 모티프는 인간의 힘으로 초극할 수 없는 절대한계로 자리매김되는 것이다. 또한 이로 인해 시에는 시인의 뿌리깊이 내면화된 비관적 세계관이 전면화되어 드러날 수 있었다. 시에서 '죽음'의 현장성이 강조되기보다 주변의 맥락화된 이미지들이 포괄적으로 등장하는 것도 이와 관련된다. 요컨대 시인에게 본질적인 질문은 인간의 유한성에 관한 조건인바, 그 중심에는 '죄의 처음', 곧 '원죄'의 문제가 도사리고 있음을 짐작할 수 있다. 이것이야말로 시인의 세계관을 규정하는 기본 코드로서, 왜 그토록 시인의 시가 암울함에 고착되어 있는지를 설명해준다.

'원죄'를 존재조건으로 지니고 있다는 것과 이를 자각한다는 것은 다른 성질의 문제다. 전자가 모든 이에게 해당되는 사항이라는 점과는 달리 후자의 경우는 의식이 깨어있는 소수자에 한하는 문제이기 때문이다. '자각'의 유무에 따라 인생의 태도가 천양지차로 구별될 것임은 자명한 일이다. 시인의 비관적 세계관은 '죄'의 중함에 따른 심각성, 죄의 극복가능성에 대한 회의에서 비롯된 것이 아닐까? 시인의 생의 경험역域은 인간의 근본한계의 초극불가능성에 관한 반복적이고 명징한 증명들로 가득찬 것이 아니었을까? 예수의 부활에 관한 계시조차도 죽음의 비극성을 이기기엔 역부족으로 여겨지지 않았을까?

　　시인의 비관적 상상력은 「내가 그린 기린 그림은」에서 '목소리를 잃은 짐승'으로, 「쓸모없는 노력의 박물관」의 '상승을 포기한 식물'로 또다시 드러난다. '기린'의 '오래 바라보는 습성으로 길어진 목', '목소리 없는 낮은 소리', '소리가 되지 못한 말들의 내압을 견디지 못한 울음'은 모두 죄에 짓눌린 자의 고통에 찬 몸짓을 가리킨다. 「쓸모없는 노력의 박물관」의 '나무' 역시 '불가능하지 않다는 바람의 속삭임'의 허위성에 '비명'을 지르고자 하는 충동을 억누르고 있다. '나무'는 '나이테의 물결'의 수만큼 절망했으며 지상에서의 노력들이 모두 '쓸모없음'에 불과하다는 사실을 '차갑게' 인식한 자이다. 세상의 '기록'은 기껏해야 인간의 '무모한' 행동들에 대한 보잘것없는 기억일 뿐이다. 지상에 속하는 것인 한 그에 대한 '바람'의 회유는 한갓 거짓된 유혹일 뿐이어서 누구든 그것을 구원의 손길이라 생각지 않는다. 그러기엔 땅의 존재들은 너무도 숱한 이별과 절망을 경험하지 않았는가. 따라서 시인의 세계인식에 의하면 인간이 품을 수 있는 꿈은 천상을 향한 것이 아니라 '식물을 꿈꿔 나무 아래서만 잠을 청했다는 어느 수도승'처럼 지상의 것에 국한된 것이 아닐까.

3. 미세한 흐름들의 이야기-김승일의 시

가장 궁극적인 차원에서 '나'를 말해주는 것, '너'와 '나'의 관계를 성격지워주는 것이 있다면 그것은 무엇일까? 주관적 감정일까, 개인적 의식일까, 아니면 사회적 직함일까? 궁극적 차원이라 했거니와 이는 존재를 규정하는 가장 본질적인 면, 핵심에 가까운 면이라 해도 틀리지 않을 것인데, 실상 존재의 외부적 차원부터 한꺼풀씩 벗겨내 더 이상 버릴 수 없는 단계에까지 이른다면 결국 여기에 도달하지 않겠는가.

> 코를 문지릅니다
> 나는 날마다 낮아집니다 당신의 냄새가
> 콧등을 타고 내려옵니다
> 나는 보이지 않게 깎여 나갑니다
> 가는 빛들을 내 속으로 찔러 넣어 맛을 보는군요
> 차가운 식탁의 만찬입니다
>
> 함몰되는 말들의 향기를 느껴요
> 이빨의 빛깔을
> 나의 코 위에 얹어놓고
> 우리가 구멍과 구멍을 맞대고 있다고 말할 수 있을까요
>
> 　　　　　　　　　　　　　　　　「아름다움 코」 부분

위의 시에서 '나'와 '너'의 관계를 정해주는 매개는 감정이나 의식 혹은 육체적 접촉이 아니다. '나를 날마다 낮아지'게 하는 것, '나를 보이

지 않게 깎여 나가'게 하는 것, '내 속으로 찌'르는 것은, 따라서 '나'와 '너'의 만남을 규정하고 '나'와 '너'를 뒤섞어주는 것은 특이하게도 '냄새'다. 냄새나 이미지, 맛, 목소리, 촉감 등 그저 평범한 오감 중 하나인 이것을 특이하다고 한 이유는 '냄새'라는 하나의 부분에 집중된 감각이 자아로 하여금 전체 세계와 소통하는 통로가 되어 준다는 점 때문이다. 시적 자아는 '냄새'를 통해 '너'를 느끼고 '너'를 판단하고 '너'를 만나고 '너'와 만나는 '나'를 형성한다. '너'의 '냄새'에 의해 '나'의 행동방식, '나'의 존립양태가 규정된다. '냄새'가 그러한 만큼 '코'는 자아의 의식이 집중되는 곳인바, 따라서 '코'는 신체라는 전체 유기체 중 한 부분으로서의 기능을 하는 것이 아니라 그 자체로서 전체가 된다. 시에 나타나 있듯 '냄새'로 '소독차가 지나가는' 것을 인식하는 것이라든가 '음악'의 즐거움도 느낄 수 있는 정도라면 시적 화자에게 '코'가 어느 정도의 비중을 차지하는지 알 수 있다.

「꽃양배추귀」에 이르면 역시 자아의 의식이 집중되어 있는 한 부분이 드러나는데 그것은 '눈'이다. 시에서 '눈'은 '당신'을 만나는 통로가 되고 '당신의 슬픔'에 대한, 또 '나의 슬픔'에 대한 정보를 교환하는 매개다. '눈'을 통해 '사랑'이 오고 '운명' 또한 짐작하게 된다.

당신의 따뜻한 눈동자 속에서
나는 울고 있다
농아의 입술 밖으로 흘러나오는 하나의 음처럼
새로운 슬픔들을
당신에게 건넨다

사랑은 오는 것이다

　　「꽃양배추귀」 부분

　이처럼 시인에게 감각은 세계에 대한 정보 자체이며 감각기관은 그러한 정보를 제공해주며 자아를 세계에 연결시켜주는 루트에 해당됨을 알 수 있다. 자아에 대한 감각의 지배력은 절대적이어서 자아는 감각 및 감정, 의식들을 종합해서 사고와 행동을 결정하는 것이 아니라 순전히 감각에 의해 감정을 느끼고 감각에 의해 의식을 만들어낸다. 또 감각에 의해서만 사고하고 행동한다. 자아는 감각의 흐름에 따라 자신을 맡긴 채 흘러간다고 할 수 있다.

　감각에 따라 지배되고 그에 따라 흘러가는 자아의 양태에서 우리는 심리적 차원에서가 아니라 물리적 차원에서 그 성질을 규명한 들뢰즈의 '욕망'을 떠올리게 된다. 들뢰즈는 미세하고 불규칙적으로 떠도는 '욕망'에서 존재의 본질을 발견하였거니와 이때의 '욕망'의 흐름을 일으키는 주체는 '기관없는 신체'라는 반유기체적 성질의 것, 전체성을 상실한 한 부분에 해당된다는 것을 알 수 있다. 시에서 감각이 존재의 본질적 요인이자 특정 감각기관이 전체의 위상에 놓이는 것이라면 '감각'은 존재를 규정짓는 단일코드인 '기관없는 신체'가 된다. '기관없는 신체'인 '감각'은 욕망의 흐름처럼 무질서하게 '흘러가며' '나'의 존재성을 설정한다. 다시 말해 '나'에 대해 말해주는 것은 감정이나 신념 혹은 사회적 직함 등이 아니라 다름 아닌 순간의 '감각'인 것이다. '감각'은 집중된 에너지를 바탕으로 존재의 본질을 형성한다.

　실제로 '기관없는 신체'란 기관이 분화되어 총체적 구조를 이루는 유기체와 달리 운동성만을 지니고 있는 에너지의 결정체이자 생명의 핵이라 할 수 있다는 점에서 이는 가장 미시적 차원에서 존재를 해명하는 방식이라 할 수 있다. 따라서 김승일의 시에 나타난 '감각'의 의미를 통해 우리는 신념이나 의식 등과 달리 존재의 가장 유연한 모습을 관찰하면서 또한 그것이매우 미세한 차원에서 존재의 존속과 변화, 기질과 행동을 결정하는 양태를 경험할 수 있었다.

영혼으로 진화된 시의 통합적 성격

—장석주, 주영중, 채선, 노향림, 강성철의 시

그것이 참여시이든 서정시이든 혹은 해체시이든 모든 완전한 시는 그 안에 이 모든 요소를 하나의 측면들로 내장한다. 훌륭한 시는 항상 강한 비판정신을 바탕으로 사회 및 공동체의 모순과 결함에 대해 치열하게 응시하며, 자신의 내면의 힘으로 이 현재의 부조리와 파괴를 끌어안고 치유코자 한다.

사회를 향한 날선 부정과 상처를 보듬으려는 포용력 그리고 일탈의 정신은 제각기 시의 일 각을 차지하며 강한 에너지들로써 시 속에 휘몰아댄다. 그리고 결국 위태함 위에서 아스라한 균형을 구가한다. 그것이야말로 시가 순간적이며 강렬하게 우리에게 다가와 우리의 영혼을 고양시키는 상태라 할 수 있다. 이 점은 우리가 시에 대해 때로는 강력한 부정정신을 때로는 포용정신을 때로는 창조정신을 요구하는 이유가 된다.

훌륭한 시인들은 물론 이 모든 것을 따로 분별해서 시를 구성하지 않는다. 그들에겐 이 모든 것들이 내면에서 여럿이자 하나로 소용돌이 치고 용솟는 것이 아닐까. 시인들이란 광포하게 휘몰아치는 내면의 에너지들에 가까스로 안정과 질서를 부여하는 이들이라 할 수 있다. 이 아슬아슬한 존재 양태가 시인들의, 나아가 인간의 삶의 방식일 터이다.

1. 리듬, 시적 영혼의 숨(breath)

시에서 리듬과 호흡은 어떤 역할과 의미가 있을까? lyric이라는 용어로부터 개념을 부여받은 까닭에 시의 경우 리듬은 시를 규정하기 위한 요소에 국한된 것일까? 그것은 산문과 시 장르를 구별하고 시에 음악성을 부여하는 장치에 불과한 것일까 하는 점이다.

그러나 익히 알려진 이러한 개념적인 접근 외에 리듬은 보다 다면적 기능을 한다는 점에서 시에 있어서 상위 차원의 요소라 할 수 있다. 리듬은 단지 음악성과 서정성이라는 표면적이고 기법적인 의미를 지니는 것에 그치는 것이 아니라 그것으로써 속도를 만들고 분위기를 만들고 느낌과 그림과 상상력을 만든다는 점에서 더욱 본질적이다. 그것에 따라 시의 질감이 만들어지고 색채가 만들어지고 온도가 만들어진다. 리듬에 따라 우리는 모든 감정을,온갖 상상의 세계를 여행하게 되며 또한 다채로운 분위기에 젖게 된다. 리듬은 이 모든 것을 만들어내는 근원적 요소이다. 그러한 점에서 리듬은 시인과 가장 밀착된 영역, 즉 그의 호흡이자 숨결이며 시인의 영혼에 맞먹는 위상을 지닌다. 리듬이 있음으로써 우리는 시인의 숨결을 일순간에 마시게 되고 그것에 의해 우리는 시인의 영혼에 직접 다다르게 된다. 리듬이 비단 서정시에만이 아니

라 참여시든 해체시에든 가장 중요한 부분으로 부각되는 점도 이 때문
이다.

　이러한 관점에 설 때 「내 안에서 태어난 들개가 산 너머에서 울다」(장
석주, 『애지』 2010·겨울)에 나타난 짧고 가파른 호흡, 어둡고 우울한 숨결
은 어떤 의미를 지니는가? 시인은 우리에게 자신의 어떠한 영혼에 대해
말하는 것인가?

> 계곡 위로/ 까마귀 떼 검다/ 일순,/ 하늘 어둡고/ 그림자 떼 내리는/
> 땅 위,/ 나는 내안의/ 願望이다./ 남을 먹는 것은/ 비루한 짓,/ 나는 어
> 슬렁거리는 비열함이다./ 도마뱀 이후다./ 송장을 뜯어먹는 無名蟲이
> 다./ 번뇌의/ 오합지졸이다./ 약초의 싹을 뜯는 나비 가/ 아니다, 나는/
> 저 험한 준령을 홀로 넘는/ 가벼운 넋이다./ 희디흰 뼈를 핥으며/ 面
> 壁 10년,/ 웃는 해골과는 이별이다./ 잠 못 드는/ 수천 마리 개들 으르
> 렁 으르렁/ 내안에서/ 물어뜯고 물어뜯기며/ 울부짖는/ 저 아귀들!
>
> 　　　　장석주, 「내 안에서 태어난 들개가 산 너머에서 울다」 전문

　설명이 극도로 절제된 채 짧은 토막들로 이루어진 위의 시는 매우
독특한 리듬감을 드러내고 있다. 대부분의 문장들이 "A는 B이다"와 같
은 단순구조로 이루어진 위 시의 리듬은 매우 단조로우면서 호흡이 짧
다. 동시에 가파르고도 빠른 속도감을 특징으로 한다. 그것은 마치 한
줄기 바람이 휩쓸고 가는 듯도, 어지럽게 배회하는 듯도 하다. 시는 나
머지 요소들이 삭제된 채 거의 리듬만으로 단순화되어 있다고 해도 과
언이 아닐 정도이다. 때문에 문장들은 그것만으로 '까마귀떼'의 비상을
느끼게 하고, '그림자 내리는' 어둠을 묘사하며, '송장을 뜯어먹는 비열

함'을 암시하고, '희디흰 뼈를 핥는' 삭막함을, '으르렁거리는 개들의 울
부짖음'을 제시한다.

　이 우울하고 밋밋한 리듬은 뿐만 아니라 우리를 매우 낯선 곳으로
인도한다. 그곳은 우리의 상상 속에서나 존재할 법한 음산하고 그로테
스크한 분위기의 세계이다. 그곳은 죽음의 기운이 나뒹구는 곳이기도
하고 뜯어 먹고 먹히는 살벌함이 가득한 곳이다. 시인은 그의 짧고 우
울한 리듬으로 이와 같은 공포스러운 분위기를 채색해 낸 것이다. 어쩌
면 그가 창출한 암울한 환타지적 색채는 시의 이 가파르고 어두운 리
듬과 가장 잘 조응하는 것일 터이다. 즉 리듬은 시를 전체적 유기체로
빚어낸 가장 본질적이고 근원적인 요인이었던 셈이다. 리듬은 시인의
세계를 창조하는 깊은 숨결이 되었던 것이다. 시에서 리듬이 이와 같은
본질적이고 인상 깊은 층위를 형성하는 예를 주영중의 시에서도 만날
수 있다.

　　무덤들 위에서
　　검은 머리카락들이 자란다
　　검은 머리카락들은 무수한 변명처럼 자라,
　　검은 머리카락들은 무정형으로 아름답게,
　　부드럽고도 날카롭게 꺾인 채 솟아난다
　　이 숲에서는 머리카락만이 바람을 만들 줄 안다
　　어둠을 결정한다
　　검은 머리카락들이 영토를 넓혀 간다

　　(중략)

오늘 잘린 머리카락들은 새로운 영토를 찾아 굴러다니다
새로운 흙들 위에 자리를 잡을 것이다
생활의 수은을 머금은 채, 그 무거운 것들은
금세 뿌리를 내리고, 무관심의 전쟁을 버티며
그 세력을 키울 것이다
거대한 사이프러스 나무들처럼
묶이고 서로를 휘감고 밀어내며

주영중, 「검은 사이프러스 숲」(『현대시』, 2011, 1월호)부분

어둠 속에서 무성하게 자라는 '머리카락'의 기괴한 느낌을 묘사하는 데에도 가장 본질적인 기능을 하는 것은 역시 '리듬'이다. 시에서의 여전히 어둡고 습한 호흡이 우울하고 환상적인 분위기를 결정짓고 있음을 알 수 있다. 대신 문장이 다소 긴 만큼 길게 이어지는 호흡이 있고 그것은 음험하게 어둠을 확장시키는 '머리카락'의 나른한 움직임을 연상시킨다. 요컨대 이 시에서 또한 리듬은 가장 본질적인 지대에서 시의 전체성과 유기성을 산출한다. 리듬은 시인의 영혼 깊은 곳에서 울려 퍼지는 근원적 요인이 된다.

리듬이 영혼의 위상으로까지 육박해 옴에 따라 리듬에 의해 전체성을 획득하는 시는 강렬하다. 그것은 시 전체를 '휘감을' 뿐만 아니라 독자의 영혼을, '서로를' 휘감는다. 시의 리듬으로 인해 독자와 시인은 하나로 '묶이'는 것이다. 더욱이 그것은 '거센 바람'처럼 우리의 영혼을 일순간에 매우 낯선 어디론가로 이끌고 가는 것을 알 수 있다. 리듬은, 즉 시인의 숨결과 호흡은 우리를 전혀 상상하지 못했던 곳으로, 어쩌면 환상으로 가득한 상상의 지대로 한 번에 휘몰아 갈 수 있는 것이다.

이들 시인들의 시에 나타난 '리듬'은 따라서 기법의 수준에 놓인 단순한 시의 요소라 보기에 무리가 있다. 그것은 앞서 말했듯 유기체적 시의 한 부분으로서 기능하는 것이 아니라 역으로 본질적 지대에서 시의 유기성과 전체성을 빚어내는 요인이 된다는 점이다. 이는 영혼이 숨쉬는 근원적 지대이자 시적 세계의 상위의 차원에 놓이는 것이라 해도 틀리지 않을 것이다. 굳이 이름 짓는다면 이는 시적 세계의 욕망이 응집된 고유한 형태라 할 수 있지 않을까.

2. 시대를 응시하는 큰 눈(big eye)

매우 공고하고 안정적인 듯하지만 그 완전함은 폭력과 훼손 위에 건설된 것이다. 그것은 외면적으로는 오차없이 견고한 듯하지만 내면은 불완전과 모순으로 차 있다. 내면의 불안정과 균열은 언제고 구조의 붕괴를 요구할 것이고 언제든 균열과 불안정의 외면화를 주장할 것이다. 구조화된 모든 것은, 견고한 모든 것은 그러하다. 살아있는 것이라면 그것의 어떠한 견고함과 구조화도 모두 경화硬化에 불과하다.

현대 사회의 치밀한 조직은 거대한 구조의 안정화에 의해 이루어져 있다. 미세한 부분에까지 거미줄처럼 이어진 조직은 그러나 많은 부분 인간의 왜곡된 욕망으로 기괴하게 일그러진 채 존재한다. 자본은 인간을 먹이 피라미드로 쌓은 구조 속에서 행사되고 있으며 자본이 만든 사회는 온갖 이기성과 냉혹함을 뼈대로 하여 구성된 것이다. 차가운 해골처럼 견고한 구조, 그것이 오늘날 후기자본주의 사회의 본질이다.

사태가 그러함에도 오늘날 시대 비판의 목소리가 힘을 얻지 못하는 것은 우리 자신이 사회의 뼈대이자 근간이 되어 있기 때문이다. 우리의 욕망 자체가 사회의 구석구석을 형성하는 세포가 되어 있기 때문이다. 나와 사회는 서로를 조건으로 하여 이어져있고 구조화되어 있다. 우리들 어느 누구도 자본의 본질과 권력으로부터 자유롭지 못한 것이다. 자본은 우리의 영혼을 결정한다. 자본의 욕망에 의해 물샐 틈 없이 짜여진 오늘의 사회에서 영혼이 숨 쉴 수 있는 출구를 찾는 일은 가능할까?

  등줄 퍼렇게 겨울저녁이 달려간다.
  그물코 같은 골목을 지나
  모자이크 된 로터리를 감아 돈다.

  자동차들에 밟히며
  구획된 해협을 통과하는 고등어 떼.
  불어터진 두 눈을 켜고
  대형 전광판 속, 환각의 섬을 질주한다.

  방향 없이 달린다는 것은
  절제된 폭력이다.
  떠밀고 떠밀리며 낡은 모터소리를 내는
  맨몸들.

  등줄기의 푸름은
  제 몸에 새기는 스키드 마크,

막연한 일탈을 꿈꾸는 자들의

모래시계 같은 블랙 홀 속에서 잠시

깜박이다 사라져버리는

출구.

도시에는 비상구가 없다.

채선, 「EXIT」(『시와 정신』 2010년 겨울호) 전문

위의 시에서 묘사하는 도시는 자본에 의한 구조화가 그러하듯 촘촘히 구획되어 있다. 시인에 의하면 그것은 좁은 길목 구석구석까지 '그물코'처럼, 혹은 '모자이크'처럼 일사불란하게 짜여져 있다. 그러나 구획된 도시가 '등줄 퍼렇게' 세력을 과시하고 있는 것에 비해, 그 속에서 살아가는 주체들은 거의 존재감이 느껴지지 않는다. 오히려 도시는 '자동차' 등속의 물질들의 것으로서, 그것은 인간들과의 조화로운 관계를 허용하지 않는 듯하다. 인간들은 그저 '떠밀고 떠밀리며' '방향 없이 달릴' 뿐이며, 간혹 '일탈을 꿈꾸지'만 그것은 막연한 것에 불과하다. 시는 도시 문명의 물질주의적 성격과 인간의 소외를 침착하고도 냉철하게 그려내고 있음을 알 수 있다.

한편 위의 시에서 읽을 수 있는 가장 큰 특징 중의 하나는 어조가 매우 견고하다는 점이다. 어조는 일관되게 어두운 색채를 유지하고 있으며, 대상에 대한 묘사는 섬세하고 꼼꼼하게 이루어져 있다. 시의 문장들은 단조로우면서도 촘촘한 톤을 구사하고 있다. 일견 그것은 단아한 느낌도 준다. 치우침 없는 안정감과 빈 틈 없는 촘촘함, 마치 세밀한 그물코처럼 구성된 위의 시는, 어쩌면 갑갑하게 구획된 도시의 행태에

그대로 대응하는 시적 양상으로 보인다. 시는 도시의 그것처럼 견고하고 구조적으로 안정적이다. 때문에 그것은 도시로부터 흘러나온 분비물처럼도 보인다. 그녀가 생활한 도시가 그대로 시를 잉태한 모습을 우리는 위의 시를 통해 보는 것이다. 시적 어조가 완고하게도 회색빛이라는 점 또한 이를 뒷받침한다.

　이러한 점을 고려할 때 우리는 시인이 처한 암담함과 이로부터의 탈주욕을 짐작할 수 있다. 도시의 견고함은 시적 화자를 탈주욕으로 솟구치게 하는 것이다. 실제로 탈주욕은 '불어터진 두 눈을 켜고' '환각의 섬을 질주하'듯 절박하게 이루어진다. 시적 화자는 쉬지 않고 몸부림친다. '구획된 해협을 통과하는 고등어 떼'는 시인이 그려낸 탈주태의 신선하고 선명한 이미지라 할 수 있다. 그러나 불행히도 그 탈주는 애초부터 '자동차들에 밟히며' 이루어지며, 화자의 몸부림에도 불구하고 우리는 실상 시에서 통쾌한 해방감을 맛보지 못한다. 시는 처음부터 끝까지 거대한 무언가가 짓누르는 듯한 느낌으로 숨이 막힌다. 시는 절망을 읊조리고 있는 것이다. 그것은 한편으론 모든 안정과 구조화 이면에 꿈틀거리는 균열을 보여주는 것이며 이 균열이 견고한 틀 위로 필연적으로 솟구친다는 것을 말하는 것이리라. 그리고 다른 한편으로 이러한 균열이 구조에 틈을 내고 이를 붕괴시키기에는 현실이 지나치게 거대하고 공고하다는 것을 말하고 있다. 그러니 이 암담함을 어찌 하겠는가? 시인은 무서우리만치 음험한 이 세력의 실체를 놓치지 않기 위해 "두 눈을 켜고" 응시하고 있다.

3. 자연, 우주에 튼 미세한 출구

혼탁한 세계에서 영혼을 끌어내어 이를 오롯이 존재케 하는 작업, 그리고 시대와 사회에 대한 날카로운 부정 정신은 서로 대립하지 않는 동일한 예술혼이다. 이들은 높은 수준에서 우리를 긴장시키고 고양시키며 다른 새로운 세계를 꿈꾸게 한다. 따라서 시는 일탈이자 부정이고 상상이자 여행이다. 우리는 시인들의 영혼과 치열한 정신에 의해 이러한 일탈의 체험을 한다. 그렇다면 이 중 자연으로의 여행은 우리에게 어떠한 일탈의 체험을 부여하는가?

강원도 외진 얼음골에서 최초로 발견된 이름들
참골담초, 자병취, 개병풍, 애기가물고사리,
두메고사리, 개석송, 꽃향유.
내 짧은 혀로 낱낱이 불러보아도
감금된 이름들은 더욱 억세게 혀를 움켜잡아
발음 같은 건 허락하지 않아요.
그러나 입김을 후욱 불고 다시 불러보니
숨쉬는 그들은 어느새 탈옥수처럼
내 목젖과 혀에 올라앉아 있어요.

그들도 붉은 심장과 감정이입의 혼을 가졌을까요.
빙하기 이후 높아진 기온을 피해 살아남으려고
제 이름과 뿌리만을 단출하게 피난 짐인 듯 챙겨들고 갔을까요.
노향림, 「풀꽃들의 망명」(『시를 사랑하는 사람들』, 2011, 1-2월)부분

산골 깊이 숨어 지내온 낯선 풀들을 조심스레 발견한 화자의 설레임처럼 이들 풀꽃들과의 만남은 우리에게도 반갑다. 시인은 이들의 때문지 않은 신선함을 인간이 행하는 '발음 같은 건 허락하지 않아요'라고 표현한다. 이는 풀꽃들이라는 존재의 절대적 순수성을 의미하는 것이다. '발음'에는 응하지 않던 그들을 가리켜 그러나 화자는 '입김'에 반응한다고 덧붙인다. '언어'와 '숨'을 대비시키는 시인의 통찰, 그것은 지상적인 것과 초월적인 것을 구별하는 것이 아닐까. '숨'은 영혼의 영역에 드리워진 것이라 할 수 있을 것이다.

'숨'에 관한 이러한 관점에 섰을 때 '숨'에 반응한 풀꽃들도 영혼을 지닌 존재로 승격된다. 그들은 '혼'의 존재태들로서 생명과 죽음의 구별에 민감한 모습을 보인다는 것을 알 수 있다. 시인은 '빙하기 이후 높아진 기온을 피해 살아남으려고' 그들이 '외진 얼음골'로 왔다고 말한다. 그렇다면 이는 단지 '풀꽃'들의 서식처를 강조하기 위한 표현일까? 적어도 우리는 이 구절로 인해 대번에 온난화로 인한 오늘날 지구 오염의 현실과 맞닥뜨리게 된다. '풀꽃들'을 통해 시인은 시대 현실에 대한 부정 정신을 실현하고 있는 것이다. 또한 시인은 '얼음골'을 사람들 발길이 닿지 않는 '도피처'로, '망명지'로 명명함으로써 현실과 대비되는 탈출의 통로로 지정하고 있음을 알 수 있다.

시에서 '자연'이 주는 의미와 기능은 무엇일까? 주로 서정성의 주요 근거로 작용하는 '자연'은 탈속의 상징적인 기호에 해당한다. 탈세속성을 이유로 그것은 서정시인들의 단골 소재가 되었던 것이 사실이다. '자연'과 관련된 이러한 부분들이 서정시를 현실도피적 성격의 것으로 인식하게 하는 요인으로 작용한 것도 부정할 수 없다. 그러나 노향림 시인의 위의 시는 보다 섬세하게 쓰여졌다. 위의 시에서 그녀는 '자연'

을 현실과 겹쳐 놓음으로써 현실과 관련시키고 현실을 부정하는 기반
으로 삼았기 때문이다. 또한 시에서 '자연'은 관조의 대상과 정물로서
있는 것이 아니라 인간의 영혼과 함께 호흡하며 서로 숨을 나누는 살
아있는 인격체로 존재하고 있음을 알 수 있다. 따라서 그것은 시의 담
론 속에서 상징적으로 구사되는 기호로서가 아니라 현실과 이어지며
현실을 벗어나는 실질적인 통로의 가능성으로서 우리에게 제시되어 있
는 것이라 할 수 있다. 시인이 이를 두고 "그곳으로 가는 내 필생의 작
업은/ 한없이 낯설었으면 좋겠어요"라며 하나의 경로로써 묘사한 것도
이것이 지닌 현실성 및 일탈성을 말해주는 것이리라.

한편 강성철의 서정시 「겨울 느티나무」의 경우 '자연'은 어떻게 묘사
되어 있는가? 역시 그것은 기호인가 실재인가, 실재라면 그것의 실질적
의미는 무엇일까?

마을 어귀, 겨울 느티나무가 옷을 다 벗어버린 채
자신이 간직했던 수많은 길들을 겨울에게 알린다.

느티의 손등에 굵은 핏줄 같은 가지들이
무수한 잔가지를 틔워
허공에 수도 없이 길, 길, 길을 낸다.

우듬지 주위 허공은 새의 길이기도 한데,
그 새의 길을 느티의 샛길들이
눈발처럼 마구 그어대고 있는 것이다.
온몸 구석구석 돌아다닌 느티의 피는 알고 있다.

가지 않는 길은 결코 없으며 각기 지나온 길마다

고유한 기억과 냄새를 가지고 있다는 걸……

강성철, 「겨울 느티나무」(『시를 사랑하는 사람들』, 2011, 1-2월)부분

「겨울 느티나무」는 '느티나무'의 원형 상징으로서의 성격이 크게 부각되어 있는 시이다. 지상에 뿌리를 내리되 하늘을 지향하는 나무의 형상은 신화神話에 속하는 이미지다. 나무는 고대로부터 천상지향성의 상징으로 통용되었던 것이다. 그러한 것처럼 시에서 '느티나무'는 '새'가 깃드는 곳이자 '허공'에 삶의 기반을 둔 천상적 존재이다. 그것은 '허공'을 가로질러 신의 세계로 건너갈 것이다. 그래서인지 시인은 '허공'을 통해 나 있는 '길'을 특별히 강조한다. 느티나무는 자신의 잔가지로 무수한 '길, 길, 길'을 낸다는 것이다. 느티나무는 '새의 길'에 '샛길'을 내어 자신의 가지로 가득채운다고 하였다. 즉 시에서 '길'은 느티나무의 천상지향성을 보장하는 매개이자 통로가 된다는 것을 짐작할 수 있다.

그런데 이때의 '길'은 결코 막연하거나 관념적인 의미 속에 놓여 있지 않다는 점에 주목할 필요가 있다. 그것은 단지 개념화된 '천상지향성'에 의해 의미를 보장받지 않는 것이다. 대신 시에서 '길'은 곧 '피'가 인식하는 것, 자신의 '고유한 기억과 냄새를 가지고 있는' 것을 가리킨다. 그것은 생의 체험과 실감에 의해 비로소 구현되는 것으로서, 다시 말해 그것은 영혼의 살아 꿈틀대는 결정체로서의 성질을 지닌다. 그러한 점에서 '길'은 상징이기 이전에 구체적인 것이고 실제적인 것이다. 시인이 이를 가리켜 "옹이와 같이 아픈 상처의 길도, 더께가 더덕더덕 붙어 있는 검버섯 같은 길도……"라고 묘사한 것도 이와 관련된다.

시에서 묘사된 '길'의 구체적 성질로 인해 우리는 '자연'의 또 다른 기

능을 발견한다. 그것은 역시 기호로서가 아니라 현실에 닿을 댄 인간
의 삶이 '자연'이 될 수 있음을 의미하는 것이다. 즉 인간이 어떠한 삶
을 살아가는가에 따라 그것은 천상으로 내는 '길'이 될 수 있음을, 삶이
곧 하늘이자 자연일 수 있음을 말해주는 것이라 할 수 있다. 이로써 우
리는 또 하나, 서정시가 현실 도피가 아니라 현실 개입이며, 정태성이
아니라 역동성을 실현함을 볼 수 있게 된다.

'너'와 '나' 사이를 잇는 '울림'의 끈

김경후의 시에서 주된 시적 대상으로 등장하는 것 중 하나가 '너'와 '나'임에 주목한다면 그녀 시의 전반적 색조가 되어 있는 우울함과 암담함의 요인에 관한 실마리를 얻을 수 있다. 인간을 절망케 하는 많은 요소 가운데에서 그녀가 초점화하고 있는 것은 '너'와 '나' 사이의 거리인 것이다. '너'와 '나' 사이의 좁혀지지 않는 실존적 간격은 끝내 자아를 좌절케 하고 자아로 하여금 몸부림치게 한다. 시의 어둡고 습한 음성은 그곳에서 단조롭고도 끈질기게 피어오른다. 그녀의 시는 '너'로부터 격리된 '나'를 에워싸는 두텁고 견고한 장막에 대한 격렬하고 집요한 반항으로 이루어져 있는바, 이를 묘사하는 시인의 상상력은 때로 기괴하고 때로 섬뜩하다.

너를 볼 수 없는 밤을 새고
너를 볼 수 없는 밤이 온다.

　　오늘은 어둠도 돌아올 수 없는 밤

　　너의 길고 푸른 속눈썹으로 만든 붓,

　　그 붓으로 나는 쓴다

　‘너’를 향한 기다림과 공허함이 잘 묘사되어 있는 위 부분에서 우리
는 시인의 섬세한 감각을 확인할 수 있다. ‘밤’에 관한 거듭된 언술은
‘너’와의 단절에 대해 겪는 고독의 두께를 사실적으로 형상화하고 있
다. 시인은 ‘너’와의 거리감을, 말하자면 ‘밤’에 대한 ‘덧칠’을 통해 표현
한다고 볼 수 있다. 실제로 화자는 “너의 길고 푸른 속눈썹으로 만든
붓, 그 붓으로 나는 쓴다”고 말한다. 한편 ‘밤’에의 ‘덧칠’이 그녀의 섬세
한 감각을 말해준다면 ‘너의 속눈썹으로’ ‘너’와의 간격을 무화시키려는
시인의 분투는 적극적이고 강렬하기까지 하다. 화자는 직접 ‘너’의 일
부를 끌어와 ‘너’를 ‘나’의 연장延長이 되도록 하고 있는 것이다. 이 기괴
한 상상력은 다름 아닌 ‘너’와의 거리를 고통스러워하는 ‘나’의 몸부림
에 해당한다.

　더 이상 ‘볼 수 없는’, 따라서 ‘봄’조차 ‘빈 병’처럼 느끼는 화자가 할
수 있는 일이란 이처럼 몸부림치는 것, 혼자서 기이한 상상력을 일으켜
보는 것, 공허한 빈 지대를 그리고 또 그리는 일 뿐이다. ‘북, 치, 는, 여,
자’는 곧 화자의 이 같은 행위들의 연장선에 놓인 절망적이고도 격한
언표에 해당한다.

　　벼락을 가르고 용의 피냄새 풍기는 북소리

　　그 대신 낮잠만 온다

　　북치는 여자

'북'이 '벼락을 가르고 용의 피냄새를 풍기는' 것이라고 언술함으로써 시인은 '북'의 내포와 외연에 관해 암시하고 있다. 그것은 사태의 반전을 가능케 하는 크나큰 에너지를 함축하는 것이자 실존의 흔적을 담아내고 있는 절대적인 것이다. '북'은 무기력하고 공허한 빈 공간을 소리로 가득 채우는 힘의 실체이다. 따라서 그러한 '북'은 '너'와 '나' 사이의 단절을 메워줄 수 있는 거의 유일하고 분명한 매개가 될 수 있다. '북'으로 인해 비로소 '나'는 빈 지대의 암담함과 공허감을 달랠 수 있는바, 이는 화자가 왜 그토록 불쑥불쑥 '북'을 떠올렸는지 말해준다. '북'은 '낮잠만 오는' '여자'에게 '너'를 대신해 '기관차'가 되어주는 기능을 하고 있었던 것이다. 다시 말해 '북'의 외연은 '너'와 '나'를 잇는 끈에 해당한다.

그렇다면 '북'이 '너'를 대신할 수 있는 본질적 요인은 무엇일까? '북'의 어떤 속성이 '너'와 '나'를 그토록 강하게 결속시킬 수 있는 것인가? 그것은 단지 '북'을 '너'가 '나'에게 건네주었다는 사실로 확인되지 않는다. 대신 그것은 '북'이 '울림'을 지니고 있기에 가능한 것일 터이다. '울림'을 일으킬 수 있기에 그것은 무겁고 공허한 대기를 가로질러 그 이상으로 확장될 수 있는 것이리라. 무겁고 탁한 공기를 뚫고나가는 소리의 '울림'이야말로 두터운 장벽과 단절을 극복하고 사이를 이어줄 수 있는 힘의 실체에 해당된다. 그러한 '울림'은 '너'와 '나' 사이에 겹겹이 놓인 '밤'마저도 꿰뚫을 수 있는 파장을 지닌 것이다. '북'은 그 자체로 '너'와 '나' 사이의 연결 통로이자 이음의 끈이다. 화자가 무의식적인 순간에 반복적으로 '북'을 떠올릴 수 있었던 이유도 여기에 있다.

'울림'이 '북'의 주요 속성이라는 점은 '북'에 관한 '너'의 마지막 기억이 '물' 위에서 이루어졌다는 사실에서도 뒷받침된다. '물' 역시 흐름과, 흐름으로 인한 울림을 내포하고 있기 때문이다. 이 점에서 '물'과 '북'은

'너'에게의 이어짐을 더욱 공고하게 하는 매개에 해당한다. '네가 마지막으로 두드렸을 북한강물'에서의 '물'의 기억은 '북'과 함께 '너'를 대신하는 매체가 되는 셈이다. 어쩌면 '물'과 '북'은 '너'의 실존에까지 육박하는 비중을 지니는 것이 아닐까? 다시 말해 그것들은 '너'를 대체하는 것이 가능한, 본질적인 지점에서 같은 것이라는 점이다. 마지막 행의 '너를 두드린다'는 화자의 진술은 이 점을 잘 보여준다. 이것은 '북'과 '너'의 동일성이 결코 수사가 아니라 사실임을 암시하는 것이다.

　이로써 '너'의 본질이 '북'과 다르지 않다는 것, '너'와 '북'이 '울림'으로서 동일성을 공유한다는 것은 '너'와 '나'의 단절에 대한 극복의 일 요인을 제시해 준다는 점에서 의미심장하다. '울림'은 그 미시성으로 인해 시간과 공간의 한계를 무한히 넘어설 수 있기 때문이다. 그것은 시간적인 제한과 공간적인 단절을 뛰어넘어 '너'와 '나'를 만나게 하고 서로 통하게 한다. 미시적 '울림'이 있음으로써 '너'가 존재하고 재현되며, 이것이 미시적인 까닭에 둔탁하고 무력한 빈 지대를 충격하여 이를 가르는 요소가 될 수 있다. 즉 그것은 본질적인 지대에서 존재와 영혼을 증명하는 것이리라. 이 점에서 시에서의 '북'은 '나'의 '너'를 향한 강한 열망의 증거가 될 뿐만 아니라 영원한 사랑에의 의지를 구현하는 것이라 볼 수 있다.

세계의 '접힌' 지대에서 부르는 노래

시가 사회 정의를 위해 무엇을 할 수 있는가, 혹은 서정시가 사회 참여를 위해 할 수 있는 일은 무엇인가라는 질문이 시인들을 괴롭혔던 시대가 있었다면 오늘은 어떤 시대에 속하는가? 아우슈비츠 이후 서정시를 쓰는 일이 불가능하다고 했던 아도르노의 주장 또한 시와 사회 비판의 불일치에 대한 좌절을 말하는 것이었다. 역사의 다수의 시기에 많은 시인들은 이 문제에 매달렸고, 시를 통해 사회에의 기여를 이루길, 시가 역사로부터 소외되지 않기를 갈망했다. 그러나 불행하게도, 여전히 시의 주요 주제에 해당하는 이 문제를 명쾌하게 해결한 시인은 그리 많지 않다. 시가 사회에 다가갈 때 아름다움은 훼손되고 아름다움을 유지할 때 시는 사회로부터 멀어지기 때문이다. 소위 시의 미학성과 정치성의 관계는 풍선효과처럼 상반적이다. 사회비판의 날선 목소리와 서정의 부드러운 리듬이 화해롭게 만나는 일은 말 그대로 모순적이다. 이는 무엇 때문인가? 사회에의 참여를 외치기엔 시는 지나치게 아름다운 것인가?

김두안의 「새들이 돌아오는 저녁」은 자연을 소재로 취하면서 부드러운 음조를 유지하고있는 전형적인 서정시의 면모를 보여주고 있다. "새들이 돌아오는 저녁을 꽃이라고 부른다"라는 구절은 첫 대면에서부터 우리를 서정의 아름다운 지대로 이동하게 한다. 독자는 시인이 제시한 이 처음의 발화에 의해 이미 스스로를 무장해제하고 울림 가득한 서정의 공간으로 몰입한다. 자연의 조화로운 이미지는 독자로 하여금 완전함에의 감동을 불러일으키는 것이다. "새들이 돌아오는 저녁을 등대라고 부른다", "새들이 돌아오는 저녁을 안식처라고 부른다" 등의 구절들 또한 반복에 의한 일정한 리듬을 형성함으로써 서정시의 동일화 효과를 가져온다는 것을 알 수 있다. 이들 구절들은 모두 자연과 인간의 조화 및 자연에 의한 인간의 동화라는 서정시의 성질을 매우 훌륭히 구현하고 있다.

그러나 시가 이러한 조화와 동일화에만 집중되어 있지 않다는 것은 두 번째 행에만 이르러도 알 수 있다. "나는 꽃을 꺾어 해안에 던진다", "나는 불빛을 꺾어 바위에 던진다"는 구절들은 서정성에 몰입된 우리의 정서를 단박에 소격(疏隔)화 하기 때문이다. 시인은 의도적으로 자연의 완전함을 찢고자 하는 것일까. 이것은 자연이 인간에 의해 얼마든지 유린될 수 있는 대상임을, 자연과 인간의 조화란 환상에 불과함을 새삼 상기시킨다. 적어도 자연은 늘상 우리 서정시가 꿈꾸어 온 것처럼 완성과 절대라는 안식의 지대이기만 하지는 않다는 것을 시인은 말하고 있다.

자연이 완성의 절대 공간이 되지 못하는 까닭은 무엇일까? 자연에 대해 시인이 완곡한 비틀기를 시도하는 이유는 무엇일까?

새들이 침묵을 물고 바위 속에 제 그림자를 접어넣는다

말갛게 씻긴 발을 들이고 신열에 떨며 몸을 웅크린다

새들이

눈을 감고 바라보는 낡은 부리에는 어느 백랍 같은 영혼의 냄새가 묻
어 있다

위의 구절에서 묘사된 '새들'의 '백랍 같은 영혼'은 무엇에 대한 형상
화인가? 개인적 정서에 의한 단순한 감정이입이기 이전에 이것들을 세
계에 대한 객관화된 묘사라고 볼 수는 없을까? 즉 시인은 자연이라는
대상을 통해 개인적 정서의 안식과 만족을 끌어내려 하기보다 자연이
품고 있는 어두운 지대를 묘사함으로써 자연을 객관화시키고 있는 것
으로 보인다. 자연은 자신 안에 내포되어 있는 '그림자'를 스스로 펼쳐
보임으로써 자연이 인간의 환상의 지대가 아니라 인간과 동일한 성질
의 것임을 말하고 있는 것이다. 다시 말해 자연은 인간에 의해 초점화
되는 것이 아니라 스스로 인간 세계에 다가오는 모습으로 나타난다.

시인은 1연과 2연을, 3연과 4연을 교차시킴으로써 이처럼 자연과 인
간의 왜곡된 관계를 반복해서 전복시키고 자연과 인간 사이의 바른 관
계를 재정립코자 한다. 그것은 대상화의 관계도 안식의 관계도 아니고
자연과 인간을 대등하게 아우르는 총체적이고 단일한 관계를 의미한
다. 자연과 인간은 서로를 객체로서 바라보는 다른 지대의 존재들이 아
니라 서로 한 울타리에 사는 같은 존재들이라는 것이다.

이러한 관점에서 자연의 완벽함이란 환상이 아닐 수 없고 자연에 의
한 서정화는 인간에 의한 불완전한 상상에 해당한다. 반면 자연과 인
간은 동시에 완전하거나 동시에 불완전하다. 그들은 동시에 밝음 속에

있거나 동시에 어둠 속에 있다. 세계는 총체적인 것으로서 본질적으로 밝거나 본질적으로 어두운 것이라 할 수 있다. 따라서 자연 속에서 인간은 결코 유토피아를 꿈꿀 수 없으며, 자연 또한 더 이상 인간에게 안식을 위한 보루로서 기능하지 않는다. 어쩌면 총체적 어둠의 세계야말로 오늘날의 세계상에 해당하는 것이 아닐까.

이와 같은 공동운명체의 상황을 시인은 "눈썹처럼 돌아온 새가/ 차갑게 우는 것은/ 아직도 저녁 불빛을 향해 배 위를 달려가는 그림자를 보았기 때문이다"로 설명하고 있다. 이는 '새'의 어둠이 '인간'에게 드리워진 '그림자'에 기인함을 말하는 것으로서, '그림자'가 있는 한 자연과 인간 모두 이로부터 자유로울 수 없음을 의미한다. '그림자'는 지상에 살고 있는 모든 존재를 어둡게 하는 것이다.

이로써 자연을 대상으로 하는 서정시는 파괴되고 세계의 총체성을 묘사하는 시가 남게 된다. 또한 다른 한편으로 안식과 평화 대신 우울과 슬픔의 정서가 남게 되었으면서도 세계의 총체화를 기하는 또 다른 안정과 균형의 감각이 형성됨으로써 시는 여전히 아름답게 유지되고 있음을 알게 된다.

이제 우리는 시인의, '자연에 대한 비틀기', '자연과 인간의 조화에의 틈 내기'의 의미를 어느 정도 말할 수 있게 되었다. 그것은 자연에 접근하는 우리의 인식틀을 교란시킴으로써 서정시의 미학성을 해체하고 대신 그 자리에 부조리를 포괄하는 세계 전체를 형상화시킨 것에 해당한다. 그것은 아름다운 세계에 국한된 묘사가 아닌, 세계 전체가 지니고 있는 총체적 '그림자'에 관한 묘사가 될 수 있었다. 나아가 여기에 멈추지 않고 세계 전체를 통합적으로 바라보는 안목은 균형에 의한 또 다른 미학성을 여는 계기가 될 수 있었다. 요컨대 시는 기존 시의 미적 패러다임을 전복하고 새로운 패러다임에 의한 시의 미학성을 재건한 것이라 할 수 있다. 서정성과 파괴성의 반복적 교차라는 시인의 시창 작법에 의해 소위 시의 미학성이 파괴되는 한편 비판성을 내포한 시의 새로운 미학적 차원이 개척되고 있었던 것이다. 시인의 비틀기에 의해 미학성과 정치성은 교묘히 뒤틀리면서 결국 서로 만나는 지점을 형성 하고 있는 셈이다. 이 지점은 시인이 언급했듯 '그림자'의 지대인바, 이 는 세계 전체에 숨겨져 있는 '접힌' 부분, 풀리지 않는 부조리가 맺혀 있어 아픔이 도사리고 슬픔이 피어나는 곳, 끝없이 우울과 불안이 솟 아나는 곳, '차가움'과 '눈물'이, '신열'과 '백랍같은 영혼'이 웅크리는 곳 이 될 것이다. 시인의 새로운 미학의 시는 바로 이 세계의 굴곡진 부 분에서 탄생한 것으로서, 여기에서 시인은 이러한 총체적 어둠의 세계 를 향해 결연히 말할 수 있었다. "나는 돌아오지 않는 새를 기다리기 로 한다"라고.

역동적 구조화에 의한 시 읽기
—서효인의 시

얼마 전 서효인이 어느 잡지에 써냈던 시작법에 관한 구절이 떠오른다. '그레고르사우르스'라는, 최후의 공룡의 내면을 통해 드러냈던 그의 관점은 "이전의 시대가 질식하고 있다"는 인식에서 출발한다. 거대 운석과의 충돌로 빚어진 공룡 멸종의 시대. 이 시점에서 '그레고르'는 자신의 몸에 지금 벌어지는 사태를 깊숙이, 낱낱이 기록하여 화석으로써 "내가 본 모든 것을 말해주리라" 다짐한다. 아울러 그는 "이제 새로운 시대가 올 것이"라는 기대로 "알 수 없는 희열에 온 몸을 부르르 떤"다.

'그레고르'를 인물시점으로 하여 제시한 고백은 서효인의 광활한 세계관과 포개진다. 그가 시대를 공룡 화자를 통해 그리는 것은 단순한 우화나 얘깃거리를 위한 것이 아니다. 그것은 그가 바라보는 시대에 관한 초점을 말해준다. 한 시대가 끝나가고 있다는 것, 곧 새로운 시대의 도래를 의미한다는 것, '웅장하던 공룡들이 픽픽 쓰러졌'던 것처럼 이와중에서는 대단했던 많은 것들이 무력하게 소멸할 것이라는 것, 시대의 경계에서 할 수 있는 최선의 일이란 화석을 기대하며 시대의 흔적을 몸에 기억시키는 일이라는 것 등이 도출된다.

말하자면 서효인의 시는 격변의 한 가운데에서 소멸해가는 종의 불안하면서도 황홀한 내면의 기록으로서 시대와 문학에 대한 사실적인 인식을 겨냥하고 있음을 알 수 있다. 그의 관점에 따르면 오늘의 문학은 "멸망하고 있"으며 또한 이것 자체가 시대를 구획짓는 특징임을 의미한다. 언젠가 그가 말했듯이 문학을 한다는 것은 돈이 없거나 집이 없거나 '……'이 없는 것처럼 비주류의 표식이라 할 만한 것이다. 문학을 통해 권력을 구하거나 주류를 추구하고자 하는 것의 넌센스를 다시 한 번 확인시켜 주는 대목이다.

스스로 비주류임을 말하는 서효인의 시는 마치 동화 속의 '벌거벗은 임금님'을 외치는 천진한 어린아이의 시선을 느끼게 해주어 속시원하다. 자의식이나 위선으로 치장하지 않은 채 생생하고 직설적으로 발화되는 그의 시는 솔직하고 투명하다. 그 맑은 시선은 문학에 대해 비장해하지 않고 비주류인 것에 대해 의기소침해지지 않으며 있는 그대로를 직시한다. 그의 시선은 화석화되어가는 문학도, 비주류도 담담하게 담아내며, 나아가 비주류를 비주류로 끝없이 양산해내는 사회와 인간의 의식을, 그로 인해 교정될 수 없이 점점 더 기괴하게 비틀리는 인간의 의식과 사회를 통렬하게 폭로한다. 따라서 그의 어법은 가벼우면서도 무겁고 덤덤하면서도 신랄하고 무심한 듯하면서도 치열하다. 그의 시는 표면적으로는 무난히 시적이지만 내부로 진입할수록 거칠고 흉포한 시대적 부조리가 소용돌이치고 있다. 표면과 이면을 가로지르는 나선과 같은 돌기가 그의 시에 도사리고 있는 것이다.

서효인의 시 「우리 동네에 왔던 괴상한 선원들은 모두」 역시 시대와 인간에 대한 인식을 고스란히 드러내고 있다. '고래'를 위협하는 것이 단지 '포경선'이라든가 '경비선'과 같은 규정된 적대적 존재들만이 아니라 바다 전체가 된다는 인식이 스며있는 이 시는 '고래'를 통해 언제든 자신을 집어삼킬 수 있는 환경에 대해 불안해해야 하는 현대인의 자화상을 있는 그대로 그리고 있음을 알 수 있다. 결코 안온함의 터전이 아닌 바다에서 '고래'가 때로 숨차고 때로 미치고 때로 춤추는 것처럼, 또한 아무리 거슬러 헤엄쳐도 공허함을 느끼는 것과 마찬가지로 시인이 바라보는 이 시대의 인간 또한 공허하고 위태하다. 인간이란 언제고 집어삼켜질 수 있는 '보트피플'과 같은 운명에 처해있다.

> 부유하는 자들이 뒤섞이는 동네의 거대한 파도를 본다. 우리를 집어삼킬까? 갑판 아래흐르는 피는 정직했다. 벗어날 수 없는 거대한 동네에 그들은 좌초되었다. 뱃머리가 거진 다 잠겨서야, 우리는 정말이지 똑 닮았구나, 느낀다. 우리는 진짜 어디로 가나, 묻는다. 고래는 처음부터,
>
> 「우리 동네에 왔던 괴상한 선원들은 모두」 부분

현대인을 바라보는 우울하고 비관적인 인식은 결코 새롭거나 낯선 것이 아닐 것이다. 그러나 외적인 안락과 평화, 구조화된 안정 속에 실상 극단적인 비극이 뒤틀려 도사리고 있음은 우리에게 이해의 수준을 넘어서는 모종의 각성과 결단을 요구하는 부분이다. 즉 극단적 비극성마저도 구조화시켜 안정된 내부로 안착시킨 것이 오늘날의 사회라면 이는 모순과 부조리에 대해 절규하는 것조차 관습으로 만드는 절대적 허무이자 공허의 상태가 아닐 수 없다. 이 상태에서 비판이나 환기, 단순

한 이해나 파악은 어떠한 행동력도 발휘하지 않는 관념의 수준에 해당할 것이다. 시의 새로운 어법이 필요한 것도 이 지점에서이다.

엄밀히 말해 서효인의 경우 그의 시가 상투성에 떨어지지 않고 우리를 움직이는 것은 그의 시를 이끌어 가고 있는 초점에 있다. 앞서 말했듯 그는 비주류의 위치에서 자신의 처지를 투명하게 말하고 있거니와, 그는 우리 대다수가 강하게 욕망하고 안간힘을 쓰면서도 그 자체를 감추고 항상 주류인 듯 행세하는 위선적이고 허영적인 사회 속에서 "임금님은 벌거벗었다"고 말할 줄 아는 천진함 또는 용기를 지닌 자이다. 모두가 기를 쓰고 자신의 결핍과 부족함을 감추려고 하는 세상에서 그는 자신의 결핍을 스스럼없이 말함으로써 사회의 결핍과 부족함에 대해 초점화시키고 있는 것이다. 이것이 그의 세대로서의 유리한 입지에 의한 것일 수 있겠지만 적어도 사회에 편입되지 않은, 혹은 편입될 수 없었던 자의 자리에서 본 사회란 더욱 기괴하고 희극적일 정도로 비극적인 것이 된다. 때문에 그의 시는 죽을힘을 다해 기성사회 속에 안주한 채 살아가는 이 모순되고도 기묘한 삶의 주인공들을 수치스럽게 한다. 우리가 지키고자 하는 삶이란 것이 허영과 위선으로 치장된 허울에 해당되는 것임을 그는 심란스럽게 말한다. 따라서 그의 시에 의해 우리는 흔들리고, 우리 삶의 바탕이란 것이 부질없음에 공허하게 되며 나아가 우리가 정작 주제로 삼아야 할 것이 우리 삶을 허구화하는 일이 아니라 우리 삶을 허위화시키는 원인을 개선하는 데 있음에 동의하게 된다.

그의 시 「우리 동네에 왔던 괴상한 선원들은 모두」의 어쩌면 매우 평범한 주제와 상투적 비유들이 스멀거리듯 우리에게 파고들어와 우리의 관습적인 인식의 메카니즘을 흔드는 것도 서효인 시인의 입지, 그의 특유의 초점화에 기인하는 것이라 할 수 있다. 그가 창출한 초점화는 표면적인 평범함과 무난함을 거슬러올라가 내면으로 갈수록 거세지는 나선의 힘을 지니고 있는 것이다. 그의 시를 보다 역동적 구조로써 읽어야 하는 이유가 여기에 있다.

현실 모방의 언어에 의한 현실 비판의 담론
―진수미의 시

논리적으로 구성되고 분명하게 구획되는, 적어도 그러함을 지향하는 것이 우리가 살아가는 세계일 터이지만, 때문에 모종의 분쟁이 있거나 관계가 성립될 때 합리적 인과성에 의해 앞뒤를 분간하고 주고받음의 계산을 하는 것이 인간이 사는 방식에 해당될 터이지만 실제 벌어지는 사태는 그러하지 않다는 것은 인생에서 좌절을 맛본 바 있거나 때 아닌 횡재를 겪은 바 있는 사람이라면 잘 알 것이다. 알 수 없는 모종의 힘에 의해 벌어진 사태, 냉철함이나 이지적 태도가 먹혀들지 않은 채 사유가 오히려 한없는 미궁에 빠져버리는 상황, 해결되지 않는 팽팽한 분쟁과 논리적으로 성립되지 않는 관계들. 제 아무리 정신을 세워도 주체의 영역을 넘어서버리는 영역이 있다는 것을, 이에 대해 우리는 어떻게 해야 할까?

진수미의 시창작법은 자유로움을 특징으로 한다. 이미 『달의 코르크 마개가 열릴 때까지』라는 시집에서 여성의 몸에 대한 묘사와 자유로이 연상되는 이미지의 흐름을 보여준 바 있듯 추천작 「검은 고름 가득 찬 종기처럼」에서 역시 사물이 다른 사물을 낳고 이미지가 유사 이미지를 낳는 자유로운 상상법을 선보이고 있다. 가령 '물고기'가 '사자'로 대체되거나 '사자'에서 '샤워기'로의 언어유희, '샤워기'와 '고래'의 연접, 그리고 '뿌려지는 물' 등으로의 연상이 시를 이끌어가는 주된 작법이 됨을 알 수 있다.

그녀의 시창작법이 보여주는 이와 같은 자유 연상, 이미지의 연접과 언어의 유희는 일반적으로 합리적 사유를 넘어서는 비합리적이고 반인과론적인 사유, 탈근대의 지평에서 논급되는 새로운 사유로 지정되고는 하였다. 유희와 흐름, 비논리와 자유라는 측면에서 우리는 충분히 탈주감과 해방감을 맛본다. 그러나 나는 이러한 양상을 조금은 다른 의미로 전유코자 한다. 모호함의 한 방식, 부드러움 및 유연함, 무작위의 존재법과 관련시키고 싶다. 그것은 세계에서 벌어지는 사태는 우리의 명료한 사유 및 논리적인 구성법과 하등 상관이 없다는 점을 염두에 둔 판단이다. 세계를 이끌어가는 것이 합당함과 관련된 적이 있었던가? 약육강식의 사태를 제어하는 이성의 논리가 인간세상에서 한 번이라도 빛을 발한 적이 있었던가? 사태는 항상 비극으로 치닫고 이성은 언제나 패배하며 인간은 늘 먹고먹히는 관계 속에서 으르렁거리기 일쑤다. 인간의 이성을 웃도는 힘을 중심으로 한 우월한 논리, 이면에서 벌어지는 몇 겹 지층의 파워 게임, 또한 인간의 한계를 넘어서 존재하는 보이지 않는 팽팽한 아우라들. 이들은 우리가 살아가는 세계의 무작위성, 세계가 전개되는 모호함의 극단적 양태가 아닐 수 없고, 이 속에서 벌어지는 사태란 마치 신의 노련한 손놀림처럼 이음의 흔적도 시간의 간격도 없이 이루어지는 그대로이다. 때문에 이를 부드러움과 유연함의 존재방식이라 할 수 있을 듯하다.

　이러한 규정은 이제 진수미의 시창작법의 의미를 단지 탈근대의 지평에서의 텍스트 저항으로 지정하는 것을 넘어서서, 현실에 대한 직접적 부정의 그것으로 지정하는 것을 가능하게 한다. 그녀의 언어는 현실을 비껴나 있는 것이 아니라 현실의 모습 그대로를 반영하는 것이며 때문에 현실을 향한 그녀의 비판적 언어는 야릇한 절충이 아니라 있는 그대로의 사태에 대한 직설적인 언표가 된다. 다시 말해 그녀는 현실을 모방한 언어를 직접적으로 구사하여 현실을 겨냥, 비판하고 있다. 그녀의 비판은 단지 텍스트 내의 미적 구성이 아니며 현실을 비껴선 관념적 유희는 더더욱 아니다. 그러한 점에서 그녀의 현실 비판은 강력하고 유효하다.

　　입을 열게 만들겠습니다. 흐르렁
　　흐르렁 포효하는
　　사자 이빨을 단 바퀴가
　　손마디 뼈를 하나씩 분지르고 지나갑니다.

　　　　내부순환로
　　　　내부순환로 믿음의
　　　　순환도로를 내달리는
　　　　저 차들, 차들, 차들

　아프지 않습니다.
　손이 없어요, 저는 아무도

없습니다.

못 박히려 해도 십자가에 달릴
두 손이
「검은 고름 가득 찬 종기처럼」 부분

세계에 의해 절멸의 지경에까지 인간의 모습을 그녀는 "못 박히려 해도 십자가에 달릴 두 손이 없다"고 묘사한다. 차라리 "아무도 없어 아프지 않는" 사태는 인간을 둘러싼 세계의 파괴성을 극명하게 드러내준다. 도시의 '믿음'의 수준에 이른 맹목적인 질주, 인간을 집어삼킬 듯 포악한 현대의 문명은 그녀의 현실 비판 의식을 여지없이 보여준다. 그녀가 본 현실은 "검은 고름 가득 찬 종기"처럼 화농성이 강하다.

오늘의 시에서 현실 비판의 담론을 읽는 것은 반갑다. 많은 이들이 논의하고 탐구하고 있듯 시에서 정치성을 드러내는 일이 미학적 측면에서 볼 때 결코 조화로운 일이 아니라는 인식 때문일 터이다. 이 두 가지 축을 동시에 감당하는 일은 마치 획기적인 발명품이 생산되기를 기대하는 일처럼 어려운 일일 것이다. 그럼에도 불구하고 시인들은 많은 경우 반현실적 의식을 지니고 있는 것도 사실이다. 현실이 조화롭고 수용할 만하다면 시인들이 시를 쓰는 이유도 반 이상이 줄어들 것이다.

언제나 존재하는 이러한 딜레마 아래서 진수미는 현실의 사태에 보다 미시적으로 접근하고 그 속에서의 양태를 면밀히 추출하여 그에 맞는 언어의 옷을 입혔다. 그녀는 모호하고 무작위로 펼쳐지는 세계의 양태를 있는 그대로 직시하고 이를 그녀 특유의 부드러움과 유연함의 상상력과 연접시킴으로써 그것이 그녀 자신의 미학인지 현실에 대한 정치성인지 역시 구분할 필요조차 없는 지층으로 우리를 몰고 갔다. 세계가 인간의 인지력을 훨씬 웃돌아 구성되는 것처럼 그녀는 비인과적이고 비논리적 언어 구사를 통해 이에 맞대응하는 것이다. 그녀의 언어는 모호한 현실보다 더 모호하고 무작위한 현실보다 더 무작위적이다. 요컨대 그녀의 언어 미학을 현실에 대응하기 위한 전략적 태도로 보면 어떨까 하는 것이다. 그 점에서 진수미의 현실 모방의 언어란 구성적 측면에서 미학적이고 내용적 측면에서 정치적인 것이 아닐까. 또한 그녀의 시창작법은 소통을 방해하고 내용이 없다는 혐의로 부대끼는 최근의 전위시단에서 하나의 안정감 있고 의미있는 미학을 구현하고 있는 것으로 보여 유쾌할 따름이다.

'따스함'을 향한 '일상'의 열린회로

─이근화의 시

일상을 소재로 취하면서 평단의 주목을 받았던 최초의 사조는 모더니즘이다. 모더니즘이 보여주었던 일상적 소재는 비사건성과 무시간성을 획득하면서 기존의 서사물의 문법을 전복시킨 성과로 인정되었다. 모더니즘의 서사물은 일상을 전면화시킴으로써 역사의 진보를 부정할 수 있었고 근대의 시간적 연속에 저항하는 반담론을 형성할 수 있었던 것이다. 모더니즘은 늘 반복되어 너무도 사소한 소재에 불과하지만 그러한 일상이 어떻게 맥락화되는가에 따라 전혀 다른 의미로 작용함을 보여준 대표적 사례에 속한다. 이러한 측면에서 이근화의 지극히 사적이고 사소하며 고백적이고 일상적인 담론이 시적 의미에 어떻게 이어지는가를 살펴보고자 한다.

이근화의 「김밥에 관한 시」는 우연성과 유희성이 강조되어 있는 소위 미래파 경향의 시에 속한다. '어쩌다 김밥에 관한 시를 쓰게 되었다'는 고백으로부터 시작되는 이 시는 의도적으로 사태의 진지함과 심각성을 전복시키는 포스트모던 세대의 특성을 떠올리게 한다. 이는 사건성을 중심으로 하는 비판적 담론과도 상관없으며 자아 성찰을 지향하는 서정시의 계열로부터도 크게 벗어나 있는 것이다. 또한 자신의 시쓰기의 과정을 일일이 기록한다는 점에서 포스트모던적 자기반영성의 기법을 십분 활용하고 있음을 알 수 있다.

시인은 "어쩌다 김밥에 관한 시를 쓰게 되었다"로 운을 떼고는 "어쩌다 김밥을 먹게 되는 날이 있는 것처럼/ 김밥하면 천국이 떠오르고/ 천 원이나 천오백 원으로 어떻게 김밥을 말 수 있는지 궁금해진다" 내지 "김밥 둘둘 마는 조선족 아줌마들 임금이나 제대로 주는지" 등으로 계속적으로 말꼬리를 이어간다. 그녀는 여전히 우연성을 표나게 드러내는 어휘들, 자유로운 연상에서 비롯되는 발화의 유희적 성격을 시의 전면에 드리운다. 이 속에서 시인은 자신의 사적 영역과 '동네'로의 공간적 확대, '조선족'이라는 이웃으로까지 관심을 이동시켜 감으로써 시점을 자유로이 넓혀가고 있으며, 동시에 이들에 대한 마음쓰기를 실천함으로써 시점의 동심원적 확산의 과정을 보여주고 있음을 알 수 있다. 이는 부정할 수 없는 시쓰기의 즐거움이고 시쓰기의 가벼움이자 쉬움에 해당한다. 이근화는 그녀 나름의 생활과 문법을 통해 시적 사유의 개성을 찾아가고 있다는 판단이다. 특히 이근화의 시는 다수의 미래파가 보여주는 난해함과 소통의 불능성에 비교해 볼 때 친근하고 애교스럽기까지 하다.

한 편 그녀의 개성에 좀 더 주목할 경우 그녀 시가 보이는 우연성과 유희성이란 단순한 조건에 불과하다는 것에 동의해야 할 것이다. 우연성과 유희성이란 그녀의 세대가 공유하는 다소 보편적 성격이자 문화적 속성에 속한다는 것이다. 이들 세대에게 무거운 주제나 거대 담론은 사유의 거리로조차 등장시키기 부담스런 것들이 아니겠는가. 가벼움과 즐거움은 이들 세대의 양도할 수 없는 취향이자 어조이고 호흡이다. 이들은 손끝에서부터 우연성과 유희성에 길들여져 있는 세대, 소위 디지털 세대인 것이다. 때문에 이근화의 특수성은 이를 전제하고 넘어선 자리에서 탐색되어야 할 터, 그것을 '온정溫情'이라 보면 어떨까.

> 그러나 김밥에 관한 시를 먼저 써야 하는데
> 김밥하면 나는 친구 현숙이가 떠오른다
> 김밥을 좋아했는데 이제는 더 만날 수가 없게 되었다
> 김밥 때문은 아니고
> 살다 보면 그렇다 김밥 옆구리가 터지듯
> 그냥 얻어터지는 날도 있고
> 어제도 오늘도 만났던 사람을
>
> 어느 날 갑자기 만날 수 없게 되기도 한다
> 죽은 것도 아닌데 마음이 시커멓게 타들어간다

이 구절을 보더라도 시인에게 실상의 주제는 '사람'이다. 시인은 '김밥에 관한 시를 써야 한다'는 과제 앞에 놓여 있으면서도 이는 계속하여 지연시키는 대신 그 빈 자리에 끝없이 지인들을 끌어들인다. 친구, 선배, 아기, 남편, 엄마, 그 애 등 화자는 자신의 주변 인물들을 끊임없이 떠올리고 추억하고 그리워하고 염려하고 사랑하는 것이다. 화자는 함께 했던 시간들을 행복해하고 지금은 만날 수 없게 된 것을 '매우', '마음이 시커멓게 타들어갈' 정도로 가슴 아파하며, '침흘리는 아이'를 회

상하는 장면에서는 아이의 '침은 참 맑다'는 말을 덧붙인다. 또한 그는 "김밥이 그립듯 엄마가 그리우면/ 속이 정말 아플 것이다"라고 함으로 써 읽는 이의 마음을 뭉클하게 한다. '심심하고 뚱뚱한 김밥'을 잘 먹던 '그 애'와의 지난날의 '소풍'에 관한 이야기는 휴일의 여유와 행복감을 상상하게 한다. 말하자면 시인은 그의 고백대로 '김밥에 관한 시를 먼 저 써야 하는데' '김밥'에 더 '이끌리고' 김밥을 함께 했던 지기들에 더 관심을 팔게 되었다. 한 마디로 "김밥 옆구리 터지는" 이야기만 늘어놓 은 것이다. 그렇다면 그녀의 시는 정작 해야 할 이야기를 하지 못한 비 효율적 시가 아닌가! 그녀는 자신에게 부여된 과제를 끝까지 회피한 산 만하고 수다스런 이야기꾼에 불과한 것이 아닌가!

그러나 그녀의 '김밥 옆구리 터지는' 이야기는 흥미롭게도 표면적으 로는 목적성을 일탈한 무용한 시가 되고 말았지만 실질적으로는 독자 에게 풍부한 추억거리와 훈훈한 마음을 전해준 온정 가득한 시가 될 수 있었다. 비록 그것은 합리성의 견지에서 볼 때 결함을 노정했지만 무질서한 자유 연상을 통해 오히려 내면적으로 인간성을 회복하는 데 이바지하였던 것이다. 과연 그러하다면 이는 데리다의, 합리적 목적성 의 부정과 지연이 거듭되고 지속될수록 더욱 풍부한 의미의 생산에로 귀결될 것이라는, 기표의 유희와 해체가 더욱 강한 진실과 진정성에 도 달케 할 것이라는 해체주의 기획에 들어맞는 것이 아닌가!

그러한 공식이야 어찌 되었건 이근화의 「김밥에 관한 시」가 우리에 게 보여준 것은 결코 적지 않다. '일상'에 닻을 드리운 그녀의 시적 창작 의 동기는 그녀의 시가 생활세계에 굳건히 자리를 잡고 있는 건강한 것 임을 믿게 해 준다. 그녀의 '일상'에의 천착은 결코 허접스러움이 아니 라 '나'로부터 출발하는 근원성을 띤다. 그 근원성에 의해 시인은 우리에게 가족과 친지와 이웃과의 인간적 관계를 환기시킬 수 있었다. 또한 이 과정에서 시인은 풍부하고 다채로운 의미를 생산할 수 있었음을 알 수 있다. 요컨대 시인에게 '일상'은 시적 생산의 지대였고 '따스함'이라는 그녀 고유의 개성을 확장시켜 나가기 위한 통로였다.

문명의 쓰나미(tsunami), 시간기계

―주영중의 시

　현대문명의 위기에 관한 우리의 인식 수준은 어느 정도인가? 뉴스가 연일 폭설과 홍수, 새와 물고기들의 떼죽음, 가축들의 전염병에 관한 소식들을 실어나르는 가운데, 인간과 문명이 자연에 의해 완전 전복되는 장면들은 영화 속 화면처럼 극적이다. 신의 지위를 대신할 수 있을 듯 보였던 인간의 오만했던 능력은 자연의 파괴력 앞에 속수무책이다. 자연의 광포한 분노 앞에 인간은 말 그대로 가랑잎처럼 무기력하다. 환경전문가들에 의하면 인간의 파괴적 문명에 대한 자연의 복수는 이미 시작이 되었고, 지구오염을 회복시켜 생태계를 복원하는 일은 이미 늦었다고 한다. 인간이 할 수 있는 일은 점점 더 줄어들고 있으며 우리의 운명은 시간과의 싸움으로 남게 되었다. 상황이 이러할진대 매우 상투적인 담론으로 들리지만, 또 유행 지난 고루한 이념으로 보일지라도, 여전히 문명에 대한 비판적 담론은 유효하다. 우리는 더욱 치열하게 현대의 물질문명이 야기한 온갖 비극을 폭로하고 이를 성찰해야 할 것이다.

주영중의 「시계」는 참신한 비유와 현대적인 리듬감으로 구성된 매우 세련된 시이나, 그 기법을 논하기 이전에 먼저 이 같은 현대 문명에 대한 비판적 담론의 관점에서 읽기를 권한다. 「시계」는 빌딩 숲으로 이루어진 도심 한가운데에서 한 개인이 느끼는 힘들의 부대낌과 소외감에 대해 형상화하고 있기 때문이다. 문명에 의한 욕망의 응집은 마치 거대한 공룡과 같은 막강한 에너지를 발산하게 마련으로, 시인은 이 세력들의 압도적이고 무차별적 에너지에 대해 주목한다. 그는 이 힘들을 건물과 건물 사이, 거리와 거리 곳곳을 누비는 '파도'로, '지네'로 표현하고 있음을 알 수 있다.

방금 건물과 건물 사이로, 파도가 쓸려갔다

거대하고 푸른 지네가 미끄러지듯 횡단한다, 분명 3년 전

나는 초록의 브로컬리처럼 풍성하면서도 신선한 채로 몽롱하였었지

메두사의 머리모양을 한 브로컬리 속에서

온몸을 흔들며 기어나오던 생활의 지네를 기억한다

혐오스럽고도 징그러운 모습을 한 지네를, 그런데 지금

그보다 일천 배는 클 것 같은 형상으로,

이긴 몸과 촘촘한 다리를 드러내는 법 없이,

온 몸을 청동 빛으로 빛내며 그것이 또한 지나간다, 나는 어쩌면

그 넓은 등을 타고 실려 가고도 싶다는 생각,

내 일부는 거대한 푸른 지네의 등을 타고 실려 간다

식물 및 동물적 상상력에 기댄 시인의 수사는 사태를 다소 목가적이고 환상적 분위기로 채색하지만 '혐오스럽고도 징그러운' 이미지를 지

닌 '지네'의 내포를 크게 바꾸지는 못한다. 시에서 '지네'는 과거보다 '일천 배'는 커진 괴물로 등장하여 과도하고 광포한 에너지를 발산한다. 그것은 도시 구석구석을 훑으면서 그 속에 거하는 모든 사소한 힘들을 삼켜버린다. 문명에 의해, 보다 정확하게는 자본에 의해 일사분란하게 결집된 욕망은 거대하고 단일한 소용돌이가 되어 세계를 휩쓰는 것이다. 이런 점에서 '지네'는 하나의 흐름으로 다닥다닥 모인 현대의 인물 군상들을 표현한다.

주의할 것은 '지네'의 성격이 그러함에 대해 비판적 시선을 지니고 있음에도 불구하고 시적 화자 역시 그 에너지에 합류하고자 하는 욕망을 쉽사리 떨쳐내지 못하고 있다는 사실이다. 지네에게서 '청동 빛으로 빛나는 몸'을 보는 화자는 "그 넓은 등을 타고 실려 가고도 싶다는 생각"을 가질 뿐 아니라 "나의 일부"를 "거대한 푸른 지네의 등"에 실려 보내는 것이다. 여기에는 거대한 에너지군으로 형성된 세력에 저항하는 일이란 고립과 소외를 의미한다는 것, 거대한 에너지군이란 그 자체로 신뢰하고 싶은 권력이 아닐 수 없다는 인식이 스며있는바, 시적 화자의 이러한 욕망의 부대낌이란 곧 현대인의 분열적 자아상을 보여준다는 점에서 흥미롭다.

그러나 시인의 상상력은 인류의 근원인 목가적 기억을 강하게 향하고 있다. 시에 나타나 있듯 화자는 '지네'의 거대한 권력보다, 그것을 넘어서는 근원적 지대, 곧 "먼 옛날에 내가 나에게 들려주던 양들의 이야기"에 더욱 귀기울게 되는 것이다. '아삭거리며 풀을 뜯는' '양들'은 지상에서 가장 순하고 온화한 족속들을 상징한다. '양'들이 한가로이 있을 수 있는 초원이란 평화를 보장하는 인류의 유토피아를 지시함을 알 수 있다.

명백하게, 그리고 불행히도 한 마리 지네와 일천 마리 양의 공존을 현대문명은 보장하지 않는다. 속도가 붙어버린 욕망의 질주가 고요함과 온순함의 지대에 대하는 태도는 파괴와 조롱이다. '양들'은 뿔뿔이 흩어져 분열되거나 자멸할 따름이다. 현대 문명 속에서 '양들'이 겪을 운명은 비극인 것이다. 시인은 힘없는 '양들'의 귀결을 '벼랑 끝'으로, 그들이 당도할 결말을 '공포'로 묘사하는 반면 질주하는 욕망의 '지네'를 '청동'의 권력으로 표현하고 있다. 시인이 그린 이 대비를 통해 우리는 문명의 견고함에 다시 한 번 절망한다.

시인이 제시하고 있는 비극의 모티브는 시의 마지막까지 일관된 어조로 유지되고 있으며 시의 말미로 갈수록 시적 자아가 걷게 될 경로는 확연한 분열과 파괴임이 더욱 선명하게 그려지고 있음을 알 수 있다. 또한 시인은 현대인이 겪는 분열과 해체가 인간을 괴이한 괴물의 형상으로 탄생시킬 것임을 냉혹한 시선으로 경고하고 있다. 시는 현대인에게 문명은, 자본을 중심으로 한 물질주의적 욕망의 현대문명은 일견 강력한 빛처럼 매혹적이지만 평화와 영혼을 파괴한다는 점에서 철저히 반인간적임을 시사한다.

현대문명이 지닌 이 이중성에 대한 인식은 사실 매우 익숙한 것이다. 그러나 실상의 우리는 이에 대해 관념적인 것이 보통이다. 우리는 문명의 이중성이 어디에서 가름되며 어느 지점에서 반전되는지조차 모르고 있다. 이 이중성은 모호하게 중첩되어 있고 교묘하게 뒤틀려 있기 때문이다. 그러나 이를 놓치는 한 우린 자신의 욕망에 대해서도, 자신의 자아에 대해서도 무지할 수밖에 없으며, 그러는 한에 있어 우리는 에너지의 파도에 맹목인 채 휩쓸리게 될 것이다. 욕망을 앞세워 질주하는 현대문명은 인류에겐 언제나 거대한 쓰나미와 같은 것이다. 「시계」를 통해 우리를 휩싸는 문명의 위력과 공포와 결함과 전환에 대해 성찰하는 계기가 되기를 바란다.

3부
시집론

문학비평과 시대정신

운명의 표정으로 현상하는 세계, 그리고 시

―위선환 론

1. 운명의 형식으로서의 시

위선환의 첫시집 맨마지막 페이지엔 1969년 12월의 기록과 함께 "시를 끊겠다"는 선언서가 수록되어 있다. 시인은 숱한 대상들을 향한 '사랑'과 '울음'을 간직한 채 이들로부터 떠난다는 것을, 그 후 예비되는 고독을 암시하며「聖, 汭陽邑에서 詩 끊기」를 쓰고 있다. 이 선언대로 위선환은 30년간 문단을 떠나 있었고 2001년 재등단과 함께 첫시집을 상재한다. 또한 2003년엔 제2시집『눈 덮인 하늘에서 넘어지다』를, 2007년엔 제3시집『새떼를 베끼다』, 2010년엔 제4시집『두근거리다』를 차례로 발간한다. 30년간의 절필 기간이 있었다는 점도 놀랍거니와 10년 동안 4권의 시집을 거침없이 쏟아내고 있는 일도 예사롭지 않다. 위선환은 이렇듯 여러 궁금증을 일으키며 강한 존재감으로 우리들에게 다가오고 있는 것이다.

그런데 그에 대해 가장 의아스런 것은 그의 단호했던 '시끊기'의 이유
와 다시 '시쓰기'의 계기에 관한 것이다. 무엇이 그를 시와 결별하게 했
고 다시 시의 지대로 돌아오게 하였는가. 더욱이 처음 등단할 때 문학
상을 탔다는 점, 그리고 주변으로부터 천재시인이라 칭해졌음에도 불
구하고 시와의 난데없는 결별과 해후를 어떻게 이해해야 할까.

아쉽게도 시인은 이에 대해 아무런 언급을 해주지 않는다. 일말의 해
명이나 암시라도 놓일 법한 첫 시집은 묵묵부답으로 일관한다. 독자들
의 의문을 모를 리 없겠지만 시인은 마치 작심한 듯 '아무일도 없'던 사
람처럼 자기 일을 해나간다. 그는 그저 '시를 쓸 뿐'이다. 그의 시쓰기는
연기에 몰입한 배우의 동작 혹은 주변의 시선에 아랑곳 않는 에고이스
트의 행동 같다. 그에게 문제되는 것은 바로 지금 여기에서의 시쓰기일
따름이다. 과거나 동기나 맥락 등등에 대한 집착은 전전긍긍하는 독자
들의 몫에 불과할 뿐이다.

언젠가는 시인에게 이에 대한 답을 들을 수 있으리라. 시의 말문을
막았던 것이 어떤 것이고 다시 말문을 틔운 시란 과연 무엇인지를 그
는 말해줄 것이다. 그리고 이것은 시를 둘러싼 가장 내밀하고도 절실
한 발생론적 근거가 될 것이다. 짐작컨대 시는 비로소 세상과의 화해
를 시도하는 가냘프고도 고귀한 끈에 속할 것이다. 다시 말해 시는 세
상을 향해 열려있는 미세한 틈새기로서 시인에게 항상 선택과 몰입을
요구하는 운명의 창이자 형식에 해당될 것이다. 시인의 도저한 집중, 세
월의 흔적이 묻어나지 않는 정제수와 같은 느낌, 주변적 맥락들의 철저
한 삭제와 천재다운 이기적 언술 등은 바로 시의 이 같은 존재론적 근
거에서 비롯되는 것이다.

시인에게 시가 이러한 성격의 것이므로 우리가 그의 시를 통해 읽을

수 있는 것은 다소 특수하다. 위선환의 시는 많은 것을 담아내지 않으면서도 시인의 모든 것을 담아내고 있기 때문이다. 그의 시에서 우리는 우리를 둘러싼 세계의 그 총체성에 대해 전해들을 수 없다. 자연의 생명력이라든가 우주의 심원한 질서에 대한 통찰은 예상과는 달리 시인의 관심사가 아니다. 세계가 지니고 있는 객체화된 원리 및 깊이에 관한 일반적인 접근은 시인의 시에서 만날 수 없기 때문이다. 대신 위선환의 시에 등장하는 자연 및 우주, 세계는 철저하게 주관화된 것, 그것은 시인을 포함하고 그를 관통하는 것이다. 여기에서 시인은 세계의 일부이자 전체 세계가 된다. 세계는 시인을 객체로서 끌어안되 시인에 의해 그 전체가 펼쳐진다. 세계는 시인을 제외하고는, 또한 시인 없이는 존재하지 않는 것이다. 요컨대 시인과 세계는 서로를 포섭하는 프랙탈(fractal) 구조를 이루고 있다. 그 세계가 곧 시인의 운명이 되는 까닭도 여기에 있다.

2. 자연의 위압적 마루

위선환은 그의 시적 제재를 주로 자연물에서 가져온다. '나무', '숲', '강', '새', '하늘', '꽃', '벌레', '바람' 등이 시 전편의 내용을 구성하고 있다. 시의 소재는 이들 외에 달리 있지 않다. 인간의 삶이라든가 시적 자아의 정서 등속은 여느 시가 그러한 것과 달리 시의 중심에 놓여 있지 않다. 위선환은 시적 자아가 주체적 입장에서 자연물을 대상화하고 이들을 전유하는 기법을 보이지도 않는다. 그의 시에서 자연물들은 시인의 정서를 표현하기 위한 비유적 매개체로서 존재하지 않는다.

대신 시에서 이들 자연의 물상들은 스스로 존립한다. 이들은 주체성과 자립성을 지닌 생명체들로서 스스로의 의지와 근거에 따라 존재하고 운동하는 것이다. 말하자면 이들은 세계의 당당한 시민들로서 세계는 이들을 통해 전개된다는 것을 알 수 있다. 간혹 시인의 감정이 이입되는 자연물이 있어 이들을 통해 시인의 의지와 지향을 드러내는 경우는 있지만 이들 자연물이 결코 피동적 대상으로서의 위치에 놓여있지 않다는 점이 위선환 시의 내용적 특성이다. 시인은 이들을 생명에너지를 지닌 객체들로서 인식하고 있으며 자연이란 이들이 주인공으로 등장하는 거대한 무대에 해당한다. 때문에 자연은 인간의 세상과 구별되는 독자적인 마루가 된다.

> 가을이 깊어지고 찬바람이 불자 새들은 우듬지를 내려와서 아직 잎이 덜 떨어진 곁가지께로 숨었다. 다시 며칠을 이어서 잎이 지고 곁가지들 사이사이가 가린 것 없이 드러나자 새들은 머뭇거리며 나무를 내려오고 땅바닥에 널린 가랑잎 틈에 숨어서 떨며 무한하게 푸르고 먼 하늘을 바라보고 있다.
>
> 「눈짓」 부분

마치 자연의 교향악을 전달하려는 듯 그 안에 미세한 시선을 드리우고 그 속에서 전개되는 총체적 드라마를 펼쳐내는 시인의 입지는 무엇일까. 새들과 어우러진 바람과 나무, 그리고 주변 환경에 대한 이야기들은 말 그대로 자연의 서사이지 대상화된 묘사물이 아니다. 시에서 '새'나 '나무' 등등은 시적 자아에 의한 내면의 상관물이 아니라 그 자체로 살아있다. 시인은 이들 존재들의 서사를 비중의 가감 없이 있는

그대로 제시한다. 시인에 의해 자연은 자신의 장엄한 공간성을 사실로
써 드러낸다.

시적 자아의 주관에 의해 의미화 되지 않아서일까. 그 때문인지 자연
의 대상들은 결코 이상적인 모습으로 비춰지지 않는다. 주인공인 새는
영웅도 무엇도 아니다. 그저 새는 질서화된 자연의 일부로서 지극히 사
실적인 존재성을 띠고 등장한다. 환경 속에서 새는 당연히 생존을 위
해 몸부림쳐야 하고 비상을 위한 자리를 탐색해야 하는 연약한 존재에
다름 아니다.

시인이 자연을 그리는 이와 같은 방식은 평범한 것 같지만 실은 매우
독특한 것이다. 이러한 방식은 결코 자연을 대하는 시인들의 일반적인
방식이 아니기 때문이다. 자연은 철저하게 비인간화되어 있다. 즉 그것
은 인간의 질서와 분명히 구획되어 자체 내의 원리에 의해 운위되고 있
음을 알 수 있다. 이 때문에 첫 시집에서부터 전면화 되고 있는 자연은
자아와의 동화를 추구하는 서정적 대상으로 놓이지 않는다. 시인은 자
연을 인간과의 화해의 공간으로 설정하고 있지 않는 것이다. 자연은 오
히려 인간을 압도하는 위압적 힘의 실체에 해당한다.

여러 날을 비 오듯 나뭇잎이 쏟아졌다. 숲 머리에서 날리고 흙바닥에
서 쌓이고 돌과뿌리를 덮었다. 온갖 나무들과 나무들 사이가 무너지
고 자욱한 티끌이며 먼지조각들이 다 가라앉아서 지금은 훤히 트인
머리 위로 높다랗게 새집 하나가 쳐다보인다. 새집머리께로, 더 높이,
즐비하던 거미집들이 죄다 무너져서 없고 거미 한 마리만 공중에 달려
있다. 실을 다 뽑아내서 텅 비었구나.

「거미」 부분

호출되어 독자적 공간 내의 주체로서 등장하지만 자연의 주인공들은 이상적 인물과는 거리가 멀다. 그들은 그저 자연의 엄연한 힘의 원리에 종속된 채 살아가는 존재일 뿐이다. 자연의 그러한 힘의 관계는 위 시에서 '쏟아졌다', '덮었다', '무너지다', '뽑아내서 텅 비다' 등의 서술어에도 나타난다. 이 술어들은 주인공들을 압도하는 자연의 실상들을 지시하는 것이라 할 수 있기 때문이다. 이 밖에도 '적막하다'(「四溫日」), '푸석해지다'(「들샘」), '얼어붙다'(「歲寒圖」), '운다'(「탐진강2」), '적적하다'(「탐진강3」) 등의 자연에 관한 서술어들 역시 자연이 안식과 초월의 공간이라기보다 인간세상과 다를 바 없는 어두운 공간임을 암시한다. 그리고 이러한 자연은 결국 시적 자아에게까지 압도해 온다는 것을 알 수 있다.

새들은 내 끄트머리까지를 마저 밟고 내려갔다. 고작 새들이 걸어간 것인데 나는 밟히 는 대로 무너졌으므로 길게 허물어진 살거죽 들어내고 부러진 뼈토막들 치우고 휩쓸려 묻힌 새 발자국도 다 집어내고, 그리고 돌아다본다. 빈산의 골 바닥에다 싯푸른 서릿 발 헤쳐 놓고 온 갖 새들은 어디로 갔는가. 사람의 가운데로 쓸려 내려간 골짜기가 으슥하다.

「골짜기」 부분

세심하게 그려내고 있지만 시인은 자연을 지배하지 못하고 있다. 시인의 붓끝에서 자연은 온순하게 길들여지지 않는다. 오히려 자연은 시인에게 위압적이다. 시인은 심지어 '새'라든가 '꽃'(「들찔레」)에게도 '밟히고' '찔리며' 상처받는다. 자연은 '나'를 위로하기는커녕 '나'를 이리저리 휘둘며 쓸쓸하게 한다. 시인은 자연 앞에서 위축되는 것이다. 그는 "작은 것은 오히려 나이므로, 씨알보다 작아져 있으므로, 풀꽃 뒤로 바라보이는 벌판이 무한하다"(「풀꽃」)고 고백한다. 또한 「추락」의 '들개가 나를 먹었다'처럼 '들개'에게 삼켜지는 상황 설정은 자연과 시적 자아 사이의 관계 인식을 극명하게 제시한다.

이와 같은 어두움은 어디에서 기인하는 것일까? 자연에서조차 평화와 안정을 누리지 못하는 시인의 세계인식에 대해 무어라 말할 수 있을까? 이처럼 고독과 암울은 제 1시집 전체를 가로지르고 있거니와 이 점은 자연의 무심함조차 아픔이 될 수 있는 시인의 깊은 절망의 상태를 암시한다고 말할 수 있다. 곧 자연은 시인의 운명의 표정을 담고 있던 것이다.

3. '하늘되기'의 희망사항

제2시집 『눈 덮인 하늘에서 넘어지다』에 이르러 자연은 그가 지닌 생명의 이미지를 매개로 차츰 시인에게 다가온다. 시인은 조금씩 자연의 무게와 역학을 이해하기 시작하며 그에게서 모종의 동질감을 찾아낸다. "어둘 무렵 춥고 쇠약해진 나무들이 눈 덮인 하늘에서 넘어지"는 일이 "그리움이라"(「대설大雪」)고 말하는 시인에게 자연은 시인과 마찬가지로 필연성을 지닌 운명의 존재로 느껴진다. 이제 자연은 더 이상 1시집의 그것처럼 가늠 불가능한 대상이 아니다. 자연은 시인과 소통가능하며 상호간 융화가 성립되는 또 다른 공간이 된다. 이 안에서 '새', '하늘', '나무'를 중심으로 한 수식 상승의 이미지가 떠오르는 것은 어쩌면 자연스러운 일이다.

뻗친 것이라 한다

나무가 뻗쳐서 가지가, 이파리가 되고

사람이 뻗쳐서 그리움이 된다 한다

어떤 사람은 뻗쳐서 나무에, 하늘에 닿는가

어떻게

사람과 나무가 한 몸이 되어 하늘로 뻗치고

하늘이 되고

온 하늘에 뻗친 가지가 되고

하늘의 가지에도 온갖 별자리를 매다는가

「뻗침에 대하여」 부분

두 번째 시집은 '뻗침'의 이미지를 앞세워 기존의 자연의 의미가 새로이 전환된 국면을 보일 것을 암시하고 있다. 과거 자연을 감싸고 있던 무겁고 음습한 기운은 '뻗침'이라는 강력한 상승 이미지에 의해 탈각된다. 이 새로운 이미지는 어둠을 치고 나가 넓고 밝은 새로운 공간을 상상하게 한다. 제 2시집에서 '하늘'이 자주 등장하는 것도 이 때문이다. 이와 함께 '새'는 제1시집에서의 '무너짐', '움츠러듦'의 이미지를 벗고 '하늘'을 향해 비상하는 존재로 그려진다. 날아가는 새 앞에 펼쳐지는 자연은 더 이상 위협적이고 공격적인 실체가 아니라 밝게 빛나며 무한히 길을 열어주는 존재에 해당한다.

까마득하게

날아오르는 새는 날아오를 뿐

날아오른 높이를 재지 않는다

무한정 날아오르고 있는 하늘의

「새의 비상」 부분

겨우내 닳은 햇살이 은빛으로 빛나고 있다 과수원에서 발톱이 흰 새
여러 마리가 눈얹힌 가지에다 발톱자국을 찍으며 가지에서 가지로 우
듬지로 뛰어오르고 간

「前景1」 부분

인용시에서는 '새'의 보다 힘찬 이미지를 느낄 수 있다. '새'는 '하늘'
에의 지향성을 보여주는 가장 주된 소재가 되거니와 시인은 이 외에도
가령 '나비'나 '청설모'처럼 날개짓을 할 수 있는 또 다른 소재들(「前景2」,
「하늘 건너기」)에서 '하늘지향성'의 자연의 속성을 이끌어낸다.

이 활기 가득한 상승의 이미지는 그렇다면 시인의 세계 인식에서 어
떤 의미를 차지하고 있을까? 일반적 상상력에 따르면 '새'를 중심으로
한 상승이미지는 상징의 차원에 놓이는 것이 대부분이다. 상징의 차원
에서의 이들 이미지는 작가의 정서를 조율하고 상승과 초월의 세계관
을 구축해내는 동력으로 작용한다는 것이다. 이를 통해 작가는 기존
에 지녔던 내적인 모순과 갈등을 넘어서는 새로운 삶의 양태를 보이
게 된다.

그러나 위선환의 경우 이와 같은 일반적인 통념을 비껴간다는 점에
서 그의 특수성과 개성을 드러내고 있다. 위선환 시인은 분명 제2시집
에서 자연과 세계 인식에 관한 다른 국면을 보이는 것이 사실이지만 이
때의 이미지들이 상징의 차원에까지 이르는 것은 아니라는 점을 간과
해서는 안 된다. 이들 이미지들은 시인의 내적 세계관에 의해 구축된

전략적 성질을 띠는 것이 아니라 단지 시인에게 '발견된' 것에 해당한다. 시인은 자연의 일부에서 그것을 '보았고' 그것의 상승 이미지에 '꽂혔을' 뿐 그 이상은 아니다. 시인은 그러한 이미지에 크게 의미를 부여하지 않는다. 상승 이미지는 시인의 삶을 획기적으로 변화시킬 만한 에너지를 내장하고 있지는 못하다. 그러기에는 이것은 극히 제한적으로 나타날 뿐이며 많은 순간 머뭇거려지고 의심된다. '새'는 '하늘 끝서 날았다가 헛날갯짓하고 떨어지'(「빈 새」)는가 하면 '하늘의 새의 머리가 겨우 닿는 높이에는 하늘의 덫이 깔려 있다'(「새의 비상」)는 인식이 제시된다. '공중에 새가 빠지'(「공중에」)는가 하면 때로 '나'를 묻는 '눈더미'에 '새들이 다투어 모가지를 들이밀기'(「새의 묘지」)도 한다. '나'는 여전히 '마지막처럼 아프'(「郊外에서」)고 '허무하다'(「어둠」)고 말한다. 말하자면 '새'는 그저 새일 뿐 시인을 절망으로부터 구원해주지는 못한다. 그것의 이미지는 시인의 운명을 바꾸지 못하는 것이다. 조급해진 시인이 자기 몸에 모기의 '알을 슬'고 그 알이 '살가죽을 뚫고 헤집고 나와 날개를 털며 하늘로 날아오르기'(「알을 슬다」)를 기다리는 섬뜩한 모습은 시인의 절망을 더욱 짙게 드리운다. 시인의 '하늘되기'는 연약한 희망사항일 뿐임을 알 수 있다.

그러나 간혹 시인의 시에서 선명한 가능성을 발견하게도 된다. 그 이미지의 밝게 빛남이 너무도 뚜렷하고 현실적이어서 그것이 그의 운명 안에 내재해 있는 완전성의 근거임을 보여주기도 한다.

폭포의 뒷벽에다 칼새가 집을 지었다. 새가 드나드는 것이 여름내 목격되었다. 내리쏟은 물발 속으로 드나들고 있었다. 물살에 씻긴 날개가 반짝거렸다. 가을 깊고 물빛 맑은 한참이나 뒷날에는 마침내 발톱

과 부리끝이 빛났다. 그리고는 언뜻 폭포를 直登했 다. 파닥이며 물방
울을 튀기며 순간에 물줄기에다 발톱을 꽂아가며 새는 빠르게 디디고
위로 올라갔다. 폭포를 넘어가고 더 위로, 저 멀리 공중에서 반짝, 빛
났다. 지금은 새가공중을 드나든다. 이따금씩 반짝...., 저렇게 빛난다.

「點滅」 전문

시에서 '새'의 '날개'뿐 아니라 온 몸 구석구석이 빛을 받는 듯 눈부시
게 반짝거리는 이유는 무엇일까. '나'를 공격해오던 '발톱과 부리끝'도
빛나는 까닭은, '직등'의 표현처럼 무엇보다 더 힘찬 활력으로 느껴지는
것은, 새의 비상이 '더 높고 더 멀며 더 빠른' 까닭은 무엇 때문일까? 물
론 이러한 이미지가 '이따금씩'이라는 것, 시인은 "왜 나는 지금 하늘을
가리는가?"(「알을 슬다」)라며 힘없이 질문한다는 것을 놓칠 수는 없다.
그러나 위의 시「點滅」의 이미지는 매우 인상적이다. 이 시 전체를 채우
고 있는 '빛남'의 원리에 대한 통찰은 어쩌면 시인의 운명을 넘어서게
할 희망의 통로가 될지도 모를 일이다.

4. '하늘 가까이가기'를 위한 방법들

자신의 꿈과 이상(理想)을 분명히 인식하고 있음에도 불구하고 이에
대해 거듭 회의하는 것은 무엇 때문일까? '하늘'이 자신이 도달해야 하
는 궁극적 지점임을 의심하지 않으면서도 항상 머뭇거리고 의심하는
것은 시인이 우유부단해서일까 완벽주의자이기 때문일까? 그것도 아니
라면 역시 그를 내리누르는 어떠한 운명적 압박 때문일까? 이러한 질문

은 일정한 상상력의 구도를 지니고 이를 기술적으로 완성시켜 나가는 데 몰두하는 많은 시인들의 경우 던져지기 힘든 것이다. 이들 시인들이라면 비평의 질문은 대체로 지적 차원의 의도와 결과에로 초점이 모이기 때문이다. 위선환의 시는 기법적 측면에서 여느 시들과 마찬가지의 지적 완성도를 보이지만, 그러나 그의 시는 다른 지점에서 쓰인다. 그는 이미 완성된 세계관을 지니고 시를 쓰지 않기 때문이다. 그는 항상 만들어간다. 그는 언제나 길 위에, 과정 중에 있다. 이것이 그의 시에 대해 이 같은 질문을 하게 하는 요인이며 그의 시가 언제나 원점으로 회귀하여 맴도는 이유이다.

제 3시집『새떼를 베끼다』에서 시인은 '하늘'에 도달하기 위한 새로운 시도를 행한다. '하늘'이 불변의 지향점이되 이를 위한 현실적 힘을 단순히 실재하는 이미지에서 끌어낼 수 없는 것이라면 다른 차원에서의 방법적 모색이 필요할 것이기 때문이다. 먼저 시인이 선택한 방법은 '새떼를 베끼는' 일이다.

새떼가 오가는 철이라고 쓴다 새떼 하나는 날아오르고 새떼 하나는 날아간다고, 거기 가 공중이다, 라고 쓴다//(중략) // 새떼는 새떼끼리 관통한다고 쓴다 이미 뚫고 나 갔다고, 날아가는 새떼끼리는 서로 돌아다본다고 쓴다// 새도 새떼도 고스란하다고, 구 멍 난 새 한 마리 없고, 살점 하나, 잔뼈 한 조각, 날갯깃 한 개, 떨어지지 않았다고쓴다// 공중에서는 새의 몸이 빈다고, 새떼도 큰 몸이 빈다고, 빈 몸들끼리 뚫렸다고, 그러므로 空中이다, 라고 쓴다

「새떼를 베끼다」 부분

'~라고 쓴다'라는 어구에서 읽을 수 있듯 이 시는 일종의 전략적 방편에 대한 기록이다. '~라고 쓴다'의 반복은 자신의 행동을 강조하는 것으로서, 여기에 시인의 일정한 의도를 투영시키고 있음을 말해준다. 다시 말해 시인은 그의 '~라고 쓰'는 행위를 통해 방법적 실천과 그 결과를 꾀하고 있다. 그것은 곧 '새 닮기'이다. '새'에 관한 의심과 부정 탓에 그것의 이미지 전용에 실패했던 시인은 다시 '새'의 의미있는 에너지를 끌어내어 자신의 것으로 하고자 한다. 따라서 시인은 '날아오르기', '관통하기', '일관성 있기' 등 새의 활기를 유지하는 것들을 중심으로 복제를 해내고 이것을 고정된 틀 속에 확보해둔다. 이전에 상처입고 훼손되었던 이미지들, 가령 '살점, 잔뼈, 날갯깃' 등이 '떨어지지 않았다고' 암시하는 것도 의도적으로 새의 부정적인 부분들을 제거하기 위한 것이다. 말하자면 '새떼를 베끼는' 의아스런 행동은 '새'에 관한 완성된 이미지를 추출하여 그로부터 '하늘'을 향한 지속적인 힘을 도출하기 위한 것에 해당한다. 시인은 자신의 이러한 전략적 실천에서 그의 '하늘되기'를 위한 최선의 방법을 찾고자 한다.

한편 시인이 '하늘' 지향적 '새'의 완전함을 위해 구축한 이미지가 있다면 새의 '몸 비우기', 즉 '空中되기'이다. 단순한 '날기'와는 다른 측면의 상상인 이것을 통해 시인은 보다 직접적으로 새가 하늘과 닮아가도록 꾀했던 것으로 보인다. 말하자면 시인에게 '비우기'는 역시 하늘과 일치하기 위한 하나의 방편이었던 셈이다. 또한 이것은 그의 두 번째 전략적 방법인 '나'의 '비우기', '허공되기'에 그대로 이어진다. 이번 시집에서 새롭게 등장한 주된 이미지, '말림'(dry)의 상상력은 바로 나의 '몸 비우기'의 다른 표현에 해당된다.

땡볕에다 나를 내걸어둔 적 있다. 꿰어 걸려서, 진땀이 걷히면서, 가죽
에 소금꽃이 피면서, 서늘해지기도 하면서

나는 잘 말랐다. 바스락거리다가, 흔들거리다가, 잠깐씩은 잘게 떨기도
하다가,

낙엽 지듯, 떨어져 내렸다

「쇠못」 부분

삽시간이었다

한 사람이 긴 팔을 내려 덥석 내 발목을 움켜쥐더니 거꾸로 치켜들고
는 털털 털었다

부러진 뼈 토막들이며 해묵은 살점과 주름살들이며 울컥 되넘어오는
욕지기까지를 깡그리 내쏟았다

센 털 몇 올과 차고 작은 눈물 한 방울도 마저 털고 나서는

그나마 남은 가죽을 맨바닥에 펼쳐 깔더니 쿵! 키 높은 탑신을 들어다
눌러놓았다

그렇게 판판해지고 이렇게 깔려 있는데

뿐인가

하늘이 살몸을 포개고는 한없이 깊숙하게 눌러대는 지경이다

(탑 뿌리에 잘못 걸렸던 하늘의 가랑이를 그 사람이 시침 떼고 함께
눌러둔 것)

잔뜩 힘쓰며 깔려 죽는 노릇이지만

이건,

죽을 만큼 황홀한 莊嚴이 아닌가

사지에서 구름이 피고 이마맡에서 별이 뜬다

「지평선」 전문

위의 시 「쇠못」은 「목어1」, 「목어2」 등과 함께 '말림'이라는 독특한 모티브에 대해 다루고 있다. 특히 「쇠못」은 '나'를 사물화하여 건조시키는 과정을 실감나게 서술하고 있으며 「목어」는 '말림'과 '비움'의 동일한 의미에 대해 말해주고 있다.

이와 함께 「지평선」역시 '말림'의 과정을 상세히 그리고 있거니와 이 시에 의하면 '나'의 '말림'이란 '나의 뒤집기' 그리고 '나'에게서 세월의 흔적이며 왜곡된 심성, 온갖 감정 등속을 모두 '털어내는' 것을 의미한다. 그것은 '나'를 구성하고 있는 갖은 의식들을 뒤흔드는 것이며 '나'의 날선 자존심을 '바닥'에 이르도록 낮추는 것을 가리킨다. '말림'에 의해 '나'는 가장 '판판하고 깔려 있는' 상태, 즉 지극히 소탈하고 겸허해지는 지경에 이르러야 한다는 것이다. '말림'이 '비우기'가 되는 이유가 여기에 있다. 더욱이 이러한 상태야말로 시인의 전언에 따르면 '하늘'과 닮은꼴에 해당된다. '하늘' 또한 무한한 넓이와 빈 '공중空中'을 지니고 있다는 점에서 그러하다. '나'의 '하늘 닮기'를 시인은 '황홀한 莊嚴'이라고 일컫는바, 우리는 이들 시를 통해 시인의 '하늘되기'의 열망이 어느 정도로 강하며 시인이 이에 대해 수동적으로 놓여 있는 것이 아니라 적극적 실천으로써 접근하고 있음을 확인할 수 있다.

5. '물 다루기'의 운명적 성격

시인이 모색한 방법적 기제들의 실천은 시인을 차츰 어둠으로부터 끌어내어 그의 원망대로 '하늘되기'의 이상에 가까이 가도록 하였을 것이다. 그의 시는 첫 시집에 비해 한결 가벼워졌고 밝아졌다. 제 4시집

『두근거리다』에 이르러 상상력은 더욱 발랄하고 시적 소재들은 훨씬 다채로워졌음을 알 수 있다. 시인의 '하늘지향성'은 보다 더 분명하게 제시되어 있고 시인은 '하늘을 품기' 위한 더욱 치밀한 전략들을 검토하고 있다. 이에 시인은 앞서 강조하지 않았던, 그러나 사실상 첫시집에서부터 끈질기게 그를 압박했던 하나의 주제를 제시한다. 그것은 '물'에 관한 것이다.

밤이었고, 당신의 창 밖에도 비가 내렸다면, 그 밤에 걸어서 들판을 건너온 새를 말해도 되겠다

새는 이미 젖었고 비는 줄곧 내려서 빗발이 새의 몸속으로 스미던 일을, 깊은 밤에는

새를 따라온 들판이 주춤주춤 골목 어귀로 스미던 일을,

말할 차례겠다 골목 모퉁이 가등 불빛 아래로 절름거리며 걸어오던 새에 대하여,

새 언저리에다 빛의 발을 치던 빗발과 새 안으로 스미던 불빛에 대하여,

웅크렸고 소름 돋았고 가는 뼈가 내비치던 새의 목숨에 대하여도, 또는

새 안에 고이던 빗소리며 고여서 새 밖으로 넘치던 빗물과

그때 전신을 떨며 울던 새 울음에 대하여도,

말해야겠다 그 밤에 새가 자주 넘어지며 어떻게 걸어서 당신의 추녀 밑에 누웠는가를,

불 켜들고 내다봤을 때는

겨우 비 젖지 않은 추녀 밑 맨바닥에 새가 이미 스민 자국만 축축하게 젖어 있던 일을,

「스미다」 전문

위의 시는 '새'가 지금까지 시인이 보여주었고 '베꼈던' 그 이면에 얼마나 다른 모습을 지닌 채 살아왔는가에 대해 주의를 환기시키고 있다. '날아오름'의 이미지로써 시인의 지향성을 투사받아야 했던 주체가 '새'였으므로 '새'는 의도적으로라도 '날아야' 했고 부정적 요인들은 억압해야 했다. 물론 '새'가 언제나 상승의 이미지만으로 채색되었던 것은 아니다. 그러나 제4시집에서 감정이입 되고 있는 '새'의 경우 이를 지속적이고 압도적으로 괴롭혔던 실체는 무엇보다 '물'과 관련됨이 시사되고 있다. '비에 젖은 새', '새 안에 고이던 빗소리', '넘치던 빗물', '새 울음' 등은 모두 침습한 '물'이 '새'를 어떠한 고통으로 몰아넣었는가를 말해주고 있다. '새'의 비상은 물론 이 때문에 장애를 받았을 것이며 '새'의 '웅크림', '소름 돋음', '떨림', '넘어짐', '무기력'들 또한 '물' 때문이었음을 짐작할 수 있다. '물'은 '새'의 '목숨' 줄조차 쥐고 흔들었던 것이다. 다시 말해 '물'은 '새'를 가로막는 운명적 장애에 해당한다.

'물'에 대해 이토록 강하게 언급하는 시인의 전체 세계에서 '물' 이미지가 차지하는 비중은 어느 정도인가? 여기에서 주목할 점은 그가 제 1시집에서부터 지금껏 빠짐없이 한 켠에서 '물'을 다뤘다는 사실이다.「탐진강」연작시가 이를 말해준다. 또한 제2시집에 수록된「點滅」에서의 '새'의 눈부신 이미지가 결국 '물기'로 반짝였던 것임과, 제 3시집에서 시인이 '하늘닮기'를 위해 채택한 방법으로 '말림'이 있었다는 점을 상기했을 때에도 이들이 모두 일정 정도 '물'과의 관련성을 내포하고 있음을 짐작할 수 있다. 말하자면 '물'은 시인의 전체 시세계를 관통하는 주요 인자에 해당한다.

　　그때에 떨어져 내리고 있던 나뭇잎 한 잎과 지금 떨어져 내리고 있는
　　나뭇잎 한 잎의

　　참 멀고도 오래 걸리는 두 나뭇잎 사이를 느리게 걸어서 건너가는 며
　　칠 안 남은 이 늦은 가을에

「탐진강22」 부분

시인의 '물' 상상력 가운데 중심을 차지하는 「탐진강」에서 '물'은 '느림'의 이미지로서 현상하며, 때문에 대개 우울과 힘겨움을 유발하는 부정적 의미를 안고 있다. '물'은 '내 걸음'을 '더디게' 하고 '더듬거리게' 하였으며(「탐진강18」), '하늘'을 '가라앉히고' '나'를 '묻으며' 주변을 '적막하게'도 하였다(「탐진강11」). 뿐만 아니라 '나 말고도 投身한 사람'에 대한 기억을 지닌 채 '퍼렇게 멍들어 있다'(「탐진강1」). '탐진강'은 시인과 언제나 함께 했고 전체 우주를 담아냈던 그릇에 해당하지만, 정작 강의 '물'은 '하늘'을 향한 비상을 방해하고 '나'를 끌어내렸던 음험한 힘의 실체였다. 더욱이 그 끝에 놓여있는 '아버지의 실종'은 '물'이 시인의 운명적 장애 요인임을 강하게 실증한다(「둑방길」). 어쩌면 시인으로 하여금 끊임없이 의심하고 머뭇거리게 했던 것이 바로 이 '물'의 가로놓임이었는지도 모른다.

그러나 '물'을 둘러싼 이와 같은 사실들은 '하늘'을 향한 비상을 꿈꾸는 시인이 나아가야 할 바를 암시해준다. 그것은 곧 '물'을 다루는 일을 가리킨다. '물'이 불가피한 조건이라면 이를 회피하기보다는 받아들이기를 요구하는 것이다. 여기에는 보다 많은 에너지가 필요할 것이나 이를 포함하고 또한 이를 다스린 '비상'은 더욱 힘차고 더욱 빛날 것이기 때

문이다. 시인은 여기에서 '새'와 대비되는 것으로서 '날치' 이미지를 제
시한다.

이마와 손등이 젖었다 다음 차례로 등 뒤쪽이 젖는다 등가죽과 종아
리와 복숭아뼈가젖고

등가죽을 밀며 솟구치는 등짝과 등짝을 밀며 솟구치는 등뼈의, 그 너
머에 점점이 떠있는

이 섬과 저 섬 사이 여러 섬들 사이에서

날치들이 튀어 오르는 것, 차례로 떼 지어 날아오르는 것 본다

다음이 차례인 날치들은 바다의 턱뼈와 아가미와 등줄기와 꼬리를 물
었고

지금이 차례인 날치들은 바다를 입에 문 채

물바닥을 때리며 파닥거리는 것, 차츰 바다의 등허리가 들리는 것, 들
린 바다가 만조인 것, 본다

날치들은 바다를 물로 날아오르고 바다는 둥둥 떠오르고……

젖은 나의 이마와 손등과 등가죽과 종아리와 복숭아뼈에 지느러미가
돋고,
　「날치떼」전문

위의 시에서 '날치떼'는 새떼가 한꺼번에 날아오르는 것과 같은 장엄한 광경을 연출한다. 그것은 습기로 무거워진 '사람'과 '섬들' 사이에서 힘차게 날아오르는 이미지이다. '날치'는 '물기'를 두려워도 외면하지도 않고 이를 모아서 더 큰 힘으로 '솟구친다'. 한꺼번에 솟구치는 날치떼의 움직임에는 무기력도 좌절도 의심도 머뭇거림도 없다. 우리는 그것에서 눈부시게 반짝거리는 물결의 이미지를 떠올리게 된다. '바다'와 어우러진 '날치'는 우리에게 단지 공중을 비상하는 새에게서 느낄 수 없던 또 다른 아름다움을 맛보게 한다. 그것은 분명 더욱 황홀하고 감동적인 것일 터이다. 시인은 '물바닥을 때리며 파닥거리는' 날치떼의 몸짓에서 또 하나의 환상을 체험한다. 그것은 '바다의 들림' 현상이다. 그것도 물 가득한 '만조의 바다'가 공중으로 하늘로 '둥둥 떠오르는' 환영의 체험이다. 이로써 '날치떼'의 입질에 의해 '물'은 자아의 발목을 잡아끄는 장애로서가 아니라 그것을 딛고 넘어서게 하는, 아름답게 반짝거리는 배경이 되고 있는 것이다.

6. 글을 맺으며

지금까지 시인이 보여주었던 시적 여정은 계속되는 진전과 함께 순환과 반복을 포함하는 것이었다. 운명의 표정을 고스란히 담아내고 있던 위선환의 시는 따라서 존재의 성장 과정을 순차적으로 보여주는 편에 속한다. 위선환은 세계에 대한 시적 접근을 통해 힘을 얻곤 하였지만 시적 에너지가 언제나 운명을 웃돌았던 것은 아니다. 그의 시가 때로 정체되거나 원점으로 돌아오는 듯한 모습을 보여주었던 것도 이 때문이다.

그러나 위선환은 매 국면마다에서 매우 능동적이고 적극적인 태도를 발휘한다. 그는 창조적인 작업을 통해 운명 극복의 실마리를 찾아내곤 하였다. 제 4시집에 이르러 운명 극복의 가장 완성된 형태의 이미지를 얻게 된 것도 이러한 능동성에 기인한다고 본다. 그러나 앞으로 그는 어떠한 삶을 살게 될지 궁금해진다. 그는 다시 원점으로 회귀할 것인가 아니면 삶의 다른 양태를 보여줄 것인가? 앞으로의 그의 시작 활동이 기대되는 대목이다.

無에 이르는 자유의 글쓰기
－이승훈의 『화두』

1. 『화두』의 위치

이승훈을 가리켜 시단의 이단아라 부르는 것은 그의 시가 시의 어느 부류에도 귀속되지 않기 때문일 터이다. 그의 시는 일찌감치 서정시의 경계를 벗어나 있었고 그의 시를 칭하는 유명한 용어인 '비대상의 시'에서 보듯 의식의 흐름을 타는 초현실주의적 시작 경향을 보여주었다. 대상을 떠난 의식의 초과잉 사태, 의식을 통한 순수 사유의 세계는 이승훈 시를 이루는 주된 코드에 해당된다. 이는 대상과의 교유 차원을 넘어서는 심층 세계의 탐색을 의미하는 것으로, 시인의 표현대로라면 내면의 자아 찾기, 무의식적 깊이에서 길어 올려지는 근원적 자아 추구와 관련된다. 이에 따라 그의 시는 대상과 무관한 기표의 넘침, 언어의 유희로 이루어지게 되었다. 언어만으로 구성된 시, 자유롭게 유희하는 기표의 범람은 이승훈의 의식을 더욱 전경화시켰다. 그 어느 것도 소거된 의식만이 남게 되었고 의식의 명징함이 시인의 자아를 더욱 오롯이 하였다. 언어로만 이루어진 그의 시는 라캉의 명제, '무의식은 언어로 되어 있다'를 통해 자아 찾기의 성격을 보다 분명히 할 수 있었다.

기표의 넘침으로 이루어지는 언어유희 양상은 그러나 포스트모더니즘적 해체시의 규범적 면모에 다름 아니다. 그것은 1930년대 모더니스트 이상 시로부터 이미 시작된 경향이고 1980, 90년대의 보편적 시작 성향에 해당된다. 미메시스적 서정시에 반하는 파괴적이고 충동적이며 파편적인 글쓰기는 포스트모던 시대에 이성을 해체하는 전략의 일환으로 유행처럼 번졌다. 그렇다면 이러한 경향을 지닌 이승훈의 시를 가리켜 '시단의 어느 부류에도 귀속되지 않는 이단아'라는 명칭은 지나친 것이 될 것이다. 오히려 이승훈은 해체시단의 한가운데서 포스트모던의 시적 유행을 이끄는 중심인물에 속할 것이기 때문이다.

그러나 이승훈에 관한 이러한 명명이 지극히 자연스럽고 결코 과장된 표현이 아니라는 것을 우리는 작품의 이미지를 통해서, 그리고 그의 시에 대한 직관으로 알 수 있다. 그는 무엇이라 집단적으로 규정하기 힘든 그만의 개성적 세계를 지니고 있는 것이다. 그는 누구의 시선에도 아랑곳하지 않는 독자적 영역을 지닌 채 자신에게 스스로 부과한 과제를 집중적으로 추구해간다. 그리고 그 과제 해결을 위해 그가 보이는 태도와 방법은 거의 전투적이다. 마치 "시란 언제 미칠지 모르는 공포 속에서 자신과 싸우는 일"이라는 그의 말을 증명하듯 그러하다. 그가 그토록 도저하게 추구하는 세계란, 그 궁극의 지향점이란 무엇일까? 새시집 『화두』에서 우리는 그 답의 실마리를 찾을 수 있을 것으로 기대된다.

2. '영도의 시쓰기'와 그 방법적 시들

친절하게도 시인은 시집 『화두』의 말미에 자신의 시론을 수록하고 있다. 최근 자신이 궁구하는 것이라 하며 제시한 시론은 '영도의 사유'와 관련한 것이다. 영도의 사유, 사유의 영도란 말 그대로 "아무것도 사유하지 않는 사유, 사유에 대한 의식이 소멸한 사유, 사유가 사유하는 사유"(이승훈, 「영도의 시 쓰기」)이다. 말장난처럼 들리지만 이것은 그가 지금까지 걸어온 궤적의 끝에 놓이는 지극히 논리적인 상태를 보여준다. 무의식이라는 심층 탐색을 통해 숨겨진, 근원의 자아 확인을 꿈꾸었던 그에게 애초부터 이성이나 반이성 등속의 개념 구분은 아무 의미도 지니지 않았던바, 그에게 중요했던 것은 이성 혹은 비이성의 성격을 넘어선 인간의 실제 모습이자 그에 따른 자유의 지평이었다. 대상의 차원을 가로질러 그가 도달한 곳은 구속되지 않는 자아의 지대였으며 그 심층의 세계야말로 인간의 본원적인 모습으로 생각했던 것이다. 이러한 지평에 얼마나 철저하게 도달하고자 하였는지는 그가 보여준 실천적 이론 탐구에서도 엿볼 수 있거니와 그의 이와 같은 지향성은 다름 아니라 인식과 자유 자체를 위한 것이었다. 나아가 그 인식의 끝에서 더 완전한 자유를 향해 밀어젖힌 사유의 지평이『화두』에서 제기하고 있는 '영도의 사유'라 할 수 있다.

이승훈은 심층 지대에서 출렁이는 기표의 자아, 자아의 경계조차 모호한 언어만의 자아를 보여주었지만 이 역시 허상이자 환상이라 일컬으며, 이 지점에서 쓰기위한 쓰기, 쓰는 행위만 남는 시쓰기를 할 수 있다고 말한다. 그리고 이것이 '無願의 시쓰기'이자 '자아해방의 시쓰기', '해방시학의 글쓰기'이고 결국 시집에서 그가 던지고자 한 '화두'라는 것이다. 말하자면 시집『화두』는 그의 시론 '영도의 사유'에 의거한 '無願'의, '해방'의 시쓰기에 속하는 것임을 알 수 있다. 따라서 이번 시집 역시 그간 그가 일관되게 추구해온 자아탐색의 한 국면이자 인식의 한 기록이며 자유의 지평을 위한 것일 터이다.

대상을 소거시키고 자아를 소멸시켜 무의식적 언어로 시를 썼던 그에게, 또한 이성의 경계를 훌쩍 넘어서 있는 그의 시에서 자아와 인식 운운하는 것은 어불성설일지 모른다. 그러나 대상을 넘어서 있는 곳에서, 소멸되고 해체된 자아가 있는 곳에서 인간의 실제 모습을 확인하는 역설적 세계를 우리가 살아가고 있다면 어떠한가? 이것이 참 인간의 모습이자 우주적 실제라면 이를 두고 자아이자 인식이라 할 수 없을 것인가? 요컨대 이승훈이 치열한 투쟁을 통해 찾아간 곳은 역설이 지배하는 그러한 지대였고 그에게 대상의, 자아의, 언어의 순차적 해체는 그러한 지대에 다다르기 위한 방법적 도구에 해당하였음을 알 수 있다.

기차는 나보다 크고 나보다 길고 나보다 마르고 나보다 빠르고 나보다 개떡이고 해골이고 바가지다. 비 오는 저녁 기차는 비를 먹고 말대가리를 먹고 넥타이도 먹고 뭐니 뭐니 해도 양말을 먹는다. 오오 침대도 먹는다. 기차는 내가 건강한 줄 알겠지. 늦은 봄날저녁 오현 스님이 맥주 사주시던 신사동 먹자골목 일식집.

「좋아!」 부분

무수한 기표의 무의미한 연쇄는 포스트모던 시에서 너무도 익숙히 보아온 시적 기법에 속한다. 언어유희, 기의를 상실한 기표의 범람, 해소되지 않는 충동의 경제력 등등의 해체적이고 라캉적인 해설은 거의 정설화되어 있다. 그러나 이승훈의 언어유희에는 다른 시인들의 기표유희에서 찾아볼 수 없는 경쾌함이 있다. 진지함을 자극하지 않는 가벼움, 유쾌한 리듬, 즐거운 반전, 흐뭇한 독설, 막무가내의 억측이 있다. 이것들이 일상의 이미지들을 가로질러 가면서 이들을 기괴하게 일그러뜨린다.

그의 기표유희는 국면들의 변화에 따라 기묘한 파도를 일으키고 있으며 독자로 하여금 이 파도 위에서 스릴과 유쾌를 만끽하게 한다. 그의 시는 독자로 하여금 즐기게 한다. 그의 시는 즐겁고 유쾌하다. 매끄럽게 이어지는 기표의 유희가 즐겁고, 말도 안 되는 논리와 괴상한 상상이 즐겁고, 사이사이 천연덕스럽게 얼굴을 내미는 시인 그의 모습에도 재미를 느끼게 된다. 그의 시를 읽다 보면 어느새 큭큭거리며 웃고 있는 자신을 발견한다. 무념의 상태가 되어 무거움을 벗어버리게 된다는 것을 알 수 있다.

> "베개도 가지고 가는 거야?" "아냐. 베개는 그대로 있어." "그럼 들고 있는 게 뭐야?" "응 책이야." "그럼 책이 베개야?" "아냐. 베개는 벽장에 있어." 여름이 오는 날 책을 들고 있는 나를 보고 누가 자꾸 묻는다. 베개를 들고 어디로 가느냐고? 글쎄 해가 환한 대낮에 베개를 들고 어디로 가느냐고?

「한 편의 짧은 극」 전문

위 시의 화자의 음성엔 어린 아이 같은 천진함이 묻어있다. '베개'와 '책'이라는 엄연히 구분되는 대상이 하나로 혼용되어 있는 묘한 상상의 지대를 펼쳐 보여준다. 화자는 자못 진중한 목소리로 '책'과 '베개'의 무관함을 강조하지만 그러나 독자는 이와 상관없이 '책'이 '베개'라는 등식에 의식이 고정된다. 독자는 질문자의 목소리에 동일시되는데 그럴수록 화자의 근엄한 목소리가 천진난만하고 코믹하게 울린다. 이처럼 이승훈의 시는 말의 유희를 보여주거니와 이를 통해 단순히 말만의 유희가 아니라 내면의 웃음까지 끌어올린다는 것을 알 수 있다. 그 안에 일정한 기의가 무엇이고 시적 진지함이 무엇이냐고 묻는 것은 아무런 의미가 없다. 그는 다음과 같이 말하며 그의 시관詩觀을 제시한다.

> 최근에 내가 쓰는 시는 콩트시 1인극시 편지시 일기시 수필시 대화시 평론시야. 김이듬은 미친 소리라고 했지만. 멋대로 읽어라. 뒤죽박죽 소란 소음 소 우는 소리 새들이쨎쨎거리는 소리. 나오는 대로 쓰는 거야. 막히면 쉬고 화장실 다녀오고 화장실 다녀오다 넘어지고 카스테라 카스테라 마스카라 카메라 카스테라가 카메라야. 그럼 그대 마스카라가 카스테라야? 이 시도 외국어라고 생각하면 되고 문학은 원래 잡스러운 거야. 내가 없으므로 서정도 없고 무슨 의도도 없고 메시지도 없고
>
> 「버스 정류소」 부분

시가 미메시스적 충동에 의해 대상을 정서적으로 전유하며 이것이 언어 미학적 원리에 따라 구축되는 것이라면 이승훈의 시는 시가 아닐 것이다. 그의 시에는 대상도, 그에 의해 촉발되는 정서적 색채도, 표현의 풍부함을 위한 언어상의 미학도 없기 때문이다. 그의 시는 서정시의 원칙과 철저히 배치되어 있다. 따라서 그는 "나는 더 이상 시를 쓰지 않는다. 시를 만들지 않는다. 상상하지 않는다."(「시」)라고 한다.

그러나 이승훈은 자신의 이와 같은 사태에 대해 아무런 열등감도 자의식도 갖지 않는다. 그는 오히려 이러한 사태를 자의식적으로 유도한

다. 그는 '문학은 원래 잡스러운 것'이라 하면서 '서정도 의도도 메시지도 없'는 시를 주장한다. 그는 더욱 적극적으로 '의미의 추락'을 권한다. "시는 질서, 규범, 형식과 싸우는 일"이라며 "좀 더 괴짜가 되"라고(「바란다고 누구나 미치는 건 아니다」), "바보가 되라"(「예술은 짧고 인생도 짧다」)고 주문하는 것이다. 이는 이승훈이 자신의 시작 경향을 철저한 미적 자의식을 가지고 추구하는 것임을 분명히 하는 것으로서 시를 통해 서정시의 영역을 넘어서는 시의 다른 차원을 열기가 가능함을, 또한 그렇게 해야 함을 역설하는 일에 다름 아니라는 것을 말해준다.

그렇다면 시인이 주장하듯 언어에 의한 의미의 구축을 포기했을 때 우리에게 주어지는 것은 무엇일까? 시적 규범과 메시지를 모두 버렸을 때 남는 것은 무엇인가? 즐거움과 유쾌함이야말로 우리가 도달해야 하는 종착 지점이자 시가 바칠 수 있는 최대한의 시적 실천일까?

> 당신의 시엔 고민이 없어요. 좀 더 고민을 하세요. 좀 더 죽으세요. 치욕도 견디고 수모도 당하고 진창이 되세요. 너무 고와요. 침도 뱉고 당신과 싸우세요. 최근의 우리 시엔고민이 없어요. 절망도 모르죠. 고민도 절망도 광기도 없는 이 쓰레기들! 물론 내 시도쓰레기죠. 젊은 환상파들도 고민이 없어요. (중략) 하루 종일 날씨가 흐리고 흐린 날 흐린 날이 좋았지만 이젠 지겹고 모두 사치고 쇼고 허위죠. 그건 내가 잘 알아요. 문제는형식이고 사상이고 형식의 사상입니다. 문체 형식 스타일이 사상이고 사유이고 스타일이사고하고 사유하고 사고 치고 사유는 사고 우연 뜻밖의 사건입니다. 이런 말도 개수작이죠 좋아요 개수작도
> 이 정도로는 안 돼요. 나도 알아요
>
> 「증상을 즐겨라」 부분

언어란 의미를 구축하지만 거기에서 멈추는 것이 아니라 그 행위를 통해 자아를 형성한다. 따라서 어떠한 언어가 사용되는가에 따라 자아가 결정된다고 볼 수 있다. 이러한 관점에서 본다면 이승훈의 기표의 유희는 억압 이전의 무의식적이고 자유로운 자아의 모습이었음을 다시 한 번 확인할 수 있다. 그런데 이제 이승훈은 시를 '나오는 대로 쓰라'고 말한다. 규범과 의도를 버리고 가능한 한 되는 대로 쓰라는 것이다. 무엇을 구축한다는 시도 자체가 그에겐 불순한 것이 된다.

위 시는 그의 '해체'가 무엇을 향해 있는지 어렴풋이나마 말해주거니와 그것은 구축된 모든 것은 기존의 것이자 불완전한 것이며 허위와 허상에 불과하다는 인식에서 비롯하는 것이다. 인간에 의한, 인간의 언어에 의해 축조된 것이라면 그것이 어떤 의미를 내포하고 있든지 간에 허구이자 신기루라는 관점이다. 따라서 시인에겐 그러한 구축된 세계 모두가 지겹고 사치로 여겨진다. 반면 '나오는 대로 쓰'는 것, 적당한 수준이 아닌 철저한 '개수작', '사고 치기'는 그에 비할 때 허위와 사치가 최소화된 진실에 가까운 것이 된다. 구축을 포기하고 최대한 자신을 버리는 것이야말로 오히려 아상(我相)을 벗어난 진실의 모습에 다가갈 수 있다는 논리다. 역설이 아닐 수 없다. 그러나 구축에 관한 언어 본래 성질을 전제한다면 이 논리는 참이 되고 역설은 진실이 된다.

이승훈은 이 지대까지 나아간 것이다. 그것도 온 열정과 힘을 기울여 그리하였다. 그가 당당히도 "당신의 시엔 고민이 없어요. 좀 더 고민을 하세요. 좀 더 죽으세요. 치욕도 견디고 수모도 당하고 진창이 되세요. 너무 고와요. 침도 뱉고 당신과 싸우세요. 최근의 우리 시엔 고민이 없어요. 절망도 모르죠. 고민도 절망도 광기도 없는 이 쓰레기들!"이라고 외칠 수 있던 것은 그의 치열한 열정과 참인 논리가 있었기에 가능한 것이다.

그렇다면 그는 무엇을 바라는 것인가? 해체시인가? 의미 붕괴의 시인가? 그러나 그것은 과정일 뿐이라는 것을 여기에서 알 수 있다. 그것은 허위를 허위로 인식하라는 것이자 허상을 허상으로 깨달으라는 당부에 해당한다. 이를 인식에 관한 한 보다 더 철저하고 순결하라는 요구로 받아들일 수는 없을까? 어쩌면 계속해서 비우고 버리고 해체하고 느슨해지는 일이란 결국 더욱 완전한 진리에 이르기 위한 최선의 방법에 해당하는 것이다. 또한 이것이 그가 말한 '영도의 시쓰기'라 할 수 있다.

'봉인'된 세계의 음울한 일루미네이션

이영주의 시집 『언니에게』는 제목에서 묻어나는 느낌과는 달리 매우 낯선 모습을 하고 있다. 이 시집에서 '언니'는 우리가 일상에서 상대 '여성'을 부를 때 아주 편하고 친근하게 사용하는 호칭과는 별 상관이 없다. '언니'에 의해 촉발됐던 목가적이고 서정적인 세계에 대한 기대는 시편들을 읽으면서 여지없이 무너지기 때문이다. 시인은 무언가 익숙한 드라마를 확인코자 했던 독자의 안이한 기대를 산산이 부서뜨리고 우리를 알 수 없는 기묘한 세계로 끌고 간다.

우선 난해하고 요령부득인 그녀의 시적 기법을 포스트모던하다고 해두자. 반서정성, 초현실주의적 이미지, 그로테스크한 분위기, 의미의 논리성 해체, 미끄러지는 기표의 연쇄 등 그녀의 시에서는 포스트모더니즘의 범주에서 확인할 수 있는 일반적인 기법들이 사용되고 있기 때문이다. 당연히 의미의 연관성이나 사태의 인과성 파악이 그다지 성과 없는 작업임을 암시하는 대목이다. 여기에서는 연소되는 기표를 그저 따라가면서 이미지의 충격을 체험하고 분위기와 에너지의 흐름에 젖어드는 것으로 충분할 수 있다. 포스트모더니즘 시에서 흔히 제공해주는 파괴적이고 해방적인 분위기, 자유롭고 강렬한 에너지는 우리가 서정성의 이면에서 얻고자 하는 문학의 또 다른 자양분인 것이다.

그러나 아무리 그것의 충실한 기법을 보여준다 하더라도 포스트모더니즘 일반적 범주에서의 규정은 이영주 시에 대해 아무것도 해명해주지 못 한다. 그녀의 시는 단순히 이성의 해체에 따른 자유와 해방의 혁명적 에네르기를 확보하는 것에 그치지 않기 때문이다. 그러기엔 그녀는 보다 개성적이고 보다 확고하다. 의미의 지시성은 부정하되 그가 지시하는 세계는 분명히 있으며 기표의 유희에 따르되 그의 시에는 특정한 미학이 있다. 그 세계는 무엇이고 그것을 위해 생산된 미학은 무엇인가? 시 전편을 가로지르는 어둡고 습한 세계, 그것을 에워싸는 몇 겹의 미학, 시인은 그것을 가리켜 "언니의 가장 어둡고 축축한, 미학적인 부위"라고 지칭하고 있거니와 그는 그것의 정체에 대해 "아무도 찾을 수 없다고 생각하면 가슴 두근거린다"고 말한다.

여기에서도 짐작할 수 있듯이 그녀의 시는 수수께끼와 같다. 그녀가 사용하는 숱한 비유는 암호에 해당하며 문장들은 그녀가 가리키는 비밀스런 세계에 닿기 위한 미로에 불과하다. 어디에서부터 풀어가야 하는가? 시인은 독자를 위해 그 모호한 수수께끼의 숲에 도달하기 위한 수다한 장치들을 마련하고 있다.

1. 이완과 소멸, 해체 이후의 문장

어떤 의미도 지시하지 않으면서 성실히 토해지는 단정한 문장들. 가령 "고무장화를 신자. 태풍이 오기 전에 생일을 미리 말하자. 바람이 젖은 달력을 찢는다. 계단 밑, 붉은 웅덩이 속에 머리를 빡빡 민 노파가 잠들어 있다"(「저무는 사람」)에서의 각 문장들은 그것의 지시성을 살피는 일이 얼마나 무의미한가를 잘 말해준다. 문장과 문장 사이의, 어휘와 어휘 사이의 맥락은 애초에 파괴되어 있어 이들의 결합 자체가 우연적이라는 것을 보여준다. 문장들은 의미 내용을 지시하지 않고 있으며 단지 발화되고 있을 뿐이다. 이들 사이엔 최소한의 지적인 연상 작용마저 허용하지 않는다. 어떠한 종류의 통일성도 연관성도 철저하게 파괴되어 있는 것이다.

모든 것이 배제되고 해체된 후 남는 것이 있다면 어휘와 어휘, 문장과 문장들을 모으는 느슨함의 힘 정도일 것이다. 느슨함, 우연함, 임의성, 개방성, ……非핍진성, 非집중성, 非일관성, ……, 흩어짐, 소멸과 자유……. 이 경우 문장은 집중을 통한 일관된 의미의 구성이 진즉이 포기되어 있을 뿐만 아니라 모종의 강력한 의도도 배제된, 순수한 느슨함, 완전한 우연성, 소멸에 가까운 에너지의 실현으로 이루어져 있다. 이것이 이영주 시인의 문장사용법으로서, 해체의 의도마저 해체된, 말하자면 해체 이후의 문장법이라 말할 수 있다.

문장의 이러한 사용은 그것이 무엇에 대한 지시가 아님을 의미한다. 문장은 의미를 전달하지 않는다. 그럼에도 불구한 성실한 발화는, 그렇다면 어떤 상태에 대한 표현이 될 수 있다. 어떤 세계, 어떤 상태에서의 발화, 혹은 그에 대한 묘사가 아닐까? 이에 대한 암시를 시 「박쥐우산을 가진 소년」에서 만날 수 있다.

　　　　직선으로 생긴 구름에 대해 떠올릴 때 너는 울었다
　　　　아무런 무게도 없는 세계를 생각했다

　　　　박쥐우산을 펴 들고 너는 공기 속을 걸었다
　　　　물방울들이 자꾸만 직선을 곡선으로 만든다, 누나

　　　　문턱에 한 발이 끼어 침묵에 빠진 새
　　　　너는 새벽 내내 네 발의 모양을 바라보았다
　　　　둥글게 휜 발가락 하나쯤 숨어 있어도 좋을 거야

　　　　고요한 세계에서 잠들고 싶지만, 누나
　　　　새벽이면 자꾸만 한쪽 발이 길어진다
　　　　　　　　　　　　　　　「박쥐우산을 가진 소년」 부분

　일정한 방향이나 의도조차 제거되어 느슨함과 우연함이 만들어내는
세계란 나른하고 지루한 세계일지 모른다. 단조로운 이어짐과 무의미
한 반복으로 채워짐으로써 의미의 돌기나 사건의 충돌이 없는 무중력
의 상태와도 같을 수 있다. 어쩌면 그것은 위의 시에서 말하고 있는 '아
무런 무게도 없는 세계', '공기 속', 혹은 '고요한 세계'일 것이다. 물론 비
현실적인 세계이며, 현실로부터 단절되고 현실의 온갖 갈등과 투쟁으
로부터 벗어난, 침묵과 고요가 지배하는 이완된 세계를 의미한다. 앞서
어떤 상태에서의 문장법이라 했듯이 이러한 세계에서는 시인의 언급처

럼 '물방울들이 자꾸만 직선을 곡선으로 만'들 것이다. 이곳에서 문장들은 집중되기보다 '박쥐우산'처럼 퍼지듯 발화될 것이다. 가능한 한 멀리, 가능한 한 넓게 말이다. 그것이 자유의 양量이기 때문이다. 이를 두고 시인은 "형태없이 길어지는 것. 가장 아름다워지는 순간이야"(「빛나는 사람」)라고 말하기도 하거니와, 이는 시인이 의도의 해체를 보이되 차원을 달리하는 궁극의 의도를 지향하고 있음을, 특히 그것이 "형태없이 길어지는"에서 암시되듯 특정한 세계임을 짐작케 해준다.

2. '언니', 내부 진입을 위한 비틀기

시인이 특정 세계에의 지향성을 지니고 있다는 것은 시 군데군데에서 미약하게 언표되어 있다. "다른 통로로 가기 위해 그들은 결혼을 한다"(「결혼기념일」)라든가 "고대 도시로 오기 위해 겨울에서 여름으로 건너왔습니다"(「흰 소를 타고 여름으로 오는 아침」), "다른 세상으로 통하는 날씨는 언제쯤 말해 줄지 알고 싶어요"(「일기예보」), "언니, 언니는 내가 걱정되겠지만, 나는 좋아. 언니도 이곳으로 오면 좋아할 거야."(「활자들이 길게 타오르며 태양으로 올라간다」) 등의 문장들이 그것이다. 이들 언술들은 모두 '통로通路' 이미지를 지니고 있고 지향하는 곳이 특정한 공간이자 장소임을 암시하고 있다. 대표시 「언니에게」는 역시 이들 요소를 모두 갖춘 시로서 시인의 지향성과 세계를 잘 보여준다.

겨울밤에는 밖에서 안으로 들어가고 싶어. 밖에서 안으로, 아무도 없는 안으로 들어가려 할 때, 차가운 칼날 같은 손잡이를 떼 낸다. 손잡이

가 있으면 한 번쯤 돌려 보고 배꼽을 눌러 보고 기하학적으로 시선을
바꿔 볼 수 있을 텐데. 어머니가 방바닥에 늘어놓은 축축한 냄새들. 언
니라고 부르고 싶은 버섯들이 있었는데, 잠에서 깨면 어머니는 버섯 머
리를 과도로 똑똑 따고 있었다. 손잡이를 어디에 붙여야 할까. 너는 아
래쪽에 서 있다. 몸속이 어두워질 때마다 울음을 터트리는 이상한 반동.
축축하게 썩어 들어가는 안쪽을 언니라고 부르고 싶어, 너는 봉긋하게
솟은 버섯 같은 자신의 심장에 손잡이를 대고 안쪽을 열어 본다. 거꾸로
자라나는 버섯들이 잠에서 깨어 어머니의 머리를 똑똑 따 내고 있다. 네
가 밖에서 안으로 들어가려 할 때, 바깥에 두고 온 손잡이를 어두워서
찾지 못할 때, 아무도 없는 안쪽이 버섯 모양으로 뒤집어질 때, 너는 성
에 낀 202호 창문을 언니라고 부르기 시작한다

「언니에게」 전문

화자에게 '안'으로 불리는 세계는 인용시에 의하면 '언니'라고 부르고
싶은 곳이다. '겨울밤'의 추위와 어둠을 피할 수 있게 하는 곳이고 '아
무도 없는' 고요한 곳이다. 그곳으로 가는 통로를 확보하기 위해 '차가
운 칼날 같은 손잡이를 떼 내'고 입구가 될 만한 곳에 새로이 손잡이를
부착하고자 할 만큼 지향의 의지가 강렬한 곳이기도 하다. 시인이 특
유의 문장법을 통해 암시해준 느슨하고 이완된 세계, "주전자에서 피어
오르는 연기"처럼 "형태없이 길어지는 가장 아름다워지는 순간"(「빛나
는 사람」)과도 관련된다. 목가적이거나 서정적이지는 않더라도 화자가
친밀감을 느끼는 세계가 아니라고 말할 수 없는 곳, 그래서 '언니'라고
부를 만한 공간이다.

그러나 이 세계는 그렇게 단순하지 않다. 그곳은 결코 맑고 투명한,

그래서 흔히 우리가 이상향의 이미지로 그려온 세계가 아니다. 그것은 '어머니가 방바닥에 늘어놓은 축축한 냄새들', 솟아나는 '버섯'의 이미지, '축축하게 썩어 들어가는' 곳일 따름이기 때문이다. 그곳은 밝거나 쾌적한 곳이 아니라 어둡고 습한 곳이라는 점에서 문제적이다. 그곳을 "몸속이 어두워질 때마다 울음을 터뜨리는 이상한 반동"의 지점이라 일컫는 화자는 거기에 가는 입구를 "봉긋하게 솟은 버섯 같은 자신의 심장"에서 찾는다. 그리고 기어이 그곳에 열고 들어갈 수 있는 '손잡이'를 부착한다.

어둡고 습한 곳이 친근한 은신처가 될 수 있는 것은 그곳이 '밖'의 '안', 즉 이곳의 뒤집어진 세계인 까닭이다. 이 공간은 지금여기와 분리된 채 멀리 초월한 곳이 아니라 닮은꼴이면서 이곳의 울림에 반응하는 세계인 것이다. 우리가 사는 현실이 습하고 어두울수록 그곳도 그러하며 이곳에서 울음이 차오를 때마다 그곳 역시 그러하다. 이곳에서 "잠에서 깨면 어머니가 버섯 머리를 과도로 똑똑 따고 있"는 반면 그곳에서는 "거꾸로 자라나는 버섯들이 잠에서 깨어 어머니의 머리를 똑똑 따 내고 있다". 다시 말해 이곳과 그곳은 안과 밖이, 위와 아래가 대칭으로 비틀린 세계다. 같으면서도 다른 곳, 친밀하면서도 전환이 되는 곳, 이 점이야말로 시인이 '언니'라는 세계에서 구하고자 하는 것이자 그녀가 다른 것이 아닌 '언니'라는 특정한 공간을 구축한 이유이다.

3. '밖'과 '안'의 이원적 세계

느슨함과 우연함에 의해 이루어지는 세계, 특정하게 구축되는 '언니'

의 공간은 이영주의 시에서 결코 일부분에 국한되어 있거나 관념적인
세계가 아니다. 그것은 그의 시에서 전면화 되어 나타나며 자신의 존재
성을 물리적으로 과시한다. 사실상 이영주의 시 전편은 이에 대한 상세
한 묘사이자 영상적 실증이라 해도 틀리지 않다. 이를 증명하는 방법
은 있다. 그것은 '안'과 '밖' 다른 두 세계가 동일한 양면으로 제시되는
가를 확인하면 된다. 차원을 달리하는 두 세계가 그러나 같은 성질로
서 현상할 때 우리는 그것을 '안'과 '밖'이라고 칭할 수 있다. 그것이 '언
니'가 있는 곳이자 그 이음새가 '언니'의 세계로 통하는 통로이다.

> 그녀들이 염산을 뿌린 것은 방법을 모르기 때문이죠. 새벽에는 푸른
> 알이 가득합니다. 이제 그만. 그녀들은 매달 태어나는 아기를 어떻게 죽
> 여야 할지 알 수 없습니다. 뱃속을 열어 보니 곰보 핀 빵뿐이네요.

> 아기를 업은 포대기에 손을 넣고 맨발을 시멘트 벽에 콩콩 찧습니다.
> 소녀는 영원히 멈춰지고 있는 중입니다. 번뜩이는 흰자위를 핥고 있는
> 검둥개. 소녀는 꼬리를 문 채 돌고 돕니다.

「자살법」 부분

'매달 태어나는 아기를 죽'이는 섬뜩한 내용을 담고 있는 이 작품은
그로테스한 이미지로 채색되어 있지만 가상적인 상황을 다루는 것이
아니다. 오늘날 우리 현실에서 이루어지고 있는 실제적인 세태, 즉 미
성년자들의 낙태 문제를 다루고 있는 것이다. 「자살법」은 소녀들의 희
망이 없는 세계, 병든 도시, 생명이 상실된 파괴적 세계를 그리고 있다.
이 시 외에도 「소녀는 던진다」, 「교련시간」, 「자율 학습 시간」 등에서 시

인은 주로 학교에서의 소녀들을 중심으로 한 비극적 세계를 형상화한
다. 학교는 꿈과 희망의 공간이 아니라 좌절과 죽음이 횡일하는 악마
적 공간이다. 뿐만 아니라 이 세계는 기괴하게 일그러진 이미지를 통해
또 다른 세계와 포개진다.

> 새벽이면 깨어나는 씨앗이 있습니다. 얼어 죽은 소녀가 지나가는 사람
> 들을 천천히 훑어봅니다.

> 검은 머리칼이 하수도 구멍으로 빨려 듭니다. 노파는 이제야 소녀의
> 귓속에 손을 넣고하나의 문장을 꺼냅니다. 머리카락은 꼭 땅에 묻어야
> 한다.

> 창문에는 쫓겨 온 사람들의 표정이 새겨 있습니다. 서로의 머리 가죽
> 을 벗기며 주문을외웁니다. 나는 가면을 쓰고 창문과 마주 섭니다. 핏빛
> 얼음 조각이 떨어집니다.

「해바라기」 부분

'하수도 구멍으로 빨려 드는 검은 머리칼', '소녀의 귓속에 손을 넣고
하나의 문장을 꺼내는 노파', '서로의 머리 가죽을 벗기며 주문을 외우
는' 장면의 초현실적 이미지들에서 중세 의 밀교적 분위기를 떠올리는
것은 어렵지 않다. 동화에서 볼 수 있을 법한 공포스런 분위기가 괴기
스런 이미지와 함께 연출되고 있는 것이다. '얼어 죽은 소녀', '검은 머리
칼', '핏빛 얼음 조각'은 죽음을 연상시키는 경직된 이미지들이다. 이는
물론 현실이 아닌 또 다른 세계, 즉 초현실적 세계를 암시한다. 어둡고

습한 세계이며 이영주 시에서 흔히 만날 수 있던 절망적 현실 세계 그 이면의 세계다.

이영주의 시에서 현실과 초현실은 이처럼 속성을 같이하며 동시적으로 진행된다는 것을 알 수 있다. 예컨대 현실세계를 다루는 「자살법」과 같은 시는 초현실세계를 다루는 「해바라기」 등속과 동전의 양면을 이룬다는 것이다. 두 세계는 뿌리가 동일한 다른 면들, 서로 통해있는 '밖'과 '안'의 세계다. 이 두 세계는 차원을 달리하면서 서로 맞닿아 있고 일정한 통로로 연결되어 있다. 둘은 같은 표정을 지닌 채 서로 넘나들면서 때로는 의미와 무의미로, 때로는 필연성과 우연성으로 현상하는 것이다. 현실세계가 의미와 필연성으로 노출된다면 초현실세계는 무의미와 우연성으로 은폐된다. 이영주의 시들에서 빈번히 만날 수 있는 숱한 초현실적 이미지들은 결국 그녀가 품고 있는 이러한 세계 인식에서 비롯된 것임을 알 수 있다.

그러나 어쩌면 현실과 초현실은 쌍생적이지만 액면그대로 대등한 것이 아니라 초현실이 현실에 비해 상위의 세계가 아닐까 생각해 본다. 시인이 칭한 '언니'라는 말처럼 말이다. 초현실은 비단 상상적인 꿈과 환영의 세계가 아니라 현실 이면에서 실재하는 세계라는 것이다. 이영주의 시에서 볼 수 있었듯 비논리적이고 무차별적인 영상들은 곧 초현실세계의 존재방식이자 표현의 문법들이 아니었을까. 우리는 그녀의 시에 등장하는 초현실적 이미지들 및 그녀가 구축한 '언니'의 공간을 통해 초현실세계의 실재성과 현실세계와의 관련성, 그리고 그들의 차원성 등에 대해 짐작해 볼 수 있다.

더 완전한 통찰을 위하여
— 오세영, 『바람의 그림자』
　박찬일, 『하느님과 함께 고릴라와 함께
　　　삼손과 데릴라와 함께 나타샤와 함께』

인간이 인간일 수 있는 이유가 그가 이성적 존재이기 때문이라고 했을 때 이성이란 단지 개념을 구성하고 판단, 추리하는 등의 추상적 사유 능력을 가리키는 것이라기보다 존재의 궁극이자 원형에 대한 상상 능력, 그리고 영원불변의 실재에 대한 인식 능력 등의 형이상학적 사유 능력을 포괄하는 것이다. 전자의 이성이 경험에 대비되는 순수 의식, 관념과 관련되는 데카르트적 개념의 이성이라면 후자는 영원불변의 궁극적 실재로서의 이데아를 상정하는 플라톤적 접근이라 말할 수 있다. 이성의 억압적 성질에 내세워 서양 철학사 속의 이성 전체를 부정한 위에서 성립된 포스트모던 시대를 살고 있는 터라 이성에 대해 언급한다는 것이 퇴행적이고 구태의연하게 느껴질지 모르겠지만 우리는 엄연히 이성이 요구되는 삶을 살고 있다.

이성은 논리적이고 합리적인 사유를 성립시키는 정신 작용이자 절제와 균형을 통해 도덕적이고 윤리적 삶을 가능케 하고 나아가 차원 높은 구극의 세계를 통찰케 하는 정신 능력이다. 이성은 애초에 도구적 합리성을 넘어서는 포괄적인 성격을 지니는 것으로서 인간의 성숙한 정신력을 대변하는 것이다. 이러한 이성이 그러나 시대 및 문화에 의해 변질되어 억압의 도구로 활용되었다는 점에서 현대철학자들의 신랄한 비판의 초점이 되었고 그것이 포스트모던 문화를 이끌었던 것은 주지의 사실이다. 그러나 인간의 본질과 관련되어 지니는 이성의 성격에 대해서 더욱 차근한 성찰적 논의가 요구됨은 물론이다. 왜냐하면 이성의 부재로는 인간의 인간다운 삶을 보장하지 못할 뿐 아니라 인간의 성숙한 정신에 의해서만 세계에 관한 더욱 깊이있는 통찰이 이루어질 수 있기 때문이다.

1. 자연의 은유에 대한 독법–오세영의 『바람의 그림자』

오세영 시인이 18번째 시집 『바람의 그림자』를 상재하였다. 주로 아포리즘의 어법으로 인생에 관한 철학적 사유를 보여주었던 오세영은 이번 시집에서 역시 그다운 원숙한 성찰의 메시지를 담아내고 있다. 쉽고 단순하게 쓰여진 듯하지만 수록된 시편들은 결이 곱고 촘촘한 무명천에 걸러진 듯 시인의 거듭된 반추에의 정보를 숨기고 있다. 시는 개인적 욕망이나 아집, 독단 등속의 날카로운 자기의식을 수차례 걸러내어 가장 맑고 투명한 웃물만으로 빚어졌다. 그것을 정화라고 해야 할까, 발효라고 해야 할까. 그는 아주 오랜 시간을 두고두고 침잠시키고 묵혀낸 재료로 우리에게 곱고 향긋한 말의 술을 선물한다. 이래서인지 그의 시는 어렵지 않게 읽힌다. 그의 시는 부담이 없고 몸 속에서 잘 흘러간다. 엉기거나 맺히거나 걸리거나 하는 법이 없다. 아무리 심각하고 무거운 주제를 다루어도 그의 시는 깃털처럼 가볍게 느껴진다. 그의 시는 억압하지 않는다.

시인이 시집의 맨 첫머리에 둔 시는 시인으로서의 운명에 대한 것이다. 그의 표현대로라면 '천명天命'인 것으로서 진술에서도 짐작할 수 있듯 비극적인 주제를 다루고 있는 것이지만 그의 언어는 이미 비통의 감정이 정화된 후의 그것이다. 슬픔과 고통의 정서는 아주 깊고 깊은 밑바닥에 가라앉아, 그리고는 시의 언어와 더불어 공기 중으로 흘러내리고는 곧 바람처럼 흩어져 버린다.

시인은 천명天命,
사지가 잘려 슬픈 뱀.
비록 입이 있다하나 소리를 낼 수 없어
헛바닥은 항상 허공을 낼룽거린다.

무슨 일을 저질렀기에
이토록 하늘의 저주를 받았다는 것이냐.
한 생을 진흙탕에서 딩굴며
안으로, 안으로 삼켜야 하는 그 붉은 눈물,

저리가거라. 징그러운 뱀,
돌팔매에 쫓기는 그 원통함인들 또
어찌하겠느냐.
수화手話로도, 구화口話로도 호소할 길 없어

푸른 하늘을 향해 오늘도 이처럼

온 몸으로 글을 쓸 수 밖에 없다.

시詩일까, 산문일까,

봄 되어 얼음 풀리고

산나리, 초롱꽃은 활짝 웃는데

꿈틀꿈틀

맨땅에 글씨를 쓰며 기어가는 풀숲의

외로운

꽃뱀 한 마리.

「시인2」 전문

위의 시는 시인으로서의 자화상이라 할 만한 내용을 담고 있다. 시인으로서 운명지워진 자아의 고독이 드러나 있기 때문이다. 시인으로 살아야 했던 존재가 필연적으로 감내해야 했던 외로움과 수모에 대해서도 말하고 있다. 그것이 '저주'인 듯 '시인'이란 것이 피할 수 없는 숙명이었음을 고통스러워하고 있다. '시인'은 스스로 낯선 타자로 느껴졌고 세상에 쉽게 받아들여지지 않는 족속이었다고 고백하고 있다.

시인의 이러한 진술들은 모두 있는 그대로의 사실로서 읽힌다. 시인의 진술대로 시인의 삶이 그러했을 거라고, 시인의 언어를 사용한다는 것이 결코 세상과의 소통이나 화해를 보장하는 것이 아니었을 거라고, 시인이란 존재가 세상에 대한 승리나 지배는 더더욱 아니었을 거라고 생각된다. 시인의 삶은 모독당하는 것이자 소외당하는 것이자 치욕을 감내해야 하는 것이라고도 짐작할 수 있겠다. 그의 말은 모두 진실일 터이다. 위의 시는 서정주 시 「花蛇」를 떠올리게 하지만 그것의 기술적 변용이라는 생각이 앞서지 않으며 '뱀'에서 느껴지는 어떤 신화적 상상력도 물러서게 되고 최소한의 은유나 상징으로도 읽히지 않는다. 위의 시는 액면 그대로의 시인의 솔직하고 진실한 변으로 다가온다.

분명 비유를 사용하고 있으며 의심할 바 없이 「花蛇」의 변용이지만 그것이 전혀 직설로서 받아들여지는 이유는 무엇일까? 흔히 시의 비유가 유도하듯 상상 작용을 통해 추체험하게 되는 과정이 일어나지 않는 까닭은 무엇인가? 시인의 진술을 믿게 되고 연민하게 되되 독자 스스로 슬픔에 빠지게 되지 않는 까닭은 무엇인가? 그것은 여기에 시인이 행하는 예의 엄격한 추상 과정이 가로놓여 있기 때문에 가능했던 것이다. 삶의 고통과 온갖 비루하고 구차한 실상의 면면들이 거르고 걸러져 언어의 명징함만이 남아있기 때문이다. 그 속에 구체적인 삶의 색깔과 무게가 탁하고 무거운 감을 벗고 오로지 맑음과 투명함만이 남게 되었던 것이다. 그의 시적 언어로 인해 신선함과 가벼움을 느꼈을 뿐 뒤엉기는 듯한 심각함이 뒤따르지 않게 되었다. 이러한 점 때문에 그의 시는 냉철하고 이성적으로 다가온다. 이것이 그의 시작법인 셈이다. 앞서 이야기했듯이 그의 언어는 오래두고 거듭 걸러진 것이고 그 중 가장 순수해진 상태에서 우리에게 온다. 시인이 우리에게 주는 언어는 오직 그가 감당해야 했던 삶의 무게를 모두 소거시킨 상태에서의 것, 가장 덜 무겁고 덜 아픈 것에 해당한다.

그러한 그가 가장 추상화된 언어를 듣고 있다. 인간의 오만하고 광기 어린 삶으로 인해 보이지도 들리지도 않는 그 소리는 고주파에 속한다. 작고 높은, 가늘지만 선명한 그 소리는 세상의 맹목적 소음에 묻혀 들리지 않는다. 그것은 자연의 비명이다.

저 끝없는 질주,

어디로 향한다는 것이냐.

무슨 일로 가겠다는 것이냐.

수천억 킬로를 달려온 지구의 엔진은 이제

심상치 않다.

온 차체가 뜨겁다.

오버 히트,

라디에이터에서

철철철 물이 끓는다.

한 번쯤은 멈추고

달아오른 몸을 식혀야 할

지구는 지금

이상난동.

「온천」 전문

위의 시는 지구의 온난화에 따른 위험과 경고의 메시지를 담고 있는 것으로, 시인의 여느 시처럼 결코 어렵게 다가오지 않는다. 너무 쉽고 너무 사실적이며 또 직설적이다. 어찌 보면 시적 긴장이 지나칠 정도로 부족하다. 요즈음 누구든 흔하게 접하게 되는 담론이자 새로울 것도 없이 식상한 내용이기도 하다.

이처럼 위 시는 평범한 그것이다. 그러나 오세영 시인 특유의 시작법을 고려한다면 위의 시는 이 모든 사실들을 뒤집는다. 오세영 시인의 언어가 놓여있는 추상의 수준을 따라가본다면 위의 시는 끔찍하다. 뭉크의 〈절규〉에서나 볼 수 있는 공포와 고통에 찬 이미지, 날카로운 비명의 소리가 위의 시에 있다. 그 소리는 물론 시인이 내는 소리가 아니다. 그것은 자연이 내는 소리다. 자연은 그가 겪는 과열의 공포와 위기감을 소리쳐 말하고 있다. 시인의 시는 이러한 자연의 소리를 고스란히 우리에게 전달해 주고 있는 것이다.

이번 시집에서 자연 파괴에 대한 경고의 전언을 담고 있는 시는 이밖에 「녹색테러」, 「火山」, 「쓰나미」, 「비 보이즈」, 등이 있다. 이들 시는 마치 잔잔하고 고요한 다른 시편들 틈에서 기습적이고 달발마적으로 던져져 파문을 일으키는 형국이다. 직설적이고도 생경한 이들 시가 시인의 곱고 청징한 시편들 사이에 날카로운 파편처럼 박혀 있다.

인간 세상의 번잡함과 비속함을 정화시켜 명징한 세계를 형상화하는 시인의 경우 이러한 시적 표현은 그것을 맥락화하기 전에는 그 의미가 잘 드러나지 않는다. 시인은 그가 들은 바 자연의 언어를 그의 시작법에 따라 기술하고 있다. 자연은 그의 비의를 그의 소리를 들을 수 있는 이에게 전하고 있거니와 시인이 숨겨진 자연의 언어를 해독할 수 있었던 것은 그가 삶의 방식으로 행해온 추상의 과정, 가장 맑고 투명한 언어를 향한 치열한 거듭나기의 과정에 기인한다. 그것이 시인으로 하여금 냉철하고 이성적인 자아로 남게 하였으며 그 상태에서라야 가장 추상적이고 비인간적인 자연의 소리가 들렸던 것이리라. 시인의 삶은 궁극의 자연에 닿아있고 따라서 자연의 주파수에 맞춰져 있다. 그러한 그에게 자연의 언어는 직설이고 자연의 비명소리는 그대로 비명소리에 해당되었을 터이다. 「온천」을 비롯한 환경오염을 우려하는 시인의 시는 따라서 자연의 직설법이자 자연의 전언이다.

가장 원숙한 시기에 시인은 그가 들은 자연의 소리를 어렵지 않게 그러나 안타까움으로 호소하듯 우리에게 들려주고 있다.

2. 신의 존재와 부재 사이에서
─박찬일의 『하느님과 함께 고릴라와 함께 삼손과 데릴라와 함께 나타샤와 함께』

박찬일의 시적 언어는 항상 구체적이다. 그는 손으로 만져질 듯한 언어를 주로 사용한다. 그의 언어는 언제나 가득 차 있고 필시 존재하는 물리 현상을 담아낸다. 그는 단 한 순간도 텅 비어있는, 공허하고 관념적인 말을 하지 않는다. 이러한 언어는 그런데 형이상학적 사유를 하는 때에도 그대로 적용된다. 형이상학은 관념인가, 사실인가? 그것은 추상적 사유일 뿐인가, 실재를 다루는가?

그의 시집 『하느님과 함께……』는 짐작할 수 있듯 절대자에 관한 성찰을 주된 내용으로 하고 있다. 더 정확하게 말하자면 절대자의 존재성에 관한 회의와 인식을 표현하고 있다. 시편들은 절대자에 대한 신앙이나 사랑, 경외를 표현하는 대신 절대자가 과연 그의 말씀대로인지, 그의 말씀이 과연 사실이고 실재인지를 의심하고 질문하는 것이다.

이러한 그의 접근은 더욱이 신앙인으로서라면 매우 당돌한 것이다. 신성모독이자 불경죄에 해당될 것이다. 그러나 그는 주저하지 않는다. 그의 끊임없이 이어지는 회의는 "가장 현실적인 것은 이성적이고 가장 이성적인 것은 현실적"이라는 명제를 증명하려는 것처럼 여겨진다. 그는 가장 현실적인 것이라야 이성적이라 할 만하고, 그 중 절대자도 예외가 아니라고 말하는 듯하다. 따라서 '하느님' 또한 그의 회의의 담금질을 겪어내지 못하여 허구로 판명이 된다면 그는 결코 그를 이성이라고도 절대자라고도 여기지 않을 것이다. '하느님', 즉 절대자란 가장 이성적이고 가장 현실적인 존재여야 하기 때문이다.

「덕유산 香積峰」 부분

　인용시는 '하느님'을 '하루살이'에 대비시켜 신의 존재성을 다루고 있는 작품이다. 하느님의 존재가 희미하게 느껴지는 데에 대한 볼멘소리가 위의 시에 나타나 있다. 당신은 왜 투명하지 않느냐고, 당신의 말씀처럼 왜 항상 인간의 곁에서 인간의 삶을 함께하지 않느냐고 시적 화자는 비난한다. 인간에게 '하느님'이란 결국 '겨우 살아 있는 척하는' 엷은 것, '죽어서도 살아 있는 척하시는' 허위적인 존재로 여겨지지 않겠는가 말이다. 당신이 만일 절대자이자 실재한다면 손에 잡힐 듯한, 눈에 보이는 구체성으로 현현하기를 자아는 바란다. 적어도 논리적으로 인식하고 감각으로 느낄 수 있어야 현실적이라고 말할 수 있지 않겠는가.
　'하느님'에 대한 회의는 물론 절대자를 향한 그의 애정이 부족해서 발생하는 것이 아니다. 그는 누구보다도 쉼 없이 그리고 온전하게 절대자를 향한 순종과 열정을 지니고 있다. 절대자의 훼손할 수 없는 자리를 성실하게 지키고자 한다. 그러나 절대자를 향한 그의 마음이 완전하면 할수록 그는 절대자에 대해서도 인간에 대한 완전한 신의를 지켜달라고 요구한다.

　　땅속에 계신 하느님 내려가고 계시나요 올라오고 계시나요 내려가시든 올라가시든 르완다 소말리아로 향하시기를 바랍니다
　　병들어 죽는 아이들 총 맞아 죽는 아이들 굶어 죽는 아이들을 보시기 바랍니다
　　땅속에 계신 하느님 사흘이 훨씬 지났습니다 병들어 죽는 아이들 총 맞아 죽는 아이들앞에 나타나시기를 바랍니다
　　사흘이 훨씬 지났습니다 아프리카에 나타나시기를 바랍니다

「아프리카3」 전문

'하느님'은 당신의 실재를 말씀을 통해 전하셨지만 인간의 삶은 그 말씀의 허구성을 증명할 뿐이라는 사실이야말로 인간의 오랜 번민이자 철학적 갈등의 주제였다. 말씀의 허약함은 더 허약한 인간을 더욱 헷갈리게 하고 불안하게 하였으며 인간으로 하여금 하늘과 땅 사이에서 있을 바를 모르게 하였다. 인간은 그저 비어있는 곳으로 이리저리 휩쓸려 다니게 마련이었다. 그러나 그곳이 하늘도 땅도 아니라면 공허감은 더욱 심각하게 인간을 황폐하게 만들 것이다. 그러한 인간이 자아의 분열을 겪게 되고 공황에 빠지는 것은 당연한 일이다.

인용시의 시적 자아가 보는 세상은 신의 섭리가 지켜지지 않는 카오스의 그것이다. 인간의 실상은 버려진, 그것도 아주 오래 전에 철저하

게 버려진 땅 그대로이다. 인간의 생명은 그 누구에 의해서도 존중받지 못한다. "뜻이 하늘에서 이루어진 것같이/ 땅에서도 이루어지길 원하나이다"(「하느님을 바꾸어야 한다」)는 간절한 희원은 따라서 시인의 하늘에 대한 포기할 수 없는 열정과 땅에 대한 회피할 수 없는 연민을 솔직하게 드러내는 말이다. 그는 '하느님'의 말씀이 강력하기를, 실재이기를, 당신이 역사役事하시기를, 그가 땅에 관여하시기를 희구한다. 그는 인간을 위해 "하느님을 바꾸어야 한다"고 말한다. 그러나 만일 그러하지 못한다면? 회의하는 시인은 인간을 위한 새로운 땅과 하늘을 만들어야 할 터이다.

하늘에 날개가 닿았다

꺼칠꺼칠한 곳이 있었고 말랑말랑한 곳이 있었다

말랑말랑한 곳에 걸쳐 앉았다

바깥에서 윤전기 돌아가는 소리가 들렸다

침을 발라, 구멍을 뚫고, 보니까

하늘 바깥에

하늘이 있는 또 하나의 세계가 있었다

그동안 헛고생한 것이다

하늘에 가면 다 가는 줄 알았는데

到達이라고 생각했는데

하늘 바깥에 또 하늘이 있었다니

이길 떠나지 말라고 한 선생님이 생각난다

선생님은 알고 계셨던 걸까

하느님이 둘 이상이라는 것을

「나비를 보는 고통」 전문

이 작품은 '하느님'에 대한 회의의 극단의 양상을 보여준다. 그는 유일무이한 절대자가 아니었다. 그가 만일 절대자라면 오직 '하나'여야 할 것인데 '하늘'은 그 위에 '또 하늘이 있었'기 때문이다. 절대자를 향한 자아의 그 치열했던 열정은 고통으로 전환된다. 절대자에 대한 인식을 위해 바쳐졌던 그의 힘겨웠던 여정은 '헛고생'으로 여겨진다. 허무에 직면하는 것이다. '하느님'에게 촉구했던 '변화'에의 요구는 힘을 잃는다. '하느님'에게 그와 같은 권능까지 바랄 수 있겠는가. 그는 '하나님'이 아니라 '하느님'일 뿐이며, 그것도 특정 단계의 상대적 '하느님'이시다. 따라서 변화는 오히려 인간에게 요구되어야 한다. "누가 공중에 낙원이 있다고 했는가/ 공중은 쏟중이었다/ 물半 물고기半 공중정원이 없었다// 검은 종소리만큼 비어 있는 하늘,/ 종소리; 흔들면 흔든 만큼 우그러지는 하늘/ 하늘은 지옥이었는지 모른다; ……/ 하늘은 비어 있었다" (「大地의 노래」)에는 '하늘'의 절대성을 의심하는 자아의 고통에 찬 차가운 인식이 놓여 있다. 이제 시적 자아는 영원성과 절대성을 자신이 발딛고 있는 땅에서 찾고자 한다. 그는 땅에 뿌리를 내리기를(「대지의 노래」), 허공에서 헤매지 않기를(「술을 마시지 않는다」), 대지를 긍정하기를 (「180도刑」) 결심한다.

> 0도에서 170도쯤까지만 왔다 갔다 하던 사람
>
> 0도에서 180도까지 왔다 갔다 해보고 싶어 한다
>
> (중략)
>
> 180도까지 가보아서 미련을 두지 말아야 한다
>
> 사랑하지 못할 뻔했던 사람도 알아야 한다
>
> 예수님은 십자가刑을 당하셨다

360도 사랑하셨다

나는 180도刑만으로도 충분하다

만약 예수가 있다면 내가 예수가 아니라는 걸

어떻게 견딜 수 있다는 말인가

그러므로 예수는 존재하지 않는다고 말하지 않으리라

360도도 존재하고 180도도 존재한다고 말하리라

대지가 나의 최선이었다고 말하리라

「180도刑」 부분

위의 시에는 구체성의 사유를 하고 실질의 언어를 사용하는 시인의 모습이 잘 드러나 있다. 시인의 사유는 사유를 위한 사유, 관념을 위한 관념이 아니다. 앞서 말했듯 그는 현실적인 것을 다루며 사유 또한 자신의 경험적 현실에 기반하여 실행한다. 이 작품의 경우 그것을 담아내는 언어 또한 재미있게도 계량화되어 있다. 시에서의 '도수度數'는 시인의 구체성에 관한 확연한 실증이다. 시인은 평소의 자신이 '0도에서 170도 사이'의 존재라고 말한다. '360도인 예수님'에 대비시키고 있으므로 물론 그것은 '하느님'에 대한 믿음이라든가 사랑의 실천이라든가 감내한 실존의 무게 등과 같은 관점에서의 수치이다. 같은 인간이지만 예수님은 신의 삶을 사셨고 하느님에 대한 절대적 믿음을 포기하지 않던 사람이다. 그리고 이같은 예수님의 실존은 시인을 평생을 두고 괴롭혔다. 인간의 한계를 넘어서는 고통을 기꺼이 받아들이며 자신을 고통으로 몰아넣는 하느님을 절대자로서 긍정한 예수님을 연민하지 않고서 살아갈 수 있다면 그는 둔한 자일 것이다. 그리고 뻔뻔스러운 자일 것이고, 무지한 자일 것이다. 예수님의 실존은 민감한 그를 블랙홀처럼 빨아들였을 것이다. 그는 예수님의 실존에 마주해야 했고 예수님의 하느님을 향한 믿음의 시선을 응시해야 했으며 예수님의 실존의 밀도가 일으키는 부름에 대답해야 했을 것이다. 예수님의 존재 앞에서 그는 옴쭉달싹 못한 채 예수님의 실존에 닮아가야 했을 것이다. 그러나 인간이라면 예수님과 같은 실존을 살아가는 일은 불가능하다. 그것은 지옥이다. 그가 인간이라면 그것을 받아들이면 안 된다. 그것을 감당할 수 있는 인간은 없기 때문이다. 그것을 감당하고자 하는 이에게 남는 길이란 죽음 외에 달리 무엇이 있겠는가.

그럼에도 불구하고 영원성을 추구하는 시인은 절대자에 대한 믿음과 예수적 실존을 포기하지 않았을 것이다. 그러나 시인으로 하여금 예수님과 자신을 구별짓게 하고 절대자에 대한 믿음을 포기하게 한 것이 있다. 그것은 절대자의 희미함이다. 불투명함이고 부재이자 미약함이다. 그는 '하늘'의 상대성을 보아버렸다. 그것은 '하느님'의 절대성에 대한 회의다. 그는 집요하게 상대적 의미에서의 '하느님'의 명칭을 사용함으로써 절대성에 대해 부정한다. 이러한 인식에 이르기까지의 과정은 길고도 지루했을 것이나 그는 적어도 예수님의 굴레로부터 벗어난다. '나'는 '0도에서 170도를 왔다 갔다 하는' 보통의 인간일 뿐이며 열성을 다해 '180도'까지 이르렀던 자일 뿐임을 받아들이면서 '나'의 '나'임을 확인한다. 시인은 그 이상도 이하도 아닌 있는 그대로의 내 모습을 긍정한다. 그는 있는 그대로의 '하느님'을 볼 뿐이며 있는 그대로의 '나'를 살아갈 뿐이다. 그러한 '나'가 최선이므로 이제 '나'는 '강한 허리를 갖고' '인간을 걸어서 건너가려고 한다'(「술을 마시지 않는다」). 그리고 이러한 '나'를 '하느님'도 '고릴라'도 '삼손과 데릴라도' '나타샤'도 버리지 않을 것이라고 여긴다(「하느님과 함께 고릴라와 함께 삼손과 데릴라와 함께

나타샤와 함께」). '나'는 이 모두와 함께 살아갈 것이라고 말한다. '나는
변한' 것이다(「하느님과 함께……」).

시원의 영혼을 향한 시의 줄기
—최서림, 『물금』
—김태형, 『코끼리 주파수』

시의 기원에 주술성이 있다는 사실은 지금도 우리에게 시사하는 바가 크다. 그것은 시의 언어가 초현실적 세계와의 소통을 의도하고 있다는 것을 의미하기 때문이다. 이때의 초현실적 세계가 흔히 종교에서 말하는 절대자만을 가리키는 것이 아님은 물론이다. 그것은 절대자를 포함한 영적 세계 전체를 의미한다. 보이지 않고 알려지지 않은 세계, 어둠 혹은 빛의 명도를 지니되 명확히 인지되지 않는 세계. 서양의 근대 문명이 중세를 몰락시키면서 그토록 제거하고자 했던 세계가 바로 그것이다. 이성은 보이는 것만을 보고자 했고 분명한 것만 인정하고자 했던 것이다. 이에 비해 오늘날의 문학과 문화의 코드가 되고 있는 초현실성은 근대 문명을 정립시켰던 의식의 한계 위에서 피어나고 있는 것이 아닐 수 없다.

한편 시는 본질적인 면에서 부침하는 시대의식들과 동떨어진 채 일관되게 자신의 정체성을 견지해 왔던 몇 안되는 문화 요소 중의 하나였다. 그것은 말하자면 근대 문명과 함께 하면서도 자신의 구경적 시야 내에서 그것을 비판하고 초월하고자 하였기 때문이다. 시가 예술이자 종교적 성격을 가질 수 있던 것도 이 때문인데, 이 점에서 시는 우리에게 자신의 정체성과 존재 이유를 말해준다. 시는 시대에 따른 언어 스타일을 지니되 항구적이자 궁극적으로 자신의 언어를 초현실적 세계에 드리우고 있는 것이다. 그리고 이 점은 인간이 초현실적 세계와 소통하지 않고 존재할 수 없음을 의미하는 것이자, 시인의 역할이 이 세계에 길을 내고 인간이 이 세계를 다스릴 수 있도록 하는 데 있음을 말해주는 것이리라.

최서림의 시와 김태형의 시에 나타난, 아니 모든 시인들의 가장 깊은 자의식 속에 옅어지지 않고 살아있는 시쓰기에 관한 내적 열망은 이러한 시의 역할, 시인의 항구적 정체성과 관련되는 것이다. 때문에 이들 시에는 영혼이 생생하게 살아있다. 시에는 영혼의 부대낌들과 그 속에서 걸러지는 순결하고 고귀한 영혼이 존재한다. 시인들의 시쓰기에 관한 강렬한 자의식은 모두 인간의 영적 존재성에서 비롯하는 것이다. 그들이 시적 자의식을 강하게 가질수록 그것은 순수한 영혼을 향한 의지를 강렬하게 표현하는 것이라 할 수 있다.

1. 성숙한 영혼의 시의 말들–최서림의 『물금』

모든 영혼은 순수할까? 인간과 인간의 영혼은 경계 없이 화해룝고 소통가능할까? 물론 그렇지 않다는 데에서 인간 세상의 많은 문제들이 발생한다. 인간들이 겪는 슬픔이나 고통, 분노와 증오, 노여움과 서러

움 등속의 많은 감정들은 모두 영혼의 표현이자 그것의 혼합성을 말해
준다. 영혼은 항상 여러 가지 성분들로 섞여있고 언제나 요동치며 부침
한다. 시인이 견딜 수 없어 하는 점도 이 부분이다. 그것들은 순수하지
않기 때문이다. 이러한 면들은 시인의 시집 「자서」의 "가시 같은 말/ 잠
들지 못하는 말에 이끌려/ 여기까지 왔다"고 하는 데에서도 나타나 있
거니와, 이러한 최서림의 시말에의 장인의식, 그가 추구하는 말의 빛깔
에의 관심은 불순한 영혼들의 다스림을 향한 의지라 말할 수 있다.

모든 말에는 피가 흐른다
말馬같이 펄펄 날뛰는 말
시체 같이 굳어 있는 말
말에는 근육이 있고
206개의 뼈가 있다
(중략)

능금아, 부르면 능금에 살이 차오르는 말
능금아, 부르면 능금이 떨어지고 마는 말
「잠들지 못하는 말」 부분

시인은 위의 시에서 시의 말이 지닌 의미에 대해 말하고 있다. 시의
말이란 단지 의미의 전달에 그치는 것이 아니라는 것, 따라서 시의 말
이란 단지 도구적 성질을 지니는 것이 아님을 강조하는 것이다. 대신
시는 '피가 흐르고', '말馬처럼 펄펄 뛰는', 살아있는 것이다. 시인은 '시체
같이 굳어 있는 말'에 '근육'과 '뼈'를 세우고 '살'을 붙이며 '피'를 돌게

하는 역할을 지니게 된다. 이 점을 인식한다면 '말'이 때로 생명을 키우기도 하지만 생명을 앗기도 한다는 사실을 이해할 수 있을 것이다. '말'의 살아있음은 '말'이 힘을 지닌다는 것이고 이는 '말'이 긍정적 에너지뿐 아니라 부정적 에너지로도 기능함을 의미한다. 시인의 표현대로 "독오른 말에 찔려 죽어가는 자들"이 생겨나는 것이다. 시인이 '말'에 매달리는 이유도 여기에 있다.

그는 '말'이 일으킬 수 있는 부정적 작용을 제어코자 하는바, 이것이 시인의 윤리의식이자 사명이 아닐 수 없다. "제 혼을 불살라/ 하늘 밖으로까지 올라가 새로이/ 붉은 별자리를 만들어 앉는 말도 있다/ 핏방울이 되어 떨어지는 말도 있다"(『잠들지 못하는 말』)는 시인의 언급은 '말'을 향한 그의 소명의식을 표현하는 부분이다. 이것이 영혼에의 다스림을 의도하고 있음은 물론이다. 그에게 '말'은 '눈물'과 울음을 달래주는 것이고 날선 마음을 어루만져 주는 것이다. '말'을 향한 시인의 이러한 의지는 시 곳곳에 잘 표현되어 있다.

공허한 삶을 위해,

허공을 향해,

아무도 들어주는 이 없는 노래를

밤낮 울어대야 하기에,

안으로부터 마디마디 맺혀 올라오는

생의 붉은 신음소리.

찢기고 갈라터진 말 조각들.

「곡비哭婢 2」 부분

어쩌면 시인에게 '말'은 '곡비哭婢'의 울음과 같은 수준에 놓이는 것일 터이다. 그것은 단순히 의사소통을 위해 소용되는 건조한 어떤 것이 아니라 내면에 일렁이는 울음을 잠재울 수 있는 것, 죽음의 지대에서 헤매는 혼을 다스려주는 것과 같다. 다시 말해 '말'은 '혼'과 밀착된 것이자 생의 명암을 있는 그대로 담아내는 것이다. 시인이 '말'을 가리켜 '안으로부터 마디마디 맺혀 올라오는/ 생의 붉은 신음소리'라 한 것도 이 때문이다.

그러나 모든 '말'이 이러한 성질과 수준을 지닐 수 있는 것은 아니다. 영혼이 불순한 것처럼 '말' 또한 그러하기 때문이다. '영혼'과 마찬가지로 '말' 역시 제각각의 무게와 밀도를, 색채와 명암을 지닌다. 이들은 각각의 경우에 따라 다른 역할과 기능으로 작용할 것이다. 그렇기에 만일 그가, 가령 '곡비'의 '울음'과 같은 '말'을 지향한다면 그는 '말'을, 아니 자신의 영혼을 단련시켜야 하리라. 그러할 때 비로소 그 '말'이 치유와 다스림의 능력을 지닐 수 있기 때문이다. 영혼이 단련된 자라야 비로소 '곡비'처럼 "슬퍼도 울 힘이 없고/ 울래야 울 수도 없는 이들을 위해/ 대신 울어줄 수 있"으며 나 아닌 "남의 영혼을"(「곡비哭婢 1」) 위로해줄 수 있을 것이다. 이를 위해 시인이 겪은 일은 오랜 세월을 견뎌내는 것이었다. 오랜 시간을 두고 파도처럼 일렁이는 감정의 부침들을 감당하는 것이었고 오랜 동안 반복되는 생의 굴곡들을 인내하는 일이었다. 마치 바닷바람에 맡겨진 채 "얼면서 말라가는 서대"(「서대西大」)처럼, 혹은 "눈비 맞고 매연 속에 얼었다 녹았다 꼬들꼬들 마르"(「담그다」)는 "명태"처럼 말이다.

등짐에 짓눌리고 눈물에 담금질될 때 푸석한 인생도 꼬들꼬들해진다 맛이난다 줄을 잘 못 서서 세상에서 밀려난 인생도 몸을 불릴 수 있는 대중목욕탕처럼, '담그다'라는 말 은 둥글고 커서 아무나 들어갈 수가 있다 따뜻해서 김이 모락모락 난다 깻잎이 쟁여진 항아리 같은 이 말에는 벌레가 알을 슬지 못하는 짠 내가 나기도 한다 슬픔에 절여진, 순번에 밀릴수록 짜게 절여진 삶들이 이 말 테두리에 하얗게 장꽃으로 피어 있다

「담그다」 부분

'등짐에 짓눌리고 눈물에 담금질된' 경험의 세월은 '인생을 꼬들꼬들한 맛'으로 숙성시키는 것처럼 영혼을 성숙하게 한다. 그것은 '세상에서 밀려난' 영혼을 단련시킨다. 그리고 성숙하고 단련된 영혼의 자리에서는 세상을 포용하는 '말'이 피어난다. '둥글고 커서 아무나 품을 수 있'는 '말'이 그것이다. '담금질'은 세상의 모든 것을 '담글' 수 있는 커다란 그릇을 만드는 것이다. 시인은 위의 시를 통해 '인생'과 '영혼'과 '말'을 하나로 묶어내거니와, 세상에 유의미한 시의 말이 어떤 것이고, 어디에서 어떻게 빚어지는 것인지를 잘 형상화시키고 있다. 그것은 장맛처럼 오래도록 깊게 숙성되는 것이고 시인의 표현처럼 '살아온 밀도만큼', '사랑한 농도만큼' 흘러 '젓갈 같이 썩지 않는'(「잠들지 못하는 밤」) 것이다.

2. 순수한 영혼에의 희미한 끈–김태형의 『코끼리 주파수』

허접스럽게 반복되는 일상과 무의미한 부대낌들은 영혼을 고갈시킨다. 그것들은 켜켜이 쌓이는 짐짝들이나 방구석을 뒹구는 먼지 덩어리처럼 인간의 영혼을 망가뜨린다. 때문에 흐르는 세월만큼이나 영혼은 점점 더 어둡고 무거워진다. 살아온 길이만큼 인간의 의식은 더욱 탄력을 잃고 그와 동일하게 인간의 몸 또한 뻣뻣하게 굳어진다. 세월의 두께는 인간을 결국 죽음이라는 궁극의 경화에로까지 몰아가는 것이다. 인간은 자신의 영혼을 덮어버리는 일상과 세월의 무게 아래서 허우적거린다. 그것이 결국 죽음에 닿는 길이므로 인간은 이를 떨쳐내고자 버둥거린다. 그러나 견고한 일상과 조밀한 부대낌 속에서 영혼의 경화를 이겨내고 순수성을 길어낼 수 있는 이들은 그리 많지 않다. 대부분의 경우 인간은 일상과의 적절한 타협 아래 습관적인 생활을 반복해나간다. 영혼이 끝내 불순하고 생기없는 그것으로 남는 이유도 여기에 있다.

이와 같은 관점은 김태형의 시를 이해하는 하나의 실마리를 마련한다. 그의 시편들 가운데 많은 부분들은 탄력없이 거듭되는 일상들에 대한 무미건조한 읊조림으로 이루어지고 있기 때문이다. '흠씬 두들겨 맞아 쓰러지는 권투선수'(「권투선수는 이렇게 말했다」), '늑대를 따라가다 잃어버리는 나'(「늑대가 뒤를 돌아본다」), '잘린 두 팔로 오로지 자기에게 매달려 있는 포도나무'(「포도나무 노동자」), '비좁은 우리 안에 갇혀 있는 들개'(「들개」) 등은 모두 삶의 생기와 희망을 상실한 채 무기력하게 살아가는 우리의 자화상을 보여주는 것이다. 이러한 무력한 삶은 이미 어떠한 생명력이나 창조성으로 전환되지 않는 일상인의 생활로 표현되기도 한다.

기름때 얼룩진 누런 씽크대뿐인 부엌과 방 하나

몇해째 풀지도 못한 채

구석에 덧두겨 쌓아놓은 낡은 상자들

죽은 짐승의 늙은 허파 속 같은

쭈글쭈글한 어둠뿐이다

「흰 고래를 찾아서」 부분

시는 세상을 향해 어떠한 적극적인 행위도 보이지 않는 극도의 무기력과 허무의 상태를 잘 표현한다. 시에서처럼 시적 화자는 무거운 어둠 속에 갇혀 자아의 상실을 경험할 뿐이다. 어떠한 변화도 없이 무겁게 이어지는 일상은 자아를 압도하고 그를 가둔다. 그의 앞에는 오직 시간의 두께만큼 짙어지게 되는 경화뿐이다.

이러한 상황이 계속되는 까닭에 그의 시편들에서 번뜩이는 재기와 다채로운 발랄함을 찾는 일은 쉽지 않다. 그의 상상력은 어둠 밑으로 무겁게 가라앉아 있고 어조는 단조롭고 우울하게 이어진다. 실제로 그는 시 「묘비명」에서 "지금 견디는 자는 어깨도 없이 떨고 있는 사람이다/ 바닥도 없이 주저앉아 흐느끼는 사람이다/ 푸른 실핏줄 같은 통증이 나를 건너가고/ 그 끝닿은 곳 무덤으로 가져갈 것은 나 자신밖에 없으리라"라고 우울하게 노래한다.

시인의 어조와 상상력이 이토록 어둡고 무거운 이유를 찾는 일은 크게 의미가 없다. 그것은 인간에게 주어진 본래적 조건이기 때문이다. 인간에게 주어진 영혼 자체가 이미 그러함을 예비하고 있는 것이다. 인간의 영혼이란 결코 순수하지 않으며 스스로, 저절로 빛나지 않기 때문이다. 인간의 영혼은 여러 성분으로 혼합된 불순한 것이며 쉽게 흐려지고 일렁인다. 그것은 쉽게 굴복하고 짓눌리며 무기력해진다. 시인은 영혼에 관한 이와 같은 인간 조건을 말한다. 그리고 우리는 이 점을 전제할 때 시인의 시에 나타나 있는 간절하고도 가냘픈 한 줄기 음성을 들을 수 있다.

필경에는 하고 넘어가야 하는 얘기가 있다

무거운 안개구름이 밀려들어

귀밑머리에 젖어도

한번은 꼭 해야만 되는 얘기가 있다

잠든 나귀 곁에 앉아서

나귀의 귀를 닮은 나뭇잎으로

밤바람을 깨워서라도

그래서라도 꼭은 하고 싶은 그런 얘기가 있다

「당신생각」 전문

화자가 이토록 강하게 '당신'을 찾는 것은 무엇 때문인가? '무거운 안개구름'에 눌리는 상황에서 '필경에는 하고 넘어가야 하는 얘기'를 운운하는 까닭은 무엇인가? 마치 반의식 상태에 놓인 자가 어느 한 가지 기억에 집요하게 집착하는 듯한 이와 같은 태도는 무엇을 말하는 것인가? 그것은 다름 아니라 굴레 속에 갇힌 영혼에게 유일하게 구원의 손길이 되는 절실한 어떤 것과 관련된다 할 수 있을 것이다. 그것은 짓누르는 어둠의 무게에 압도되어 희미해지고 탁해진 영혼이 간절하게 영혼의 힘과 순수성을 회복하고자 염원하는 주술과 같은 몸짓이라고 할 수 있다. 그것은 태고의 기억처럼 흐릿하게 남아있는 순수한 영혼에 대

한 꿈이자 그리움이다. 시인이 진정 시인인 것은 그가 이러한 열망을
잃지 않은 자이며 깊은 무의식 저편에서 인간의 본래적 자아를 회복시
키고자 하는 자이기 때문이다. 시인에게 이러한 열망이 얼마나 절실한
것인지, 또한 상대적으로 어둠의 무게가 얼마나 두터운 것인지는 표제
시인 「코끼리 주파수」에 잘 형상화되어 있다.

오래 굶주린 사자떼가 무리 지어 마지막 사냥에 나서듯

마른 땅에 갈기를 흩날리며 들불이 번진다

그곳에서도 물웅덩이를 찾아낸 코끼리 한 마리

느릿느릿 온몸에 검붉은 진흙을 바른 채

무겁고 차갑게 타오르는 황혼을 기다리고 있다

말라죽은 아카시아나무숲과 흰 구름 너머

수 킬로미터 떨어진 또다른 무리와

젊은 수컷들을 찾아서

코끼리는 멀리 울음소리를 낸다

팽팽한 공기 속으로 더욱 멀리 울려퍼지는 말들

너무 낮아 내겐 들리지 않는

초저음파 십이 헤르츠

비밀처럼 이 세상엔 도저히 내게 닿지 않는

들을 수 없는 그런 말들이 있다

「코끼리 주파수」 부분

'온몸에 검붉은 진흙을 바른 채' 저 먼 곳을 바라보는 '코끼리'의 이
미지는 아득하기만 한 시원始原을 꿈꾸는 인간의 자화상이다. 그것은 기

억조차 희미하여 무의식 저편에 아련한 흔적으로만 남아있는 태고에 관한 그리움의 표현이다. 인간은 어느 누구도 그것의 정체가 무엇인지 알지 못하나 또한 누구든지 그에 대한 향수를 지니고 있다. 시인은 그것을 "멀리 울음소리를 내는 코끼리'로 형상화하고 있다. 그러나 그 울음소리는 여전히 '이 세상엔' 닿기 힘든 말들이다. 그것은 '비밀'의 세계에 맞추어져 있고 결코 쉽게 들리지 않는 '주파수'로 이어져 있는 것이다.

그러나 그것은 '굶주린 사자떼'처럼 '들불'이 이는 와중에서 생명을 구할 수 있는 '웅덩이'와 같은 세계이자 외로움을 달랠 수 있는 곳이며 원시의 기억에 닿아 있는 세계에 해당한다. 또한 그것은 비록 세상에 들리지 않으나 깊은 울림으로 퍼져나가는 소리이자 홀로 떨어진 '코끼리'를 구원할 수 있는 소리에 해당한다. 그것은 태고의 세계로 맞춰져 있는 '영혼의 주파수'인 것이다.

세계의 창조를 위한 언어적 탐색

시인들의 시를 향한, 어떠한 교환가치로도 환산되지 않는 마법같은 사랑은 우리가 시를 경외하는 한 이유가 될 것이다. 사람들이 일반적으로 보이는 돈이나 권력에 대한 절대적 복종과 신뢰에 비할 때 이 무용한 시에 대한 집중은 거의 의아하기까지 하다. 더욱이 오늘날처럼 효용성과 합리성을 절대가치로 치는 시대에 시를 쓴다는 것은 무슨 의미인가?

시가 당대의 세속적 가치와 무관하게 이토록 질긴 생명력을 누리는 까닭의 하나는 그것이 인간의 핵核에 닿아있기 때문이다. 그것은 시가 인간과 세계를 하나로 결속시키는 매개가 된다는 점과 관련된다. 시는 시적 행위자의 영혼을 깨우고 대번에 그를 세계의 한가운데로 이끌고 간다. 시적 행위자는 이 무용한 시를 통해 아무것도 지닌 것 없는 몸 가벼운 이가 되어 세속으로부터 이탈, 순간 드높고 광대한 우주(universe)로 이동하게 되는 것이다. 즉 시는 시의 행위자를 일순간에 동일자로 만들고는 이어서 드넓은 우주의 길목으로 도달케 하는 조력자인 셈이다. 우수한 시는 짧은 시간으로도 시적 행위자에게 이러한 역사役事를 행한다. 시를 향한 매혹이 소멸하지 않는 이유도 여기에 있다.

1. 『다산의 처녀』, '허공'과 '대지'의 대류對流 현상

문정희는 시집 초두에서 "내가 화살이라면/오직 과녁을 향해/ 허공을 날고 있는 화살이기를", "내가 만약 화살이라면/ 팽팽한 허공 한가운데를/ 눈부시게 날고 있음이 전부이기를"(「내가 화살이라면」)이라는 갈망어린 고백을 하고 있다. 언제나 그러하듯 그녀의 시는 힘차고 뜨겁다. 그녀는 항상 '시'를 통해 정점頂點의 상상력을 펼친다. '정점'은 그녀의 유일하고 전부의 세계로서, 시의 구절을 구성하고 있는 '화살', '오직', '허공', '팽팽함' 등의 어휘들은 그녀가 추구하는 이 세계를 지지하고 증거하는 코드들이다. 그녀는 이 정점의 세계를 변함없는 열정과 성실함으로 향해왔음을 알 수 있다.

그렇다면 같은 시에서 "고독의 혈관으로/ 불꽃을 뚫는 장미", "길을 잃은 자만이 찾을 수 있는" 것이라며 겹겹의 비유어로 표현되고 있는 '정점'의 정체는 무엇일까? 시 「활엽수」에서 "타오를 때만이 살아 있는 거라고 생각했어", "치솟는 날개로 하늘 향해 항거하는/ 늘 푸른 활엽수이고 싶었어"라고 노래한 그녀의 소망이란 무엇일까?

허공이 뚫리도록

시를 쓰고 싶었어

활시위처럼 팽팽한

고독의 문장을 쏠고 싶었어

　　　　　「활엽수」부분

　그녀의 '정점頂點'의 상상력에는 '허공'이 큰 비중으로 존재한다. '허공을 떠도는 에로스의 새'(「종이비행기」), '절박하게 허공을 두드리며'(「내가 입술을 가진 이래」), '나 시인이 되었지만/ 내가 당도해야 할 허공은 어디인가'(「사람에게」) 등의 많은 시편들은 시인에게 '허공'이 시적 지향의 한 조건으로 자리잡고 있음을 말해준다. '허공'은 시인이 그의 열정을 다해 당도해야 하는 궁극의 지대라 할 수 있다. 말하자면 시인은 세속을 초월, 온갖 속된 무게를 비워낸 개념으로서의 '허공'을 통해 자아가 가장 절실하게 추구해야 하는 세계를 형상화하고 있다. 시인은 굳이 "사람을 피해 여기까지 왔"(「사람에게」)다고 고백한다.

　한편 시인은 절대를 향한 고양을 추구하지만 그것은 결코 막연하게 음송되거나 배타적으로 구현되는 것이 아니다. 시인은 보다 힘이 넘치고 생기발랄하다. 그는 홀로 고립되는 것보다 모두를 사랑하는 편으로 자신의 존재성을 구축한다. 「사람에게」의 "사람을 피해 여기까지 와서 사람을 그리워한다"의 반복, "허공을 뚫어 문 하나를 내고 싶다"는 의지의 표출은 그녀의 초월과 고양이 사람들과의 관계 속에서 지지되고 있음을 암시한다. 가령 "시인을 꿈꾸다가 시 대신 땅에 나무를 심어/ 식물원 주인이 된 그"처럼 시인은 지상의 존재를 외면하지 않는 포용적이고 책임있는 초월을 실천하고자 하는 것이다. 그녀는 대지의 어머니와 같이 "시건 나무건 상처가 있어 가엾고 사랑스럽지, 그러니까/ 상처는 그 자체로 참혹하고 아름다운 생명!"(「식물원 주인」)이라고 주장한다.

땅의 주인다운 이 따뜻한 선언은 곧 지상의 불완전함에 역설적인 생명
력을 부여한다. 이 점은 '다산의 처녀'가 「물의 처녀」에서 매우 황홀하
게 형상화되고 있는 데서도 확인할 수 있다.

> 붉은 물이 흐른다
> 더 이상은 벌릴 수 없을 만큼
> 크게 벌린 두 다리 사이
> 하늘 아래 가장 깊은 문 연다
>
> 치욕 중의 치욕의 자태로
> 참혹한 죄인으로 죽음까지 당도한다
> 드디어 다산多産의 처녀의 속살에서
> 소혹성 같은 한 울음이 태어난다
> 불덩이의 처음과 끝에서
> 대지모大地母의 살과 뼈에서
> 한 기적이 솟아난다
> 「물의 처녀」 부분

위의 시에서 시인은 인간이 겪는 가장 극적인 드라마를 '하늘'과 '대
지', 고귀함과 '치욕', 생명과 '죽음'의 대비를 통해 그려내고 있다. 여성
에 의한 생명의 탄생이 최고의 가치로움과 최대의 고통 양면을 내포하
고 있음을 시인은 매우 극적으로 형상화하고 있는 것이다. 이는 인간이
라는 생명이 결코 지상에만 국한된 것도 오직 천상적인 것도 아닌, 양
가적인 것임을 절실하게 말하고 있는 것이라 할 수 있다. 다시 말해 인

간이란 오묘하면서도 참혹하고 귀하면서도 굴레에 차인 복합적 성질의
존재라는 것이다. 생명탄생은 기적에 가까운 한없이 황홀한 순간이지
만 그것에 스며있는 흔적들은 인간의 존재조건을 다시 한 번 상기시킨
다. 여기에서 우리는 문정희의 '정점頂點'의 상상력이 인간의 지상적 조건
을 끌어안고 있는 보다 포용적이고 현실적인 것임을 짐작하게 된다.

2. 『시간여행자』, 여행으로서의 '죽음'

시집의 앞머리에 놓인 〈시인의 말〉에서 최춘희는 주저없이 "시가 있
어서 따스하고/ 시가 있어서 살만하고/ 시가 있어서 행복하다"고 말하
고 있다. 그녀의 이 말은 '시'가 그녀를 마치 온누리처럼 감싸안고 있는
형국에 해당함을 상상케 한다. 그녀에게 '시'는 동반자이자 위로자이고
따듯한 말벗인 것이다. 실제로 시를 발화하는 그녀의 목소리는 매우
평온하다. 그녀 시의 시어들, 시어와 시어 사이, 문장의 모임들은 내용
을 넘어서서 신비로운 미적 아우라를 발산한다. 그녀의 이 같은 공고한
시적 분위기는 급기야 죽음마저도 넓게 긍정하는 모습으로 다가오고
있다.

> 49재 끝난 뒤 망자의 유품을 불 속에 던져 넣었다
>
> 목에 걸었던 순금 목걸이와 옷가지, 맨발로 가지 말라고
>
> 신발도 태웠다
>
> 이 땅에 살았던 모든 흔적 지우고
>
> 혼자서 가는 하늘 길 환하게 웃으며 가라고

피멍든 울음도 꾹꾹 눌러 삼켰다
수없이 엎드려 절하고 빌었다
　　　　　　　「소나무 아래 너를 묻고」 부분

　시집 『시간여행자』의 많은 부분은 세상을 떠나간 '어머니'에 대한 시편들에 할애되어 있다. 대부분의 어머니가 그러하듯 그녀가 묘사한 어머니 또한 자신의 뼛속까지를 모두 자식들에게 베풀고는 잦아드는 생명력을 숨기듯 안고 가시는 모습으로 나타나 있다. 가령 시인은 "평생허리 한 번 꼿꼿이 펴지 못하고/ 두 손의 지문 닳아 버린 줄도 모르고" 사셨던 모습으로, "뼛속에 바람 들고 입 안이 썩어 가는 줄/ 제 살길 바쁜 자식들 짐 되기 싫어/ 아픈 내색조차 못하신 어처구니로/ 멀쩡한 이빨 몽땅 다 빠지고/ 잇몸마저 폭삭 주저앉아 버린 줄도 모르고"(「어처구니로」) 사셨던 모습으로 자신의 어머니를 기억하고 있다. 그러한 모습의 어머니였으므로 화자의 기억은 아프고 쓸쓸하다. 죽음과 삶의 간격은 하늘과 땅 사이처럼 크디크고 아득하기만 한 것이다. 죽음의 세계란 한갓 '고치를 만들어 번데기로 살았던' 한없이 무력한 존재조차 냉엄하게 삼켜버리는 냉혹한 타자의 것이며 인간의 관점에서 보면 도저히 용인되지 않는 파괴자인 것이다.

　그러나 위의 시에서 우리는 죽음의 세계를 또 하나의 세계로 존중하는 화자의 태도를 만나게 된다. 너무도 오래되고 익숙한 관습이지만 시인은 그 속에서 의미 하나하나를 되씹고 있다. 불에 태우는 옷가지 하나하나, 장신구와 신발 등속이 저승에서의 망자의 물품이 된다는 것, 저승길도 힘을 다해, 가볍게 걸어야 갈 수 있다는 것 등의 진술에는 죽음의 세계가 이승과 다르면서도 동등하게 존재하는 세계라는 인식이 담겨있다. 시인은 '49재'를 통해 저승의 질서와 그곳에서의 존재태에 대해 가능한 한 상상의 맥을 잡고 있거니와, 그녀의 '피멍든 울음'을 삼키는 행위, 수없이 치른 '절과 기도'는 이승의 세계를 중심에 세우는 대신 저승의 세계를 존중하는 마음에서 비롯된 것이다.

시인의 이와 같은, 엄연히 존재하는 세계라면 그곳의 질서를 인정하고 순응해야 한다는 인식은, 당연한 것처럼 여겨지지만 실은 매우 낯선 사고방식이다. 우리의 의식 속에서 죽음 저 편은 검게 덮인 암흑일 뿐이기 때문이다. 우리는 언제나 삶의 세계 이편에 대해서만 의식할 뿐 이편 너머의 보이지도 않고 경험할 수도 없는 세계에 대해서는 가혹하리만큼 무지하다. 죽음 저편의 세계에 대한 무지는 사실상 대단히 의지적이기까지 하다. 그곳은 회피해야 하고 감추어야 하는 세계로만 인식되기 때문이다. 그러나 죽음에 대한 이러한 관점은 오히려 우리를 절망 속으로 빠트린다. 그런 점에서 '죽음'을 "검은 구멍 속으로 소풍 간다" (「소풍 간다」)고 표현한 시인의 관점은 우리에게 하나의 의미있는 시사를 한다. 실제로 이러한 시인의 관점은 생의 시간대를 천년만년이라는 오랜 기간으로 설정하고 있는 것으로도 드러난다.

모래무덤에 갇혀
천년을 기다렸지
부서지지 않으면
아무것도 될 수 없다는 걸
모래알처럼 부서진 뒤에야
알게 되었지

나는 어둠 속에 웅크리고 누운

모래로 쌓은 모래 여자

당신에게 아낌없이 내주고

흔적없이 사라져 버릴 사막이 키운

모래의 딸

모래의 정령

날마다 손가락 사이로 빠져나가는

시간의 모래알 세고 있지

「모래 여자」 부분

시집의 후반부에 등장하고 있는 '모래 여자'는 '사막' 모티프(「사막에서 살아남는 법」)와 함께 '죽음'과 '삶', '저승'과 '이승'을 아우르는 시인 고유의 관점에서 비롯된 이미지이다. 그것은 존재를 확고부동한 성질로서가 아니라 신기루처럼 희미한 것으로 보는 시각 위에 서 있다. 죽음을 전제로 한 생이란 시인의 관점대로 '모래'와 같은 것이 아닐까. 생은 움켜쥘 수 없이 '손가락 사이로 빠져나가는' 것이며, 인간은 그러한 조건 속에서 살아있는 유한한 존재일 뿐이다. 인간의 삶이 '사막'으로 여겨지는 것도 이와 관련된다.

시인은 "사막에서 살아남으려면 스스로 사막이 되어야만 하지"(「사막에서 살아남는 법」)라고 말한다. 또한 "부서지지 않으면/아무것도 될 수 없다는 걸/모래알처럼 부서진 뒤에야/알게 되었지"라고 말한다. 이는 인간의 조건이 그러할진대 고집스레 부여잡고 사는 것이 헛된 것임을, 인간의 삶이란 비우고 내주며 사는 것이 보다 합당한 것임을 넌지시 말해주는 것이라 할 수 있다.

3. 『타인의 의미』, 틈새에 길 내기

소위 미래파 시단의 선두주자에 속하는 김행숙은 시를 난해하게 쓰기로 유명하다. 경험 세계에 대한 미메시스적 시도, 단아한 서정의 시도 구사하지 않는다는 점에서 그의 시는 낯설게 다가온다. 그녀의 시에서는 간혹 소통의 의도적인 차단과 회피도 느껴진다. 의미의 왜곡을 통한 문장의 비틀기, 초현실주의적 수법을 떠올리는 자유연상에 의한 문장잇기 등의 기법은 그녀 시를 난해하게 하는 요인이 되는 것이다.

한편 비틀리고 삭제되고 벌어지고 이어붙은 김행숙의 언어들에서 언어유희 이상으로 우리가 구할 수 있는 것이란 무엇일까? 결론부터 말하자면 그녀의 언어란 현실 모방 혹은 현실 인식의 언어가 아닌, 따라서 의미와의 함수 아래 놓인 언어라 할 수 없는 초현실의 언어, 초언어의 언어가 아닐까. 그녀의 언어란 초현실의 세계에서 길어낸 언어이며, 때문에 의미를 빚기보다는 낯선 세계에 조응하는 또 다른 형태의 언어에 해당한다.

> 모자가 놓여 있는 테이블에서
>
> 교훈을 찾으려고 해
>
> 찻잔에서
>
> 빠져 죽은 파리를 보고
>
> 파리의 불행을 애도하는 맘이 생길 때
>
> 빈 찻잔에 대해 노래를 부를 순 없잖아
>
> 기울어진 빈 찻잔이 마음은 아니잖아요
>
> 칫, 내 마음 같은 빈 찻잔이 뭐예요

　　모자가 놓여 있는 테이블에서

　　연기처럼 희미하게 피어오르는 영혼 때문에

　　목이 메어

　　세계의 모든 기침 소리가 들려

　　거위의 날갯짓 소리까지 가깝게 들려

「웨이트리스」 부분

　위 시의 구절들은 단일한 층위에서 의미를 발하고 있지 않다. 그것들은 동일한 현실에서 구현된 것들이 아니며 단일한 화자에 의해 발화되고 있지도 않다. 외면적으로 볼 때 그것은 비논리성과 우연성으로 명명될 수 있지만 그러나 이들의 복합 구성 이면에는 사물과 인간, 동물과 관념 이외에도 불가시적 초현실의 세계 또한 미묘하게 교차하고 있음을 알 수 있다. 그녀의 우연적이고 모자이크적 언어는 초현실을 포함한 복합적이고 다차원적 세계에서의 자연스런 언어구성법임을 짐작할 수 있게 된다. 어쩌면 시인에게 초현실의 세계란 하나의 가상이나 상상의 세계가 아니라 더욱 호기심과 믿음을 끄는 세계로 다가오는 것은 아닐까. 마치 "아아, 잠이 없어지니 현실이 없어지는구나. 우리가 존재한다는 걸 무슨 수로 증명할 수 있단 말인가"(「꿈꾸듯이」)라든가 "만약 꿈이 아니었다면 나는 영원히 믿지 않았을 것이다"(「계단의 존재」)처럼 전도된 의미들이 진실성을 뿜어내는 것처럼 말이다. 보다 쉬운 예로 "여러분은 탁자를 완성하기 위해 착석하셨습니다. 앉아 계신 여러분, 앉아만 계신 여러분, 뒷면이 없는 여러분,// 한 분이 아닌, 두 분이 아닌 여러분, 여러분들이 들여다보고 있는 레포트의 뒷면에는 아무것도 씌어 있지 않습니다. 아무도 죽지 않았습니다. 우리의 결정을 뒤집어도 아무도 살아서 일어나지 않습니다"(「탁자의 유령들」)에서 상상되는 세계는 보이지 않는 세계에 관한 시인의 관심을 흥미롭게 보여주는 부분이 아닐 수 없다.

본디 언어란 의미를 구성하는 데에서 존재 이유를 획득한다는 전제에 동의한다면, 그리고 시인의 언어란 새로운 세계를 발견하고 창조하는 전위의 성격을 띠는 것이라면 김행숙 시인의 언어는 무의미의 구사라는 측면보다, 보이지 않는 틈새까지를 아우르는 보다 넓은 세계에 대한 의미의 구사라는 측면에서 더욱 빛을 발할 것이다. 실제로 "허공에도 계급이 있나요. 허공에도 여러 가지 자세가 있나요. 야수파. 틀래식, 자연주의. 센티멘털. 귀여운 여인. 로코코. 로코코. 점점 가늘어지는 손가락. 울부짖는 여인들."(「찢어지는 마음」)에 보이는 화자의 천진스런 음성처럼 미지의 세계에 대한 질문은 언제나 반갑고 유효한 것이다. 그녀의 시집에 지배적으로 등장하는 '허공' 이미지(「밤입니다」, 「유령간호사」, 「귀」, 「잠」, 「우주 정거장처럼」, 「허공을 물어뜯는 개들」) 및 '발' 이미지(「발2」, 「하얀 발」, 「투명인간」, 「잠」, 「우주 정거장처럼」, 「너의 폭동」)와 '신발' 이미지(「찢어지는 마음」, 「어떤 손님」, 「신발의 형식」)는 이러한 규정을 뒷받침하는 일련의 근거들로서, 현실 너머의 세계의 구체적인 궤적에 대한 시인의 인식 욕구를 반영하는 것으로 보인다.

저자 | **김윤정**

인천출생, 문학평론가. 서울대학교 국어국문학과 및 동대학원 졸업.
현재 충북대, 한남대 외래교수.
저서에 『김기림과 그의 세계』, 『한국 모더니즘 문학의 지형도』, 『한국 현대시와 구원의 담론』, 『언어의 진화를 향한 꿈』 등과 『오세영의 시 깊이와 넓이』, 『이상의 사상과 예술』, 『시론』, 『전봉건』 등의 공저가 있음.

문학비평과 시대정신

초판 인쇄 2012년 3월 29일
초판 발행 2012년 4월 5일

저　　자　　김윤정
책임편집　　윤예미

발 행 처　　도서출판 지식과 교양
등　　록　　제2010-19호
주　　소　　132-908 서울시 도봉구 창5동 262-3번지 3층
전　　화　　02-900-4520 / 02-900-4521
팩　　스　　02-900-1541
전자우편　　kncbook@hanmail.net

ⓒ 김윤정 2012 All rights reserved. Printed in KOREA

ISBN 978-89-94955-79-7　93810　　　　　　　　　　　　　　정가 21,000원

이 도서의 국립중앙도서관 출판도서목록(CIP)은 e-CIP홈페이지(http://www.nl.go.kr/ecip)에서 이용하실 수 있습니다. (CIP제어번호 : CIP2012001723)